nas
águas
do tempo

jason gurley

nas
águas
do tempo

tradução de
Waldéa Barcellos

FÁBRICA 231

Título original
ELEANOR
A Novel

Esta é uma obra de ficção. Nomes, personagens, lugares e incidentes são produtos da imaginação do autor, foram usados de forma fictícia. Qualquer semelhança com pessoas reais, vivas ou não, acontecimentos ou localidades é mera coincidência.

Copyright © 2014, 2016, 2017 *by* Jason Gurley

Todos os direitos reservados.

"I Must Know All the Things" foi publicado originalmente em medium.com em janeiro de 2016.

FÁBRICA231
O selo de entretenimento da Editora Rocco Ltda.

Direitos para a língua portuguesa reservados
com exclusividade para o Brasil à
EDITORA ROCCO LTDA.
Av. Presidente Wilson, 231 – 8º andar
20030-021 – Rio de Janeiro – RJ
Tel.: (21) 3525-2000 – Fax: (21) 3525-2001
rocco@rocco.com.br
www.rocco.com.br

Printed in Brazil/Impresso no Brasil

preparação de originais
MAIRA PARULA

CIP-Brasil. Catalogação na fonte
Sindicato Nacional dos Editores de Livros, RJ.

G988n	Gurley, Jason
	Nas águas do tempo / Jason Gurley; tradução de Waldéa Barcellos. – 1ª ed. – Rio de Janeiro: Fábrica231, 2018.
	Tradução de: Eleanor
	ISBN 978-85-9517-036-0 (brochura)
	ISBN 978-85-9517-037-7 (e-book)
	1. Romance americano. I. Barcellos, Waldéa. II. Título.

17-46862　　　　　　　　　　CDD-813
　　　　　　　　　　　　　　CDU-821.111(73)-3

O tempo é um rio,
e ele corre num círculo.
— ANÔNIMO

Prólogo

1962

Eleanor

Ela está sentada no cantinho do café da manhã e olha a chuva que cai torrencialmente como se tivesse consciência, como se pretendesse erradicar a terra, uma camada após a outra. É difícil distinguir o gramado da frente nesse aguaceiro, mas Eleanor já pode ver que a camada superficial do solo virou lama. Suas flores tombam de lado, as pétalas arrancadas pelo temporal. Mais tarde, só restarão as hastes espinhosas das roseiras.

— A coisa está feia lá fora — diz Hob, sentando-se no banco, do outro lado da mesa.

Eleanor adora as manhãs de domingo, principalmente manhãs chuvosas como aquela. Foi por isso que Hob construiu aquele recanto para ela no ano passado, uma das poucas coisas realmente úteis que fez para ela desde que se casaram. Houve outras: o porta-temperos giratório, que se recusou a girar, a estante na sala íntima, que era linda, mas de um tamanho intimidante, e constrangedora de tão vazia. Aquele cantinho, porém, dá a Eleanor uma noção de lugar. Ele não enche os olhos, é só uma mesa pequena que se projeta da parede, com dois bancos estreitos, de largura suficiente apenas para uma pessoa de cada lado. No começo, Eleanor achou que Hob tinha sido presunçoso ao fazer dois bancos — ela era possessiva com as suas manhãs, fazia questão da tranquilidade antes que a filha de cinco anos se apoderasse do seu dia —, mas Hob raramente se sentava com ela, entendendo de algum modo que não estava construindo uma mesa para sua pequena família, mas um submersível, um navio para uma mulher que mergulharia feliz até o fundo do mar e ali viveria, sozinha, pelo resto dos seus dias, contentando-se com a vista e uns poucos bons livros.

Eleanor olha para a chuva caindo lá fora e concorda:

— É mesmo.

— Mais feia que o normal — acrescenta Hob. Ele beberica o chá fazendo um leve ruído.

Eleanor se encolhe um pouco, mas Hob percebe.

— Desculpe — diz ele. — É o hábito.

Ela sabe. É o que ele diz todas as vezes. Ela procura imediatamente alguma coisa para dizer. Se não disser nada, ele vai interpretar o silêncio como um convite para explicar o hábito e lhe falará mais uma vez dos anos durante a Segunda Guerra, da comida japonesa que ele passou a apreciar (apesar de saber que não deveria), dos costumes que tinha observado e, em alguns casos, adotado sem se dar conta, como a prática de sorver com um ruído audível para indicar prazer ou que se gostou de um prato.

— Acha que vai melhorar? — ela pergunta, segurando o chá com as mãos para aquecê-las. Seus dedos longos e finos envolvem a caneca. Sua mãe sempre quis que ela tocasse piano, mencionando como única razão esses seus dedos longos, mas Eleanor nunca sentira a música como parte essencial do seu ser. Para agradar à mãe, tentou por um tempo. Não — por *anos* a fio, ela fez isso. Mas, depois de algumas semanas martelando no velho piano vertical da casa, Eleanor acabou admitindo sua derrota. A mãe deixou o teclado exposto, com a tampa de madeira aberta, pelo resto da sua vida, tendo na poeira que se acumulava sobre o marfim uma espécie de tributo à decepção que Eleanor lhe causara. Anos mais tarde, quando a mãe morreu inesperadamente, ela chegou em casa e encontrou Hob sentado orgulhoso na sala de estar, brincando com o piano.

Mesmo depois da morte da mãe, Eleanor não ficou livre de suas críticas.

— O noticiário diz que vão ser três dias com esse tempo. Talvez a gente devesse ficar em casa hoje à tarde — acrescenta Hob.

Quase esperançoso, pensa Eleanor.

Ela faz que não. — Não. Nós não...

— Nós não ficamos em casa — diz Hob, completando o conhecido sentimento de Eleanor. — Eu sei.

Ela ergue o chá, mas para no instante em que vai beber. Pode sentir seus ombros se retesando, do jeito que ficam antes de uma crise. Ela flexiona os dedos, fazendo estalar as articulações.

Tinha sido uma manhã tão agradável.

— Ellie — diz Hob, mas ela já quase não o ouve. Ele é delicado, sintonizado para perceber os sinais. — Ellie, olhe para mim, por favor.

Ele repete a frase três vezes até Eleanor ter forças para levantar os olhos. Ela encontra o olhar dele por um instante e, então, desvia os olhos. Nem sempre ela foi desse jeito. Não que se preocupe com o fato de Hob se cansar um dia desses pequenos colapsos, ou dela mesma, e levar Agnes embora, deixando Eleanor com sua infelicidade. É só que ela não gosta do instinto protetor que suas crises despertam nele. A voz dele muda, seus olhos se suavizam, e ele pega a mão dela e a segura de um jeito, como se de algum modo pudesse salvá-la...

— Nós não ficamos em casa — repete Hob, agora estendendo a mão para ela.

Ela concorda em silêncio e respira fundo, sua primeira inspiração há algum tempo. Vem como uma arfada, e lágrimas se derramam com essa força. Constrangida, Eleanor vira o rosto para longe do marido, determinando a seu corpo que faça evaporar essas lágrimas humilhantes.

— Ellie — Hob sussurra. Tranquilo, ele pega a caneca de chá de Eleanor e a põe de lado. Então passa suas mãos sobre as dela. As dele estão aquecidas e inabaláveis, como se sua pele envolvesse ossos de ferro. Seus polegares procuram a parte mais macia das mãos frias de Eleanor, a parte entre os polegares e os indicadores, e ele massageia esses pontos com leveza, esperando que ela relaxe.

É claro que ele tentou convencê-la a procurar ajuda. Uma vez, Eleanor realmente procurou, e Hob se ofereceu para entrar junto no consultório médico. Ela recusou, mas ficou sentada no consultório todo em couro, consciente da presença de Hob na sala de espera por trás da porta de carvalho. É claro que ele não encostaria o ouvido na porta para tentar escutar. No entanto, se as posições fossem invertidas, ela teria escutado, e o que teria ouvido Hob dizer a esse médico, esse desconhecido?

— Falta de ar? — o médico tinha lhe perguntado. — Tensão muscular? Dificuldade de concentração?

Ela baixou os olhos para as mãos e assentiu. Sim, para cada uma dessas perguntas. Ouvi-las descritas com tanta simplicidade deveria ter roubado o poder delas, pensou Eleanor. Não passavam de palavras. Mas, em vez disso, ela achou que deveria defendê-las. *Não*, ela deveria dizer, *é muito mais do que isso. As sensações são muito maiores do que essas simples palavras.*

— Você pode descrever o que sente? Não em termos clínicos — esclareceu o médico. — Apenas fale como se estivesse contando para uma criança. Feche os olhos. O que você sente quando a crise acontece?

O que tinha respondido? Não conseguia se lembrar. E teria feito alguma diferença o que ela disse para um homem que não tinha como, não poderia de modo algum, entender como ela se sentia?

As tardes de domingo eram tudo para Eleanor. Sem elas, achava que morreria.

Hob afaga suas mãos agora e faz com que ela se lembre de respirar. E ela respira, inspirando o ar até se estabilizar.

— Nós não ficamos em casa — diz ele, novamente. E a frase surte o efeito desejado. Ela agora dedica toda a sua atenção à respiração. Cada expiração longa e lenta do ar deixa-a um pouco mais recuperada. Sente uma onda de vergonha, como sempre ocorre, e afasta as mãos das dele. Não quer olhar para ele, mas olha, e Hob a contempla de volta, com o olhar fixo, generoso, afetuoso.

Eleanor enxuga as lágrimas com a base da palma das mãos, como se elas fossem a prova de um crime que ela se envergonhava de haver cometido. E olha de relance para o marido mais uma vez, sem entender esse homem que a ama tanto, que suporta com tanta paciência essas suas atitudes ridículas.

— Desculpe — diz ela. Sua voz está embargada e quase não parece ser sua mesmo. — Desculpe, é que...

— Shhh — diz Hob. — Você não tem do que pedir desculpas.

Esse homem, ela pensa. Considera-o bonito, de uma beleza vigorosa, quase impossível, e sente uma nova onda de culpa por sua aparência. Ela engordou nos últimos meses — não o suficiente para mudar o jeito com que ele olha para ela, ainda não, mas o suficiente para Eleanor sentir o peso. Ela se sente maior por fora do que por dentro, como se seu corpo estivesse tentando o tempo todo prendê-la a terra. Pergunta-se de vez em quando se Hob entende por que motivo eles não dormem juntos tanto quanto antes. Em vez disso, ela cria pretextos para ficar acordada até tarde. E às vezes ele a acorda, tendo descido do andar de cima para encontrá-la toda enroscada no sofá, iluminada pela luz da TV fora do ar, com o hino nacional tocando baixinho e repetidamente na penumbra.

— Aposto que você bem que queria saber como me consertar — diz Eleanor. É para ser uma brincadeira, mas Hob parece quase ofendido.

— Eu te adoro — diz ele.

Ela começa a lhe dizer que o ama, mas de lá da porta vem o som de pezinhos. Hob alegra-se, vira-se e sorri para a menininha em pé ali, com o cabelo escuro precisando ser escovado, a camisola grande demais flutuando em torno dela como um halo. Ela atravessa a cozinha e escala o banco para se sentar ao lado da mãe, só com espaço suficiente para se espremer ali.

— Vá se sentar com seu pai, Agnes — diz Eleanor. — Por favor.

Agnes protesta, mas fica quieta quando vê a cara da mãe. Ela se deixa escorregar do banco e então sobe no da frente.

— Vamos comer, Ags? — diz Hob. — O que a senhorita vai querer?

— Torradas com canela! — diz Agnes, batendo com a palma das mãos no tampo da mesinha.

— Ah, Hob, deixe que eu cuido disso — diz Eleanor, mas ele faz que não e sinaliza para ela ficar onde está, como Eleanor sabia que faria. Ele pega o pão, mexe no porta-temperos emperrado e fica ali em pé, preparando o café da manhã da filha, de costas para as duas. Os três encaixam-se na peça encenada por Hob, todos seguindo o roteiro, uma família feliz reunida na cozinha luminosa e aconchegante, enquanto do lado de fora a tempestade desaba.

Bem que Eleanor queria estar lá fora.

— Mamãe — diz Agnes, tamborilando na mesa com seus dedinhos. — Já resolvi. Hoje vou nadar com você.

— É mesmo? E o que me diz daquilo ali? — pergunta Eleanor, apontando para a chuva. — E pare de bater na mesa.

— Ah — diz Agnes, abatida. E então se anima: — Bem, é só eu nadar por baixo da água.

— É isso aí — diz Hob, para trás. — É tudo só água mesmo.

— É tudo só água, tudo só água — repete Agnes, cantarolando as palavras. — Mas é sério, eu quero ir junto!

— Sei que você quer — diz Eleanor. — Seguinte: a gente pode ir à piscina municipal depois. Ela é coberta, abrigada da tempestade. Pode ser que Marjorie esteja lá. O que você acha?

— Não, não, não — diz Agnes. — No mar!

— Não — diz Eleanor. — E não peça de novo.

O sorriso de Agnes desaparece e seus olhos brilham de raiva.

— O mar é perigoso demais para menininhas — diz Hob, virando-se para mostrar a Agnes um prato com três fatias de pão. — O que acha?

Agnes inspeciona o pão com manteiga e a fina camada de canela e açúcar salpicada por cima. Ela aponta para uma das fatias.

— Esta aqui está triste — diz ela. — Está com muito pouca canela.

Eleanor observa enquanto Hob rodopia de volta à bancada, um homem renovado e transformado em torno da filha. Com um floreio, ele lança mais canela na fatia de pão carente; e então Agnes se levanta para ajudá-lo a arrumar o pão e colocá-lo na grelha para tostar.

Eleanor olha para Agnes, um montinho concentrado de energia ao lado de Hob. Um dia, é claro, Hob e Eleanor terão partido. Hob, o gigante delicado que a ensinou a andar no mundo com confiança, o homem que sempre foi uma fonte de força, um poço de amor: é quase certo que será assim que Agnes se lembrará do pai.

Como Agnes se lembrará de Eleanor?

Ela pensa nisso por um instante, mas a chuva é uma mensageira que traz notícias do mar. Eleanor fecha os olhos e imagina estar lá.

Apesar da chuva constante, a água do mar está mais quente no início da tarde. O que é relativo: *mais quente* não significa que a água esteja morna, só alguns graus menos fria. Eleanor está em pé na parte rasa, impaciente para começar, usando a roupa térmica de mergulho que Hob encomendou para ela, que sempre tem a sensação de que a roupa a restringe, pelo menos até o momento em que mergulha e o traje começa a acompanhar seus movimentos.

Todas as tardes de domingo, às duas horas, Eleanor e Hob vão de carro até o litoral. O Pacífico espalha-se vasto e cinzento diante deles como um paraquedas escuro e ondulante. Atrás deles, sua cidadezinha, Anchor Bend, segue a própria rotina. A primeira leva de traineiras volta a essa hora, chegando ruidosas ao porto alguns quilômetros mais adiante, deixando para trás arrotos escuros de fumaça negra e oleosa. O cais está lotado, e a mistura de sons das buzinas anticolisão é quase constante.

Essa é a hora preferida de Eleanor na semana. Hob deixa Agnes na casa de Marjorie e acompanha Eleanor para sua natação à tarde, chova ou faça sol. É o único dia em que ele está de folga do trabalho, e sempre ficou inquieto com a ideia de Eleanor nadar sozinha.

— Espere aí um segundo — diz Hob, como se Eleanor fosse mergulhar no mar sem ele. Ela olha para trás por cima do ombro, protegendo os olhos do clarão do céu cinza-claro, e observa enquanto ele atravessa a praia de cascalhos, a passos instáveis. Hob está completamente vestido e carrega uma sacola impermeável, dentro da qual estão as roupas de Eleanor e uma pequena pilha de toalhas grossas e felpudas. As botas dele ecoam no píer curto, com um som pesado e oco. Ela gosta do som, embora no íntimo deseje que o marido lhe permitisse nadar sozinha, mesmo que só de vez em quando.

Eleanor agacha-se e examina a água aos seus pés. Está mais cristalina do que normalmente, mesmo com a chuva dançando na superfície. Ela vê um pequeno caranguejo andando cuidadoso sobre os seixos, sua carapaça delicada oscilando. Ele passa pelos seus dedos dos pés, quase tocando nela, e depois segue para águas mais fundas.

Eleanor mexe com os dedos, enfiando-os na areia por baixo da camada de pedrinhas lisas. Está pronta para se lançar.

— Vamos de uma vez, Hob! — grita ela.

— Já vou — vem a resposta fraca do marido.

Ela força os olhos e o vê puxar as amarras que mantêm o velho barco a remo preso ao cais. O barco não é deles, mas está lá há tanto tempo que eles já nem se lembram. Agora pertence à cidadezinha, o que significa que às vezes, quando os dois chegam à praia, o barco não está lá. Nesses dias, Hob cancela a sessão de natação. Ela o questiona, mas ele permanece inabalável. Sem o barco, não poderá estar à disposição para ajudá-la; e para Hob esse é um risco alto demais para ser aceito. "Não quero que Aggie cresça órfã de mãe", disse ele a Eleanor no começo, depois de vê-la lutando para voltar para a praia, enfrentando uma correnteza inesperadamente forte.

Ela então lhe tinha implorado que comprasse um barquinho, para que as tardes de domingo na praia não ficassem à mercê de alguma embarcação de uso comunitário. Isso ele também tinha se recusado a fazer, explicando que não era prático comprar um barco que só seria usado uma vez por semana. Ou talvez tivesse pensado que ela poderia sumir com o barquinho e ficar à deriva para sempre, contente por se perder no mar.

— Vamos! — ela grita de novo.

Mas ele já pegou o barco. Joga a sacola dentro e depois entra. Quando se acomoda e segura os remos, Eleanor já está longe, a cinquenta metros da praia, dando vigorosas braçadas contra a corrente.

Quando jovem, Eleanor foi nadadora de competição. Como membro de destaque da equipe de natação do colégio, ela estabeleceu recordes distritais e estaduais em provas de nado livre. Depois frequentou a Universidade Estadual do Oregon com uma bolsa de atletismo. Lá seu treinador falou em inscrevê-la numa prova de classificação para a Olimpíada, mas Eleanor nunca chegou tão longe. Aos 19 anos, já tinha conhecido Hob e se apaixonado por ele, apesar da diferença de idade de quase vinte anos. Ela começou a faltar a treinos, depois a competições. Casou-se com Hob entre o primeiro e o segundo ano da faculdade; e então Agnes chegou, uma marolinha lenta e constante que em pouco tempo transformou-se numa enorme onda, encerrando a carreira acadêmica de Eleanor.

Por um tempo, Eleanor quase não percebeu o que havia perdido. Hob era encantador, mais velho e sábio. Ele torcia nas provas de que ela participava e até gostava de assistir aos treinos. Ficava sentado no alto das arquibancadas, olhando, enquanto ela atravessava a piscina, a água caindo na sua esteira. Depois ele a levava para jantar, e então iam à casa dele: uma casa de verdade, não um dormitório. Aquele primeiro ano foi quase mágico.

Quando Agnes nasceu, Eleanor transformou-se diante dos olhos de Hob, de não mais que uma menina numa mãe. Seu corpo mudou, reagindo bem à gravidez e aos meses iniciais de amamentação e recuperação. Para Hob, não podia haver nada melhor. Eleanor sabia que ele estava mais feliz do que nunca: o soldado vitorioso de volta para casa depois de duas guerras diferentes, conseguindo por fim construir uma família a partir de uma matéria-prima tão promissora.

Eleanor só foi sentir o puxão silencioso da água outra vez quando Agnes estava com quase dois anos. Àquela altura, Eleanor tinha desistido de seus próprios sonhos e se acomodado satisfeita nesse novo capítulo de sua vida. Agnes era uma criança adorável. Era rápida para aprender palavras. Franzia a testa como um velhinho rabugento, forçando Eleanor e Hob a dar risadas. Aquele era um lar feliz, e Eleanor tinha orgulho de ser melhor mãe do que a sua.

Uma noite, eles foram jantar na casa da irmã de Hob e voltaram pela rodovia 101, escura e sinuosa, que seguia ao longo dos penhascos da costa. O mar cintilava sob uma lua cheia e Eleanor entrou em transe enquanto as ondas quebravam preguiçosas lá embaixo. Naquela noite, deitada na cama, com Agnes finalmente ressonando baixinho no berço no canto, Eleanor cutucou Hob.

— Quero voltar a nadar — disse ela.

A piscina da faculdade estava fechada para reforma, a municipal vivia lotada de crianças e adolescentes; e Hob já estava disposto a jogar a toalha, quando Eleanor sugeriu a Splinter Beach. A princípio, ele ofereceu resistência, reclamando dos tubarões, da água gélida e tudo o mais, mas Eleanor desfazia todas essas desculpas. Naquele dia, Hob ficou em pé na praia, olhando, enquanto Eleanor nadava, numa linha paralela a terra, deliciada com a lenta sucção da maré por baixo do corpo, o sabor do sal nos lábios. *Isso* era nadar. O mar recebeu-a como um pai adotivo.

Hob achava que ela devia voltar a competir.

— Você só tem 23 anos — disse ele depois de levá-la para casa naquele dia. — E com 23 anos você não passou da idade para a Olimpíada. Ainda podia tentar.

— Não tenho certeza — disse Eleanor. — Foi legal só estar na água. E já perdi anos de treinamento. Ninguém vai se lembrar de mim. Agora, todos estão anos à minha frente. Eles estavam nadando e ganhando medalhas enquanto eu... — Ela parou de falar antes de terminar o pensamento: *Enquanto eu estava fazendo banana amassada para uma criança de dois anos.*

Mas Hob insistiu, e uma tarde eles deixaram Agnes com Marjorie e foram de carro até a Universidade Estadual do Oregon. Eleanor encontrou-se com seu ex-treinador, que repetiu a própria argumentação dela.

— A maternidade enfraquece a mulher — disse-lhe ele. — Não é culpa da mulher. As mulheres têm filhos, e o mundo segue em frente sem elas. É uma pena, também, Els. Você era boa mesmo.

— Ela vai conseguir — disse Hob, que estava tão envolvido com a ideia que Eleanor, por ele, se dispôs a fazer uma tentativa. Num evento local, ela competiu na prova de cinquenta metros, nado livre, e terminou em último lugar. Hob a incentivou a não desistir: — É só sua primeira competição. Você vai voltar a pegar o jeito da coisa.

Mas Eleanor estava farta. A vontade de vencer já não corria nas suas veias. O mar corria.

— Faltam dois anos para os Jogos de Verão — disse Hob, na volta daquela competição. — Você pode treinar bastante, mas é muito pouco tempo. E daí? Você treina para os seguintes, em 1968. Certo?

— Vou estar com 32 anos — respondeu Eleanor. — Ninguém ganha medalhas aos 32, Hob.

— Quer dizer que você passou da idade para nadar — diz Hob. — Será que passou da idade para mergulhar?

Eleanor vai fundo em cada braçada. As ondas diminuem à medida que ela aumenta a distância entre si mesma e a terra firme. Já não ouve as buzinas estridentes no acesso ao porto. O barulho da água nos seus ouvidos está perto demais, alto demais. Ela adora esse som. Ele quase faz parte dela, do seu impulso de absorver moléculas de água do mar. A água gruda na sua pele. Seus braços rompem a superfície. Ela vira a cabeça, respira fundo, mergulha o rosto de novo.

Hob rema a uma distância segura dali, puxando os remos com um movimento longo e preguiçoso para acompanhar o ritmo de Eleanor.

Hob a ama. Ela sabe que ele é diferente. Eleanor não consegue pensar em um único homem na sua vida que tenha um dia demonstrado interesse pelos sonhos de uma mulher. Por sua culinária, sim. Por sua silhueta, também, é claro. Mas que homem teria entrado no coração de uma mulher para abraçar as coisas que a movessem mais profundamente? Não existe ninguém como Hob, e ela supõe que seja por isso que o ama, mesmo que os sonhos pelos quais ele se interessa sejam sonhos dos quais ela já desistiu.

Mas ali no oceano, com a água escorrendo pelo rosto, o cheiro do mar invadindo o seu nariz, ela imagina como seria poder voltar a um tempo distante, ao tempo em que vivia antes de conhecer Hob. Sabendo o que sabe agora — conhecendo o amor dele e o cintilar dos olhos da filha —, Eleanor tomaria as mesmas decisões? Ela se permitiria apaixonar-se?

Enquanto está nadando, ela olha de relance na direção de Hob. É um homem bom: tranquilo, paciente e delicado.

Ela então mergulha e nada sob a superfície, movimentando os pés para chegar a uma profundidade onde sabe que não pode ser vista. E só ali, onde o sol começa a perder o brilho e a água superficial mais morna se torna fria de repente, ela se permite responder a essa pergunta.

Eleanor não é uma mergulhadora nata. Isso ela aprendeu logo, em pé no alto do penhasco da ilha pela primeira vez. A queda de quinze metros era bem maior do que a de qualquer trampolim de competição. Até sua primeira visita à ilha, ela só havia mergulhado do trampolim de menos de um metro da piscina municipal. A ilha, chamada Huffnagle, era um horror por todos os lados, menos um. Suas águas rasas, um campo minado de pedras isoladas. Mas, se uma garota desembarcasse ali e encontrasse a trilha sinuosa que levava ao cume da ilha, ela descobriria que o lado da ilha voltado para o horizonte do Pacífico também dava para uma profunda enseada azul, quase totalmente livre das pedras que poderiam fraturar o crânio de alguém.

Naquele primeiro dia, Hob tinha remado o barquinho até o interior da enseada e se aproximado do penhasco, onde ficou esperando, espichando o pescoço para vê-la lá no alto. Eleanor levou quase uma hora para reunir coragem e realmente mergulhar. E quando o fez, seu mergulho foi disforme, como um origami amassado, e ela bateu na água feito uma criança empurrada escada abaixo.

"Você nunca foi uma ginasta", seu treinador lhe avisara quando Eleanor contou que Hob estava tentando ensiná-la a mergulhar. "Nadadores não são bons mergulhadores. Já ginastas e bailarinas *são*, por mais surpreendente que seja. E você tem uma compleição de nadadora, Eleanor. Não fique esperançosa demais, por favor."

Agora, depois de uma estação inteira, seus mergulhos são fluidos, límpidos. Hob acredita que ela promete, mas Eleanor sabe que nunca será competitiva como mergulhadora. Ela é boa ali, no penhasco, mas numa piscina oficial, vendo atletas treinados como profissionais saltando de trampolins flexíveis, ela seria derrotada. Por isso, enquanto Hob a incentiva, elogiando sua forma e sua elegância, Eleanor apenas aprende a curtir a sensação do voo, aquele momento de inexistência de peso antes que a gravidade a arranque do céu. Após cada mergulho, ela contorna a ilha até a praia, pisa em terra firme, sobe a trilha e repete o número. Numa tarde boa, quando não está muito frio, quando a corrente não está difícil demais, pode mergulhar umas doze vezes.

Mas numa tarde maravilhosa, ela se demora na água entre um mergulho e outro, dando a volta na ilha pelo lado mais extenso. Nesses dias, pode ser que mergulhe quatro vezes, talvez até seis, o que nunca é suficiente para Hob, porém é mais do que bastante para ela.

Um dia, Eleanor acabou dizendo para ele parar com aquilo, que ela nunca chegaria a competir como mergulhadora. Justiça seja feita, Hob reduziu suas expectativas e parou de tentar extrair grandiosidade dos mergulhos dela. "Nós não precisamos mais ir à ilha", disse ele. "Você poderia simplesmente nadar." Assim, na maior parte do tempo, é isso o que eles fazem. Mas, em outros dias, Eleanor sugeria que fossem à Huffnagle novamente, e lá ela mergulharia uma vez ou duas, só para reviver aqueles momentos efêmeros em que quase flutuava acima do mundo, intocável.

Em vez de tecer comentários sobre a forma de Eleanor, Hob só espera no barco, lendo um livro ou um jornal, como um pai que espera paciente que a filha se canse nos brinquedos do playground. Ele descobriu o lugar exato para parar o barco, onde as ondas vagarosas do oceano o mantêm fixo na muralha do penhasco. Ele pode virar as páginas sem se preocupar com a possibilidade de o barco ir à deriva.

Hoje a chuva dificultou a leitura. Por isso, Hob está debaixo do guarda-chuva, assistindo aos mergulhos de Eleanor com mais cuidado do que normalmente. Seu primeiro mergulho é elegante — talvez o melhor até agora. Mas ele não diz nada. Só fica olhando enquanto ela nada de volta à praia. Para ser franco, ele admite a si mesmo, prefiro isso a ser seu treinador: ficar encolhido no barco, de capa de chuva, apreciando o cheiro úmido do penhasco ao lado, vendo um ou outro peixe romper a superfície da água. A uns quatrocentos metros dali, sete ou oito gaivotas boiam, sem ligar para a chuva.

Eleanor mergulha de novo e então sorri para ele antes de sair nadando em volta das pedras. Geralmente, ela leva sete ou oito minutos para chegar à praia e voltar ao alto do penhasco. Por isso, dessa vez, quando mais de dez minutos se passaram, Hob inclina a cabeça para trás e olha para o alto do penhasco. Eleanor não está lá. Ele chama seu nome e ela responde, mas sua voz está mais baixa do que deveria.

Hob pega nos remos e começa a remar.

1963

Eleanor

Ela está sentada no cantinho do café da manhã e olha a chuva que cai. A árvore que Hob e Agnes plantaram dois verões atrás está curvada de lado com o vento. Mesmo dali de dentro, Eleanor pode ver a terra em torno de sua base começando a se desmanchar. Se a tempestade piorar muito, a árvore não sobreviverá.

Ela ouve a chuva que açoita a casa a cada rajada de vento. Lá em cima, o sótão geme quando o vento assobia através dos caibros.

— Nada de natação hoje — diz Eleanor, em voz alta.

Está surpresa por ter pronunciado as palavras, e mais ainda por isso ter lhe passado pela cabeça. Ela e Hob não vão à praia desde o acidente, que foi bastante insignificante. Um passo em falso na trilha da ilha, um tornozelo torcido. Normalmente, esse tipo de coisa a teria deixado fora da água por uns dois dias, não mais que isso.

Mas tinha se revelado que Eleanor estava grávida de novo. E por isso, segundo seu médico, ela estava terminantemente proibida de nadar.

"E nada de se atirar de penhascos também", recomendara ele depois de ficar sabendo o motivo de Eleanor estar na Huffnagle. "Estou surpreso por você *ainda* estar grávida, para ser bem franco. Esse tipo de coisa pode encerrar uma gravidez num piscar de olhos."

No caminho para casa, Hob tinha falado sem parar sobre ter um filho, mas Eleanor mal o ouvia.

Grávida.

De novo.

Às vezes, Eleanor jurava que sua vida estava sendo escrita pela mão de outra pessoa. Sem dúvida, não era a dela mesma. Talvez fosse a de Hob. Talvez até mesmo a de Agnes: não fazia nem um mês e meio que ela pedira um irmão ou irmãzinha.

"E o nome dela vai ser Patricia", Agnes tinha declarado. "Ou Patrick!"

Eleanor beberica o chá e suspira. Ela agora faz isso com uma frequência incrível: o ar sendo expulso dos pulmões, com preocupação, pelo peso dos seus pensamentos. Pensamentos sombrios, medonhos, cheios de culpa. Algumas noites antes, sonhou que um homem a importunava no mercado. Ele segurava uma prancheta e uma caneta; instintivamente ela forçou passagem. O homem a deixou passar, dizendo "Te vejo na saída". Eleanor acabou se esquecendo dele, mas, para sua surpresa, lá estava ele quando ela terminou as compras.

— Vote em Eleanor — disse ele dessa vez, quando ela tentou passar de mansinho. E então parou.

— Como é que é? — perguntou a versão de Eleanor no sonho.

— Eleanor — repetiu o homem. — A cidade está votando sobre a questão dela.

— Que questão? — perguntou Eleanor.

— É simples — disse o homem, dobrando para cima uma das folhas da prancheta e a segurando para ela poder ver. Havia duas palavras grandes na página: *Sim* e *Não*. Abaixo de cada palavra, uma lista de nomes, alguns rabiscados de modo ilegível, outros escritos com perfeita caligrafia. — Eleanor pode começar de novo, ou Eleanor pode ficar na prisão.

— Prisão?

— Isso mesmo — disse o homem, sem explicar mais nada.

— Mas... eu sou Eleanor.

— Ah! — disse o homem. — Bem, nesse caso, você decididamente precisa pensar em votar. Neste exato momento, está ocorrendo um empate. O seu vai ser o voto de minerva!

— Votar não é um assunto pessoal? Isso aqui está me parecendo uma petição.

— De jeito nenhum — respondeu o homem. — Mas dá pra comer banana de graça nas tardes de quinta.

— O quê? — perguntou Eleanor.

— Eu disse que é melhor você se apressar e votar, porque acho que está prestes a acordar.

Mas ela acordou do sonho antes de ter tempo para dar seu voto. O sonho permaneceu com ela desde então, com seu cérebro trabalhando na questão do voto, enquanto prepara o jantar para Hob e Agnes, quando lava a louça, durante o tempo que fica sentada na banheira, a água mais funda em que esteve já há meses.

Ela sente falta do mar. De noite, quando Hob está dormindo, Eleanor escuta e quase consegue ouvir o som da arrebentação, fraco e distante.

Prisão.

Ela diz a Hob que está com os hormônios totalmente malucos e é por isso que ele a pega chorando tantas vezes nesses últimos tempos. Ela acha que Hob acredita. Eleanor não se lembra se ficou desse jeito quando estava grávida de Agnes.

Eleanor massageia a barriga, preguiçosa, enquanto a tempestade piora. Ela agora está aparecendo, não muito, mas o suficiente para desconhecidos terem começado a lhe dar os parabéns quando vai ao centro da cidade. Eleanor e Hob não fazem amor desde que descobriram. Ela não tem vontade, e ele fica preocupado com a possibilidade de machucar o bebê, uma coisa que Eleanor achava que Hob já teria resolvido durante a primeira gravidez.

Eleanor é grata por esse novo bebê parecer ter distraído a atenção de Hob e de Agnes dela mesma. Ela se preocupa com a possibilidade de que esses pensamentos terríveis, cheios de culpa, transpareçam no seu rosto. Agora suas crises ocorrem a toda hora, mas ela procura lugares tranquilos, escuros, como o chão do closet, por trás das camisas e pulôveres pendurados de Hob, e chora ali, onde ninguém a veja.

Ela ouve Agnes lá em cima, perguntando ao pai se o bebê pode dormir na cama dela quando chegar.

Pelo menos, alguém está animado.

✴ ✴ ✴

Ela sai de casa em silêncio, antes que Hob ou Agnes acordem. O céu está escuro, mas começa a clarear. Senta ao volante do Ford e fixa o olhar nas nuvens, debruçando-se para vê-las através do para-brisa. Elas são ameaçadoras e escuras, quase negras. Eleanor se pergunta como deve ser a vista acima das nuvens. Acha provável que seja só o céu azul e o sol brilhando lá em cima, o oposto absoluto da vida ali embaixo, em Anchor Bend.

A chuva bate no Ford como um saco de pedras numa secadora de roupas. Eleanor dirige devagar, apertando o volante com as mãos. Atravessa a cidadezinha, a única coisa em movimento num raio de quilômetros. Por enquanto, nenhuma loja está aberta. Não há pedestres nas calçadas. Dias como esse dão um pouco a sensação de que é o fim do mundo. Tudo está paralisado, turvo e lento.

Ela dirige por um tempo, acabando por deixar para trás o centro da cidade. É atraída para o mar, como um ímã. Para a caminhonete no pequeno estacionamento junto da praia, desliga o motor e o para-brisa. A chuva escorre pelo vidro em ondas. Ao longe, vê a conformação da ilha de Huffnagle, apagada pela chuva até se tornar não mais que uma sombra borrada.

Eleanor fecha os olhos e se acalma. O mundo é feito de água, que cai sobre o Ford, o estacionamento de asfalto e as pedras da praia, reconfortando-a. Hoje o mar está com alguma vida, cada onda rugindo grave ao quebrar na praia. É o caos aqui em cima, mas lá embaixo, ela sabe, é tudo tranquilo. Paz. Como o céu acima das nuvens. Como um momento de ausência de peso.

Quando volta a abrir os olhos, Eleanor já tomou a decisão. Ela deixa a chave na ignição, abre a porta e sai no meio da chuva. Num instante, está encharcada, com a camisola e o roupão grudados ao corpo inchado.

Na outra extremidade do pequeno estacionamento, há uma caminhonete parada. A única outra pessoa no mundo chegou naquela praia enquanto Eleanor estava de olhos fechados. Ela vê o vulto de alguém dentro do carro, talvez apreciando o tempo. Não acena, não se importa.

As pedras da praia estão pretas, molhadas e brilhosas. Eleanor as atravessa devagar, mas não está preocupada com a possibilidade de escorregar e cair. Há dois maçaricos correndo por ali a passos miúdos, enfiando o bico na areia após o recuo de cada onda. As nuvens ao longe se desmancham feito tafetá, mechas negras e frágeis separando-se de seus corpos.

Eleanor anda até a beira da água e fica ali parada um instante com seu roupão molhado e pesado. As ondas são como agulhas duras e pontudas tocando seus pés e tornozelos. Ela fecha os olhos de novo, as mãos enfiadas nos bolsos, e pensa em Hob, no seu sorriso bondoso, seus segredos e ombros largos, seu cabelo liso repartido com cuidado e seus olhos profundos e francos. Pensa em Agnes e no seu cabelo emaranhado, nas linhas de expressão em torno dos olhinhos escuros e tristes.

Eleanor conhece esses olhos. São os dela.

Agnes vai se sair melhor. Hob vai se encarregar disso.

Eleanor tira o roupão, uma manga após a outra. Ele se agarra na sua pele, resistindo, mas ela o atira na praia. E se curva e pega a bainha da camisola, a flanela molhada esponjosa entre os dedos. Eleanor fecha os punhos e a puxa por cima da cabeça. Depois, olha para o mar. O frio da chuva é cortante; o do vento, pior. Ela mal consegue engolir em seco. É difícil respirar. Seus ombros e mãos estão tensionados, a cabeça lateja. É nesse momento que Hob estenderia a mão para ela, em que ele a acalmaria.

Às suas costas, ela ouve o som abafado de uma porta de carro se abrindo; e depois uma voz masculina, distante, grita alguma coisa.

Eleanor não responde, não olha para trás.

Entra no mar, avançando a passos largos, a água chegando até os joelhos, depois aos quadris. Seu pânico vai se dissolvendo à medida que prossegue. O mar a está chamando, como se só ele a conhecesse.

Ele é o seu lar.

Quando a água chega à cintura, ela abre bem os braços para trás e se lança para a frente, começando a nadar, nadar e nadar.

PARTE I

1985

Agnes

No dia em que acontece, as gêmeas estão com seis anos — faltando apenas semanas para seu aniversário conjunto.

Agnes anda apressada pela casa, procurando suas botas de chuva.

— Esme — diz Agnes, irritada, enquanto sobe a escada. — Ellie, uma de vocês viu minhas galochas?

— O nome é botas de chuva, mamãe! — grita Esmerelda. — Galocha é o que a gente usa por cima dos sapatos.

— Esses se chamam protetores de calçados — diz Agnes.

— Não, eles são...

— Chega... — Agnes para no patamar, respirando fundo. — Apenas pare.

Esmerelda está no vão da porta do quarto das meninas. Ela dá de ombros e então passa se espremendo pela mãe e vai até o banheiro.

— Cadê sua irmã? — pergunta Agnes.

— No sótão — diz Esmerelda, fechando a porta do banheiro.

Irritada, Agnes bufa e bate de leve na porta.

— Trate de se apressar — diz ela. — Seu pai vai ficar esperando por nós no aeroporto.

— Não tô nem aí — diz Esmerelda, com a voz abafada pela porta.

Agnes dá um soco na porta.

— Mocinha, você é pequena demais para "não tô nem aí". Guarde isso para quando estiver com 13 anos. O que está fazendo aí dentro?

Esmerelda não responde. Agnes volta-se e se encosta na parede, apertando os olhos com os punhos e deixando a boca cair num berro reprimido. Ela então se endireita, descola-se da parede e vai abrindo as mãos devagar, esticando bem os dedos estreitos até eles formigarem um pouco. E inspira fundo e expira.

— Uma coisa de cada vez — diz ela, baixinho. — Uma coisa, uma coisa.

Fica parada ali um instante, quase oscilando, com os olhos ainda fechados. Depois respira fundo para se acalmar, abre os olhos e vai até a porta do sótão.

— Ellie! — ela grita para a escada. — Acho bom você estar pronta!

Eleanor

Eleanor está sentada sozinha na oficina do pai, examinando a casa minúscula ainda inacabada. Está meio escuro no sótão. A chuva deixou o mundo lá fora com um agradável tom de cinza. Ela prefere dias como este a qualquer outro. Não faz sol, só chove. Aos seis anos, sua palavra preferida é "inclemente". Ela a usa sempre que pode, depois de tê-la aprendido naquele ano na primeira suspensão das aulas por mau tempo. Hoje é um dia que, sem dúvida, pode ser descrito como inclemente.

Mas a luz que entra pela janela circular na outra ponta do sótão está muito fraca, longe demais da bancada de trabalho, e Eleanor não consegue ver os detalhes do projeto mais recente do pai. Relutante, ela estende a mão para a luminária e a acende. Um aconchegante clarão laranja inunda o espaço de trabalho, e a pequena casa diante dela lança uma longa sombra marrom por cima da mesa.

Agora ela a vê com clareza e quase consegue distinguir a última parte que seu pai pintou. Por baixo de um minúsculo peitoril de janela, há uma gota de tinta azul endurecida. Ela pode visualizar sua pincelada cuidadosa e deliberada. Ele teria percebido que havia tinta demais no pincel. Em circunstâncias normais, teria limpado o excesso dela na boca do frasquinho, mas era provável que estivesse com pressa, e nesse caso ela podia imaginá-lo pintando a parte externa da casa com pinceladas pra lá e pra cá, e então encaixando a gota a mais de tinta na fresta estreita por baixo do peitoril, onde estava quase totalmente escondida, um segredo que só ela compartilha com ele.

O resto da casa é bem construído. Ela acha provável que esse seja o melhor trabalho do pai até agora. A planta é criativa, diferente das casas mais simples que desenha na aula de artes na escola. As casas dela são blocos de um único cômodo com portas inclinadas e telhados cheios de protuberâncias. As do pai são construções de vários andares, às vezes com janelas elaboradas que vão do chão até o teto de um aposento.

Seus dias preferidos são os que passa no sótão com ele, empoleirada no banco do outro lado da mesa. Ela tem o cuidado de não atrapalhar a iluminação. Ele costuma puxar a luminária para perto e examinar a casa com uma lupa de cabeça, aplicando uma pressão delicada com uma pinça nos ossos do esqueleto da estrutura para fixá-los no alicerce de isopor.

— Por que você faz casinhas? — perguntou a ele um dia.

— Bem — ele respondeu, devagar, estendendo as palavras enquanto encaixava uma miniatura de chaminé no lugar –, porque não sou um arquiteto muito bom.

— O que é um arquiteto?

Ele sorriu para ela sem levantar os olhos. — É alguém que desenha prédios. Ele diz o lugar onde tudo tem de ficar e como o prédio vai ser.

— Por que você não é bom nisso?

— Não gosto muito de estudar — admitiu ele. — Você precisa gostar de estudar para ser um bom arquiteto.

— Ah — respondeu Eleanor. E depois disse: — Mas você faz casas bonitas.

— Pois é. Obrigado, amorzinho.

Ela o observou um pouco mais e perguntou:

— Então qual é o seu trabalho?

— Você sabe a resposta — disse ele. — O que o papai é?

Eleanor mordeu o lábio inferior. — Corredor.

— Corretor — corrigiu ele.

— Eu sei — disse ela, rindo. — Corredor é mais engraçado.

Ela agora examina a casa inacabada em cima da mesa e se assombra com os detalhes microscópicos: a escada do tamanho de um inseto, que leva à porta da frente; a pequena argola de metal na própria porta. Sua parte preferida é o gramado com árvores, algo que as casas do pai nem sempre incluíam, mas que aquela ali tem. O gramado espalha-se, amplo, em torno da casa sem telhado, com ondulações discretas e pequenas árvores. A entrada para carros está vazia, mas uma perfeita caixinha de correio está fincada em sua ponta.

Abaixo da escada do sótão, a porta do segundo andar abre-se ruidosa. Eleanor tem um sobressalto, sacudindo a casinha em suas mãos.

Sua mãe grita escada acima:

— Ellie! Acho bom você estar pronta!

— Eu estou pronta, mamãe! — grita ela, em resposta.

— Ótimo — responde a mãe.

Eleanor ouve o rangido da porta, quando Agnes começa a fechá-la de novo, mas então o som para.

— Você não deveria estar aí em cima sem seu pai — acrescenta a mãe. — Desça agora de uma vez.

— Sim, senhora.

Eleanor pula do banco, que oscila debaixo de seu traseiro, e tira um instante para firmá-lo antes de descer a escada.

É nesse momento que ela percebe a caixa de correio com seu poste partido exatamente no meio.

Agnes

A porta do segundo andar abre-se mais um pouco e Eleanor sai, parecendo envergonhada.

— Você sabe que seu pai não ia gostar de você ficar lá em cima sozinha — diz Agnes.

Eleanor faz que sim, submissa, olhando para o chão.

— Sei, sim, senhora.

— Não temos tempo para choramingar — diz Agnes. — Não consigo encontrar minhas galochas.

— Suas botas de chuva? — pergunta Eleanor. — Estão junto da porta dos fundos.

Agnes muda o queixo de posição e mergulha em pensamentos. Então estala os dedos.

— Isso mesmo... eu estava cobrindo as petúnias.

Eleanor dá meia-volta para entrar no quarto, mas Agnes põe a mão no ombro dela.

— Nada de sair de mansinho — diz ela para a filha. — Preciso de vocês duas lá embaixo. Já estamos atrasadas.

Paul vai chegar de Boca Raton daqui a pouco menos de duas horas. Na noite anterior, ele tinha se queixado por telefone com Agnes dizendo que, durante seis dias a fio, só havia visto o interior do Holiday Inn — o quarto dele e o salão de banquetes onde o seminário de corretores de imóveis se realizou. Pelo correio, ele enviara cartões-postais — pequenas fotografias antigas de gaivotas na popa de barcos a vela, fotos engraçadas de velhinhas de maiô, mas nenhum havia chegado.

— Não quero saber — disse Agnes. — Você está na Flórida. A culpa é só sua se você não consegue encontrar a praia.

Ela sabia que a tensão na sua voz era óbvia. Paul percebia que ela estava chegando ao seu limite: ele tinha viajado três vezes no mês anterior, e havia as noites em que costumava sair para beber com outros corretores, além de algumas visitas depois do expediente para mostrar o novo empreendimento à beira-mar; mas foi assim mesmo. Podia ser que ele não soubesse como era pouca a paciência de que Agnes dispunha. Podia ser que não conseguisse ver que ela estava se esgotando.

— Como estão as coisas? — perguntou ele.

Mas os problemas dela não teriam muita importância para ele. As paredes do seu quarto de hotel eram tão próximas que não conseguia enxergar além delas. Agnes e seus problemas não eram reais. Só o seriam quando ele voltasse para casa, e eles fossem alguma coisa que precisasse enfrentar e resolver.

— Quando você chegar — respondeu Agnes —, vou de carro a Portland, e é até possível que eu gaste todo o seu dinheiro em vinho e numa suíte só para mim. E é até possível que eu não volte nunca mais.

— Agnes...

Mas ela desligou na cara dele, e sua frustração não tinha diminuído da noite para o dia.

Ela agora desce a escada depressa. No patamar, às suas costas, ouve a porta do banheiro se abrir e Eleanor e Esmerelda cochichando juntas. Agnes pisa no último degrau com um pulo e quase cai. A passadeira vermelha que cobre o assoalho de madeira de lei embola sob seus pés, e Agnes escorrega e se agarra ao corrimão.

Ela consegue se firmar e chuta a passadeira para alisá-la de novo.

As botas estão exatamente onde Eleanor disse que estavam, como pequenas sentinelas ao lado da porta corrediça de vidro. É menos uma coisa em que pensar, e ela solta a respiração devagar. O vidro está frio, e encosta a testa nele, vendo a chuva cair no jardim. Sua respiração embaça o vidro, e então o embaçado recua quando ela inspira. Depois, ele volta com a respiração seguinte.

O jardim supostamente era para ser o lugar dela: sua versão do sótão de Paul. As petúnias estão enfileiradas com cuidado por baixo da cobertura de plástico que instalou na noite anterior, protegidas da chuva, mas agora ela não se importa. São só flores. Se tivessem sido destruídas pela chuva, Paul ia só lhe dizer que comprasse outras no horto. Ele não levaria em consideração o cuidado que ela lhes havia dedicado, provocando-as a sair da terra, transformando-as de bulbos duros em pinturas delicadas e adoráveis.

Ela estava falando sério sobre o quarto de hotel em Portland.

Lá em cima, as gêmeas estão brigando. Agnes ouve o murmúrio das vozes através do teto.

Deveria subir e separar as duas, mas é boa a sensação do vidro na pele, e seu cabelo cai em volta do rosto, separando-a do mundo lá fora, criando um pequeno espaço só dela. Agnes deixa o vidro se embaçar todo. Consegue sentir o frio que se irradia dele e, cada vez que inspira, expira lentamente o ar aquecido. O contraste entre as temperaturas é mágico.

Agnes fecha os olhos. Toda uma vida de manhãs chuvosas, como esta. Elas são belas a seu modo gelado, mas se entranham nela e a transformam em outra pessoa. Numa mãe zangada, numa criança perdida. Todas elas fazem com que se lembre da sua mãe.

Do pouco que se lembra dela.

— É tudo só água — resmunga ela consigo mesma. — Merda de água.

Agnes afasta-se da porta de vidro. Enfia os pés nas botas, sem esforço. A borracha range. Seus ombros estão tensos. Sua cabeça começou a latejar. Ela se lembra de respirar devagar, devagar — para dentro, para fora –, mas a enxaqueca vai chegar de qualquer maneira, e não há nada que possa fazer.

Ela vai até o pé da escada e chama as meninas mais uma vez.

Elas aparecem lá no alto, despenteadas, uma dando cotoveladas na outra por estar perto demais.

— Vistam as capas — ordena ela. — Estamos atrasadas.

Ela pressiona as têmporas delicadamente com os polegares e faz movimentos circulares. As garotas voltam a aparecer e descem, barulhentas, a escada. Agnes estremece. Essa não é a hora para uma das suas dores de cabeça.

O telefone toca na cozinha.

— Eu atendo! — grita Esmerelda.

— Não, Esme... — Agnes começa, mas a menina se movimenta a uma velocidade incrível; e, diante da escolha entre a mãe exasperada e a súbita tarefa importante da irmã, Eleanor também vai em disparada na direção da cozinha.

— É a tia Gerry! — grita Esmerelda.

— Diga que já estamos saindo e tratem de vir para cá e vestir as capas.

— Ela diz que você precisa falar com ela — diz Eleanor, reaparecendo no corredor.

— Putz — resmunga Agnes. — Tudo bem.

Gerry se oferece para ir a Portland em seu lugar.

— Fechei o escritório cedo, por causa da tempestade — diz ela. — Assim você poderia ficar com as meninas em casa. É só me deixar apanhar o garotão para você.

Mas isso não faz parte do plano, e, apesar de não estar louca por fazer a longa viagem de ida e volta, ela recusa o oferecimento.

— Já estamos atrasadas. Preciso pôr as meninas no carro. Venha jantar com a gente mais tarde, se quiser.

Ela pega sua capa do cabide ao lado da porta da frente e a veste. Não a fecha porque a capa é meio dura e dificulta a entrada no carro quando o zíper está fechado. Sua bolsa está pendurada em outro cabide, e a apanha também. Depois, estende a mão instintivamente para a mesinha do vestíbulo. Seus dedos encontram a superfície vazia, e ela olha para baixo.

— As chaves — diz ela, olhando em volta.

As meninas estão esperando a seu lado, já de capa: a roxa para Esmerelda, a azul para Eleanor. As cores diferentes foram ideia de Paul. "Para nós podermos dizer quem é quem", disse ele. Não foi sua ideia mais brilhante.

Agnes aponta para as capas. — Destroquem isso logo. Não temos tempo.

Eleanor franze a testa e se desvencilha da capa roxa.

— Não era para você saber — queixa-se ela.

Mas Agnes bate nos bolsos da capa, sem fazer caso da filha.

Um tilintar.

Esmerelda está com o chaveiro num dedo.

Agnes solta a respiração, apressada.

— Obrigada — diz ela. — Estamos prontas?

Ela olha de novo para as filhas. Esmerelda está com um livro num bolso da capa. Eleanor, um caderno de espiral e um estojo de lápis. Se tiverem tempo, as meninas quase sempre se recolhem para seus mundos exatamente dessa forma. Cansada das histórias de detetive de Nancy Drew, Esmerelda lê livros que surrupiou do esconderijo dos pais; e Eleanor desenha mapas elaborados, túneis subterrâneos cheios de orientações erradas e armadilhas.

— Que livro você pegou? — pergunta Agnes.

Esmerelda desvia o olhar.

— Ah, só um livro. Não é nada.

Agnes deixa pra lá. Algumas semanas antes, ela descobriu debaixo do travesseiro de Esmerelda um exemplar de *O iluminado* e interrogou a filha. Revelou-se que Esmerelda não compreendia a maior parte do que lia, mas entendia as partes relacionadas a Danny. Para ela, *O iluminado* seria a história de um menino que conseguia brincar o dia inteiro num hotel vazio. Parecia uma aventura.

Ela abre a porta. Nos poucos minutos que elas levaram para se aprontarem, a chuva tornou-se torrencial, despencando no gramado e na entrada de carros, como se pudesse destruir o calçamento. Agnes conduz as meninas para a varanda, debaixo do beiral, e tranca a porta da frente.

— Contando até três? — pergunta Eleanor, olhando para Agnes.

— Agora — diz Agnes, pondo a mão nas costas de cada menina e as empurrando pela escadinha da varanda.

As três correm gritando no meio da chuva, que bate forte nas capas finas. As botas chapinham nas poças da entrada de carros. O Subaru azul refulge à luz fraca da tempestade. Eleanor e Esmerelda brigam pelo controle da porta da frente, dando empurrões uma na outra.

— *Entrem, entrem, entrem!* — grita Agnes, mais alto que a chuva.

Mas as portas estão trancadas.

Elas gritam e voltam para a segurança da varanda, respirando com dificuldade, os rostos totalmente molhados. Eleanor bate com os pés e se sacode como um cachorrinho.

— Vou na frente — declara Esmerelda.

— É a *minha* vez — questiona Eleanor.

— *Mamãe* — Esmerelda geme. — Eu falei *primeiro*.

— Não temos tempo para vocês brigarem por besteira — diz Agnes. — Isso é uma besteira. *Resolvam sozinhas.* Certo? Agora, contem até cinco e venham atrás de mim.

Agnes dá meia-volta e dispara até o carro. Seu capuz cai para trás e seu cabelo fica ensopado imediatamente. Ela enfia a chave na fechadura, abre com violência a porta do carro e se joga, pesada, no banco do motorista. E bate a porta atrás de si e fica ali sentada, ligeiramente atordoada. Daí a um instante, as meninas aparecem às janelas, gritando e socando o vidro. De estalo, Agnes sai de seu aturdimento momentâneo e libera as portas.

Esmerelda estende a mão para a maçaneta da porta dianteira, mas Eleanor a desloca com um empurrão de quadris e chega antes, sentando de qualquer modo no banco da frente.

— *Mamãe* — queixa-se Esmerelda, em pé ao lado do carro no aguaceiro.

— Para dentro! Agora! — diz Agnes, agressiva.

Furiosa, Esmerelda pisa numa poça e entra no banco traseiro, batendo a porta com a maior força possível.

Eleanor vira-se e olha, vitoriosa, para a irmã.

Esmerelda mostra a língua para ela.

— Cinto de segurança — diz Agnes.

Ela dá partida no carro e passa o controle do aquecimento para o máximo num único movimento. O motor zumbe; uma rajada de ar gelado entra pelos dutos. Eleanor empurra os direcionadores para o teto.

— Estamos atrasadas? — pergunta Esmerelda, enxugando os olhos.

Agnes começa a responder e então hesita, interrompida por uma gota d'água que a atinge no olho. Ela examina o teto do carro. O tecido do forro está escuro, encharcado. A água vai se acumulando devagar, para formar mais uma gota gorda, que cai em seu rosto voltado para cima.

— Puta que pariu — reclama Agnes.

— Mamãe! — diz Eleanor, espantada.

— É, e daí? — diz Agnes, com um pouco mais de raiva do que pretende. Ela põe a alavanca em ré e se vira, passando um braço por trás do banco de Eleanor. E acelera, e o Subaru desce ruidoso pela entrada de carros até a rua.

— Estamos muito, muito atrasadas.

— E a chuva não ajuda — acrescenta Eleanor.

— É — diz Agnes. — A chuva não ajuda.

— Eu gosto da chuva — diz Esmerelda.

— Não seja do contra, *Esmerelda* — diz Eleanor, olhando furiosa para a irmã gêmea.

— Que foi? — pergunta Esmerelda, em tom de desafio. — É tudo só água.

Agnes olha espantada para a filha pelo retrovisor.

— Que foi? — pergunta Esmerelda.

Agnes dirige pelo bairro na maior velocidade que se atreve e então arrasta o carro para a avenida que as fará atravessar a cidadezinha até chegar à rodovia. Eleanor abre seu caderno e continua a desenhar um mapa que parece ser um corte transversal de um formigueiro militarizado. No banco de trás, Esmerelda solta o cinto de segurança e chega mais para perto da janela. Então afivela o cinto de novo. Ela observa os carros que passam e depois concentra a atenção no vapor que embaça a janela. Com uma unha, em letras de fôrma bem pequenas, ela escreve no vidro embaçado o palavrão que a mãe disse. E então o apaga rapidamente, pegando seu livro. Dessa vez é *Tubarão*. Ela vai direto para aquela parte do livro em que Hooper e a mulher do chefe de polícia Brody começam a ter um caso, curiosa com as palavras nesse pedaço e o que elas significam.

A estrada chia debaixo do carro, e todos os veículos que passam mandam uma onda de água que bate na couraça metálica do Subaru. As meninas, acostumadas a esse tipo de tempestade, nem olham.

Agnes segue para a rodovia pela estrada litorânea. Ela só pega esse caminho quando ruma para o interior, indo a Portland. Procura não olhar para a paisagem, quando terminam as fileiras de casas e os campos de pinheiros malcuidados, dando lugar às praias rochosas que se abrem para o oceano. Mas não é fácil, e ela acaba olhando de qualquer modo. Elas já passaram pelo píer, onde seu pai pegava emprestado o barco a remo, e pelo trecho de praia onde sua mãe costumava entrar no mar para nadar. Mas ela ainda consegue ver a Huffnagle assomando no horizonte, escura e cheia de protuberâncias, com sua corcunda arranhando as nuvens negras logo acima.

Paul

Anchor Bend fica no litoral do Oregon como um calombo duro no tronco de uma sequoia. É uma cidadezinha de cartão-postal, aninhada tranquilamente em meio aos pinheirais. Seus pores do sol são espetaculares; suas manhãs, sombrias e imersas em nevoeiro. A cidadezinha foi construída para servir ao mar; e, durante a Segunda Guerra Mundial, ela prosperou como um pequeno porto comercial. Milhares de toneladas de maquinário deixaram os Estados Unidos pela brecha minúscula de Anchor Bend. Motores para veículos de transporte de tropas, para-brisas e portas para veículos de comando, até mesmo uma eventual estrutura de asa para um bombardeiro. Foram bons aqueles tempos; e, à medida que o mar se revelava um bom freguês, seguiram-se a indústria pesqueira e as fábricas de conservas em lata. Famílias de trabalhadores chegavam em bando à cidadezinha, que cresceu de sua população original de dois mil habitantes para quase trinta e sete mil em apenas dois anos.

Hoje em dia, as docas e armazéns ainda estão lá, maltratados e enferrujados, mas ainda de pé, enquanto a indústria do pescado desapareceu, tendo se transferido para o litoral mais ao norte, no estado de Washington. Um incêndio tinha devastado o distrito industrial, reduzindo as duas maiores processadoras de pescado a não mais que cinzas. A administração preferiu não reconstruir, e seus terrenos calcinados continuam vazios até agora.

Anchor Bend relembra seu passado populoso e lucrativo, mas resta-lhe pouco do que se orgulhar. Subúrbios inteiros estão vazios, rua após rua de residências desocupadas, murchas, que não conseguem se manter em pé. O rebanho raleou; e hoje menos de doze mil pessoas permanecem nos limites da cidade. A maioria está simplesmente segurando as pontas.

É uma cidade estranha para um corretor de imóveis. Ninguém na conferência anual à qual Paul compareceu consegue lhe dizer como se vende uma residência numa cidade em que as casas vazias ficam jogadas à beira da rua como latas amassadas.

Anchor Bend fica a uma boa distância do aeroporto de Portland, onde o avião de Paul chegou inesperadamente cedo. O voo jogou-o pra lá e pra cá, como um tênis numa secadora. Pôr o avião no solo em segurança foi uma façanha notável. E quando Paul topa com o piloto no terminal, ele se surpreende ao dar os parabéns ao homem.

— Você não faz ideia de como chegamos perto de não conseguir — sussurra o comandante, com seu quepe branco enfiado debaixo do braço, o colarinho afrouxado. Ele então balança a cabeça e abre um sorriso. — Estou brincando, é claro. Imagino que tenha havido um pouco de turbulência lá atrás.

Paul olha para o relógio.

— Estou com um tempo livre — diz ele. — Posso convidá-lo para um copo?

Eles tomam duas cervejas num bar do aeroporto chamado Peat & Pear, que imita o estilo de um velho pub inglês. Suas paredes são cobertas com ilustrações de biplanos descrevendo círculos preguiçosos sobre uma planície em preto e branco. O bar é pouco mais do que um nicho escavado no terminal, com algumas mesas pegajosas e um balcão estreito, diante do qual fica aparafusada uma fileira de bancos.

O nome do comandante é Mark, e ele brinda Paul com histórias de passageiros encrenqueiros e pousos em tempo péssimo. Quando os dois homens terminam a primeira cerveja, Paul olha de relance para o relógio acima do balcão. Ainda é cedo. Seu voo estava programado para pousar às quatro, e ainda são dez para as quatro. Agnes e as meninas deveriam chegar lá pelas quatro e quinze. Tempo suficiente para uma segunda cerveja.

Às quatro e vinte, Paul e o comandante Mark deixam os bancos e saem andando devagar na direção do setor de desembarque. A calçada na frente do aeroporto está estranhamente vazia, nenhum sinal do Subaru de Agnes. Paul olha para o horizonte, mas o carro não está à vista. Agnes não está dando voltas no aeroporto devagar, esperando por ele.

— Sua mulher se atrasou? — pergunta o comandante Mark.

— Um pouco — diz Paul. Ele se vira e olha para trás, vê um relógio acima do balcão da United. São quatro e vinte e cinco agora.

— É provável que seja o trânsito — diz o comandante. — Vi muito movimento durante a aproximação.

Lá fora, o mundo está cinzento e opaco. Os janelões envidraçados que recebem os viajantes no aeroporto estão começando a ficar embaçados e a água escorre por eles em filetes longos e vagarosos. Ele mal consegue discernir aviões na pista distante, organizando-se em fila, à espera de sua vez de deixar a terra.

— É — concorda Paul. — É provável que seja isso mesmo.

Mas seu mundo oscila um pouquinho no eixo.

Eleanor

— Dá pra gente parar? — pergunta Esmerelda, no banco traseiro.

A paisagem passa veloz, molhada, cinzenta e esbranquiçada, Eleanor quase não percebe. Ela morde o lábio inferior enquanto desenha, riscando com cuidado uma única linha cinza que desce pela folha de papel e depois traçando uma paralela ao lado. O túnel de entrada. Ela para, examina o desenho, vendo alguma coisa que ganha forma no papel e que mais ninguém veria se viesse olhar. E apaga trechos do desenho a lápis, criando pequenas lacunas no par de linhas, a espaços irregulares. Depois traça pequenas linhas em ângulo, saindo das duas primeiras, flanqueando cada lacuna. Túneis secundários.

Isso continua por um tempo à medida que ela constrói a coluna vertebral de seu *bunker* subterrâneo, bem como seu sistema nervoso central. O túnel principal é mais largo que os outros e será escavado na terra de grafite ao redor. Esse túnel será um engodo, uma pista falsa. Vai parecer que ele é o corredor importante que levará ao tesouro secreto que ela enterrará em algum lugar do mapa, mas, na verdade, uma das doze bifurcações será a passagem realmente significativa.

— Dá pra gente parar? — pergunta Esmerelda novamente.

Dessa vez, Eleanor olha e vê o nevoeiro que começa a tomar a rodovia adiante delas. As árvores tornam-se finas e apagadas, o nevoeiro enredado em seus galhos, como um predador espectral preso numa rede verde.

— Gosto do nevoeiro — diz ela a ninguém em especial.

— Dane-se — retruca Esmerelda. — *Mããāe*, a gente pode parar? Preciso fazer xixi.

— Estamos quase chegando — responde Agnes. Suas mãos no volante estão descoradas. Não houve um instante de sol durante a viagem. Essa é a primeira trégua que a chuva dá. — Vamos até o aeroporto, e lá você pode ir.

— Mas é tão *longe* — reclama Esmerelda.

Eleanor suspira com a infantilidade da irmã.

— Vê se cresce, Esme.

— Nós temos a mesma idade, pateta — retruca Esmerelda. — Vê se cresce *você*.

Eleanor volta a atenção para o mapa. Esse é um mapa novo, e ela mal pode esperar para mostrá-lo ao pai. "E se o modelo da casa tivesse um alçapão...", ele tinha dito semanas antes e apontado para a entrada do túnel dela. "E se a saída dele fosse *aqui*?" A animação do pai a havia empolgado, e agora por cima de cada mapa ela desenhava uma casa rudimentar que escondia o mundo que desenhara embaixo. Seu pai perguntara se dera um nome para ele, para esse mundo. Quando ela desenhou um espaço em branco, ele sugeriu: "O que acha de Terras Baixas? Para mim, parece mágico."

Ela esboça um pequeno pergaminho enrolado, flutuando num canto. Com letras de fôrma, cuidadosas, sérias, escreve AS TERRAS BAIXAS. O espaço no papel acaba, e a última palavra se descola do pergaminho e descreve um arco para o céu, sobrepondo-se a uma nuvem fofa.

Ouve-se um estalido metálico, quando Esmerelda solta o cinto de segurança e desliza para o meio. Daí a um instante, ela aparece entre os dois bancos da frente como um boneco saindo de uma caixa de surpresas, agarrando a manga da mãe.

— Eu preciso mesmo fazer xixi — diz ela, gemendo.

Eleanor dá uma cotovelada no ombro de Esmerelda.

— Para de atrapalhar!

— *Você* é que tem que parar de atrapalhar — retruca Esmerelda.

Isso enfurece Eleanor. Como ela poderia estar atrapalhando? *Ela está* sentada no seu lugar, com o cinto de segurança, exatamente onde *deveria* estar. Esmerelda é que está se jogando pelo carro como um porco-espinho fugido.

— Trate de se *sentar* — rosna Agnes, e as duas meninas reconhecem o timbre fraturado da sua voz. Agnes é assim, quando o mundo parece estar se fechando em torno dela. Eleanor ainda não conhece a palavra *estresse*, mas, se conhecesse, saberia que a mãe está muito, muito estressada.

Esmerelda recosta-se no banco, emburrada.

— Se eu molhar o banco, a culpa não é minha — resmunga ela, mas agora o estado de espírito no carro é tal que ninguém responde.

Eleanor lança um olhar furtivo para a mãe. O queixo de Agnes está tão crispado quanto suas mãos no volante, e isso faz Eleanor pensar que dirigir deve ser muito difícil, porque sua mãe dá a impressão de estar sendo esmagada e transformada numa bolinha.

No banco traseiro, Esmerelda cruza os braços e faz beicinho. Eleanor vira-se para trás, apoiando-se no próprio cinto de segurança.

— Você vai fazer xixi na calça.

— *É você* que vai — retruca Esmerelda. — Você faz xixi na calça o dia inteiro, todos os dias. Você está fazendo agora mesmo.

— Vocês duas — diz Agnes, com os dentes cerrados. — Parem com isso. Agora.

O nevoeiro cai de novo, como uma onda, e Eleanor volta a seu mapa enquanto o Subaru se transforma numa espaçonave em algum oceano cósmico desbotado.

Agnes

A rodovia 26 descreve uma curva para o interior a partir do litoral do Oregon, uma faixa estreita que segue sinuosa por quilômetros de árvores altas e mais quilômetros de prados dourados, que vão se desdobrando na direção das montanhas. Em seus melhores dias, ela é uma estrada pitoresca, bonita; e, em dias como este, é uma corda esticada na direção do nada. Agnes sente-se como um artista de circo nessa corda, quase sem conseguir ver o arame debaixo dos pés, com dois macacos incontroláveis empoleirados nos ombros.

Suas mãos estão começando a doer por segurarem o volante com tanta força. Por isso, ela as abre, estende os dedos, dirige com as palmas. Seus dedos estalam como gelo em água morna, o que faz com que se sinta um pouco melhor.

— *Estou falando sério* — diz Esmerelda.

Agnes respira fundo, consciente, e solta o ar devagar antes de responder:

— Você não consegue segurar mesmo?

— Não consigo mesmo, mesmo.

Agnes olha de relance para o retrovisor e, então, o inclina com a mão para poder ver a filha. Os joelhos de Esmerelda estão encolhidos junto do queixo, os braços apertados em torno das pernas.

— Já passamos pela maioria das paradas — diz Agnes. — Dá pra você segurar? Vou parar no primeiro lugar depois dessa descida.

— Mamãe! — grita Eleanor, do banco do passageiro. Agnes sente uma fisgada de medo no coração e no mesmo instante volta a sua atenção para a estrada.

Não é nada que justificasse o grito. Os carros adiante do Subaru estão freando, um pequeno rio de luzes vermelhas surgindo do meio do nevoeiro. Depois de respirar fundo por um tempo para voltar a se acalmar, Agnes vê por quê.

O nevoeiro começou a se desfazer, sendo rasgado em nacos flutuantes de algodão pela chuva, que recomeça com vontade. É como se uma represa em algum lugar tivesse se rompido. A água cai em cortinas pesadas. O capô e o teto do Subaru vibram debaixo do aguaceiro.

— Não faça isso — diz Agnes, sentindo passar o susto e o pico de adrenalina. — Eu poderia acabar tendo um acidente.

Novamente a chuva lhe rouba a visibilidade. Uma chuva impenetrável, e Agnes não enxerga a forma dos carros adiante. Consegue ver as lanternas traseiras somente do primeiro que está a sua frente, mas quase nada além dele.

— Mamãe, eu preciso mesmo...

— *Cala a boca* — diz Agnes, com voz de aço, e as duas meninas se deixam cair num silêncio magoado.

A rodovia 26 segue um trajeto cheio de curvas através de Hillsboro e Beaverton para chegar a Portland, acabando por mergulhar numa descida íngreme e sinuosa até, finalmente, entrar por um túnel na montanha. A descida costuma estar cheia de motoristas que parecem aflitos com as curvas abertas, possivelmente confusos com a triplicidade de saídas, com a enorme placa amarela que diz *DEVAGAR*, enfatizada com um pisca-pisca de luzes cor de âmbar. Na faixa ao lado do Subaru, um fluxo constante de veículos passa a uma velocidade excessiva. Seus motoristas parecem esquecidos das placas com ordens de que permaneçam em suas faixas — *Proibido ultrapassar* —, e isso aumenta significativamente os batimentos cardíacos de Agnes. Ela ouve o sangue latejando nos ouvidos, mais alto que os sons do mundo, mais alto que a marcha furiosa da chuva na concha do carro.

Agnes leva o Subaru para a faixa mais à esquerda, limitada por uma barreira de concreto, e desacelera o carro até praticamente zero. Ela está preocupada com os freios nessa descida — eles estão molhados e ultimamente andaram rangendo um pouco —, mas se descobre um pouco perturbada pela motorista à sua direita. É uma velha com uma idade espantosa; a pele parece um saco de papel pardo amassado; o cabelo, um ninho de passarinho desbotado. Ela dirige um Volvo de vinte anos atrás, com o pé direto no freio. Os freios do Subaru podem não estar na melhor forma, mas os do Volvo fazem um barulho como o de pregos enferrujados riscando metal. A motorista abraça o volante junto do peito. Ela é tão pequena que talvez nem mesmo esteja bem sentada. Agnes quase consegue imaginar a mulher em pé diante do volante, com os dois pés fincados para a frente, no freio, tão longe dela que ela mal consegue espiar por cima do painel...

— *MAMÃE!* — grita Eleanor.

O carro imediatamente na frente delas parou de repente, com a traseira de lado por ter derrapado. Agnes pisa fundo no freio. Pela primeira vez na vida, eles ficam travados, e o Subaru escorrega pela estrada íngreme como um trenó em neve dura.

— Não — diz Agnes, com a voz mais calma do que poderia ter imaginado. — Não, não e não.

Instintivamente ela estica um braço, prendendo Eleanor no banco. Na parte de trás do carro, Esmerelda emite um ruído suave como o de uma coruja, um assobio longo e baixo.

Agnes tem tempo suficiente para ver a velha no Volvo perceber o que está acontecendo ao lado. Os olhos da mulher ficam arregalados, e Agnes tem tempo para pensar, de modo bastante egoísta, que isso deveria estar acontecendo com o Volvo, não com o Subaru; com a velha que já viveu mil anos, não com essa sua jovem família.

E então, como uma trégua num furacão, tudo de repente está bem.

Os pneus do Subaru atingem o cascalho, e isso basta para terminar a derrapagem. O carro agarra-se à estrada de novo, com uma guinada para o lado. Se não fosse por esse movimento quase de balé, elas poderiam ter batido na traseira do carro à frente — uma picape com um santantônio espalhafatoso na caçamba e holofotes grandes instalados nos cantos —, mas, em vez disso, o Subaru vai parando, com a frente se encaixando apertada, quase com perfeição, no espaço estreito entre a picape e a mureta de concreto da estrada.

— Puta merda — diz Eleanor.

Agnes volta-se para olhar para a filha, talvez para corrigi-la. Abaixa o braço, soltando Eleanor. Dá para Agnes sentir o coração ameaçando lhe sair do peito; sentir de novo o gosto ácido da adrenalina na língua. Ela pergunta se está tudo bem, e Eleanor faz que sim, devagar. E Agnes volta-se para o banco traseiro para fazer a mesma pergunta a Esmerelda; mas as palavras ficam presas em sua garganta porque ela vê o furgão de mudança, e não há tempo para dizer "Não", não há tempo nem mesmo para Esmerelda se virar e ver o que vem vindo. Só há tempo para Agnes *querer* fazer essas coisas. E então acontece. E não pode ser desfeito.

Agnes

O motorista da picape é o primeiro a agir. Sua porta praticamente não abre. A dianteira esmagada do Subaru está a apenas alguns centímetros de distância, inclinada para o chão. O motorista é grande demais para conseguir passar espremido por ali. Ele se arrasta por cima da alavanca do câmbio e de sua pasta de trabalho, joga-se da picape pela porta do passageiro e cai no asfalto. O impacto do Subaru empurrou a picape para a frente, meio de lado. A caçamba danificada está agora projetada para o meio do trânsito como um membro fraturado.

Agnes tem uma vaga consciência dessas coisas. Ela vê o homem se esforçar para subir na caçamba da picape. Ele está vestido como um engenheiro, de calça cáqui e uma camisa branca de manga curta, abotoada até o colarinho, mas se transforma num gorila. Sobe na borda da caçamba da picape e pula para o capô do Subaru, que está todo amassado e coberto com vidro quebrado e fragmentos de concreto, mas o homem o atravessa depressa sem ver mais nada e se deixa cair no espaço apertado entre a picape e a mureta quebrada da estrada. E de repente ele está ali, junto da janela de Agnes.

O vidro está estilhaçado mas todo no lugar; e Agnes quer entender por quê. Nesse instante, o homem começa a gritar com ela, que não consegue entendê-lo: o mundo parece-lhe abafado e distante. E então ele repete, com a voz alta, agitando a mão, e ela vê que o homem está tentando lhe dizer para se inclinar para trás. Ele luta com a porta, mas ela não abre. Sem pensar, levado de roldão pelo que acabou de acontecer, age sem pensar e enfia o cotovelo no vidro. A janela não se espatifa; só parece se deformar para dentro. E ele repete o golpe, e ainda mais uma vez. Agnes encolhe-se a cada impacto. O homem parece não ter percebido que se cortou — seu antebraço está sujo de sangue agora —, e então o vidro estala e se parte.

— Cubra seu rosto — diz ele, lá daquele lugar remoto, e as mãos de Agnes dão a impressão de pesar centenas de quilos, mas ela consegue cobrir o rosto. E ouve o homem batendo no vidro até arrancá-lo da porta. Então ele fala: — Senhora? A senhora está bem?

E Agnes baixa as mãos e vê que o rosto dele está *bem ali*, que ele está se debruçando para dentro do carro.

Ela faz que não, desnorteada, e então os olhos do homem se focalizam adiante dela.

— Ai, meu Deus — diz ele, e Agnes está confusa, mas acompanha o olhar dele e vê Eleanor ali, inclinada para a frente, sustentada pelo cinto de segurança esticado. A menina está com a cabeça pendente, o cabelo ruivo caído sobre o rosto. E Agnes sente alguma coisa afiada vir corroendo suas entranhas até chegar ao coração: ela matou a filha.

— Menina! — diz o motorista, estendendo a mão pela janela, na direção de Eleanor. Ele não consegue realmente chegar a ela. Só por muito pouco seus dedos não tocam no ombro de Eleanor, e é engraçado como os agita no ar. — Você está me ouvindo? Você está bem?

Uma onda de calor domina Agnes, fazendo com que aja. Ela agarra a mão de Eleanor sem muito cuidado.

— Eleanor, Eleanor — diz ela, sacudindo o braço da filha como um pedaço de elástico.

— Cuidado, senhora — diz o motorista, ainda com seu ar horrorizado. — Cuidado, ela pode estar...

— Eleanor! — grita Agnes, com a voz retumbando no espaço confinado. Ela dá um tapa no dorso da mão da filha e, então, cai no choro quando Eleanor se mexe.

Eleanor levanta a cabeça e seu cabelo cai para trás, mostrando o rosto. Fica óbvio, de imediato, que ela fraturou o nariz. Seus lábios e seu queixo estão vermelhos com o sangue; e seus olhos estão vidrados, mas está viva.

— Ellie — diz Agnes, com a voz embargada.

Eleanor só pisca para ela, volta a se inclinar para a frente e vomita no piso. Quando termina, ela tosse, arqueja, fecha os olhos e volta a relaxar apoiada no cinto de segurança.

— Ezzz — resmunga Eleanor.

— Eleanor, meu amor — implora Agnes, apertando a mão da filha. — Vamos, Ellie. Acorda. Acorda, Ellie.

— Precisamos chamar uma ambulância — diz o motorista da picape. Ele se solta da janela do Subaru e olha em volta, desorientado. O motorista do furgão da U-Haul não apareceu, de modo que não se pode dizer se ele está vivo. A traseira do Subaru, por cima do capô do furgão de mudança, atrapalha a visão do motorista da picape. Então, uma mulher espia por trás do furgão, como uma personagem de papelão num livro em três dimensões. O motorista da picape agita a mão perto da orelha, imitando um telefone, e grita para ela: — Precisamos de uma ambulância. Chame uma ambulância!

Agnes vira-se e olha para o motorista da picape. E tenta lhe perguntar como alguém vai conseguir chamar uma ambulância, mas as palavras saem esquisitas, e ela não sabe o que realmente perguntou.

— Tem um telefone de emergência pouco acima daqui — diz ele.

Quer dizer que o que ela disse deve ter feito sentido.

O motorista volta a se debruçar para dentro do carro e olha com atenção para Eleanor, que parece estar inconsciente de novo.

— Ela está bem? — pergunta ele. Agnes volta-se para olhar para Eleanor e depois para o motorista mais uma vez.

— Não tenho certeza — diz ela, as primeiras palavras que pronunciou com clareza desde a colisão. Elas têm um sabor esquisito, estranhamente formal.

— Uma mulher voltou para ligar — diz o homem, mas então ele vai se calando, perturbado de novo.

Está difícil manter-se ereta. A gravidade puxa Agnes, tentando atraí-la para a frente, na direção do volante. Ela não consegue imaginar por quê. No retrovisor, vê um mundo inclinado: a janela traseira, o vidro estilhaçado e deformado para dentro, o teto do furgão de mudança, o nevoeiro denso mais além, os vultos espectrais de árvores ao longo da estrada.

— Senhora — diz o motorista da picape, apreensivo.

Agnes vira-se no banco e olha para a janela traseira. Não está entendendo o ângulo das coisas.

— Inclinados? — pergunta ela. — Nós estamos inclinados?

— Senhora — diz o motorista outra vez.

Agnes volta-se para o motorista e vê que ele está olhando espantado para o para-brisa. Por isso, ela também olha para o para-brisa — e vê o buraco aberto nele, o vidro de segurança quebrado, todo espalhado pelo painel. E se estica e vê o capô inclinado mais adiante. Então alguma coisa se mexe e ela vê uma mecha de cabelo ruivo enroscada no vidro quebrado, alguns fios esvoaçando úmidos e pesados com a brisa. Sangue grudado no cabelo, como a tinta gruda nas cerdas de um pincel. Sangue escorrendo pelo capô do carro, ficando mais ralo com a chuva.

Ela olha para isso por um bom tempo. Depois olha para o motorista, que pergunta:

— Senhora, havia mais alguém... — E Agnes se vira e olha para o banco traseiro vazio do Subaru e percebe que aquela sensação de alguma coisa a corroendo por dentro se tornou voraz, perseguindo o uivo terrível que sai da sua boca pelo nevoeiro adentro, onde vai permanecer para todo o sempre.

Paul

Um pouco relutante, o comandante Mark acaba por se afastar do balcão do bar. Ele explica que vai viajar de carona para Boston, não vai ter o luxo de passar uma noite inesperada em Portland e, por isso, precisa voltar para os céus. E aperta a mão de Paul e então fala, simpático:

— Tenho certeza de que vai dar tudo certo. Geralmente é o que acontece.

Paul ergue o copo num pequeno gesto de agradecimento, mas, quando o comandante Mark desaparece numa esquina, ele volta ao copo, acaba com o finalzinho da cerveja morna e solta a respiração apressado. E desce do banco, com equilíbrio perfeito, e pega a bolsa de viagem.

— Tenha um ótimo dia — diz o barman do aeroporto, desanimado em seu colete verde e gravata-borboleta dourada.

Paul mergulha na multidão de passageiros que desembarcam no terminal. A essa altura, Agnes e as meninas estão mais de uma hora atrasadas. Ele ligou para casa e foi atendido pela secretária: "Oi, aqui é da casa dos Witt, deixe uma mensagem", acompanhada pelas meninas cantando em coro: "Pra gente poder apagar!" E suas várias idas ao janelão que dá para a rampa de desembarque foram em vão. Nenhum sinal do carro, nenhum sinal das meninas. Nada de Agnes.

A princípio, ele fica com raiva. Está cansado, foi uma longa viagem. Ainda tem pela frente duas horas de carro. Tudo o que quer fazer é ir dormir cedo na cama que ele e Agnes dividem, depois talvez acordar no meio da noite, quando todo o mundo estiver dormindo, e cutucar Agnes para um pouco de sexo sonolento. Isso não vai acontecer. Nunca ocorre. Logo, em vez disso, é provável que suba até o sótão para trabalhar em seu projeto de modelismo. Ele ainda não contou para Eleanor, mas tinha cortado um buraquinho minúsculo no piso da casa e feito um alçapão em miniatura com uma tranca com gancho e uma única dobradiça de metal. E só ia revelar esse trabalho para a filha quando tivesse terminado a segunda fase do projeto, que consistia em construir uma espécie de diorama embaixo do alicerce da casa, onde Eleanor pudesse instalar seu sistema de túneis feitos com massa de modelar e pedaços de arame.

Pensar em Eleanor faz com que pense em Esmerelda e naquela fisgada de culpa, de remorso, que o atinge sempre que percebe que ele e Esmerelda não têm nenhum segredo semelhante a compartilhar. E sabe que deveria encontrar alguma coisa, mas Esmerelda não demonstrou o menor interesse pelas miniaturas de Paul. Ele não consegue pensar em uma única coisa de que ela goste tanto quanto Eleanor gosta de mapas. Livros talvez? Mas quando eles visitam livrarias ou bibliotecas juntos Esmerelda deixa-se cair no chão com um livro tirado de alguma prateleira e mergulha nele pelo tempo que eles passarem olhando as estantes. Trata-se de uma ocasião pessoal, compartilhada por ela e os personagens nas páginas do livro. Não há lugar para Paul em momentos desse tipo.

Mas ele já não está com raiva. Está preocupado, pensando nas horas pela frente. Mesmo que tudo esteja bem, ainda que tenha *sido* realmente só o trânsito, ele está inquieto demais para pensar em relaxar. Chama um táxi do lado de fora do setor de retirada de bagagem, olhando esperançoso para a rampa uma última vez, antes de jogar a bolsa de viagem no banco traseiro e entrar no carro. Demora muito para eles atravessarem a cidade e chegarem à rodovia 26. O comandante Mark tinha razão. Havia quilômetros e mais quilômetros de congestionamento, e a coisa não tinha melhorado na hora que passaram tomando cerveja. O táxi vai devagar quase parando, abrindo caminho no emaranhado de veículos como um pássaro andando na ponta dos pés em meio a espinheiros; e Paul fica mais impaciente a cada momento que passa.

— Você pode sair da estrada e me levar a um telefone? — ele pede ao motorista, que consegue atravessar três faixas para chegar à primeira saída. E entra no estacionamento de um posto de gasolina, e Paul salta e corre até o telefone público junto do compressor de ar e do bebedouro. Paul disca, cobrindo a orelha para abafar o barulho do compressor, que ainda está roncando alto, como se alguém houvesse enfiado moedas demais nele e ainda estivesse trabalhando feliz mas à toa.

— Oi, aqui é da casa dos Witt, deixe uma mensagem... pra gente poder apagar!

Ele espera pelo bipe para então falar:

— Aggie? Esmerelda? Meninas? Atendam. Atendam.

Mas ninguém atende.

Ele fica olhando pela janela do passageiro do táxi, enquanto o motorista volta para a rodovia 26. A cidade dá lugar à floresta; e esta dá lugar ao clarão das luzes do túnel; e então a floresta volta outra vez. A subida fica mais íngreme e, à medida que o carro sobe mais, a chuva fica mais forte.

— Onde você esteve? — pergunta o motorista a Paul.

— Como? — pergunta Paul. — Desculpe.

— De onde você está vindo?

— Ah — diz Paul. — Da Flórida.

— Ah — responde o motorista. — Sol. Mar.

— Sim — diz Paul, encostando a cabeça na janela do passageiro de novo.

— Toda essa beleza que você perdeu — diz o motorista com um risinho abafado, levantando a mão para mostrar a chuva e o denso nevoeiro.

Paul não responde; só continua com o olhar fixo nas árvores à medida que avançam velozes. O motorista mantém-se calado até eles passarem por uma comoção do outro lado da estrada.

— Tristeza — diz o motorista, com seu tom sombrio sugerindo uma enorme decepção com a humanidade.

Paul não olha, não vê o Subaru da família, agora vazio, reduzido a uma bola de papel-alumínio amassado na chuva. Ele não vê o furgão de mudança enfiado por baixo do Subaru, nem os técnicos do serviço de emergência trabalhando para retirar o homem morto de seu banco da frente. Se tivesse olhado, teria visto um carro da polícia parado de lado nas duas faixas mais próximas e o avanço lento e constante do trânsito espremido na faixa restante. E também as luzes girando das duas ambulâncias e o caminhão do corpo de bombeiros. Teria visto o motorista preocupado da picape e a mulher que tinha ido ao telefone de emergência, os dois em pé na chuva, encharcados e esfregando as mãos.

Apesar de destruída com o acidente, a mureta de concreto teria impedido Paul de ver o pequeno lençol branco no asfalto, ondulando levemente com a chuva; debaixo dele uma massa imóvel, do tamanho de uma criança.

— Tristeza — repete o motorista do táxi. Quando Paul se dá conta de que o homem está falando e olha para ver o que ele quer dizer, o acidente já ficou para trás, e o táxi segue adiante, deixando na esteira motoristas curiosos, levando Paul para longe da família, para o litoral, onde sua casa escura e vazia está à espera.

1993

Eleanor

Eleanor acorda de um sonho em que está caindo, não na direção de alguma coisa específica, mas de alguma altura indeterminada e sem ganhar muita velocidade. No sonho, ela estava tombando devagar, quase delicadamente, por uma agradável corrente de ar ascendente. Não havia terra abaixo dela, só um azul infinito. Ela não acorda porque o sonho a assusta — e tem esse sonho o tempo todo —, mas porque a enxaqueca que a levou para a cama cedo na noite anterior voltou, manifestando-se com uma pulsação vermelha acima e atrás do seu olho esquerdo. E visualiza a dor praticamente da mesma forma cada vez que ela retorna: como uma agulha forte e oca que atravessa o olho e entra no cérebro. E então, não satisfeita com essa simples invasão, a agulha começa a rodar como uma colher comprida num caldeirão. Ela desorganiza seus pensamentos e põe seus receptores de dor em alerta máximo. Eleanor pula da cama tão depressa que quase desaba no chão — mais uma coisa que não é raro ocorrer.

A pulsação vermelha começa como um único ponto que se flexiona e treme. Ele se superpõe à sua visão e vai se alargando, como sempre, até que seu olho esquerdo veja o mundo através de uma assustadora névoa vermelha. Ela concentra a atenção em cada respiração, visualizando o ar passando pelo nariz, entrando nos pulmões e saindo de novo, imaginando que o ar expelido leva sua dor junto.

Atualmente isso não ajuda. Ela perde a visão do olho esquerdo segundos depois de acordar e já pode dizer que hoje é um dos piores dias, porque pontos de luz vermelha começam a interferir na visão do olho que lhe resta, como um filme se enrodilhando e derretendo na bobina.

— Mamãe — diz Eleanor, mas sua voz sai num sussurro. Mesmo esse som mínimo faz piorar a enxaqueca, e a dor se avoluma como o mar, ameaçando dominá-la.

Em manhãs como esta, deseja que seu pai ainda estivesse em casa. Ele sabia exatamente como distrair a mente dela da dor. Sentava com ela e com delicadeza massageava o espaço entre o polegar e o indicador, enquanto cantarolava alguma canção suave e estranha.

Mas ele não está ali. Já faz tempo que não está.

Eleanor vira-se na cama, baixando lentamente os pés até o chão. Sua cabeça lateja a cada mínimo movimento. Ela precisa encontrar a mãe, que há de saber o que fazer. Agnes luta com enxaquecas terríveis desde que Eleanor consegue se lembrar.

Só que esse é apenas um pensamento desgarrado; e através da dor incontrolável, Eleanor tem uma vaga noção disso. Agnes *não* tem como ajudar. O mais provável é que a mãe esteja no mesmo lugar em que estava quando Eleanor foi dormir na noite anterior: com o corpo enroscado numa bola pequena e incômoda na poltrona reclinável, forrada de veludo cotelê azul, na sala íntima. Agnes estará fora do alcance de Eleanor, tendo perdido o contato com o mundo inteiro à sua volta, graças à garrafa de vodca que muito provavelmente estará quase vazia na mesinha de canto.

Essa percepção chega a Eleanor, vindo pelo mar vermelho ao seu redor, e ela faz uma correção de rumo. No banheiro, no armário de remédios, há um frasco de comprimidos para enxaqueca. Eleanor põe-se de pé, com os braços estendidos para se equilibrar, e vai andando pelo piso acarpetado do quarto num ritmo trabalhoso.

No corredor, ela pisa no assoalho fresco de madeira de lei. A madeira lisa é um alívio para sua pele, melhor do que o doloroso excesso de estimulação do carpete, com cada felpa parecendo-lhe uma farpa nesse seu estado de sensibilidade exacerbada. Durante as piores dores de cabeça, cada célula de seu corpo torna-se hipersensível, sintonizando-se com cada molécula de ar que roce nela. Um cisco de poeira colide com sua pele como um meteoro. Tudo dói.

Ela mal ouve os roncos de Agnes lá embaixo.

Num dia normal, Eleanor acordaria um pouco mais tarde, tomaria um banho de chuveiro e se vestiria. Prepararia o café da manhã para si mesma, fazendo um pouquinho a mais para a mãe. Enquanto a torrada ganhava cor na torradeira, ela iria à sala íntima e acordaria Agnes, forçando-a a comer alguma coisa. Agnes tomaria o café da manhã, beliscando, com as mãos trêmulas. Seus olhos, vermelhos e cheios de sono, ficariam olhando para o nada, por cima da mesa. Eleanor daria um beijo no rosto da mãe e a deixaria à mesa. Iria então para a escola, de bicicleta. Mais tarde voltaria para casa para encontrar a mãe dormindo, de novo. Às vezes na poltrona, às vezes no sofá, em ocasiões muito raras lá em cima na cama. Às vezes, Agnes não teria nem mesmo se afastado da mesa. A maior parte do tempo, ela se restringe ao térreo, talvez reconhecendo, apesar de suas condições precárias, que a escada é um desafio perigoso para uma mulher que está quase constantemente alcoolizada.

Eleanor encontra o frasco de comprimidos para enxaqueca e toma três, pegando água da torneira do banheiro, na mão em concha, para ajudar a engolir. E enxuga a mão numa toalha e volta para o quarto. O rádio-relógio ao lado da cama mostra 7:14, e ela sente um assomo de pânico. Quando os números passarem para 7:15, o rádio-relógio ganhará vida com a barulheira da 97.3, cujos estilhaços sônicos quase certamente derrubarão Eleanor no chão, onde o vermelho a dominará por inteiro. Por isso, ela anda na maior velocidade possível sem mandar ondas sísmicas dos pés ao cérebro.

E consegue, passando o botão do alarme para desligado e, no mesmo movimento, caindo lentamente na cama, visualizando uma pluma descendo do teto até o colchão que range. Ela se cobre com o edredom e fica deitada de costas, sem se mexer. Puxa seu segundo travesseiro por cima do rosto e o aperta contra a pele e os olhos vibrantes, sentindo nas veias a corrente de seus batimentos cardíacos. E, depois de muito tempo, cai no sono e falta às aulas, ficando em casa com sua mãe inválida, que continua a roncar na poltrona de veludo azul lá embaixo.

* * *

Quando Eleanor acorda, seu quarto está numa penumbra fresca, cinzenta. Ela pisca devagar, mas o véu vermelho já se retirou dos seus olhos. Fica deitada, imóvel, por um tempo, sintonizando-se com o estado do seu corpo, e percebe que a enxaqueca foi embora, deixando para trás só uma ligeira dor de cabeça.

Ela respira algumas vezes, soltando o ar devagar, e sente que seus músculos relaxam.

Quando finalmente se vira e olha para o relógio, fica espantada com o que vê: 20:22. Ela dormiu mais de doze horas. Fica ali deitada, quieta, voltando a sua atenção para os sons da casa. O leve estalido por trás da parede significa que o aquecimento acaba de se desligar. E Eleanor se lembra de que deve ajustar o termostato mais tarde. Já faz tempo que o inverno deu lugar à primavera, e ultimamente o calor na casa tem sido desagradável.

Fora o sistema de aquecimento, Eleanor não ouve nada. Ela se pergunta se a mãe também dormiu o dia inteiro. Veste-se como se fosse de manhã e tivesse pela frente um dia novo e luminoso, botando um short limpo e uma camiseta de um laranja vivo com *Stussy* estampado no meio, numa caligrafia agressiva. Passa as mãos pelo cabelo ruivo e curto, grata pelo comprimento reduzido, o que significa que não há nenhuma necessidade de sentir dor para desembaraçá-lo. Manteve o cabelo curto todos esses anos desde o acidente, com a lembrança do cabelo arrancado e dos pedaços de couro cabeludo de Esmerelda gravada a fogo na sua mente.

Eleanor sacode a cabeça para não pensar nisso e abre a porta para o corredor. Para de novo no patamar, inclinando a cabeça a fim de escutar algum som, mas nada vem de lá de baixo. O teto acima range um pouquinho, ela olha de relance, curiosa, e percebe que a porta do sótão está aberta. Uma luz esmaecida aparece pela porta entreaberta.

Eleanor olha para o alto da escada. Por um instante, imagina que o vão daquela porta seja um portal, que se ela passar por ele ouvirá os acordes rarefeitos dos Eagles flutuando, encontrará o pai sentado junto à bancada, com as ferramentas dando pequenos estalidos enquanto ergue um novo telhado e o coloca no alto de uma casa em miniatura.

Mas isso é impossível. Sua lembrança do dia em que o pai foi embora é de uma clareza causticante, como também é a recordação da tarde em que a mãe desmanchou a bancada e jogou as ferramentas e materiais de Paul em caixas de papelão.

"Papai", Eleanor tinha implorado, acompanhando-o até a garagem. A porta havia subido com um ruído, e ele se explicara, dizendo alguma coisa importante. Mas com o barulho ela perdeu aquela parte. "Não vá embora", ela suplicara. "Não me deixe com ela." Eleanor se lembra da dor que essas palavras causaram nele: a culpa forte, irremediável, que passou pelos olhos do pai.

Ele foi embora assim mesmo, prometendo voltar para vê-la. E retornou, de quinze em quinze dias, nos fins de semana, durante os dois últimos anos, aliviando a filha da responsabilidade medonha de juntar os cacos de sua mãe com barbante, fita adesiva e suor.

Agora ela ouve o rangido de novo vindo do sótão, mais lento, mais intenso. Isso não está acontecendo no passado. Não é o pai dela lá em cima. E não está ouvindo "Take It Easy", ou a banqueta estalando com o peso do pai mudando de posição.

— Agnes? — Eleanor chama.

Ela sobe a escada com cuidado. Os degraus estão empastados de poeira, mas a sua camada está mais fina em trechos alternados em cada degrau. Pegadas, irregulares, feitas por pés pouco firmes.

Ela chega ao alto da escada e vê que a única lâmpada presa ao teto está acesa, mal iluminando o sótão esvaziado. Sua mãe está sentada com as pernas em X no meio do sótão, de costas para Eleanor. Há uma garrafa de Wild Turkey ao seu lado, mas nenhum copo.

— Mãe?

Agnes volta-se, surpresa com a súbita aparição de Eleanor. Também Eleanor se espanta com o vermelho vivo do rosto da mãe, o rendilhado delicado de vasos sanguíneos rompidos nas bochechas e no nariz. O cabelo castanho de Agnes está começando a ficar grisalho — algo que surpreende Eleanor por ela não ter percebido antes. Os olhos da mãe estão cercados por olheiras fundas e escuras, como hematomas. Sua pele está oleosa e marcada por poros obstruídos.

O assoalho do sótão range sob os pés de Eleanor, quando ela se junta à mãe. Diante de Agnes no chão está uma caixa de papelão, um dos poucos objetos deixados no sótão desde que o pai levou seus pertences anos atrás. Eleanor reconhece a caixa de imediato e estende a mão para a tampa a fim de fechá-la de novo.

— Não — diz Agnes, irritada, com a voz engrolada e pouco clara. — Não faça isso.

— Você não devia mexer nas coisas dela — diz Eleanor.

— Não me diga o que fazer. — Agnes bebe mais um gole da garrafa. O uísque brilha nos lábios ressecados. — Agora você é que é a mãe?

Eleanor resiste a um impulso repentino de agarrar a mãe por baixo dos braços e arrastá-la escada abaixo até o quarto, despi-la e jogá-la debaixo do chuveiro, esfregá-la até ficar limpa, sentá-la apoiada na cama e escovar seu cabelo até ele voltar a brilhar, passar creme no seu rosto e aplicar um tubo de manteiga de cacau nos seus lábios — tudo isso no vão esforço de restaurar aquela mulher que a mãe um dia foi.

Mas de nada adiantaria. Agnes está apodrecendo por dentro.

— Você não passa de uma... — Agnes não consegue encontrar a palavra. Ela fala atabalhoada, pontos de saliva salpicam as pernas expostas de Eleanor. — Ingrata — termina ela. — Você é uma *ingrata*.

— Não sou, não — diz Eleanor.

Agnes faz que não.

— Era *ela* que devia estar aqui.

— Ela se chama Esmerelda.

— *Não pronuncie o nome dela* — diz Agnes, sibilando com raiva.

Eleanor deixa-se cair de joelhos ao lado da mãe e toca nas suas mãos.

— Você não é responsável — diz ela, baixinho. — Como pode se culpar por isso? Por um acidente?

Ela tenta puxar a mãe para perto, mas Agnes fica rígida. Inclina-se, afastando o corpo, e lança um olhar acusador para Eleanor através de mechas de cabelo desgrenhado.

— *Você* escolheu o banco da frente.

Eleanor abre a boca, mas não consegue formar uma resposta.

— *Isso* você não quer ouvir, não é? — diz Agnes. — Não é fácil ouvir *isso*, não é?

Eleanor recua. — Não diga...

— O quê? Que a culpa é sua?

— *Mamãe* — diz Eleanor, perdendo a voz.

Agnes vira-se para o outro lado, estendendo a mão de novo para a garrafa.

— Saia daqui. Me deixe em paz com o que sobrou dela.

Eleanor sai, deixando a mãe no sótão com a caixa com as roupas de bebê de Esmerelda, seus bichinhos de pelúcia, o cartãozinho branco do hospital com as manchas de tinta dos pezinhos, a minúscula mecha de cabelo ruivo presa com fita adesiva e o pequeno envelope com o primeiro dente que ela perdeu. Eleanor desce a escada com cuidado, perguntando-se o que aconteceria se tropeçasse, quebrasse o pescoço e deixasse a mãe sozinha. Talvez fosse bem feito para ela. Será que lamentaria sua morte? Ou se sentiria libertada dos laços terríveis de ser mãe?

— É isso *mesmo* — diz a mãe, tripudiando. — É isso mesmo, você devia fugir! Fugir daqui, ir para algum lugar distante! Fugir e se esconder pelo que fez!

Eleanor está tremendo quando bate a porta do sótão com força. Ela acha que nunca terá uma filha. Mães e filhas são horríveis, péssimas umas com as outras.

De manhã, Jack está esperando na frente da entrada de carros, montado na bicicleta. Suas pernas magricelas terminam com tênis básicos, do tipo de que os garotos na escola gostam de zombar, porque eles não exibem nenhuma pincelada dinâmica nem trio de listras. Parece que Jack mal nota isso. Na realidade, ele *não* percebe que seus colegas de turma reprimem risos por trás das mãos por conta da roupa que usa, seus jeans com os joelhos puídos, sua mochila que está se esgarçando em torno das alças, até mesmo seu cabelo, que ele demonstra pouco talento para pentear.

Todos esses aspectos dele agradam muito a Eleanor.

— Estou indo — diz Eleanor para trás, mas é claro que não há resposta. Ela fecha a porta com delicadeza, sabendo que mais do que um estalido suave fará sua mãe acordar com uma dor de cabeça lancinante, de ressaca.

Jack já tirou a bicicleta de Eleanor da garagem. Ela está encostada na caixa de correspondência, que dizia *WITT 1881 COVE*, mas agora só diz *WIT 1881 CO E*.

— Você devolveu...

— ... a chave? — Jack termina para ela. — Devolvi.

Ele está comendo uma banana, com mordidas enormes, até mesmo as partes moles, amarronzadas, que fazem Eleanor torcer o nariz. Estende a fruta para ela, oferecendo um pedaço, mas a menina faz que não. Não sobrou muito, e Eleanor não está com muita fome.

— Você devia comer de manhã — diz ele. — A refeição mais importante do dia.

— Eu como de manhã, sim — diz ela.

— Você mente muito mal.

— Não estou mentindo.

Jack termina a banana e gira a casca vazia como um *nunchuk* molengo.

— O que você comeu?

— Torradas francesas — responde Eleanor, depressa demais.

Jack cruza os braços. — Não acredito em você.

— Só que você vai ter que acreditar — diz ela. — Estamos atrasados.

— Não estamos atrasados — diz Jack, olhando para o pulso sem relógio. — Peraí, que horas são?

— Quase oito.

— É, estamos atrasados — diz Jack. — A gente se importa?

Eleanor amarra a cara para ele.

— Não é porque essa é a última semana de aula que nós precisamos nos tornar preguiçosos.

— Você parece a sra. Hicks falando — diz ele.

— A sra. Hicks não quer que você decepe o dedo numa serra de bancada — diz Eleanor. — Preguiçoso tem significados diferentes na oficina de trabalhos manuais.

— Pode ser. — Jack alegra-se. — Ei, quer ir pelo caminho de trás hoje?

Eleanor olha para o relógio.

— Ele não é mais curto.

— Eu sei, mas na verdade não é muito mais comprido.

— Estamos atrasados — ela repete, mas sabe que vai ceder. O caminho de trás vai levá-los em descida por Piper Road, uma ladeira longa e suave que vem descendo dos montes. É uma estrada para caminhões, que segue direto para Anchor Bend, mas hoje em dia quase não há trânsito. A estrada é alta, com quedas íngremes que vão dar nos bosques dos dois lados; e na última vez que Eleanor e Jack passaram por ali de bicicleta, eles toparam com uma árvore caída, perto do pé do morro, frearam derrapando até conseguirem parar, evitando por pouco um desastre. Eles escalaram a árvore morta, um de cada vez, com Jack passando as bicicletas para Eleanor do outro lado. Ela se pergunta agora se já retiraram a árvore.

Jack parece ler seu pensamento.

— Eu estive lá em cima no último fim de semana — diz ele. — Está tudo limpo. Mas, se você estiver com medo...

Ela dá um suspiro.

— Ok. Mas vamos precisar correr. Não quero chegar atrasada para a aula.

— Você disse que já estamos atrasados.

— Não quero chegar *mais* atrasada.

— Acho que o certo é *ainda mais atrasada* — Jack corrige.

Ela finge que vai dar um soco de brincadeira nele, monta na bicicleta e o acompanha subindo pela Cove Street. Ele ziguezagueia pela rua, descrevendo grandes arcos. Na ponta de cada entrada de carros, há uma lata de lixo azul, provida de rodas, e Jack se aproxima de uma delas e, de algum modo, consegue abrir a tampa e jogar sua casca de banana ali num único movimento harmonioso.

— Droga — diz Eleanor. — Jack, espera.

Ele faz uma volta preguiçosa até onde Eleanor parou na rua.

— Eu me esqueci de pôr o lixo para fora — diz Eleanor.

— Bem, trate de se apressar — diz Jack. — Se formos pegar o caminho de trás.

— Eu ainda nem recolhi o lixo todo — diz ela. — Vou demorar muito. Você deve ir na frente sem mim.

Jack olha para ela, sério.

— Não deixamos nenhum homem para trás — diz ele, com uma voz grave. — Garotas bonitas, também não.

Eleanor volta andando com a bicicleta até a entrada de carros e a deixa encostada no poste da caixa de correio mais uma vez.

— Pode ir — diz ela, para trás. — Vou levar no mínimo uns dez minutos. Hoje é dia da coleta de vidro.

Jack salta da bicicleta e a encosta na de Eleanor.

— Droga — diz ele. — Tá bem. Eu ajudo.

— Jack...

— Não — diz ele. — Sério. Consigo não fazer barulho. Sei como essa parte funciona. Deixa que eu ajude.

Eleanor para no vão da porta da sala de estar. Dá para ela sentir Jack chegando atrás dela; e, sem se voltar, diz: — Ela está roncando.

Agnes repousa debaixo de um cobertor, na poltrona azul. O forro de nervuras salientes da poltrona já está liso em alguns pontos, quase brilhando por conta dos anos de uso. Agnes é pequena, quase invisível debaixo do cobertor, que sobe e desce de modo imperceptível a cada respiração.

Na mesa a seu lado está uma garrafa vazia de Smirnoff, bem como uma garrafa quase vazia de Jack Daniels.

— Dia da coleta de vidro — diz Jack. — Deixa comigo.

Eleanor olha de volta para ele.

— Você vai precisar trabalhar sem nenhum barulho — avisa ela.

— Eu sei — responde ele, e então abaixa os olhos. — Fiz isso por meu pai durante anos.

Eleanor se enternece um pouco.

— Tem uma lata debaixo da pia.

Jack começa a trabalhar, e Eleanor vai para o segundo andar, dando cada passo em silêncio, indo para a esquerda e para a direita a fim de evitar os lugares onde o assoalho range. Ela recolhe os sacos pequenos das latas de lixo do seu quarto e do banheiro. Entra então no quarto da mãe. Geralmente, Eleanor o deixa pra lá, mas hoje, quando espia no banheiro anexo, vê que a lata de lixo está transbordando para o chão. Ela vai recolher o que caiu e então para, reconhecendo que são as fotos e outras lembranças que sua mãe estava revirando no sótão na noite anterior.

— Ai, Esme — diz Eleanor, baixinho.

Ela se ajoelha no piso de cerâmica e começa a juntar os papéis amarrotados. Esquecida dos pequenos sacos de lixo, Eleanor tenta alisar cada fotografia. Só que as rugas e dobras são permanentes. Esmerelda brincando com seu pônei de plástico na cerca do gramado da frente. Esmerelda bem pequena, esticada no chão, com os pés apoiados no piso da lareira, uma enciclopédia aberta na barriga. Eleanor dá o melhor de si para salvar as fotos, mas a maioria foi esmagada com tanta força que a fina camada da emulsão se solta em flocos nas dobras, deixando cicatrizes brancas de um lado a outro da imagem.

Ela aperta as fotografias contra o peito e fecha os olhos, com as lembranças chegando de roldão. Pelo menos dessa vez, ela não as rejeita. Permite que venham.

Ano de 1984. O verão antes que o mundo acabasse. Elas estavam com cinco, quase seis anos. O calor tinha devastado o litoral naquele ano, fazendo com que as nuvens sumissem, derretidas; o sol, uma bola de gude incandescente que parecia nunca se esconder. O calor dentro da casa era intolerável, e Eleanor se lembra da mãe implorando por um ar-condicionado, enquanto o pai se queixava das despesas. As janelas ficavam abertas, as cortinas esvoaçando na brisa quente e pesada. O pai instalou um circulador de ar no vão da porta da frente e a deixou entreaberta, alegando que isso renovaria as correntes dentro da casa.

Não adiantou quase nada. Os dias eram longos; as noites, pegajosas. Agnes se encontrava exausta demais para cozinhar; e de qualquer maneira estava muito quente para esse tipo de coisa. Por isso, eles comiam refeições prontas para aquecer no micro-ondas ou sanduíches de manteiga de amendoim. O gelo era uma mercadoria preciosa. As meninas mantinham um cubo na língua para ver qual delas conseguia derretê-lo mais depressa.

Nas noites abafadas, despachadas para ir dormir enquanto os pais assistiam ao jornal e depois aos programas de fim de noite, Eleanor e Esmerelda ficavam deitadas na cama no quarto, com as cobertas afastadas, discutindo sobre quem sofria mais com o calor.

— Estou com tanto calor que minha língua secou — diria Esmerelda.

— E eu estou com tanto calor que estou virando cinzas — retrucaria Eleanor.

— Estou com tanto calor que acabei de incendiar a casa.

— Estou com tanto calor que acabei de incendiar a *cidade* inteira!

Elas tomavam banhos frios juntas, acenavam para fazer parar o caminhão de sorvetes juntas e, a maior parte do tempo, corriam pra lá e pra cá usando nada mais do que camiseta e calcinha.

Então um dia, Esmerelda corria para pegar Eleanor dentro de casa, e Eleanor parou de supetão.

— Está ouvindo isso? — perguntou ela. — O que é esse som?

As gêmeas ficaram paradas, imóveis, na cozinha, alertas, escutando.

Chape-chape.

Risadas.

É disso que Eleanor mais se lembra agora: o som do riso da mãe.

Uma raridade, como uma pomba negra.

Eleanor acompanhou Esme pela cozinha até a porta corrediça que dava para o pátio. Ali no jardim, estava uma coisa maravilhosa.

Uma piscina inflável amarela.

O pai estava sentado nela, escarrapachado, sem camisa. As meninas ficaram olhando quando ele agarrou a mãe delas e a puxou para seu colo. E Agnes dava *gritos* de alegria, batendo com os pés na água. Ela não estava vestida para uma piscina. Usava um vestido de verão, chapéu e luvas de jardinagem.

Eleanor olhou para Esmerelda.

— Essa piscina é *nossa* — disse Esmerelda.

Eleanor fez que sim.

As garotas saíram correndo, aos berros, para expulsar os pais da piscina, e batiam os pés, levantando água como monstros se avultando sobre um mar minúsculo.

A lembrança parece se desenrolar, e Eleanor recorda como aquele instante foi efêmero, como sua mãe voltou rapidamente para as flores. A ausência da irmã de Eleanor é um fardo terrível, um imenso mundo escuro que a esmaga sob o seu peso inescapável.

— Ei — diz Jack, do vão da porta.

Eleanor dá um pulo, espantada, e bate com a cabeça na parte de baixo da pia de louça. Ela não faz caso da dor e percebe que já está chorando. Não consegue esconder de Jack suas lágrimas quentes.

— Epa — diz ele, agachando-se ao lado dela. — Você está bem? O que aconteceu?

Eleanor faz que não. E, embora não queira chorar na frente de Jack, essa simples pergunta dele a inunda de calor; e se lembra, de um modo distante, de como é ter alguém que se importe com o que ela está pensando, com o que está sentindo. Essa noção aloja-se em sua garganta, e de repente tem dificuldade de respirar, leva uma das mãos ao peito e abre a boca. E o que sai é um som embaraçoso, de buzina.

— Ei, ei — diz Jack, pondo um braço em volta dela. — Ei, que isso?

Ela não quer chorar na frente dele, especialmente desse jeito, quando controlar suas emoções está assim tão impossível. Funga e arqueja, enchendo demais os pulmões, o que contrai ainda mais seu peito. Quando por fim consegue soltar o ar, começa a soluçar no ombro de Jack.

Ela não vê as fotografias que ainda estão na lata de lixo. Mais fotos amassadas da irmã, mas entre elas está uma das duas meninas juntas, rasgada ao meio, com o lado de Eleanor picado em pedaços ainda menores.

Eleanor deixa que Jack a abrace por um instante e, então, na certeza de que já se pôs numa situação suficientemente constrangedora, aperta a base da palma da mão nos olhos, afastando as lágrimas de modo brusco.

— Isso aqui não é lixo — diz ela, então. — Vou guardar tudo mais tarde. Estamos atrasados.

Jack olha para ela, curioso.

— Quem sabe você não mata aula hoje? — diz ele.

Eleanor faz que não, com firmeza. — Quero ir agora. Por favor.

Jack se põe de pé e lhe oferece a mão. E ela pode sentir a resistência de seus músculos à medida que ele a levanta do chão. Eleanor lhe dá um sorriso sem graça e enxuga mais lágrimas do rosto.

— Ainda preciso pegar o lixo da cozinha.

— Já peguei tudo — diz ele. — Sua... hã... sua mãe...

Eleanor olha para ele e espera. — Minha mãe o quê?

Jack desvia o olhar.

— Essas garrafas... isso aí é, tipo, de um mês, certo?

— Não — responde Eleanor, espremendo-se para passar por ele. — Isso é dessa semana.

Ele vai atrás, ainda mantendo a voz baixa.

— É muita coisa — diz ele.

— Eu sei.

— Ela não devia beber tanto assim.

— Eu sei.

— Sério! Onde é que ela consegue...

— Eu *sei* — diz Eleanor, agressiva. E dá meia-volta para encará-lo, e Jack quase se choca com ela. — Você acha que eu não sei? Eu *sei*.

Ele começa a mexer a boca, mas não encontra as palavras certas e prefere não dizer nada. Eleanor fica olhando firme para ele e, depois de um bom tempo, dá meia-volta e desce a escada. Já não cuida de não fazer barulho e pisa forte em cada degrau ruidoso na descida. Dá uma olhada de relance na mãe ao passar pela entrada da sala de estar, mas Agnes não se mexeu.

Eleanor sai pela porta da frente, que bate com violência, e um minuto depois Jack a acompanha, segurando os sacos plásticos que Eleanor tinha deixado lá em cima. Ela monta na bicicleta e olha enquanto Jack em silêncio põe os sacos na lata azul e a empurra até o meio-fio. Ele volta para dentro da casa, sai daí a um instante com a lixeira para vidro e também a leva até o meio-fio. São umas doze garrafas vazias, que retinem ali dentro como mensageiros de vento.

Quando ele terminou, Eleanor sai pedalando sem esperar, sem perguntar se Jack trancou a porta da frente. Ele a alcança e segue em silêncio pouco atrás dela. E não diz nada quando ela passa direto pela curva que os levaria a Piper Road; e, quando eles chegam à escola quinze minutos depois, sem ter trocado uma palavra, Eleanor larga a bicicleta no gramado da frente e entra.

Paciente, Jack apanha a bicicleta e a empurra até o bicicletário. Ele passa sua corrente com cadeado pelos dois pneus dianteiros e em torno do tubo de metal cinza, antes de entrar na escola também.

O corredor está apinhado de alunos. Ninguém presta atenção em Eleanor. Ela vai atrás de um grupo de garotas de cabelo eriçado. Alguns adolescentes estão se beijando, aos amassos, encostados na fileira de armários individuais. Eleanor vê uma dupla de doidões com jeans caídos e jaqueta impermeável escapulindo por uma porta lateral, e também a caçamba de lixo do outro lado do estacionamento, onde os amigos deles já estão andando em círculos sob uma nuvem de fumaça de cigarro.

Soa a campainha e aos poucos o corredor se esvazia.

Ela detesta ignorar Jack. Sabe que ele não vai levar a sério esse seu comportamento. Ele é uma razão para ela ainda não ter enlouquecido. Mas lembrar-se disso não ajuda nem um pouco a diminuir sua sensação de culpa.

Quando Eleanor estava com 13 anos, seu pai veio um dia apanhá-la para o fim de semana; e ele e Agnes começaram a discutir, como de costume. Eleanor já nem mesmo tentava fazê-los parar de brigar. Ela só deixou a mochila no corredor e subiu para esperar que eles se cansassem. Uma hora depois, seus pais ainda estavam trocando farpas. Exausta e se sentindo menor do que gostava, Eleanor vestiu o casaco, calçou os sapatos e saiu de fininho da casa. Começou a chover enquanto ela se afastava dali pedalando.

Jack abriu uma cortina quando Eleanor deu uma batidinha na sua janela meia hora depois. Olhou para ela, surpreso, e apontou para a porta dos fundos. Ele foi ao seu encontro e a deixou entrar.

— O que hou...? — ele começou, e Eleanor caiu no choro. Ela deu um passo à frente, quase *caindo* para a frente; e ele cambaleou, recuando um passo, antes de fechar os braços em torno dela.

Jack improvisou uma cama ao lado da sua, usando almofadas tiradas do sofá da sala de estar, mas Eleanor pegou sua mão e o levou para a cama. Ele se sentou, e ela ao seu lado. E, quando adormeceu encostada no seu ombro, Jack saiu de baixo dela e baixou a cabeça de Eleanor até o travesseiro. Ela não se mexeu quando ele a cobriu com os cobertores e se deitou nas almofadas do sofá.

— Srta. Witt.

Num tranco, Eleanor volta ao presente. Ela está parada no meio do corredor vazio, com a mochila escorregando do ombro. O sr. Holston, seu professor de história, está em pé diante dela.

— Está se sentindo bem? — pergunta o professor.

Ela só fica olhando para ele, apatetada.

— Srta. Witt, estou falando com você.

O que ela deve responder?

A próxima vez que Eleanor vê Jack é na hora do almoço. Ela ainda está com raiva dele. Não é totalmente culpa de Jack. O que ele disse — somado ao comportamento da mãe na noite anterior, às garrafas e às fotos amassadas — fez com que Eleanor se lembrasse de algo que ela faz o maior esforço para esquecer: que sua mãe guarda uma mágoa para com ela, que a mãe prefere se matar de tanto beber a consolar a filha que sobreviveu.

Se matar de tanto beber.

Ela fica ali alguns minutos, entristecida, na fila para ser servida, segurando sua bandeja de plástico, à espera de chegar lá na frente, onde as velhas com rede na cabeça e aventais brancos manchados de molho aguardam para pôr na bandeja colheradas de purê de batatas desbotado e ervilhas malcozidas. Eleanor sente uma revolta no estômago. Ela sai da fila e põe a bandeja de volta na pilha.

Jack e sua outra amiga, Stacy, já garantiram a mesa que costumam dividir. Eles perceberam quando ela saiu da fila, e Eleanor pode sentir seus olhares fixos. Dá então uma volta para não passar perto da mesa, recusando-se a encarar sua expressão de curiosidade, e se dirige para as portas duplas. Postada à porta está a sra. McDearmon, cumprindo o plantão do almoço hoje. Ela olha para Eleanor e abre a boca para fazer uma pergunta.

— Preciso ir à diretoria — mente Eleanor, sentindo a mesma tensão no peito mais cedo de manhã no banheiro da mãe. Ela quer escapar da cantina, dos olhares penetrantes dos colegas e da expressão desconfiada dos professores antes que comece a chorar de novo.

— Vá e volte depressa — diz a sra. McDearmon, deixando Eleanor passar, pois que criança ia querer ir à diretoria espontaneamente se não tivesse uma razão para isso?

Eleanor faz que sim, num gesto de agradecimento, e mantém a cabeça baixa para esconder os olhos lacrimejantes. Ela deseja que seu cabelo fosse mais comprido. E quer um monte de coisas: que ainda fosse criança, que seu pai nunca tivesse viajado para a Flórida, que sua mãe nunca tivesse posto as meninas no carro naquele dia idiota, chuvoso e enevoado.

A sra. McDearmon volta para seu posto, e Eleanor passa pelas portas da cantina. E tudo muda para sempre, num piscar de olhos.

Mea

Ela se chama Mea.

Nem sempre foi o seu nome, mas é o que lhe deram — depois. E não consegue se lembrar do seu nome verdadeiro, nem mesmo de quem ou do que foi um dia.

Mea mora na escuridão, em um mundo de sombra intensa que a faz lembrar de um aquário cheio de água negra. A maior parte do tempo, fica bem no centro desse aquário, completamente envolta pela sombra, mas de vez em quando deixa-se levar até encostar no vidro, então as águas negras se abrem e ela consegue enxergar mais além desse estranho mundo novo, ver outros mundos. O vidro que a separa desses outros mundos é cálido, maleável e vibra com uma música que não consegue ouvir, só sentir. Ela sempre associa essa música à visão de uma mulher pendurando roupa recém-lavada num varal, o jardim todo verde sob um céu azul e a mulher canta uma música dentro do peito, baixinho e sem letra. Esse foi o primeiro mundo que ela espiou, belo, desconhecido e rodeado de lembranças.

A fronteira entre o mundo de Mea e os mundos lá fora certamente não é de vidro, mas de uma espécie de membrana fina e resistente, que é firme o suficiente para sustentar a imensidão de Mea, se ela se apoiar nela, e resistente o bastante para mantê-la contida dentro do seu aquário; a membrana se ajusta à sua forma como uma rede que se estende com o peso de um corpo adormecido. Mea acha isso interessante, porque não tem ideia de como é a sua *forma*. Ela sabe que teve uma forma, no passado, mas aquela já não a prende. Ali na escuridão, Mea não tem limites. Simplesmente respira o escuro, que faz parte dela. Em certo sentido, ela *é* o escuro, e se acostumou a essa sensação.

Nem sempre foi assim. Ela estremece quando lembra de seus primeiros momentos nesse mundo, lançada para dentro do aquário escuro como um míssil, a escuridão a envolvendo, estranha e total. Como uma fera, a escuridão a engoliu e Mea sentiu que estava sendo dissolvida por suas entranhas, como se estivesse sendo rasgada. Seus sentidos não conseguiam oferecer resistência, e ela se debatia no breu, cega, amputada do próprio corpo.

Com o tempo, conheceu o outro ocupante da escuridão. Ele chamava a si mesmo de Efah; e, quando falou com ela, Mea se deu conta de que havia uma escuridão maior para além do aquário. Efah estava do outro lado do vidro, livre para se movimentar, inspecionando Mea com curiosidade.

Como você se chama?, ele lhe perguntara. Como ela não conseguiu responder, ele disse: *De agora em diante, você é Mea, pois você é minha.*

Ela tem medo de Efah, que adeja e se expande para além do vidro como fumaça no escuro. E não fala quando Efah a chama; e com o tempo ele lhe ensina o que sabe, enquanto ela se encolhe em silêncio no centro de seu confinamento.

Ele lhe fala da fenda, que é o nome da grande escuridão mais além do aquário. *A fenda é mais antiga que qualquer outra coisa*, explica Efah, que fala sem palavras, parecendo invadir sem esforço os pensamentos dela. Embora tente, ela não consegue construir uma barreira que o impeça de entrar.

Efah fala do seu nascimento e do seu nome; e das visões que teve ao longo dos anos. A fenda é muito antiga e lembra o nascimento do tempo. Ela é o imenso rio da memória e do ser, diz Efah a Mea. Todas as coisas flutuam dentro da fenda.

Cada nascimento e morte, diz Efah. *Cada pôr do sol ou folha que cai. Cada extinção, cada choro de criança.*

Mea não responde a Efah e só consegue relaxar quando ele desaparece do outro lado da membrana. Ela não sabe dizer há quanto tempo ele se foi, porque o tempo parece não ter significado nenhum nessa sua prisão sombria, nessa noite interminável.

Com o tempo, Mea volta para o vidro do seu aquário e se gruda nele. A membrana não é espessa, e ela pode ver através dela, se quiser, espiando a fenda negra habitada por Efah. No entanto, se olhar com cuidado, a membrana revela seus segredos. É uma corrente dentro da fenda. É o próprio tempo; e, como Mea logo descobre, é possível *direcionar* o tempo.

Mea pode nadar contra a corrente, visitando memórias que a membrana contém. Elas tremeluzem e piscam dentro da superfície diáfana da membrana. Mea absorve tudo o que pode, sente os amores e as ambições de cada criatura viva passar por ela como água, sente que eles se tornam *parte* dela, como se agora levasse essas memórias em veias que não consegue ver.

Em sua pesquisa do passado e do futuro, Mea se depara com uma cena que reconhece. Fica espantada com essa descoberta e com o que significa. Mea nunca se lembrou do seu nome, do próprio eu, e, ao longo das eras, sentiu como se pertencesse ao seu recipiente de vidro. Ela simplesmente *é*, como Efah *é*, como a fenda e a infinita corrente do tempo *são*. E é testemunha da história, em certo sentido, observando as memórias captadas da membrana como filmes presos em âmbar. Mea assistiu a tantas dessas memórias que parou de considerá-las acontecimentos reais que um dia ocorreram em alguma outra esfera. Um passarinho que cai do ninho e morre de fome enquanto a mãe olha para ele lá embaixo; um planeta que se forma a partir da poeira de uma estrela morta há muito tempo e floresce na noite mais profunda e silenciosa até um dia fenecer, sem ser percebido pelo universo; uma montanha que surge a partir de profundas convulsões sísmicas e se ergue, poderosa, para um céu violeta para então ser imobilizada pelo gelo. Cada imagem bela e trágica, cada uma delas muito distante do lar de Mea na escuridão.

Até agora.

Um anseio a percorre como uma toxina. Mea não está acostumada a sentir esse tipo de coisa. Ela vive como uma nuvem, como um vapor, há tanto tempo que, quando essa nova memória desperta seus sentimentos, é como se sua forma tênue começasse a se solidificar.

Pela primeira vez em muito tempo, Mea sente-se restringida.

No seu aquário, a escuridão tem suas marés, e Mea fica tão abalada com essa nova descoberta que escorrega e se solta da sua ligação com a membrana. A escuridão a carrega para longe do trauma do mundo que acabou de espiar, e Mea vai de roldão, perguntando-se o que está acontecendo com ela. De vez em quando bate na membrana, cada colisão revelando algum outro evento esquecido e frágil, lembranças de sóis ardentes, de estrelas sinfônicas, nuvens, plântulas, oceanos e fogo. Cada memória ocupa o próprio vazio congelado no interior da membrana, cada uma, uma bolha tênue que se esforça para manter-se expandida; mas, à medida que Mea passa deslizando, cada uma se esvazia, com a membrana se toldando para esconder as cenas da sua visão.

O tempo não atribui significado a esses acontecimentos. Ele apenas os apresenta para que Mea os observe, e então os engole de novo, enquanto ela passa à deriva.

Agora ela se desvencilha do seu estado de espanto, consciente de que a memória que tanto a abalou está agora em algum lugar atrás dela. E se não conseguir localizá-la de novo? Ela luta contra a corrente negra dentro do aquário, nadando no sentido oposto, fazendo pressão contra a membrana estranha, procurando sem parar.

Até que a encontra. A imagem bruxuleia no limite da visão de Mea, que investe contra ela, grudando-se totalmente à membrana, como se estivesse tentando trazer a memória para dentro de si, tomar posse dela.

A memória estranhamente familiar expande-se até ficar do tamanho de um mundo, e Mea permanece nas fronteiras, olhando obsessivamente ali para dentro, sorvendo as coisas que vê. Um quarto de crianças desconhecidas; grandes janelas de vidro, e através delas a vista de uma vizinhança úmida, cinzenta.

E uma menina ruiva, sinistramente familiar.

Mea apoia-se na membrana, faminta por mais, até esta se esticar como puxa-puxa, até parecer que Mea vai ser lançada com violência para dentro do mundo que se escancara diante dela. A membrana é flexível, mas é impossível rompê-la.

Mea *anseia* pela estranha garota ruiva, se estica para tocar nela.

Acontece então uma coisa que Mea não pode explicar: um redemoinho minúsculo parece surgir na superfície da membrana, não maior do que a cabeça de um alfinete. Ele gira e se torce veloz. Através desse seu olho, som e luz entram na escuridão da cela de Mea. Ela ouve vozes abafadas e conversa, sente o zumbido de luz fria, como um pequeno dedo amorfo, que se estende para entrar e mexer nela.

Uma janela entre o mundo de Mea e o da garota ruiva.

Mea tenta puxar o redemoinho, para ver se consegue aumentá-lo, mas ele não é elástico e resiste a suas manipulações. Daí a um instante, fecha-se com uma força enorme, e a membrana forma ondulações como se fosse água.

Mea fica olhando através da membrana para o mundo lá fora. A garota ruiva já não está lá. Mea sente-se transtornada e depois calma, porque o tempo é um rio, e Mea pode encontrar seu caminho nele como um leviatã. Ela está esperançosa. Se não conseguir escapar da prisão, talvez consiga atrair a garota ruiva do seu mundo para o próprio mundo de Mea.

Mea recolhe-se para o centro do aquário a fim de refletir sobre isso, para planejar com cuidado. No outro lado da membrana, à deriva na escuridão ainda maior da fenda, Efah a observa.

Eleanor

— Vá e volte depressa — diz a sra. McDearmon.

Eleanor esconde os olhos, percebendo que as lágrimas já transbordam. Está se sentindo humilhada por ter perdido o controle diante de Jack e embaraçada pelo tratamento que lhe deu desde aquela hora. Afinal de contas, ele só está preocupado com ela. Não é como se Jack fosse inexperiente nessas questões. Ele não falou muitas vezes com Eleanor sobre a partida da sua mãe, a depressão e o alcoolismo do pai? Não é engraçado que suas vidas estejam tão parecidas agora? Só que no caso de Eleanor, foi o pai que partiu e a mãe que caiu num buraco negro.

Ela pode ouvir a voz de Jack em meio à algazarra na cantina, apenas uma voz entre as centenas de adolescentes tagarelando, fofocando. E passa uma mecha de cabelo ruivo curto por trás da orelha, não porque esteja solta, mas porque isso projeta uma certa aparência. É alguma coisa a fazer; e, se Eleanor estiver fazendo alguma coisa — *qualquer coisa* —, ela pode ser perdoada por não ouvir Jack e por sair da cantina sem admitir que ele a chamou.

É claro que ela terá de pedir desculpas. Mas vai esperar até mais tarde, quando não estiver se sentindo tão idiota.

Esse não é um problema novo para Eleanor, que o rejeita; Jack persiste, embora com delicadeza. Ela pensa sobre o que poderia representar permitir-se reconhecer e aceitar o interesse romântico maldisfarçado por ele. Será que sua amizade se transformaria em algo mais? Será que se extinguiria, como o casamento dos pais dela? E se isso acontecesse, o que faria sem Jack, que está sempre ali, presente, quando ela entra em colapso?

Eleanor tem 14 anos, mas no coração já é uma empenhada solteirona.

Por isso agora não faz caso de Jack e sai pelas portas da cantina. E, no último instante antes de passar pelo umbral, tem uma sensação sutil e estranha, como se tivesse se tornado um ímã e alguma coisa a estivesse puxando. Os pelos ínfimos de seus braços e pescoço se arrepiam. Ela sente um cheiro forte, o ar crepita. Antes que tenha um segundo para realmente pensar nisso, Eleanor passa pelo vão das portas — na verdade quase é *arrastada* por ali — e, então, já não está na cantina, já não está na escola, já nem mesmo está no Oregon.

Lá no mundo, Jack a vê desaparecer. Confuso, ele deixa cair sua caixinha de leite, que gorgoleja e depois escorre por cima da mesa.

Eleanor simplesmente sumiu.

A primeira coisa que percebe é a mudança na temperatura e no cheiro, depois olha em volta e percebe que o piso de cerâmica do salão da escola foi substituído por uma grama que espeta. Ela se vira, ainda um pouco confusa, mas não vê as portas da cantina, nem a sra. McDearmon, nem a multidão de alunos tagarelas, nem Jack lá atrás. É nesse momento que fica *muito* confusa.

Ela faz o que aprendeu quando menina. Quando você se perder, fique onde está. Há um toco de árvore ali perto, e Eleanor senta nele, grata por sua existência. Com perfeita calma, decide que ficará sentada ali para organizar seus pensamentos e tentar entender o que acabou de acontecer.

— Ok — diz ela, em voz alta, aliviada de ouvir a própria voz. — Ok. Ok.

Ela repete a palavra algumas vezes. Se consegue ouvir a própria voz, o mundo não pode estar assim *tão* fora da órbita.

Uma agradável campina verde desdobra-se em todas as direções. Ao longe, ela pode ver cercas do tamanho de clipes, celeiros do tamanho de peças de Banco Imobiliário e minúsculos pontos que se movem e que parecem ser insetos, mas é provável que sejam cavalos, vacas ou carneiros. Então um dos animais parece ficar mais alto, e ela percebe que, seja lá o que for, ele simplesmente tem um pescoço comprido.

— Alpacas, ou lhamas, talvez — ela diz.

Olha para cima e vê um céu azul, com nuvens gordas felizes. E o sol está ainda mais alto, laranja, redondo e quente.

— Bom, isso significa que não estou em Vênus ou coisa parecida.

Ela então resolve parar de falar sozinha, porque se sente boba ao fazê-lo. É óbvio que não está em Vênus, nem em qualquer outro lugar estranho. Está na fazenda de alguém, ou entre uma fazenda e outra. E pode ver a distância *outras* casas brancas, celeiros vermelhos e pequenos pontos que se movem. O ar é limpo, puro; uma brisa suave farfalha pelas plantações de — o que é aquilo, milho? trigo? —, não importa o que seja. O som faz com que pense no mar. O mesmo som de ondas.

Ela sente falta do mar, não só porque ele parece estar a um milhão de quilômetros dali. Seu pai às vezes a leva nos fins de semana em que a visita, e eles se sentam nos seixos da praia e afastam as pedrinhas para expor a areia úmida, da cor de tijolo, que fica por baixo. Ele lhe mostra um monte de formas interessantes de construir castelos fortes que resistirão às ondas. Em sua maioria essas formas implicam usar pequenas pedras redondas para reforçar as paredes e os alicerces do castelo. Eles apostam para ver qual castelo vai durar mais; e o vencedor paga o sorvete. Ela está grande demais para esse tipo de passeio com o pai. Todas as outras garotas da sua idade pedem ao pai que as deixem de carro num shopping ou num cinema; ou elas fazem visitas a casa umas das outras para se maquiarem, borrarem as unhas com esmalte de cores vivas e se perguntarem sobre boquetes e quem na turma delas já fez isso — mas Eleanor não se importa muito. Sabe por que anseia por esses momentos. Foi-lhe roubada a infância de verdade; e agora, adolescente, aproveita todas as oportunidades de voltar a ser criança, mesmo que só um pouco.

Ela é a própria psicóloga.

Um dia contou ao pai essa teoria, e os olhos dele se encheram de lágrimas. Por isso, já não lhe conta coisas desse tipo. Naquela ocasião, ele lhe dera um abraço apertado demais e ela se sentiu culpada, como se o fato de reconhecer sua infância fraturada fosse de algum modo uma acusação em si. Mas ele tinha de saber que era verdade, não tinha?

Eleanor sobe no toco de árvore para ver um pouco mais longe, mas não adianta muita coisa. Ela vê só um pouquinho de paisagem a mais, florestas quase microscópicas que parecem ficar mais além das fazendas; e agora que força tanto os olhos, ela consegue avistar uma montanha quase invisível que se ergue acima de todo o cenário, com o cume nevado, enevoada em contraste com o céu, como se aquela fosse uma paisagem que tivesse sido pintada e depois apagada meticulosamente, e tudo que restou fosse a sombra de uma forma.

— Onde será que estou? — diz ela em voz alta, esquecendo-se da decisão de permanecer em silêncio.

Ela escolhe uma das casas brancas e começa a andar na sua direção. A grama é alta e macia sob os seus pés, que agora percebe estarem descalços. Isso a espanta. Tiraram-lhe os *sapatos*. Ela olha para trás, para o toco de árvore e a grama em volta, mas os sapatos não estão lá. Olha para baixo e percebe que também não está usando a roupa com que foi à escola, mas um vestido amarelo de verão com alças finas.

Ela não *tem* um vestido amarelo de verão. Com *nenhum* tipo de alça.

Eleanor fica parada um instante. O vento embaraça seu cabelo, e, sem pensar, ela estende a mão para prendê-lo atrás da cabeça. Seus dedos entram numa densa cabeleira ruiva. Fica confusa e então percebe, com um choque, que aquele é o cabelo *dela*, que ele está *comprido*.

De todas as coisas pelas quais acabou de passar, é essa a que mais a apavora, e Eleanor começa a correr. A casa branca ao longe balança no horizonte como um barco a vela no mar violento. Eleanor corre até seus pulmões arderem e não conseguir correr mais. E então para. O horizonte volta a se assentar. Ela se dobra para a frente, com as mãos nos joelhos, o coração disparado.

Quando ergue os olhos de novo, é porque ouve vozes. São fracas e muito distantes, mas, mesmo assim, ela está ouvindo gente.

— Ei! — ela grita.

As vozes continuam falando, dando a impressão de que a presença dela não foi percebida.

Ela começa a andar de novo, dessa vez na direção das vozes, que parecem estar à sua direita, afastadas da casa branca. Para o leste? Pode ser que lá seja o leste. Seus pés encontram uma estrada quase toda tomada pelo mato, que não é usada há anos. Dois sulcos fundos no chão, dispostos a uma distância não muito diferente do espaço entre os pneus de um caminhão, exibem flores cor-de-rosa e amarelas. Ela se agacha e as inspeciona de perto.

Parecem flores da Terra.

— Decididamente aqui não é Vênus — resmunga outra vez.

Apesar do seu interesse pelas vozes, ela se flagra caminhando mais devagar. O sol aquece sua pele, e descobre que gosta da sensação de estar quase nua por baixo do vestido leve. A brisa que refresca seus ombros também faz esvoaçar a bainha do vestido, fazendo cócegas em suas coxas muito brancas. Ela fecha os olhos, ainda andando, equilibrando-se na terra elevada entre os dois sulcos floridos. Sua respiração entra e sai em movimentos fundos, pacientes; e a pulsação do seu coração se desacelera. Curte um pouco a sensação do cabelo comprido no pescoço, mas logo ele faz com que se lembre do acidente ainda mais uma vez, do cabelo de Esmerelda agarrado no vidro quebrado, e Eleanor afasta esse pensamento, sem querer estragar, com a pior de todas as suas lembranças, essa estranha experiência nova.

Seu pensamento volta-se para como chegou ali naquele lugar, mas os resultados são inconclusivos. Ela se encontrava na cantina... e de repente não estava mais. Comunicou à sra. McDearmon que ia à diretoria — embora não fosse de modo algum sua intenção —, e assim que saiu da cantina, com Jack chamando o seu nome, veio aquele estranho banho de estática, magnetismo ou fosse lá o que fosse...

E então ela se descobriu ali.

No Iowa, ou em um lugar parecido.

As vozes agora estão mais altas, e ela pode dizer que não estão direto à sua frente, porém mais para o lado da estrada. A grama ali é muito alta, quase chegando ao peito, e árvores finas e brancas formam como que um muro de colmo diante dela. Ela não consegue ver um caminho para contorná-las, só uma passagem através delas. E é por ali que vai.

Dificilmente aquilo poderia ser chamado de floresta. Um bosque? Arvoredo? Se as árvores dessem frutos, ela poderia chamar o lugar de pomar, mas parecem ser um primo menor da bétula, os galhos de um verde-escuro com folhas que ainda não começaram a mudar com as estações. O que significa que ali é verão, seja qual for *aquele lugar*. O terreno é diferente ali, coberto de galhos secos velhos, como ossos, a grama desvanecendo, substituída por uma terra fresca, turfosa. Ela é macia e refrescante debaixo dos seus pés, salvo quando Eleanor pisa distraída num dos galhos secos.

As vozes ficam mais fortes à medida que vai abrindo caminho pelo arvoredo. Ela se depara com uma árvore na qual gravaram alguma coisa com uma faca: o tronco estreito mostra as cicatrizes de palavras que se fecharam só o suficiente para não serem legíveis. Mas há outras, ela percebe. Agora que avistou a primeira marca, parece que elas estão por toda parte. Algumas são legíveis: uma diz o *boogerman vai te pegar*, e ela não sabe dizer se escreveram errado ou se aquilo é uma ameaça verdadeira de um homem feito de meleca. E há mais: *durma de olhos abertos* diz outra; *não diz pra sua mãe que eu vou te pegar*. E Eleanor acha graça da ingenuidade infantil.

Ela então encontra uma que é muito recente, ainda úmida, com um tom bem diferente.

J ama E pra sempre

A árvore é estreita demais para que as palavras possam ter um coração em volta. Por isso, um menor foi gravado abaixo.

As palavras lhe dizem alguma coisa ou parecem dizer. Ela as toca com a ponta do dedo. A marca está úmida e cheira a verde. Ao pé da árvore, há tiras de casca enrolada. Ela se abaixa para apanhá-las e sente sua maciez. O entalhe é recente, talvez tenha sido feito apenas alguns minutos atrás.

Ela gira em torno de si mesma, examinando o ambiente. Não há ninguém por ali.

Ela avista, sim, uma casa na árvore, amarelo-limão como o seu vestido. Está pousada nos galhos mais baixos de uma árvore atarracada. Tem um telhado azul e uma janelinha que parecem ter sido tomados de empréstimo de uma casa de verdade: telhas de madeira, postigos azuis. Abaixo da porta de entrada, três degraus sobem.

Ela se desvia de mais galhos mortos e espia lá dentro. O assoalho de madeira está empoeirado, e parece que ninguém entra ali há muito tempo. Preso a uma das paredes, foi construído um banco de caibros. Estão empilhados no banco livros — histórias de detetive dos Hardy Boys —, fichários de plástico que se abrem para revelar divisórias transparentes cheias de figurinhas de beisebol, revistas de quadrinhos do Archie. Numa parede há um alvo, mas a casa na árvore é apertada demais para permitir lançamentos precisos. Ela vê uma caixa de papelão identificada como *Segredos do Clube*. Sobe mais um degrau da escada para olhar dentro dela. Há uma espátula de plástico, uma flauta de lata e uma bola de beisebol.

Agora as vozes estão mais altas e mais nítidas: o grito forte de um menino, o riso delicado de uma menina. Eleanor desce a escada e olha por entre as árvores. Atravessa o arvoredo com cuidado e chega aonde ele termina num muro desgrenhado de azaleias. Os arbustos estão cor-de-rosa, floridos, com abelhas e colibris esvoaçando como em sonho em torno das flores.

Ela descobre uma falha entre os arbustos e vai na sua direção, abaixando-se bem para evitar um colibri gorducho. Mergulha através da folhagem e dá em um gramado lindo, muito bem cuidado, cercado por todos os lados pelas mesmas árvores brancas e finas. É um lugar com a maior privacidade que se poderia esperar encontrar em meio a plantações, pensa Eleanor, e o lugar mais perfeito que se poderia querer encontrar em qualquer parte.

Há um laguinho negro no centro do espaço aberto; e, mesmo da borda do gramado, dá para ela ver libélulas adejando acima da superfície da água. Alguém construiu uma pequena ponte para pedestres por cima do lago. Um enorme guarda-sol amarelo está fincado no centro, lançando uma sombra larga sobre a água.

Mais além do lago, ela pode ver um campo de beisebol improvisado, com linhas caprichadas feitas com giz branco e uma base para o batedor, nítida e limpa. De repente, duas crianças irrompem de um emaranhado de arbustos para a linha da primeira base, e Eleanor recua para o meio das azaleias. Ela fica ali, parada, esquecida das abelhas que zumbem ao redor, e observa.

Eles são pequenos, não têm mais do que oito anos, talvez sejam até mais novos. O menino, bagunceiro e bobinho, tem o cabelo castanho denso e rebelde. Ele está sem camisa e tem a pele bronzeada. E embora ainda não seja desengonçado, sua aparência promete que vai ser. Aos 13 anos, será alto e magricela; aos 17 já terá criado corpo; aos vinte e poucos, terá um belo físico, e homens na casa dos quarenta hão de lhe invejar o metabolismo jovem.

A menina rodopia ao longo da linha entre o montinho do arremessador e a segunda base, com as tranças ruivas girando como hélices.

Meu Deus, pensa Eleanor. *Aquela sou eu.*

O que significa que o menino é Jack.

Ela mal o reconhece. Ele é efusivo, leve, saltitante como uma gazela. O Jack que conhece vive sob o peso de coisas sobre as quais não costuma falar: sua mãe, seu pai e a bebida. Esse menininho ainda não passou por essas coisas. Por sinal, nem a Eleanor mais nova, que corre atrás dele.

Eleanor sente as pernas fracas, mas, se sentar, não vai conseguir ver as crianças com clareza, e ela está fascinada e horrorizada pela simples existência delas. Seu estômago se aperta, e um suor frio brota nos seus braços e no pescoço.

Pode ser que ali seja Vênus no final das contas.

O menino — Jack — irrompe a correr, passando pelas bases, uma vez, duas, e depois dando uma terceira volta. E leva um tombo, fazendo subir uma nuvem de poeira marrom-avermelhada. Ri sem parar, e a menininha ruiva — Eleanor — corre até onde ele está e se deixa escorregar de joelhos. Manchas de capim aparecem no vestido desse seu clone mais jovem.

As crianças riem e se desafiam. Eleanor não consegue ouvir as palavras, mas reconhece os sons que elas emitem: o brado de empolgação de Jack e o gritinho estridente da pequena Eleanor. Os dois correm dando voltas malucas em torno do campo, Jack tentando pegar Eleanor, que mal consegue escapar. Exaustos, eles caem na grama e desenterram grandes punhados dela. Jack encontra um pé de madressilva, e eles arrancam as flores para chupá-las.

Eleanor deixa a segurança dos arbustos e sai andando pelo campo. Ela não consegue se conter. Está extasiada — temerosa, mas dominada pela compulsão de ver seu eu mais novo de perto, de ficar olhando para ele, como uma mariposa cativa. Eleanor mantém-se no maior silêncio possível, com receio de espantar as crianças, mas parece que elas não a percebem de modo algum. Ela as observa deixar de lado as flores da madressilva e praticar saltos-mortais e paradas de mãos na grama, com as roupas ficando cada vez mais sujas.

— Olá — diz ela, ao chegar ao limite do centro do campo.

As crianças não demonstram perceber sua presença. Eleanor se pergunta se elas ao menos chegam a vê-la. Audaciosa, ela atravessa o campo, intrometendo-se em seus movimentos de ginástica; e o pequeno Jack cai passando direto pelos pés de Eleanor sem enxergá-la. Ele se deixa ficar deitado de costas, rindo feito louco.

— Oi — diz ela, olhando para ele ali no chão.

Jack olha através dela, sem vê-la. Eleanor conclui que aquilo é um sonho. E então ri de si mesma, baixinho, por não ter se dado conta antes. Ninguém encontra o seu eu mais jovem sem que esteja acontecendo algum tipo sério de sonho.

E o que isso representa para seu corpo que ficou lá na cantina? Ela se imagina adormecendo de repente, numa narcolepsia, caída de cara no chão da cantina.

Sem a menor dúvida, ela espera que não. Não quer acordar no hospital ou na enfermaria com o nariz quebrado.

Eleanor vai se deixando cair ao chão, resignada a ficar olhando as crianças brincar. E se lembra de dias meio parecidos com esse. Ela, Esmerelda e Agnes iriam se encontrar com Jack e a mãe dele no Franklin Park; e enquanto as crianças corriam atabalhoadas até os brinquedos do playground e cavavam nas caixas de areia, as mães batiam papo, felizes, tomando o café de uma garrafa térmica.

Ela agora olha em volta, mas, apesar de haver bancos, não há nenhuma mãe, nem café, nem brinquedos de playground.

Nem Esmerelda.

Lá no alto, o sol já avançou, e o belo céu azul tornou-se desbotado e rosado. As crianças correm até uma sacola de pano largada no chão. O pequeno Jack sai da sacola com um punhado de varetas finas, cinzentas. E Eleanor se pergunta o que podem ser. Jack faz surgir um isqueiro, não se sabe de onde. Eleanor olha em volta para ver se há algum adulto vigiando e, então, se lembra, pela centésima vez, de que aquilo é um sonho. Jack toca numa das varetas com o isqueiro. A haste minúscula explode numa luz laranja, cheia de estática.

Estrelinhas! Eleanor lembra-se delas.

Jack entrega a vareta de estrelinhas à pequena Eleanor. Eles saem dançando pelo campo com suas estrelinhas, pintando elegantes arabescos e espirais no crepúsculo. Eleanor sorri, lembrando-se de uma época, anos antes do acidente, em que sua família sentava em espreguiçadeiras no pátio, enquanto o sol se punha no mar, às vezes caindo bem atrás da ilha da Huffnagle, realçando sua silhueta rochosa quando mergulhava. Eles esperavam que os vaga-lumes surgissem. Então as meninas corriam pelo jardim, com vidros de conserva nas mãos, tentando capturar os insetos antes que fosse decretada a hora de dormir.

Ela suspira, tranquilizada pela recordação.

Na escuridão que cai, as estrelinhas acabam ficando sem luz. O pequenino eu de Eleanor pega a mão de Jack, e as duas crianças desaparecem, saindo pelos mesmos arbustos dos quais tinham surgido.

Eleanor vai atrás. Não vê nada depois dos arbustos, mas abre caminho entre eles assim mesmo, imaginando encontrar as crianças se apressando para atravessar o gramado na direção de uma das casas de fazenda ao longe, mas os arbustos estão tomados pela noite, sombra e por cheiros estranhos, decididamente não naturais. Ela se esforça para atravessá-los e, de repente, tropeça e tomba no piso úmido de ladrilhos do banheiro da escola.

Ela dá um passo em falso, cai, joga-se enlouquecida contra uma divisória entre cubículos, como se estivesse recuando diante do ataque de algum animal. Quando descobre que está sozinha e reconhece o ambiente, envolve os braços em torno de si mesma, tremendo. O banheiro está iluminado somente pelo sol do fim de tarde que penetra pela janela quadrada acima da pia.

Ela está de volta.

Tem consciência de que está tudo errado, que cada detalhe está errado, que é tarde demais, que ela não estava nem perto desse banheiro quando — o quê? — desmaiou?

Seu cérebro parece estar em curto-circuito. Ela não consegue captar um único pensamento lúcido. Só fica ali sentada no chão, trêmula.

Bem que queria que Jack estivesse ali.

Mea

Não dá certo, e Mea tenta de novo.

Ela se enfurna no passado, peneirando os momentos capturados na membrana diáfana até encontrar a garota ruiva, que está atravessando a sala grande, andando na direção de uma porta. Mea espera pelo momento certo e se prepara para se atirar contra a membrana com toda a força que conseguir reunir, mas de repente a membrana se tolda, escondendo a visão.

Se tivesse voz, Mea gritaria. Em vez disso, ela *zumbe*, crescendo com desaprovação. Mas a membrana apenas se estende, como de costume, sem perceber a sua frustração.

Do lado de fora do aquário, Efah assiste, em silêncio, furtivo nas sombras.

Mea está consternada com esse resultado inesperado. Ela se achata encostada na membrana, esticando-se tanto quanto a vastidão do céu, como se assim pudesse ver a garota de um entre milhares de outros ângulos. Mas o véu espectral da membrana permanece fechado.

Por um instante, Mea tem vontade de gritar para a enorme escuridão da fenda, mas se contém. Ainda não deu a Efah a satisfação de ouvi-la falar e não vai fazer isso agora.

Por isso, ela espera, mantendo-se ao lado da membrana, com a correnteza vasta e delicada da escuridão quebrando-se em torno dela. Mea é uma rocha nessa corrente. Com o tempo, lembranças comuns voltam a passar à deriva. Mas ela não lhes dá atenção. Sente pouco interesse por cometas, erupções vulcânicas ou o primeiro salmão apanhado por um filhote de urso.

Espera pelo que lhe parece uma eternidade.

E então o nevoeiro que cega Mea para a história da garota ruiva se dissipa, e Mea vê a garota ruiva enroscada num chão diferente, trêmula e com medo. Um desejo impetuoso de envolvê-la passa como uma onda por Mea — mas a membrana, embora fina, é um abismo que Mea não tem como atravessar.

Eleanor

Há poucos lugares tão amedrontadores quanto uma escola vazia à noite.

Depois do que dá a impressão de terem sido horas — o brilho laranja do sol através da janelinha quadrada passou para rosa, depois roxo, e então se esfumaçou, deixando o banheiro numa penumbra amorfa, aos olhos de Eleanor —, ela por fim se levanta. O tremor nas mãos e joelhos acalmou-se, mas seus primeiros passos não são seguros. Ela é um pônei de pernas finas, recém-nascido.

O corredor do lado de fora do banheiro está escuro e vazio. Eleanor espia para um lado e para o outro e faz um chamado hesitante: "Tem alguém aí?" Sua voz ecoa baixinho a partir dos armários e das portas fechadas das salas de aula.

A porta do banheiro range, um ruído ampliado pelo silêncio em torno dela, e Eleanor estremece. Ela passa para o corredor. A porta do banheiro fecha-se com um chiado, às suas costas.

Ela está com os pés descalços no piso frio. O vestido amarelo, de verão, do seu sonho, cai desanimado dos seus ombros.

Eleanor dá meia-volta e abre de novo a porta do banheiro, tateando em busca do interruptor. Ela o encontra e o aciona, e as lâmpadas fluorescentes lá no alto acendem-se com um zumbido. O banheiro de noite tem a mesma aparência de durante o dia, pelo menos quando as luzes estão acesas, e por um instante, Eleanor se convence de que, se voltar para o corredor, topará com alunos migrando de uma sala para outra, e alguém vai resmungar, queixando-se de que ela está atrapalhando, e tudo estará certo no mundo novamente.

Mas a janela quadrada ainda mostra um céu que escurece, e Eleanor sente nos ossos o vazio da escola. Ela atravessa o piso de ladrilhos, com a leve sensação pegajosa da cera que foi passada na noite anterior, o discreto *nheque-nheque* quando ergue um pé e depois o outro. Com um empurrão, ela abre a porta dos reservados, na esperança de encontrar suas roupas ali, quem sabe. Mas os reservados estão vazios.

Ela passa os dedos pelo cabelo e massageia seu couro cabeludo do jeito que seu pai uma vez lhe ensinou — o jeito dele de amenizar dores de cabeça depois de um dia longo e estressante de venda de casas para fantasmas —, e de repente para, horrorizada. Com as mãos ainda enfiadas no cabelo, ela corre para olhar no espelho acima da pia.

O espelho está borrado — alguém riscou no vidro *SOMOS TODAS PUTAS*, palavras que Eleanor contemplou muitas vezes, procurando sem muito interesse a verdade vital que poderia estar oculta numa frase tão inconveniente —, mas mesmo assim Eleanor consegue ver sua imagem muito bem.

Seu reflexo olha assustado de volta para ela, com o cabelo ruivo, comprido, lindo.

Eleanor sai correndo.

Pela porta do banheiro, seguindo pelo corredor longo e assombrado; passando pelos escaninhos lotados de trabalhos de casa, merendas esquecidas e jaquetas com as iniciais da escola; pelas salas de aula com suas carteiras abandonadas e seus quadros-negros com garranchos de lições e trabalhos mal apagados; até a escadaria alta que prende a ala oeste. Ela pode correr, mas não consegue escapar do vestido de verão nem do cabelo comprido. No segundo andar, para de correr a fim de recuperar o fôlego.

A cena do crime é no térreo. Os dois pares de portas duplas da cantina estão fechados, mas não trancados. Eleanor encosta-se numa delas, empurrando-a para que se abra. A cantina está vazia, com suas longas mesas de almoço dobradas e encostadas nas paredes; as cadeiras de plástico que as acompanham, empilhadas como chaminés inclinadas ao lado das mesas. O balcão em que as refeições são servidas está fechado, com um anteparo de metal encobrindo sua frente de vidro.

Eleanor fica parada na entrada e visualiza a cena.

Ela estava saindo da cantina. Tinha passado pela cara sisuda da sra. McDearmon, havia ouvido Jack chamar por ela. Passara pela porta, com a intenção de... o que mesmo? Naquele momento, não pensara nisso, mas era provável que teria acabado por ir a um dos banheiros, talvez aquele mesmo do andar superior, escondendo-se num reservado até que a hora do almoço houvesse terminado.

Em vez disso, havia passado pela porta e entrado... em algum outro lugar. Ela pensa no lugar como sendo o Iowa porque ele a fez pensar no filme preferido do seu pai, aquele dos jogadores de beisebol que desaparecem no milharal alto. E se lembra de um jogador perguntando se está no paraíso, e outro cara respondendo que não, que ali é o Iowa.

Logo. Iowa.

De qualquer modo, como foi parar lá?

Ela olha com ceticismo para as portas da cantina. Prepara-se para o que vier pela frente e abre a segunda porta com um empurrão até esta permanecer aberta. Agora a entrada está escancarada.

Ela se lembra da estática, da *vibração* que sentiu — como quando estava no museu de ciências e pôs as mãos naquele globo transparente com a eletricidade ziguezagueando ali dentro. Os pelos minúsculos na sua pele tinham ficado eriçados, e ela sentira... alguma coisa. Alguma coisa *oscilante*.

Ela meneia a mão na direção da porta, mas aquele estranho campo de energia não está ali agora. Não há nenhum zunido no ar, e seu cabelo — que de algum modo está comprido de novo — permanece no lugar.

Será que ela deveria? E se acabasse se descobrindo em outro lugar, algum lugar não tão agradável quanto o Iowa?

Ela respira fundo. Passa um pé pela porta.

Depois o outro.

Nada acontece.

Eleanor passa pela porta da cantina uma vez, duas e muitas vezes mais, mas nada acontece. A cada passagem, ela se descobre ou no salão da escola — cercada por vitrines com troféus, flâmulas penduradas, máquinas de venda automática, quadros de avisos com cartazes escritos à mão anunciando o baile Sadie Hawkins ou o jogo entre Anchor Bend e Roseville — ou na cantina cavernosa, com seu barrigão vazio iluminado por duas janelas descoradas.

— Estou ficando maluca — resmunga Eleanor.

Ela fecha as portas da cantina atrás de si e pensa em ir para casa. Não consegue explicar onde o tempo foi parar. Era meio-dia, e agora já é noite. Será que alguém a viu quando saiu? Será que essa pessoa também viu os prados verdes através das portas da cantina? Sem dúvida, a sra. McDearmon teria percebido se Eleanor tivesse simplesmente se apagado, como um vaga-lume, não é mesmo? Talvez Eleanor não tenha ido a lugar nenhum. Vai ver que ela só foi andando até o terceiro andar, como num transe ou coisa parecida, e acabou dormindo no banheiro. Não... será que alguém não a teria encontrado?

Ela não consegue explicar as roupas que sumiram.

Nem o cabelo, que cresceu uns 25 cm num dia.

— Vão me trancafiar — diz ela.

Mas Eleanor já está trancafiada. Volta então a atenção para o problema de escapar da escola. Já viu as grandes correntes e cadeados que mantêm as portas fechadas. Na maioria das manhãs, ela chega cedo e precisa esperar lá fora até algum professor abrir aqueles cadeados.

Eleanor perambula pelos corredores, parando diante de todas as portas que dão para fora, mas todas estão realmente trancadas com correntes. Ela se sente um pouco como um fantasma, e talvez seja mesmo um. Pode ser que tenha morrido quando passou pelas portas mágicas da cantina, como um personagem de videogame que tenta atravessar um campo elétrico cheio de faíscas, e agora Eleanor está fadada a percorrer e assombrar a escola para sempre.

Essa noção rola pela sua mente enquanto segue pelo corredor externo, parando para testar mais portas. Que tipo de coisa um fantasma poderia fazer para se ocupar numa escola escura e vazia? Ela poderia deixar mensagens em quadros-negros para amedrontar os alunos, riscar frases assustadoras nos espelhos — talvez uma resposta à autora de *SOMOS TODAS PUTAS: NÃO, SÓ*

VOCÊ. Poderia fazer chover bolas de basquete sobre a quadra na hora da reunião geral. Com o tempo, ficaria entediada, preocupa-se ela, e aí faria o quê? Pior que isso, as escolas acabam sendo demolidas, e aonde ela iria então? Assombrar o terreno vazio? O pequeno shopping com estacionamento na frente que surgiria inevitavelmente no lugar da escola? Ou será que ela pereceria com o prédio, com seu eu ectoplásmico dissolvido, despejado?

Nenhuma das portas está destrancada.

Ela termina sua verificação geral na parte da frente da escola. Através das portas, pode ver o estacionamento escuro, sem veículos, e o círculo da entrada do ônibus, também vazio. Pela primeira vez, ocorre-lhe que pode ficar presa a noite inteira, e o que vai fazer amanhã quando chegarem os alunos e professores e ela estiver ali com esse estranho cabelo comprido, descalça, como algum tipo de Robinson Crusoe levado pelas ondas a uma praia de ladrilhos, vivendo selvagem no cubículo dos faxineiros?

Os faxineiros.

Como se ela os tivesse invocado com seus pensamentos, uma pequena caravana de veículos aparece lá fora, com os faróis a ofuscando à medida que os motoristas fazem a curva para entrar no estacionamento. Eleanor fica olhando quando cinco pessoas saltam e descarregam seus equipamentos: aspiradores de pó, esfregões e o que dá a impressão de ser uma lixadeira gigantesca.

Os membros da equipe de limpeza riem entre si. Eles se reúnem em torno das portas da frente e esperam, dando risinhos, enquanto o chefe abre uma de acesso de professores na lateral do prédio. Ele entra e, daí a um instante, aparece nas portas da frente, retira a corrente e abre uma com um empurrão. A equipe começa a entrar aos poucos, arrastando consigo seus materiais de limpeza sobre rodinhas e em baldes. Antes que a porta se feche, Eleanor dispara do esconderijo atrás da vitrine de troféus, atravessa a porta correndo e sai para a noite fria.

A noite muito, muito fria.

Ela gira e volta correndo para dentro, com os dentes batendo. Os cinco faxineiros estão paralisados no saguão, olhando espantados para ela.

— Eu, hã, fiquei trancada aqui dentro — diz ela para a equipe surpresa. — Alguém tem uma moeda para eu fazer uma ligação?

✳ ✳ ✳

O Buick do pai está com uma temperatura agradável. O som estéreo está ligado, e a banda favorita do pai, Bread, canta a música preferida dele. A voz do cantor é aconchegante, também, reconfortante, quase como pão quentinho, pensa Eleanor. A música detona uma velha lembrança — na realidade, um fragmento de recordação — de Eleanor e Esmerelda dentro de um saco de dormir esquisito, provido de abas que se dobravam por cima dos ombros do ocupante e que se encaixavam no lugar como mangas gigantescas. As meninas talvez estejam com cinco anos, pequenas o suficiente para conseguir deitar juntas no treco. Elas estão estendidas no chão diante da lareira crepitante. O pai de Eleanor lê uma *National Geographic* enquanto beberica café. A mãe tricota na cadeira de balanço, movimentando-se lentamente para a frente e para trás.

Eleanor não se recorda do que aconteceu depois. A lembrança é isolada, livre de qualquer narrativa mais longa. O momento é tão reconfortante quanto o calorzinho do carro do pai neste exato instante. Seria impossível ela invocar uma recordação mais perfeita. Faz muito tempo que não lhe ocorria.

— Quer me dizer o que houve?

Os postes de luz passam devagar acima do para-brisa, seus reflexos deformados em longas barras luminosas. Há poucos carros na rua, e ainda menos lojas abertas. Anchor Bend encerra as atividades cedo, o que significa que devem ser no mínimo sete da noite.

— Que horas são? — ela pergunta.

O pai aperta um botão no painel. No mostrador do som, o cassete de luz azul é substituído por um relógio digital.

— Vinte para as oito — diz ele. — E aí? Como é que minha menina esperta consegue ficar trancada na escola?

Eleanor vira-se para a janela para não ter de mentir olhando para ele.

— Fui à enfermaria — diz ela. — Eu não estava me sentindo muito bem.

— E como está se sentindo agora?

— Bem — diz ela, dando de ombros. — Acho que acabei dormindo lá.

— Ninguém foi ver como você estava? — Paul bate no volante. — Uns irresponsáveis, uns filhos da... Vou ligar para a escola amanhã e lhes dizer poucas e boas.

— Papai, está tudo bem — diz ela. — Vai ver foi só por acidente.

— Tudo bem? — pergunta ele. — Você acha certo que os adultos encarregados da escola simplesmente se esqueçam de uma aluna? Que a deixem trancada na escola a noite inteira?

— Não foi a noite inteira.

— Mas poderia ter sido — diz ele. — É essa a questão. É um comportamento irresponsável.

Eleanor suspira. — Está bem, papai.

— Que foi? — pergunta o pai, percebendo a insatisfação dela. — Não é legal um pai se preocupar com a filha?

— Tá bom — diz ela.

— Pode ser que não seja legal. Mas eu não sou legal, então está resolvido.

— Você está cavando um elogio, papai — diz Eleanor.

— Ei, o que aconteceu com o seu cabelo? — pergunta ele, estendendo a mão e pegando uma mecha longa entre os dedos. — Como foi que eu não percebi que você estava deixando crescer?

Ela sente uma fisgada de susto. Esqueceu-se de amarrar o cabelo para trás para ele não notar a diferença.

— Hum — diz ela, e então o sinal à frente deles de repente fica vermelho.

— Merda — resmunga o pai. Ele vira o braço diante dela como uma catraca e pisa forte no freio. — Desculpe.

— Tudo bem — diz ela, grata pelo desvio da atenção do pai. — Obrigada por vir me buscar.

— É, bem. É isso o que os *bons* pais fazem.

Eleanor prefere não comentar o menosprezo do pai pela mãe, embora isso só o leve a continuar. E ele continua.

— Será que sua mãe pelo menos atendeu o telefone? — ele pergunta. E então ele mesmo dá a resposta: — Aposto que não.

— Eu liguei pra *você*, papai.

Paul aciona o pisca-pisca e entra devagar à direita.

— É, mas você agiu assim por um motivo, não foi? Você sabia que eu atenderia. Você sabia que *eu* estaria...

— Papai — diz Eleanor, como um aviso.

— Não, Eleanor, ora, vamos — diz ele. — E se alguma coisa tivesse acontecido e eu não estivesse por aqui? O que você teria feito?

Eleanor dá de ombros. — Não sei, papai.

— Bem — diz ele, agora quase falando para si mesmo —, sei que você não poderia ter contado com sua mãe. Pode ser que você pudesse ligar para o Jack, se ele tivesse idade para dirigir, mas você sabe como o pai dele é. — Ele se volta de chofre para Eleanor. — Você nunca me entre num carro com o pai do Jack, está me entendendo?

Eleanor desvia o olhar. — Eu sei, papai.

— Sei que você sabe. Já falamos sobre isso milhares de vezes. Eu sei. É só que me preocupo. Não gosto de não poder lhe dar apoio todos os dias.

— Nós já falamos sobre isso também.

— Eu não consigo entender por que você não podia ter ido morar comigo — diz Paul. Eleanor pode ouvir a pergunta implícita: *Eu não era bom o suficiente para você?*

— Mamãe precisa de mim — responde Eleanor. — Você sabe que não foi nada pessoal.

— Olha só como você fala — diz Paul. — Parece tão adulta. Mulheres adultas costumam dizer isso, sabe? *Nada pessoal.* Em geral, o contexto é muito diferente, mas as palavras parecem tão maduras quando você as pronuncia. *Você parece tão madura.* Você não está crescendo depressa demais, está?

— Papai — geme Eleanor.

— Sua mãe não precisa de você — diz ele, sem se conter. Então para, como se pudesse ouvir Eleanor ficar de queixo caído. — Peraí, não foi bem isso o que eu quis dizer. Saiu errado. O que eu quero dizer é que sua mãe precisa de *alguém*. Ela precisa... eu nem sei. De uma cuidadora. Na realidade, não, o que ela precisa é de uma clínica de desintoxicação.

— Papai, para com isso.

— É só que eu não...

— Para com isso. Vou descer e ir andando.

Paul cala-se, e Eleanor cruza os braços.

— Desculpe — diz ele. — Não é culpa sua você amar sua mãe. Não é culpa sua ela ser...

— Papai...

— ... a bêbada que é — ele termina.

Eleanor solta o cinto de segurança e um pequeno quadrado vermelho se acende no painel diante do pai, enquanto soa um alarme.

— Me deixa sair — diz ela.

— Eleanor, coloque o cinto.

— Me deixa sair aqui mesmo ou pulo pela janela — diz ela.

— Coloque o cinto e não seja criança — diz o pai. — Seja como for, já estamos quase chegando. Prometo que não digo mais nada sobre sua mãe.

Eleanor coloca o cinto, cruza os braços, dobra os joelhos e descansa os calcanhares no banco. Durante as poucas curvas que restam, nem ela nem o pai dizem absolutamente nada. Ouvem-se apenas o som dos pneus, que tentam se agarrar ao asfalto e o soltam, o zumbido do aquecimento, os sons suaves de mais uma música do Bread, e então o carro sobe pesado na rampa inclinada da entrada.

Eleanor solta o cinto, resmungando:

— Obrigada pela carona.

E, antes de fechar a porta, ouve as palavras do pai:

— Aposto que ela nem vai vir atender a porta.

E Eleanor sabe que ele está certo, que é provável que Agnes esteja em algum canto no ventre escuro da casa, inconsciente como de costume, sem se dar conta de que a filha esteve desaparecida por horas. E a parte ruim de tudo isso é no fundo ainda muito pior: que, mesmo se soubesse, é provável que Agnes não se importasse muito. Não se interessasse nada.

Eleanor cata a chave reserva do vaso de plantas ao lado da porta, sacode a terra seca e pequenas contas de isopor e agita a chave para o pai. Ela pode ver que ele faz que sim e acena de volta. Então engata a ré e sai da entrada de carros. O vulto do carro afunda um pouco quando chega à rua. Paul acena de novo, enquanto Eleanor destranca a porta e entra sorrateira na casa escura.

Mea

A garota ruiva mudou.

Ela não está vestida como antes, e seu cabelo está mais comprido. Ele balança nas suas costas enquanto perambula pela escola, experimentando portas trancadas e espiando por janelas.

Ela é linda e estranhamente familiar.

Mea *conhece* a garota.

Ela não entende essa sensação. Mea e a escuridão são uma coisa só, a escuridão que é o seu lar. É separada das lembranças que passam flutuando. Do outro lado da membrana, fica a escuridão imensa e desconhecida da fenda, na qual ela nunca se arriscou. Mea não consegue descrever essa sensação de reconhecimento. Está louca para se comunicar com a garota.

Na maré escura, Mea espera por mais uma oportunidade.

Agnes

Agnes está parada num retângulo pálido de luz. Em torno dela a casa está escura. A porta da geladeira está aberta. Foi ela que a abriu? Ali dentro há alimentos que não se lembra de ter comprado. Leite, ovos e um pão de fôrma. Um pouco de carne embalada. Um recipiente de plástico azul com uma notinha adesiva amarela.

Ela se inclina para ver. A nota diz: *Mamãe. Salada de ovos.*

Um coraçãozinho está rabiscado abaixo das palavras.

E uma letra *E*.

É assim que acontece. Ela se esquece, quase todas as vezes. E vê um bilhete como esse, com a letra E. Só por um instante, esquece-se de que Esmerelda se foi já há tantos anos. E acha que o bilhete é de Esmerelda, uma mensagem simpática para a mãe.

É claro que a notinha é de Eleanor.

Faz quase oito anos que Esmerelda se foi, mas Agnes a vê todas as vezes que abre os olhos. Há anos, ela mandou Eleanor guardar as fotos da família, mas é como se elas ainda estivessem no console da lareira, ainda penduradas nas paredes. Os espaços vazios que ocuparam um dia ainda parecem cheios aos olhos de Agnes, com o rostinho redondo de anjo de Esme olhando fixo para ela.

Agnes pega o pote de plástico, solta a notinha e a amassa em cima da bancada. A geladeira fecha-se com um baque ao seu lado. Ela abre a tampa e olha dentro do pote. Claras de ovos picadas, uma pasta amarela de maionese e gemas, picles. Ela quer comer a salada, sabe que deveria comê-la ou comer qualquer coisa, mas não consegue. O cheiro revolta seu estômago, e mal consegue chegar à pia. O que lhe vem à boca é quase só líquido. Ela não sabe ao certo quando comeu pela última vez, mas seu estômago lhe diz que decididamente não foi hoje. É provável que também não tenha sido ontem.

Ela faz correr a água da torneira e então se deixa cair de joelhos, descansando a testa no metal frio da porta da geladeira.

O pior de tudo é Eleanor.

Agnes vê a filha viva através de uma bruma. De vez em quando, Agnes acorda na poltrona e encontra a filha estendendo um cobertor sobre ela. E diz: "Ai, Esme, querida..." E então a boca da garota se abre e fala com a voz de Eleanor, destruindo a ilusão. Não é culpa de Eleanor que ela tenha o rosto da irmã. Agnes sabe disso.

Mesmo assim, não consegue olhar para Eleanor.

Ela se levanta, trêmula, sabendo que deveria comer alguma coisa, pelo menos beber um pouco d'água; mas, em vez disso, vai até o guarda-louça na sala de jantar e se ajoelha no chão para abrir a porta inferior. E sabe de cor a arrumação das travessas altas de servir, os largos retângulos de porcelana que ficam sobre pequenos pedestais, encontra a garrafa atrás de uma delas e a tira dali. Quase não olha para o rótulo. Sabe que é uísque pelo formato da garrafa. Pelo peso sabe que contém o suficiente para afundá-la na escuridão muito antes que Eleanor se levante para ir à escola.

Ela atravessa a sala carregando a garrafa, seu reflexo aparece na janela, e Agnes para e olha para si mesma. À luz rala do luar, pode ver o próprio rosto, macilento abaixo do cabelo sem vida. Ela mal se lembra de como era sua própria mãe; não consegue encontrá-la ali, entre suas feições refletidas. Mas vê o pai ali, um pouco dele, e esse pouco faz com que se lembre da mãe, do quanto seu pai chorou quando ela...

Agnes pensa que, se não estivesse um pouco sóbria nesse instante, poderia ter jogado a garrafa pela janela.

É uma boa razão para começar a beber hoje, e ela começa.

Agnes é jovem, mas não parece. Ela tem a impressão de ser uma mulher que sobreviveu à Grande Depressão, uma mulher que assistiu à morte de seus filhinhos, que foi arrasada pelas circunstâncias e que sucumbe diante delas, que não reage, porque qual é o sentido de reagir? Por que alguém reagiria, se dói muito menos simplesmente ficar deitada?

Agnes acomoda-se na poltrona com a garrafa. O cheiro do uísque barato a tranquiliza, aquele leve toque de cinza e carvalho queimado, com um travo forte, não muito diferente do querosene; acalma seus nervos só o bastante para ela pensar: *Nem tudo está perdido, ainda tenho Eleanor* — mas pensar em Eleanor significa ver os olhos verdes e sorridentes da filha, que combinam com tanta perfeição com seu cabelo ruivo... E então ela só consegue ver o cabelo de Esmerelda, fragmentos dele presos no para-brisa quebrado, sangue escorrido no metal e no vinil, o cheiro do escapamento e de borracha queimada, a descarga de sangue acobreado nos seus dentes. Nesses momentos, Eleanor torna-se um monstro.

Agnes vira a garrafa, e seus olhos se fecham, trêmulos. Ela engole e engole ainda mais. E o jeito com que a bebida desce queimando lhe diz que vai melhorar, que tudo vai simplesmente dar certo, porque a ardência é sempre acompanhada pelo escuro, que é acompanhado por...

Pela paz. Ou alguma coisa muito parecida.

Ela bebe e, com o tempo, solta um pouco a mão que segura a garrafa. Agnes vai deslizando para aquela escuridão onde Esmerelda, Eleanor e mais ninguém tem permissão de entrar.

Eleanor

A mãe de Eleanor está dormindo na poltrona azul, tremendo de frio, vestida apenas com uma camiseta fina e roupa de baixo. Uma garrafa aberta está inclinada, encostada no seu quadril, a mão enrolada meio frouxa em torno do pescoço.

Eleanor fica olhando para a mãe por um bom tempo. A mulher diante dela é delicada, com ossos que aparecem através da pele em lugares estranhos.

A clavícula é bem marcada, com a pele a envolvendo como um pedaço de couro num cabo de faca feito de osso. Seu tórax é oco, quase côncavo.

Eleanor volta a pensar na lembrança da lareira, do saco de dormir, e tenta visualizar a mãe como ela era naquela época: o rosto mais cheio, faces arredondadas e rosadas, olhos que captavam a luz laranja e quase pareciam refulgir. Sua mãe nunca foi gorda, mas naquela época havia algo de arredondado nela que Eleanor amava. Os abraços da sua mãe eram macios e abrangentes, enquanto os do pai eram firmes.

A mulher agora à sua frente não tem nada de parecido com aquela da lembrança.

Essa aqui quase não come, nem mesmo quando Eleanor prepara uma refeição para as duas. Agnes quase não sai de casa, embora deva fazê-lo às vezes, porque misteriosas garrafas de bebida aparecem em lugares onde antes não havia nenhuma. Eleanor detesta pensar nessas excursões diurnas à loja de bebidas. Sua mãe quase nunca está sóbria, e parece inevitável que um dia ela entre direto numa parede com o carro ou passe por um cruzamento movimentado sem parar.

Eleanor solta devagar a respiração. — Mamãe?

Agnes não se mexe.

Com cuidado, Eleanor retira a garrafa que a mãe segura. Os dedos de Agnes ficam inertes junto do corpo. Eleanor recolhe também as garrafas menores da mesinha de canto, com o vidro retinindo alto, mas sua mãe não percebe. Eleanor leva as garrafas para a cozinha e pensa em virar todas elas na pia, mas aí se lembra da mãe ao volante do Honda na garagem, determinada a reabastecer o estoque sumido. Eleanor prefere guardar as garrafas, repondo as tampas no lugar.

O cobertor que ela costuma estender sobre a mãe está embolado no assoalho ao lado da poltrona. E, por um átimo, Eleanor quase odeia a mãe por ficar ali, paralisada e morrendo de frio, com o cobertor quentinho a pouco mais de um palmo de distância.

Sua mãe não precisa de você, Eleanor.

— Deveria haver alguém no mundo que ame você apesar de quem você é — sussurra Eleanor. — Acho que sou eu.

Eleanor desdobra o cobertor e o estende sobre a mãe adormecida, prendendo-o bem por baixo do seu peso. Ela ajusta o termostato para alguns graus a mais e fica ali parada até ouvir o tranco do sistema entrando em ação. As entradas de ar empurram o ar quente depressa, e Eleanor suspira, percebendo naquele instante que toda a sua existência — pelo menos, desde o acidente — se resume a um suspiro enorme, composto de um milhão de outros menores.

Ela sobe e, então, tarde demais, sente a vibração da estática abraçá-la quando entra pela porta do seu quarto.

Mea

Mea fica abalada com a visão da mulher na poltrona. Ela parece ser pouco mais que uma concha, viva, mas sem propósito. A garota ruiva cuida da mulher, e Mea tem outra sensação estranha: uma profunda fonte de frieza.

Mea não consegue tolerar o mistério nem mais um segundo. Logo, a garota sobe a escada para um novo portal, e Mea receia que ela escape de algum modo. Mea atira-se contra a membrana, fazendo pressão com toda a força que pode reunir.

A membrana zune, estremece; e então, com um estalo silencioso, um novo redemoinho perfura sua superfície.

A claridade do ambiente entra no aquário escuro como uma inundação, e Mea desvia a sua atenção da garota ruiva só por um momento, fascinada pela luz. Ela penetra o escuro só um pouco e por fim é derrotada por ele. E ilumina somente um pequeno espaço em torno de Mea, espaço que parece totalmente sólido, vazio e negro como obsidiana, mesmo com a luz.

O som também se filtra através do redemoinho. Mea pode ouvir os pés da garota esmagando o carpete, pode detectar cada fibra comprimida pelos calcanhares dela. A respiração da garota parece uma fornalha, de algum modo amplificada pelo funil do redemoinho impossivelmente pequeno.

Venha para mim, pensa Mea, e o redemoinho parece deformar a membrana. Sua visão da casa, da escada e do corredor é aprofundada; e, por um instante, a garota ruiva surge quase perto o bastante para Mea tocá-la.

Mea estende-se na sua direção.

Para sua surpresa, o redemoinho escapa de lado, com um impulso abrupto e feroz. A garota ruiva arregala muito os olhos e então passa pela porta do quarto; e Mea vê quando a garota desaparece num piscar de olhos.

Não!, grita Mea, em silêncio.

O redemoinho, como uma tromba-d'água em miniatura, desaba sobre si mesmo, e a membrana ondula como antes para então ficar imóvel.

E dessa vez, enquanto olha fixamente para o mundo da garota ruiva, Mea vê aonde a garota vai.

Ela cai, despencando numa fissura fantasma entre seu mundo e o de Mea, como se caísse no poço de um elevador. E escorrega para esse *não* espaço a uma velocidade espantosa, afastando-se de Mea e do seu mundo, tornando-se quase transparente, ficando cada vez menor enquanto mergulha, até não ser mais do que uma pequena centelha vermelha, uma partícula que vai embora flutuando em alguma outra corrente, como uma semente de dente-de-leão.

Mea entra em pânico, com medo de ter de algum modo perdido a garota para sempre. Ela rola de novo o fluxo do tempo, movimentando-se para trás através da lembrança que a membrana tem desse momento, até a garota ruiva aparecer de novo, subindo a escada.

Mas, enquanto Mea olha, a cena volta a se toldar.

NÃO, ruge Mea, sem emitir som.

A garota sumiu, e Mea, impaciente, tenta percorrer o rio do tempo, agora indo para a frente, procurando a garota um pouco depois — daí a um mês, um dia, um ano —, mas não há sinal dela em parte alguma. É como se tivesse desaparecido por completo do tempo.

Mea mergulha na escuridão, afastando-se da membrana, e lateja de raiva e pavor com seu erro.

Efah está pequeno e imóvel na fenda do outro lado da membrana, confuso com o que viu, desconfiado dessas estranhas atividades na cela de Mea.

Ele está curioso. Por isso, não faz nada.
Só espera.

Eleanor

E acontece de novo.

A estática incômoda, o puxão pouco sutil de *alguma coisa* — como se um buraco negro tivesse se aberto em seu quarto e estivesse tentando sugá-la pela porta. Ela não tem tempo de dizer uma palavra, mas um pensamento terrível vai se desenrolando em sua mente, como um turbilhão em si — *e se nada for real, e se tudo for simplesmente inventado e qualquer coisa puder acontecer* —, e ela sente um poderoso impulso de resistir ao pensamento, porque ceder a ele, chegar mesmo a levá-lo em consideração, acabaria por devorá-la viva, tiraria todo o seu chão.

Porque não há nenhum motivo pelo qual Eleanor deveria estar fazendo qualquer outra coisa além de entrar no próprio quarto neste momento, para tirar o estranho vestido amarelo de verão, vestir seu pijama de flanela mais aconchegante e mais seguro e se enfiar na cama. Talvez até procurasse no armário as caixas velhas, tirasse delas seus bichinhos de pelúcia mais macios, mergulhasse no meio deles até adormecer.

Ela daria qualquer coisa neste exato momento para estar com cinco anos de novo, dentro do saco de dormir, com Esmeralda.

Tudo isso passa em disparada pela sua mente num instante, e então Eleanor já não está no seu quarto, nem mesmo na sua casa.

A primeira coisa que percebe é que o lugar não é o Iowa.

Ela não está num prado verdejante. Não há milharais, nem trigais; nada de ondas da cor de âmbar, céus em tons de violeta, pontes para pedestres nem celeiros vermelhos ao longe. Não há nenhum Jack. Nem Eleanor pequena. Ela está cercada por árvores cinzentas com copas cinzentas compostas de agulhas cinzentas. Lá em cima, as árvores vão recuando até pontas muito altas e muito estreitas, um leito de pregos sobre o qual repousa o céu, que é cinza, cinza. Ao seu redor, há uma cratera de lama e pedras reviradas; e na sua borda algumas árvores estão destroçadas: a casca arrancada, o cerne exposto branco como osso e cintilante.

Eleanor não conhece esse lugar, da mesma forma que não conhecia o Iowa pitoresco, venusiano, onde passou a tarde inteira. Está de novo descalça, mas dessa vez totalmente nua. Seu cabelo ruivo ainda está comprido — sente que ele toca suas costas —, e ela se encontrava suja, como se tivesse estado correndo através da lama. Suas pernas, salpicadas de terra molhada, e agulhas cinzentas de pinheiro, grudadas na pele úmida.

Uma chuva muito fina cai como uma neblina sobre ela, formando gotas em sua pele e transformando seu cabelo num peso morto. Ele a puxaria até o chão se ela permitisse.

Não importa qual seja esse lugar, ele é tão desolado quanto o Iowa era alegre. A cor foi sugada dali até que tudo o que restou fossem as cinzas: nuvens cinzentas, cinzas cinzentas, uma fina fuligem cinzenta. As nuvens de ventre negro passam pesadas como automóveis.

Ela sente frio.

A chuva está fria.

Ali não venta, mas, se ventasse, acha provável que morreria congelada depois de só alguns passos. Ela procura por um abrigo. O terreno vai descendo abaixo dos seus pés e percebe que está na encosta de um morro. As árvores são retorcidas, castigadas. Parece que algumas foram atingidas pelo fogo durante sua longa vida, como se tivessem sido queimadas e ainda assim sobrevivido. Sobreviventes, todas elas. Algumas deixam escapar uma seiva da cor de pedra que endureceu e se tornou opaca.

Eleanor envolve o corpo com os braços, trinca os dentes e se pergunta se tem alguma condição de realizar o desejo de se encontrar de volta em seu quarto. É inadmissível que haja de enfrentar isso de novo, que tenha sido abduzida da sua casa e largada ali, sem ter como voltar. Até a tarde de hoje, ela não acreditava em magia — nem em extraterrestres, ou mundos alternativos —, e agora ela acha que deve admitir a possibilidade de que haja *alguma coisa* presente no mundo. Parece impossível que nunca tenha ouvido falar nesse tipo de coisa, mas é provável que, se tivesse, não teria acreditado.

Ela se lembra da estática — do campo estranho, quase magnético, com que se deparou antes de passar pelos dois portais. E seu pensamento tropeça e para de repente diante dessa palavra: *portal.*

Cada vez que isso aconteceu, havia uma porta. Só que eram portas normais, pelas quais ela passa várias vezes por dia. Não há nada de especial na porta da cantina ou na do seu quarto.

— Parece que há — diz ela, em voz alta.

Eleanor tosse. A terra ali tem um cheiro esquisito e a deixa com um gosto estranho na boca. A chuva deposita pontos minúsculos de poeira na sua pele. Ela toca essa poeira com o dedo e a empurra para um lado e para o outro. Tiras cinzentas acompanham a ponta de seu dedo, como rastreadores.

Eleanor avista um buraco abaixo de uma velha árvore quebrada, que parece ser do tamanho exato para ela. Em circunstâncias normais, jamais se enfiaria num buraco daqueles. Imagina cobras, texugos ou, pior, milhões de insetos que se contorcem, ocupando um espaço tão valioso. Mas ela está com frio, está chovendo, e não sabe onde está. Por isso, vai entrando de ré no buraco, arrastando-se com o traseiro nu para a escuridão, e se enrola como uma bola encostada no solo úmido. Não é exatamente quentinho, mas ela sente menos frio. Descobre então que o solo é uma forma de isolante térmico, abandona seus temores e amontoa punhados de terra em torno do corpo para manter o calor. A luz está se esvaindo do céu, e tenta não pensar em que insetos poderiam estar vindo se aninhar junto dela no escuro.

A chuva acumula-se em pequenas poças na boca da sua toca, vai engrossando e começa a escorrer pelo chão na sua direção. É bom a chuva estar tão fraca; mas, se começar a chover forte, seu esconderijo ficará alagado.

Ela sente que está começando a ficar com sono. Vai se aconchegando na lama, dominada pela exaustão dos últimos dias, e cai num sono profundo dentro de um buraco na encosta de um morro numa terra devastada, longe, muito longe de casa.

A guardiã

A mulher vai se arrastando pelo campo desolado. Está envolta em xales e cachecóis malfeitos, tricotados à mão, para se proteger do frio permanente.

Esse campo é dela, com sua terra úmida e capim alto acamado pela chuva. Um riacho o percorre sinuoso, como um fio de lã grossa, descrevendo curvas ao passar pela casa da mulher, uma cabana tosca de um único aposento, que a mantém aquecida. Daqui de longe, a cabana é apenas um ponto distante no horizonte. Um filete de fumaça sobe em espiral da sua chaminé diminuta.

Todas as manhãs, a guardiã percorre o campo. Mais além das colinas, montanhas erguem-se para o céu sombrio como dentes quebrados. Árvores infestam a terra feito cracas, subindo parcialmente as encostas antes de se dispersarem, com o avanço interrompido por grandes tabuleiros de xisto. Essas montanhas ladeiam o campo por quilômetros, fechando o cerco em cada extremidade. Esse vale não possui entrada nem saída. Essa terra está protegida do mundo lá fora.

Às vezes, ela percorre o perímetro do vale inteiro, facilmente uns 110 a 130 quilômetros, e passa dias fora.

Nessa manhã, ela acordou com uma sensação de inquietação nas entranhas. Pôs lenha no fogo debaixo do bule de café e foi se postar no alpendre de madeira, fumando um cigarro preto e observando a terra cinzenta. E sabe que a terra está doente, que de fato está, desde o dia em que ela a descobriu. Às vezes, acha que a doença também a contaminou.

Mas hoje de manhã, pela primeira vez, ela tem certeza.

E agora anda na direção das montanhas ao sul, a origem de sua inquietação. Ela pode sentir uma mudança, uma vibração no ar que não estava lá no dia anterior. Teve uma sensação semelhante só uma vez antes, quando os animais gigantescos apareceram no vale. Mas isso foi há muito tempo, e a guardiã não gosta da ideia de dividir seu vale com mais invasores.

Ela tem certeza de que é isso o que encontrará lá para o sul.

Um intruso.

※ ※ ※

A sombra da guardiã comprime-se na penumbra. Sem sua dona, a sombra é amorfa, o que a torna perfeita para o trabalho de reconhecimento. Não é com frequência que a guardiã libera sua sombra para passear pelo vale; e, antes de chegar à margem da floresta, a sombra passou roçando pelo capim alto ao longo do córrego, alegre com sua liberdade temporária.

Mas agora ela precisa trabalhar.

Desliza veloz através de trechos de luz, em meio à escuridão por baixo das árvores. E não sabe o que está caçando: só que a guardiã acredita que *alguma coisa* está ali.

Não uma coisa bem-vinda. Algo do *mal*.

Não como os animais, que são estranhos, mas mansos.

A sombra esquadrinha centenas de hectares, repetindo sua busca inúmeras vezes. Muitas horas depois, ela encontra o que está procurando, mas só por acaso.

A sombra resolve descansar ao pé de uma sequoia. O bosque está em silêncio, com exceção das gotas de água que pingam das copas para o chão da floresta. A chuva parou, por ora.

Então *ela* aparece.

A garota sai de um buraco na terra a uns cinquenta metros dali. A sombra quase não a vê, mas a garota tosse. A sombra sente o ar vibrar e se volta para descobri-la. A garota está imunda e machucada. Ela tosse mais uma vez. Então se espreguiça penosamente e começa a raspar a sujeira da sua pele.

A guardiã balança numa cadeira feita à mão, com mais um cigarro preto entre os dedos. Está pensando em construir uma nova cabana, um lugar na extremidade norte do vale para ter onde descansar os pés durante suas longas caminhadas. Muitas vezes fica cansada demais para voltar para essa casa.

A cinza do cigarro cai em sua calça de aniagem. Ela a espana dali.

Sua sombra vem se aproximando pelo sul, com a névoa baixa da tarde se abrindo em torno dela. Seu movimento é furtivo, como se estivesse fazendo uma brincadeira com a dona. Ela então desliza pelo alpendre e volta a se prender aos pés da mulher.

— O que você encontrou? — pergunta a guardiã.

Sua sombra não pode falar, mas a mulher pode sentir os registros da memória dela sendo transmitidos para ela, que os absorve de olhos fechados. Através dos olhos da sombra, vê o rasgo na fileira de árvores. Foi como se uma bola de demolição tivesse sido atirada contra elas. A mulher vê as nuvens pesadas, o solo rico e úmido. Ela espera e então...

Lá.

Uma garota nua, de pele clara, com o cabelo ensopado, está em pé na clareira, toda suja de barro e lama. Seu rosto e seus braços estão arranhados.

— Você não passa de uma criança — diz a guardiã, com os olhos ainda fechados. — De onde você é, menininha?

É claro que não há resposta.

— Vai-te embora, garotinha — diz a guardiã, abrindo os olhos.

Ela agita a mão num arco vagaroso, de lado, como se estivesse limpando migalhas de uma mesa. O ar estala, carregado de eletricidade. Lá longe ao sul, surge uma faísca escura na floresta, como o leve movimento de um espelho direcionado por um instante para a cabana.

A guardiã relaxa e, então, puxa uma longa tragada no cigarro. A garota agora já se foi, levada para fora do vale, de volta a qualquer que seja o lugar de onde veio.

— Bem — diz a guardiã, com a fumaça saindo dos lábios e subindo. — Se ela voltar, nós vamos saber, não vamos?

Ela se põe de pé, fechando melhor o xale em volta do peito, e então olha para baixo. Sua sombra concorda em silêncio, muda, mas não surda.

— Vamos, então — diz ela, descendo do alpendre para o meio do capim alto. Pega seu cajado, vira-se para o leste e começa a andar.

Mea

Mea vai à deriva nas águas do seu aquário, e Efah a observa sem falar. Ela está sem esperanças. Quando a maré a empurra contra a membrana, ela não resiste. Vai deslizando como um graveto num riacho, arranhando as paredes de terra.

A membrana ilumina-se de repente e Mea para, assustada, tentando agarrar a superfície opaca, vidrada. Ela agora está desanuviada, e em suas profundezas, Mea vê os suaves tons de laranja do quarto da garota ruiva.

O quarto está vazio, de cortinas abertas. O sol derrama-se por cima da cama, transformando em fogo a luminária acobreada da cabeceira. Minúsculos ciscos de poeira filtram-se por ali, esbranquiçados à luz que se vai.

Ao lado da luminária na mesinha de cabeceira, Mea vê um porta-retratos com uma fotografia da menina ruiva. Na foto, ela está muito mais nova, ao lado de outra menina.

Uma menina *idêntica*.

Mea tenta inspecionar a fotografia mais de perto, mas um súbito tremor na membrana distrai a sua atenção. Ela olha de um lado a outro da superfície, com sua visão do quarto deformada pela perspectiva, e vê algo que vem veloz como um foguete, logo abaixo da concha da membrana. É algo que fica maior e ganha substância à medida que se aproxima: é a minúscula centelha vermelha de antes, a garota ruiva, voltando de onde quer que tenha estado. Mea fica assustada com a velocidade brutal da menina. Em pânico, ela avança para junto da membrana, para criar um novo redemoinho, mas chega tarde. Como um torpedo, a garota ruiva é ejetada daquele estranho universo *intermediário*. Ela entra no quarto no meio de uma explosão, passando em disparada pelo minúsculo redemoinho em rotação, ferindo o braço na mesinha de cabeceira e colidindo com a parede com uma força esmagadora. Mea fica apavorada com a possibilidade de que a garota simplesmente atravesse a parede, direto, numa nuvem de poeira, entulho e sangue. Mas a menina é frágil, como um pardal que bate numa janela. Ela cai encolhida no chão do quarto, imóvel.

A luminária cai no chão, espatifando-se. O porta-retratos destruído voa pelo quarto, de onde é sugado pelo pequenino furacão de Mea; e então, com um som de pano se rasgando, ele é atraído para dentro do aquário de Mea, onde flutua como a chave de fenda perdida de algum astronauta, uma curiosidade cercada de fragmentos de entulho, estilhaços e gotículas de sangue.

Mea olha fixamente para aquelas coisas que giram lentamente no escuro, afastando-se dela. A fotografia está quase rasgada em duas, com os rostos gêmeos olhando felizes para além dela. Ela estende a mão para apanhá-la e vê, de súbito, a fotografia pegar fogo rapidamente, reduzindo-se a nada. Uma leve névoa acre é tudo o que resta da foto. E depois até mesmo isso desaparece, deixando Mea sozinha e perdida de novo no poço escuro em que foi lançada, olhando para um mundo diferente lá em cima e para a garota inconsciente, com o cabelo ruivo da cor de sangue.

Eleanor

Tudo dói.

Tudo.

Eleanor abre os olhos com relutância. A dor faz com que ela se erga do sono, ou de onde quer que tenha estado, e por um bom tempo fica desnorteada. Sua visão está fraca, o ambiente ao redor, cheio de estilhaços de luz. Tudo está claro demais, e ela fecha os olhos. Suas pálpebras estão de um vermelho-vivo por dentro. Os olhos latejam, doloridos.

— Desligue a luz — diz uma voz desconhecida, e felizmente o vermelho dá lugar à escuridão. Eleanor respira, com alívio. Ouve-se um som farfalhante, e em seguida a cama se mexe com algum peso, *cama?*, quando alguém se senta. A voz misteriosa se faz ouvir: — Eleanor. Você está me ouvindo?

Eleanor está tremendo, totalmente confusa. Seus ouvidos estão cheios de sons — uma espécie de ruído branco que ela não entende —, mas os da floresta cessaram. A última coisa de que se lembra é de sair do buraco, nua, com a lama colada na pele, grudada no cabelo.

Onde ela está agora?

É um enorme consolo ouvir o pai falar logo depois:

— Ellie, amorzinho, você está nos ouvindo?

Seus olhos nublam-se com lágrimas. Se ao menos pudesse ir até ele... Ela abre a boca para responder, mas seus lábios estão rachados e doem de tão ressecados.

— Tudo bem — diz a desconhecida. — Não tente falar por enquanto. Só respire, ok? Preste atenção. Para dentro... para fora. Para dentro... *para fora.*

Eleanor respira fundo e quase tosse o ar direto de volta. Ela reprime o reflexo e consegue soltar o ar devagar. Alguma coisa se agita em sua garganta.

— Muito bem — diz a desconhecida. — Agora, quando você estiver pronta, tente abrir os olhos. Devagar, está bem? Nós não vamos sair daqui. Sr. Witt, poderia acender a luminária, por favor?

Eleanor expulsa o ar devagar, mais uma vez. A luz para lá das pálpebras volta, mas menos agressiva do que antes. Ela abre os olhos, piscando rápido, com a luz fraca.

— Dê um tempo para a visão se ajustar — diz a desconhecida, e Eleanor quase pode vê-la, um borrão castanho num quarto também borrado. Sua visão vai se ajustando muito lentamente, e a desconhecida entra num foco ainda turvo. Ela é alta, esbelta, de uniforme azul-claro de enfermagem. Está com uma máscara de papel cobrindo a boca, mas seus olhos são escuros e simpáticos.

"Oi", diz a enfermeira, com um dedo para o alto. "Quero que você acompanhe meu dedo com os olhos, ok? Nada difícil, só quero me certificar de que você está bem."

Eleanor faz que sim, com excesso de vigor, e uma fisgada de dor atravessa seu crânio. Ela arqueja, e pequenos fogos de artifício vermelhos e dourados dançam diante de seus olhos.

— Cuidado — diz a enfermeira. — Quero que você fique tão imóvel quanto possível. Procure não mexer com a cabeça por enquanto. Agora, vamos tentar de novo.

Eleanor estremece, mas abre os olhos.

A enfermeira ergue um dedo e o movimenta lentamente, fazendo com que atravesse o campo de visão de Eleanor. A menina observa com cuidado enquanto ele segue para a esquerda, para a direita e então de novo para a esquerda, mas nesse instante outro movimento a distrai, e ela vê o pai, preocupado, com os olhos arregalados, as mãos unidas junto ao peito, como que em oração.

— Papai — ela geme.

— Tudo bem, Ellie — diz ele. — Está tudo bem. Estou aqui.

Mas os olhos dele também estão cheios de lágrimas, e Eleanor sente que está prestes a soluçar.

— Ellie, eu me chamo Shelley — diz a enfermeira. Ela abaixa a máscara, abrindo um sorriso franco. — Ei, até que é engraçado, não é? Ellie, Shelley. Ellie, Shelley. Dá vontade de repetir cinco vezes, depressa, não dá?

Eleanor olha espantada para ela, sem compreender.

— Eleanor, você está num quarto de hospital agora — diz ela. — Você sabe como chegou aqui?

Eleanor faz que não, com medo, e suas lágrimas escorrem pelo rosto.

— Ellie — diz Shelley, com calma. — Você pode me dizer quando você nasceu?

— Em d-dezembro — diz Eleanor.

— Em que dia de dezembro? Respire devagar. Para dentro... para fora. Para dentro... para fora.

Eleanor respira, meio trêmula.

— Isso. Em que dia de dezembro?

— Dia 11 — responde Eleanor, tentando firmar a voz.

— Certo — diz Shelley, animada. — Muito bem. Você se lembra do ano?

Eleanor fecha os olhos, procurando na memória.

— Em 1978 — diz ela, momentos depois.

— Muito bem — diz Shelley. — E quem é esse senhor aqui comigo?

— Meu p-pai — diz Eleanor, lutando para reprimir um soluço. — Ele é meu pai.

— Muito bem — diz Shelley, novamente. — Agora, Eleanor, preciso lhe fazer esta pergunta. E, não importa como você esteja se sentindo, quero que me diga toda a verdade, ok?

Eleanor olha para Shelley com um ar estranho. Uma lágrima escorre até seu queixo e desce pelo pescoço.

— Quero que você se lembre de que este é um lugar seguro e nada de ruim lhe acontecerá aqui — diz Shelley. — Está me entendendo?

Eleanor assente. Seu pai está chorando.

— Você sabe por que está aqui? — pergunta Shelley. — Consegue me contar o que aconteceu com você?

Os olhos de Eleanor passam depressa do pai para o teto e depois de volta a Shelley. O quarto oscila.

— Não — diz ela, e começa a sacudir a cabeça de um lado para outro, mas a dor que sentiu antes permanece pelos recessos da sua consciência, ameaçando voltar.

Shelley olha para Paul e de novo para Eleanor.

— Tudo bem. Vamos ficar com você mais um pouco por aqui, está bem? Só para termos certeza de que você está bem e para lhe dar um pouco de espaço para se lembrar de algumas coisa. Certo?

— Certo.

Shelley vai recuando.

— Seu pai está aqui agora. Eu vou ficar logo ali, do lado de fora. Se você precisar de alguma coisa, se sentir dor ou se lembrar de alguma coisa e só quiser falar, basta apertar o botão nesse pequeno controle remoto aí ao seu lado. Está vendo?

Eleanor baixa os olhos e vê uma caixa bege com um botão azul. Um fio preso nela passa sinuoso por baixo do cobertor e desaparece.

— Bem, você vai se sentir cansada daqui a alguns minutos — acrescenta Shelley. — Não resista a isso. Durma o máximo que puder. Seu corpo ainda está tentando se recuperar... das coisas.

Shelley sai do quarto e Paul se aproxima da cama de Eleanor. Ela olha para o pai, procurando não mexer o pescoço, e dessa vez não reprime os soluços.

Paul não está ali quando Eleanor acorda. A janela diante da cama está rosa com o nascer do sol, diáfana através de cortinas finas de linho. Ela movimenta os olhos para os lados, mantendo-se imóvel, na medida do possível, absorvendo os detalhes do quarto. Não há muita coisa para observar. É um quarto de hospital. Há uma segunda cama, desocupada, à sua esquerda, uma cadeira amarela de plástico rígido, à direita. Uma pintura emoldurada na parede acima da cadeira e flores amarelo-escuras num vaso branco.

Eleanor ouve o som abafado de um vaso sanitário, o ruído de água corrente. Abre-se uma porta no canto, e seu pai sai de um pequeno cômodo.

— Banheiro particular — diz ele, quando vê que ela está acordada. — Bacana esse seu cantinho aqui, Ellie.

Mas seu sorriso é fraco. Ela vê a preocupação gravada no rosto dele.

— O que aconteceu? — pergunta ela.

Paul balança a cabeça enquanto senta na cadeira amarela.

— No fundo, não tenho certeza — diz ele. — Foi sua mãe que encontrou você.

— Mamãe? — pergunta Eleanor, lá com suas dúvidas. Ela não consegue imaginar a mãe saindo da poltrona azul por absolutamente nenhum motivo.

— Ela disse que ouviu um barulhão e foi lá em cima — diz Paul. — Encontrou você no chão do quarto, simplesmente caída lá. Disse que a parede estava... disse que parecia que a parede tinha sido derrubada com um soco.

Eleanor mal consegue processar esse detalhe.

— Você e mamãe conversaram?

Paul inclina-se para a frente.

— Ellie, você sabe que dia é hoje?

Ela se concentra. — Ontem foi segunda — diz ela. — Então hoje é terça. É a última semana de aulas.

Paul olha espantado para ela, com os olhos marejados.

— Que foi? — ela pergunta devagar.

— Ellie, querida — diz ele, hesitante. — Ellie, hoje é... sábado.

Eleanor fica boquiaberta, atordoada.

— Você faltou à última semana de aulas — diz ele, pegando a mão da filha. — Ellie, nós não sabíamos onde você estava.

Ela franze a testa. — Não está certo. Não é possível. Hoje é terça.

— Foi Jack que percebeu — diz Paul. — Ele ficou preocupado quando você não atendeu a porta na manhã de terça para ir à escola. Ele foi de bicicleta ao meu apartamento e eu liguei para a sua mãe.

— E ela *atendeu*? — pergunta Eleanor. — Ela nunca ouve o telefone tocar.

— Bem, dessa vez ela ouviu e eu lhe pedi que desse uma olhada em você, e ela disse que você não estava no quarto.

Eleanor sente que sua mão está tremendo um pouco. Seu pai a aperta com mais força. Ela imagina a mãe, agarrando-se à balaustrada da escada, gritando bêbada lá para cima, irritada quando vê que Eleanor não aparece.

— Ellie — diz ele, baixinho. — Ela disse que suas roupas estavam... elas estavam simplesmente numa pilha lá em cima. Fui até lá e inspecionei a casa inteira com sua mãe. E você não estava lá. Nós ficamos com tanto medo...

— Não acredito nisso — diz Eleanor. — Não acredito que ela tenha ficado com medo.

— Ela estava apavorada — diz ele. — Apavorada. Não parava de falar na sua avó.

Eleanor vira a cabeça ao ouvir isso e geme com a explosão de dor que se segue.

— Vovó Eleanor? Ela nunca fala nela.

— Eu já lhe contei a história — diz Paul.

— Ela desapareceu. Eu sei — diz Eleanor. — Mas por quê?

— Sua mãe ficou com medo de que você tivesse... tivesse ido embora também — diz Paul. — Você sabe que ela sempre teve a sensação de que a culpa era dela. Acho... acho que pode ser que ela se sentisse culpada. Por... bem, você sabe. Vai ver que ela teve um instante de clareza. — Ele respira fundo e esfrega os olhos. — Acho que ela ficou preocupada por acreditar que tinha posto peso demais nas suas costas, e por isso você tivesse fugido também.

— Mas vovó Eleanor não fugiu — diz Eleanor. — Ela... ela se ma... eu nunca nem mesmo ia pensar nisso.

— Eu sei — diz Paul. — E, para ser exato, acho que ninguém sabe se ela... se matou. Alguém a viu sair nadando mar adentro, e ninguém a viu voltar. No fundo, não é a mesma coisa.

Eleanor encara o pai nos olhos.

— Papai — diz ela. — Isso não acontece na vida real. Ela teria se afogado.

— É provável que seja verdade — diz ele. — Mas nunca se tem certeza.

Eleanor não discute com ele. Ela conhece a história do desaparecimento da avó porque seu avô Hob costumava contá-la durante os últimos anos de vida, com a voz embargada de tristeza e remorso, ao falar sobre ela e o bebê que teria se chamado Patrick ou Patricia. E sabe que a avó Eleanor estava grávida e que sua mãe era mais nova do que a própria Eleanor quando Esmerelda morreu. E também que o avô Hob e sua mãe se culpavam. Quase trinta anos depois do suicídio da avó, as consequências da sua última nadada ainda reverberam como um sinistro sino de cobre.

— Ellie — diz o pai. — Onde você ficou a semana inteira?

Ela não sabe do que o pai está falando. Não há a menor possibilidade de ter se ausentado pela maior parte de uma semana. Mas Eleanor não consegue fugir da dor estampada no rosto dele, da preocupação que ele leva sobre os ombros. E isso dói nela, por saber que ela mesma é a razão para tudo isso. Desde a morte de Esmerelda, Eleanor teve o cuidado de pisar de leve para não perturbar a vida dos pais. A última coisa que ia querer um dia era dar a eles algum motivo para temer por ela. No entanto, sua atitude não mudou muito as coisas. Seu pai deixou sua mãe depois de alguns meses terríveis e dolorosos. Eleanor lembra-se das brigas, das palavras medonhas que o pai disse à mãe: *Foi por culpa sua que ela morreu*; e ela se lembra das palavras horríveis da mãe para a própria filha: *Por que foi você que sobreviveu?* Os pais descontavam a dor um no outro e, de certo modo, também em Eleanor.

A morte de Esmerelda dividiu a sua família como se quebra um átomo, e a detonação resultante cegou a todos eles.

Quando Eleanor acorda de novo, o pai está dormindo na cadeira amarela. Ele a arrastou para encostá-la na parede. Seus sapatos estão ao lado da cadeira, com as meias enfiadas dentro. Sua posição parece desconfortável, com o pescoço virado para o lado, o queixo descansando no ombro. É fim de tarde e o sol já se põe de novo, banhando o quarto de dourado. Ocorre a Eleanor que alguns dias de sua vida desapareceram. Quatro alvoradas e quatro pores do sol, no mínimo. Esse pensamento dá voltas na sua mente e ela tem uma sensação de remorso... e culpa, uma culpa pesada.

Prefere se concentrar na segunda-feira, lembrando-se das coisas que não quer contar ao pai nem a Shelley, a enfermeira. Ela receia que dizer as palavras em voz alta irá de algum modo tornar reais seus piores medos: de que tenha perdido em parte a razão, nem sabe como. Nunca ouviu falar de crianças sumirem através de portais que fazem o cabelo se arrepiar e as sugam como o recuo das ondas. A simples ideia disso traz-lhe a lembrança de um dos livros de ficção científica de Esmerelda.

Mas ela acredita que foi real.

Ela pisou em terra desconhecida, enterrou o corpo na lama, sentiu frio e calor.

Foi real.

Quando se descobriu no banheiro do terceiro andar na escola, Eleanor estava usando o vestido amarelo de verão, do Iowa. Seu cabelo estava comprido. Ela trouxe de volta consigo fragmentos desses — seja lá o que fossem — devaneios? Pesadelos?

O que significa que é provável que alguém tenha descoberto Eleanor nua e toda suja de lama no chão do seu quarto.

De repente, ela sente saudade de Esmerelda. Precisa de alguém com quem conversar, que não a considere louca. Pensa na mãe — não. Agnes nunca foi esse tipo de mãe. Havia só Esmerelda, que saía sorrateira da própria cama e subia na de Eleanor, sussurrando "De costas", que era a deixa para Eleanor se virar. Esme então se virava para o outro lado e as gêmeas se arrastavam juntas até que suas costas se tocassem. Eleanor diria: "Que foi?", e Esmerelda, olhando para o escuro, mas aquecida pelas costas da irmã, diria: "Quebrei o abajur do sótão"; e depois Eleanor faria algum tipo de confissão.

Ela não se lembra da idade que tinham, mas uma noite Eleanor subiu na cama de Esme.

— De costas — sussurrou ela, e então, quando sentiu o calor do corpo da irmã, Eleanor disse: — Encontrei uma foto da vovó Eleanor.

— Onde? — perguntou Esmerelda.

— Numa caixa na garagem — respondeu Eleanor. — Tinha um monte de coisas lá. Coisas do vovô.

— Como ela era? Era linda?

— Acho que sim — confessou Eleanor. — Ela não era parecida com a mamãe. Não muito.

— Aposto que era linda em pessoa.

— Por que a mamãe nunca fala dela?

A conversa tinha parado por aí. Eleanor não conseguia se lembrar por quê. Podia ser que alguém tivesse aberto a porta do quarto.

Mais do que qualquer coisa, ela agora bem que queria poder se aconchegar na irmã.

— De costas — sussurra Eleanor, sozinha, na cama do hospital.

Mas Esmerelda está morta.

Jack é tudo que lhe resta, e Jack não entenderia.

Jack. Eleanor sente uma fisgada no peito. Ele deve estar morrendo de preocupação. Ela vai pedir ao pai, quando acordar, que ligue para Jack e lhe diga que está bem. Mas essa não é a pura verdade. Ela *não está* bem. Não perguntou ao pai sobre a dor no pescoço, mas sabe que Shelley, a enfermeira, vai provavelmente tocar nesse assunto com ela, mais cedo ou mais tarde. Eleanor não vê nenhum gesso nos seus braços nem nas pernas, mas seu tronco dá a impressão de ter sido espremido numa prensa. Ela simplesmente *sente dor*.

Eleanor pensa de novo na sensação estranha que teve à porta. Qual a possibilidade mais fantástica que pode imaginar? Vai ver que ela de algum modo acumulou eletricidade estática e as portas lhe deram um choque. Mas a porta do seu quarto era feita de madeira, não de metal, logo parece improvável. Em pensamento, examina explicações ridículas, mas uma delas a faz parar, e Eleanor pensa nela por um bom tempo, por horas enquanto o pai dorme. Ela não consegue encontrar uma razão para descartar essa hipótese.

Duas vezes no passado recente, Eleanor passou por um portal que levava a um lugar visível e acabou se descobrindo num local desconhecido. Se ela admitir a premissa de que algo não natural — de que algo *sobrenatural* — esteja lhe acontecendo, a coisa faz sentido. Por motivos que não tem como entender, portas comuns estão se transformando em portais de acesso a *outros lugares*.

Através do espelho, pensa ela. *Pela toca do coelho. O leão, a feiticeira e o guarda-roupa. Em algum lugar além do arco-íris.*

— Besteira — resmunga ela consigo mesma.

O sono a domina pouco depois. O sol desaparece e o quarto de hospital mergulha na sombra. Enquanto Eleanor vai entrando à deriva no escuro, ela sonha com contos de fadas.

A guardiã

A visão que a guardiã tem do céu é ofuscada por farrapos de nuvens. Às vezes, a guardiã imagina que elas sejam tão somente a base de uma imensa coluna de cúmulos-nimbos que se estende bem alto na atmosfera, impenetrável pelo sol. E bem poderiam ser, pois a guardiã nunca viu o sol, nem mesmo muito de sua luz.

No seu vale chove por meses a fio. A água se empoça no campo, transformando-o num pântano; e, nas suas caminhadas, ela enrola a calça até os joelhos e pisa na terra encharcada. O vale é uma bacia; e, durante as piores tempestades, o pântano vira um lago, com a terra sendo engolida pelas águas escuras. Quando isso ocorre, a guardiã recolhe-se numa caverna rasa no sopé de uma das montanhas, onde permanece à luz de uma fogueira e espera o fim da tempestade. As águas da inundação baixam. Sempre baixaram. Ela já precisou reconstruir sua cabana algumas vezes. E tem certeza de que vai fazê-lo muitas outras.

A versão mais recente da cabana é pequena e organizada, provida apenas das coisas de que ela necessita. Além da lareira, possui uma mesa e uma cama — se é que se pode chamar de cama, mais como um catre — e algumas panelas e utensílios. Ela faz as próprias roupas, de um estoque de fibra, fio e tecido que parece não diminuir nunca. E só faz o que precisar.

Sua sombra é sua única companhia, salvo quando acontece a mudança das estações e a cabana fica escura com a passagem do vulto de animais gigantescos. O vidro fino nas janelas da cabana treme com os passos pesados dos animais, e serragem desce flutuando do teto de pinho bruto. Ela costuma ficar em pé no alpendre com um chá quente, aninhando a caneca nas mãos, enquanto os animais passam. Eles são altos como as montanhas, sendo quase como elas, e andam sobre pernas compridas e finas feito arranha-céus. Suas sombras poderiam se estender por quilômetros, se houvesse muito sol, mas na realidade são borradas e disformes, porque seus corpos escondem a maior parte do próprio céu.

A guardiã uma vez pensou em dar nome aos animais, mas nunca o fez. Eles chegaram ao vale como um par. O primeiro é quase belo em sua enormidade, com um pescoço esguio que desaparece nas nuvens. Quando seus pés batem na terra, a guardiã ouve música, uma ressonante nota de oboé. Ela não tem certeza se o animal é fêmea, mas seus movimentos sugerem, sim, uma certa feminilidade.

O segundo animal é mais pesado, mais volumoso. Não é tão alto, e seus passos são muito menos delicados. Durante a última migração desses animais, parecia que o segundo estava doente. Ele tropeçava com frequência, com um gemido retumbante escapando da sua garganta a cada passo pesado. A guardiã pôde ver torrões arrancados da terra ali onde o animal tinha arrastado sua perna fraca. Uma vez, ela viu que ele cambaleou e, em seu esforço para se endireitar, raspou toda a encosta de um morro, desenraizando centenas de árvores, expondo solo escuro e granito enterrado. O choque tinha se propagado pelo prado, entortando um dos esteios que sustentavam o alpendre da guardiã e quase lançando por terra o beiral.

A migração dos animais reflete a sutil mudança das estações, e a guardiã sabe que, quando os animais desaparecerem nas montanhas muitos e muitos quilômetros ao norte dali, pode contar com neve logo em seguida. A neve cairá cinzenta e venenosa, atapetando o vale como fuligem. Não há nada de elegante no inverno no vale, que é a única estação durante a qual a guardiã deixa de patrulhar o prado. Ela hiberna na cabana até que os animais voltem.

Esse ano, a neve chegou cedo. Ela consegue ver seus borrões ao longe, já pairando sobre os picos distantes, como se uma montanha pontiaguda tivesse aberto um corte no ventre de uma das nuvens.

Faz um tempo que a guardiã não vê os animais. Ela nunca descobriu o lugar onde descansam. São um mistério para ela esses refugiados que pediram asilo no seu vale.

Ela volta a atenção para o sul mais uma vez, para a ferida aberta na linha das árvores, e pensa na menina intrusa. A chegada da criança mudou a terra. A guardiã sente uma vibração no ar que não estava ali antes. Alguma coisa desconhecida e nova afetou seu lar, e por um momento — somente um instante — ela sente uma pequena centelha de medo.

E então o medo some.

A guardiã beberica o chá e olha para a sua sombra aninhada abaixo dela.

— Ela vai voltar, acho — diz a guardiã. — Estaremos prontas.

Sua sombra se achata, como se estivesse se preparando para o combate.

— Estaremos prontas — repete a guardiã.

Eleanor

Eleanor terá de compensar as faltas aos exames finais durante o verão, diz a administração escolar distrital à sua mãe numa carta lacônica, mas, sob outros aspectos, sua súbita ausência da escola não deveria ser um problema muito sério. *É uma satisfação saber que a srta. Witt está de volta, sã e salva*, diz a carta, que Eleanor dobra, devolve para o envelope endereçado a Agnes e o deixa cair na lata de lixo.

A mãe demora só alguns dias para retomar seus hábitos: o pavor pelo desaparecimento de Eleanor não foi poderoso o suficiente para destruir a rotina. Ela se enrosca na poltrona azul, com uma cara amarrada que permanece muito tempo depois de ter apagado. O pai de Eleanor dá uma passada pela casa todos os dias depois do trabalho. Ele estaciona seu Buick na entrada de carros e fica ali sentado, com o motor ligado, até Eleanor sair.

"Vamos entrar", ela lhe diz todas as noites. "Eu faço chocolate quente com marshmallow."

Mas a cada noite ele recusa o convite; e, depois de um tempo, quando tem certeza de que não importa o que tenha ocorrido com Eleanor não voltará a acontecer, e quando ela já não precisa usar o desconfortável colar cervical e os sinais visíveis de suas lesões sumiram, o pai liga para Eleanor antes de sair do escritório e, se tudo estiver bem, simplesmente vai para o seu apartamento. *Tudo está bem* com tanta frequência que nem sempre o pai liga. Em pouco tempo, Eleanor só o vê nos fins de semana previstos para visita.

Com o tempo, tudo volta ao normal. A primavera dá lugar ao verão, que é extraordinariamente quente e luminoso em Anchor Bend neste ano. Eleanor e Jack andam de bicicleta pela cidade quase todos os dias, dividindo um lanche trazido de casa, em meio aos turistas à beira-mar, estacionando as bicicletas diante do Safeway e entrando lá rapidinho para tentar pegar uma bala puxa-puxa numa das máquinas de venda automática. Jack pergunta algumas vezes o que aconteceu com ela, mas Eleanor nunca consegue juntar as palavras direito para lhe falar da sua teoria sobre o portal que leva a lugares como o Iowa e a floresta cinzenta. Por isso, ela não lhe conta nada. Só diz que está bem.

De noite, ela sobe a escada do sótão. Varre o assoalho de madeira de lei e organiza a bagunça deixada pela última visita da mãe. Ela sente falta dos vastos terrenos das miniaturas que seu pai construía, da lupa de cabeça que revelava os defeitos minúsculos e a assinatura do pai. Ela se estica no chão com uma pilha de papel para fichário e um lápis; e desenha o que se lembra do Iowa, da floresta cinzenta. E em seus desenhos, Eleanor é sempre uma figura pequena e assustada, dominada pela estranheza de tudo que a cerca.

Mea

Mea isola-se no centro do aquário, onde permanece só, em silêncio, no escuro. Novas emoções passam por ela como eletricidade, e a sensação de cada uma é desconfortável. Efah faz visitas e parece ter noção da dor que Mea sente, mas ela não reage às perguntas que ele faz e, com o tempo, Efah vai embora de novo. Isso ela não dirá a ele, mas se sente como se tivesse cometido um pecado terrível.

Mea afunda num poço de culpa. É claro que é responsável pelo acidente com a garota ruiva. Ela deixou a garota cair em algum outro mundo. Foi por culpa de *Mea* que a garota foi atirada como uma bala de canhão de volta a seu mundo. Mea não conhece a dor do jeito que a garota ruiva, mas sabe que não pode fazê-la passar outra vez por esse tipo de coisa.

Não importa o que Mea esperava realizar com isso — esse *experimento* —, deve ser esquecido. Ela deve erradicar o que sente pela garota ruiva, seja o que for.

Por isso, Mea permite que a escuridão se feche sobre ela como água, que a engula em seu ventre negro. E permanece ali, suspensa num estado de vergonha, e procura não pensar na garota ruiva.

Meses se passam no mundo da garota ruiva. Eras se desdobram no vazio negro.

Efah permite o isolamento de Mea, por um tempo.

Então, quando Mea já se puniu o suficiente, ele surge na periferia da visão dela, como uma forma enevoada, do lado de fora das paredes turvas do aquário.

Mea, diz ele. *Eu posso ajudar.*

Eleanor

Agosto chega com uma tempestade.

No píer, Eleanor está empoleirada num poste de iluminação com Jack, à procura de baleias. Espalhou-se pela cidade naquela manhã o rumor de que um grupo de baleias estava descansando na enseada, pouco além da marina. O píer está lotado de turistas e moradores locais, homens e mulheres de short, camiseta regata e sandálias de dedo. Os turistas estão com um tom forte de rosa, torrados por um sol que não planejavam encontrar ao longo da costa do Oregon. É um erro que provoca risinhos em Eleanor e Jack. Sempre dá para detectar os turistas, dizem os moradores do lugar, por seu rosto da cor de lagosta.

Mas hoje a chuva chegou não se sabe de onde, e os turistas se dispersam, deixando para trás moradores, em sua maioria. Eleanor e Jack descem do poste e se enfiam nas vagas deixadas pelos turistas. Eles se debruçam no parapeito, esforçando-se para enxergar através do forte aguaceiro.

— Acho que elas não estão aqui de verdade — diz uma mulher à esquerda de Eleanor.

— Shhh — diz o homem ao lado dela. — Elas estão esperando que os enxeridos vão embora.

Jack dá uma cutucada em Eleanor, e os dois abrem um sorriso por trás das mãos.

Eleanor não pensa no acidente há semanas. Seu pescoço ficou bom. Por muito tempo, sentia dor se olhasse em qualquer direção. E então um dia a dor sumiu e ela simplesmente não pensou mais nela. Terminou suas aulas de compensação antes do fim de julho e, desde então, passa os dias na bicicleta, patrulhando a cidadezinha com Jack. Hoje o plano deles era ir de bicicleta a Rock, uma cidade vizinha, no litoral, logo ao sul de Anchor Bend. Não há nada para ver ou fazer em Rock, mas Jack lhe disse que só a viagem já era uma aventura, e ela concordara. Foi quando eles ouviram falar nas baleias pegando sol na enseada e deixaram as bicicletas presas com correntes ao poste de uma placa de trânsito, seus planos esquecidos.

— Não estou vendo nada — diz a mulher de novo.

— Espere — diz o homem. — Em silêncio.

Jack e Eleanor debruçam-se sobre o parapeito até onde conseguem, quatro ou seis metros acima do mar cinzento, e ficam olhando a chuva lançar borrifos ao tocar na superfície da água. Gaivotas boiam nas ondas vagarosas, batendo as asas sem sair do lugar. De vez em quando, uma levanta voo e, barulhenta, se muda para um ponto a alguma distância das outras. É aí que, alguns segundos depois, as outras vão atrás e o ciclo recomeça.

As baleias surpreendem Eleanor. Ela fixou o olhar na água ao longe, quase no horizonte, esperando ver minúsculos corpos de baleia ondulando a superfície, lançando um minúsculo jato de água salgada para o alto e voltando a mergulhar nas profundezas. Mas elas aparecem a não mais que vinte metros do píer, três delas, uma nítida unidade familiar. Uma baleia é tão grande quanto o comprimento do píer, e Eleanor abafa um grito.

— Lá! — grita o homem.

— Onde? — a mulher pergunta. — Onde elas estão...?

O homem agarra a cabeça da mulher com as mãos e a gira na direção dos animais.

— *Aaaahhh* — suspira ela. — Como são *grandes*.

Uma baleia de tamanho médio está a alguns metros de distância da maior; e entre as duas flutua uma pequena, que se vira uma vez e mais outra.

— É uma *família* — diz a mulher. — Aquele é o *bebê*.

Jack abana a cabeça e sussurra no ouvido de Eleanor:

— *Turistas*.

Eleanor observa a lenta passagem das baleias. Elas não parecem estar com nenhuma pressa. A chuva tamborila no corpo delas. Os lóbulos de suas caudas são do tamanho de um carro.

— Grandinhas — diz Jack.

Eleanor não responde.

— Ei — diz ele. — Tudo bem?

Eleanor inclina a cabeça sem tirar os olhos das baleias.

— Que foi?

— Tudo bem com você? — pergunta ele de novo.

Uma quarta baleia vem à tona, ainda menor que o bebê. Ela nada veloz para alcançar o resto do pequeno grupo, embora as outras não estejam se movimentando depressa. Eleanor a observa com cuidado e sente um súbito impulso de colhê-la da água numa rede — uma rede muito grande —, levá-la para casa e colocá-la na banheira; mantê-la aquecida e afagar seu dorso; e rir quando ela esguichasse água pelo banheiro todo.

— Eleanor — diz Jack. Ele toca no ombro dela, e isso quebra o encanto, fazendo com que Eleanor olhe para ele.

— Que foi? — diz ela.

— Parece que você está perdida.

— *Você é* que está perdido — retruca Eleanor.

— Não, eu disse no sentido de estar *viajando* — corrige Jack, rindo. — Você fica tão linda quando está com raiva.

— Ai, cala a boca.

Ela volta a olhar para as baleias. A de tamanho médio mergulha, e então o bebê afunda também. A menorzinha não está muito atrás.

— Espera, espera — diz a mulher ao lado de Eleanor. — Elas ainda não espirraram! Elas precisam espirrar. Estou com a máquina pronta pra fazer a foto!

— Não se chama *espirro* — reclama o homem.

— Vai ver que se chama esguicho — sussurra Jack para Eleanor.

A baleia maior rola devagar, sua cauda enorme revirando a água como a roda de pás dos antigos barcos a vapor, e depois mergulha também. Eleanor fica olhando até as baleias terem descido demais, com sua forma tornando-se invisível, e então tudo o que resta é a batida das ondas.

— *Droga* — diz a mulher. — Eu queria aproveitar a revelação de uma hora e ir mostrar ao Charles.

— A gente pode esperar — diz o homem. — Elas vão voltar à tona.

Mas é nesse momento que os céus realmente despencam, como se o próprio oceano estivesse caindo das nuvens, e num instante as pessoas no píer estão encharcadas. O aguaceiro faz barulho e abafa o grito da mulher. Ela e o marido saem correndo para o estacionamento.

Eleanor olha fixamente para o lugar onde as baleias estavam. A chuva revira o mar até ele dar a impressão de estar fervendo. Ela cai com tanta força que deixa vergões rosa forte na pele de Eleanor.

— Ei! — grita Jack, pondo a mão no ombro dela. — Não sei se você percebeu, mas agora está chovendo de verdade!

Eleanor olha para ele.

— Você está bem? — pergunta ele, bem alto.

O cabelo ruivo está escuro com a chuva e grudado no seu rosto, criando uma moldura que Jack demonstra obviamente ter percebido. Eleanor sempre teve uma noção do jeito com que ele olha para ela, mas deixou para lá durante anos. E compreende que não vai poder fazer isso para sempre. Os dois estão crescendo, e Jack agora sente uma atração tranquila por ela.

Ele ergue a mão como se fosse afastar o cabelo molhado do rosto dela, e uma estranha pontada nervosa atinge o peito de Eleanor. Ela tem um sensação de falta de ar, só por um instante, e resolve levantar o rosto para a chuva e fechar os olhos. O clima é cortado com a precisão de um alicate.

— Devíamos nos abrigar! — grita Jack.

Se tem consciência do momento que quase aconteceu, Jack não demonstra; e ela se sente estranhamente grata por sua discrição, se é que foi isso mesmo.

— O escritório do papai! — berra ela em resposta.

— Boa ideia!

Eles abandonam as bicicletas, ainda acorrentadas no poste, e preferem correr, os pés estalando no calçamento molhado e fazendo voar a água em poças fundas que não estavam ali dez minutos antes. A rua à beira-mar está deserta, e Eleanor olha para a esquerda e vê que todas as lojas estão cheias de turistas ensopados, grudados nas vitrines, decepcionados com essa mudança no tempo.

Há nove anos, Eleanor entra na pequena corretora de imóveis do pai e é recebida pelo sorriso largo e animado da tia. Geraldine Rydell dirige a recepção da corretora como se fosse um enorme navio. Eleanor sempre considerou a tia a firme comandante dos negócios do pai, apesar dos seus mares turbulentos. Gerry continuou a trabalhar para a Paul Witt Imóveis durante dois divórcios. O primeiro casamento terminou pouco depois de ela entrar para a firma do irmão, quando, numa hora de almoço, voltou para casa e encontrou o marido na cama não só com uma mulher que não conhecia, mas com mais um casal junto. O segundo casamento desfez-se quando o novo marido decidiu que *ele* gostaria de ser *ela*; para depois sofrer uma parada cardíaca na mesa do cirurgião plástico. Ela também não parou de trabalhar quando perdeu os dois filhos. O que aconteceu com os casamentos interrompeu sua viagem, mas a morte dos filhos quase a fez naufragar. Aquela mesa da recepção — além do próprio Paul e de Eleanor — manteve Gerry à tona. Mesmo quando criança, Eleanor reconhecia isso.

Eleanor lembra-se da última vez que viu seus primos. Foi poucos anos depois da morte de Esmerelda. Logo, Eleanor devia estar com oito ou nove anos. Ela estava jogada no sofá verde da sala do pai na corretora, desenhando no papel timbrado da firma, enquanto Paul ficava sentado sem fazer nada, escondido atrás da mesa de trabalho e de seu horizonte irregular composto de envelopes de papel pardo, listas de imóveis, mapas de zoneamento e diversos livros. Naquela época, se seu pai tivesse trabalhado para outra pessoa que não fosse ele mesmo, era provável que já tivesse perdido o emprego, por conta de todo o tempo que passava atrás daquela mesa entulhada, com o olhar vazio voltado para o mar do outro lado da janela.

Tinha chovido o dia inteiro, lembra Eleanor, mas não saberia dizer ao certo. Era o tipo de dia em que uma tempestade poderia cair a qualquer hora. Aqueles foram meses cinzentos, um ano ou dois desde o início do período que Eleanor sempre considerou os anos sombrios.

Geraldine tinha dado uma batidinha à porta da sala de Paul, abrindo-a só um pouco. Eleanor olhou para a tia, que sorriu para ela e depois se dirigiu a Paul.

— Paul, querido, os rapazes vão pegar o ônibus daqui a alguns minutos. Eles só queriam agradecer.

— Ah, é, certo — disse Paul. Ele se levantou devagar. Seu rosto estava descorado e cinzento. Seus movimentos eram os de alguém trinta anos mais velho. Estendeu a mão para Eleanor, que a pegou e entrou na sala de recepção andando ao seu lado.

Os primos de Eleanor esperavam ali, trajando uniformes cáqui recém--lavados e bonés de aba curta, amassados. O sobrenome deles estava costurado no peito das túnicas: *Rydell*. Eleanor olhou para o pai. Paul sorriu, apesar de todos no recinto terem visto que o sorriso era forçado, e estendeu a mão. Os rapazes, Joshua e Charles, o primeiro bronzeado pelo excesso de tempo exposto ao forte sol do verão, o outro pálido e ruivo como a própria Eleanor, apertaram a mão do tio com firmeza.

— Nós só queríamos agradecer por tudo...

— Não foi muito — interrompeu Paul. — Mas não há de quê, garotos.

— Eles vão comer como reis — disse Gerry. — Nem todos os rapazes levam uma cesta de gostosuras assim tão boa quando viajam.

— Isso se Josh não comer tudo no avião — disse Charles, com um largo sorriso.

Mas Paul só tinha assentido. Seu sorriso falso ficou mais fraco. Tanto Eleanor como Geraldine perceberam, mas os rapazes não prestaram atenção.

— Muito bem — disse Gerry, abanando as mãos para os filhos. — Vamos andando. Vocês não vão querer ser considerados desertores antes mesmo de chegar ao campo de treinamento de recrutas.

Joshua cumprimentou Paul com um movimento da cabeça e mais um aperto de mãos.

— Muito obrigado, tio Paul — disse ele, em tom formal.

Charles abaixou-se e olhou nos olhos de Eleanor.

— Seu pai é um homem bom de verdade — disse ele. — Trate de ser uma boa garota, viu?

Eleanor sentiu que seus olhos marejavam. Não entendia por quê. Simplesmente começou a chorar.

Charles endireitou-se e olhou para Paul e para a mãe.

— Eu não disse nada — disse ele.

— Vamos, vamos — disse Gerry, envolvendo os filhos num grande abraço. — Ela já vai melhorar.

Eleanor deixou-se escorregar do sofá e grudou o rosto na barriga do pai. Ele pôs a mão na cabeça da filha, mas o gesto não a consolou tanto quanto queria. A mão dele ficou pousada ali como um peso, como se ela não fosse mais do que um descanso de braço. Eleanor tinha parado de chorar. De que adiantava chorar se ninguém ia lhe dizer que tudo ia dar certo?

— Eles são tão jovens — disse Paul, vendo Gerry acompanhar os filhos até a calçada lá fora.

Eleanor não sabia o que ele queria dizer. Ela virou a cabeça, escutando o funcionamento da barriga do pai, sentindo os pequenos pontos úmidos das suas lágrimas na camisa dele.

Geraldine voltou para o escritório com os olhos brilhantes e lacrimosos. Ela assumiu de novo seu posto à mesa da recepção e enxotou Paul de volta para a sua sala. Eleanor ficou parada, sozinha, no vão da porta da sala do pai até Gerry perceber sua presença.

— Você está chorando — disse Eleanor, o que só fez sua tia se encher de lágrimas de novo.

Gerry estendeu o braço e Eleanor foi para junto dela. Sua tia era grande, calorosa e macia, com o cabelo da cor de ferrugem que fazia cócegas na bochecha de Eleanor.

— Pelo menos ainda tenho minha pequena Ellie — disse Gerry.

Fosse como fosse, as coisas voltaram a algum tipo de normalidade. Eleanor passava as tardes desenhando à mesa de Gerry, Paul ficava olhando pela janela do escritório e Gerry comandava a administração, enquanto seus dois filhos voavam, de início, para o acampamento de treinamento de recrutas e depois, semanas mais tarde, para seu posto na Europa.

Eles nunca chegaram ao destino. Nunca voltaram. Uma tarde, Geraldine chegou atrasada ao trabalho, com os olhos vidrados e distantes. Eleanor ficou espantada ao ver que o cabelo da tia tinha ficado quase branco de um dia para o outro.

O avião de transporte dos rapazes tinha sumido em algum ponto acima do Atlântico. Não conseguiram encontrá-lo. Era como se tivesse sido removido, como uma mancha numa janela, desaparecendo direto do céu.

A dor de Gerry quase livrou Paul da própria dor. Ele tentou mandar a irmã ficar em casa, mas Gerry se recusou. Eleanor compreendia. Se não fosse por ela e por Paul, Gerry ficaria sozinha, e esses momentos em que se está sozinho são como um poço fundo do qual não se consegue sair. Eleanor conhecia muito bem esse poço.

Apesar da sua perda, Gerry não faltou ao trabalho nem um único dia. Ela até mesmo continuou a levar ensopados, salada de batatas e carne assada para o trabalho, para Paul levar para casa. Naquela época, Agnes já tinha aprendido a beber, e Paul ficava no sótão com suas casinhas minúsculas. Era frequente que Eleanor comesse sozinha à mesa empoeirada da sala de jantar, sobrevivendo com as refeições embaladas em Tupperware com as quais Gerry tinha enchido a geladeira deles.

Uma boa noite significava que seu pai a havia deixado ir com Gerry para casa, onde ela e a tia comiam juntas na varanda, vendo o pôr do sol por trás dos pinheiros. Às vezes, elas caíam no sono juntas no balanço da varanda, ouvindo o estalar da raquete mata-mosquito do vizinho.

— Feche os olhos — disse Gerry uma vez a Eleanor. — É quase como os barulhinhos de uma fogueira, não é?

Quando tinha crescido mais um pouco, Eleanor teve sua primeira menstruação na casa de Gerry, que a tranquilizou, garantindo que bastava lavar os lençóis para o sangue sair. Não era um problemão, explicou a tia. Aquilo só significava que você estava se tornando uma mulher, e isso não era tão ruim assim. Eleanor nunca contou para a mãe. E Agnes pareceu não perceber que tinha perdido esse marco na vida de Eleanor. Se percebeu, nunca tocou no assunto. Gerry comprou para Eleanor os novos produtos necessários e a vida seguiu em frente.

Depois do divórcio dos pais, Eleanor passou a dormir com menos frequência na casa de Gerry. Ela temia pela segurança da mãe. Eleanor dormia cada vez menos, muitas vezes acordando no meio da noite para descer na ponta dos pés e ver como a mãe estava, para se certificar de que Agnes ainda respirava. E sabia que Gerry via suas olheiras escuras; e de vez em quando a tia de Eleanor aparecia à porta com uma bolsa de mantimentos e preparava um bom jantar para as duas. Agnes nunca participava. Elas guardavam um prato para ela todas as vezes, mas ele sempre estragava na geladeira. Essas noites mantiveram a saúde mental de Eleanor, que dormia profundamente enquanto Gerry ficava sentada lá embaixo, lendo um livro à luz de um abajur.

Algumas noites, Eleanor ouvia Gerry falando com a mãe. Agnes não aceitava bem sermões. Quando Paul lhe passava um de vez em quando, Agnes reagia atirando coisas em cima dele. Mas Eleanor nunca ouviu a mãe levantar a voz para Gerry.

Sem Gerry, Eleanor às vezes achava que tanto ela como a mãe poderiam ter perdido o rumo. Foi só anos mais tarde que lhe ocorreu que ela também podia ter representado uma âncora para Gerry.

Eleanor e Jack agora podem ver Gerry no escritório. A chuva bate forte na rua ao seu redor, e Jack dispara na direção da porta.

— Espera — diz Eleanor, mas Jack entra rápido, sem ela.

Eleanor vê Gerry dar um salto. Ela se admira da condição de Jack, como um mímico muito exagerado, que se vira e aponta para fora. Aponta para Eleanor. Gerry olha para além de Jack e vê Eleanor parada na outra calçada. Ela vai à porta e berra para o outro lado da rua.

— Ellie, querida, pelo amor de Deus, entre logo! Você vai pegar um resfriado!

O escritório está iluminado, dourado em contraste com o cinza cada vez mais escuro do céu. Gerry é uma visão no vão da porta, gorducha e de faces rosadas. As persianas na janela do pai estão fechadas, mas Eleanor sabe que ele está lá dentro. Seu Buick está estacionado junto do meio-fio. Ela pode entrar e ficar parada em cima de um capacho, talvez gotejando até se secar. Pelo menos, lá dentro sem dúvida estará quentinho. A temperatura ali fora sofreu uma boa queda, e Eleanor sente um arrepio no corpo inteiro.

Mas ela hesita.

A súbita tempestade de verão. As baleias.

Está sendo um dia fora do comum. Um dia não muito certinho.

— Ellie — chama Gerry mais uma vez. — Pelo amor de Deus, vem! Qual é o problema?

Eleanor afasta a preocupação. Ela quase pode sentir o perfume de Geraldine, e de repente a única coisa que ela quer neste mundo é mergulhar nos braços da tia. Tem a sensação de que está afastada há anos.

Eleanor esquece de olhar para os dois lados antes de sair da calçada, mas não faz diferença. Não há nenhum trânsito. O som da chuva no asfalto torna-se uma espécie de cântico. Eleanor atravessa a rua e para bem na frente da porta.

— Você está ensopada! — exclama Gerry. Ela dá um passo para trás, mantendo a porta de vidro bem aberta para Eleanor. Jack está em pé na recepção, encharcado e olhando impotente para a poça que se forma aos seus pés.

Eleanor respira fundo e prende a respiração. Fixa os olhos em Geraldine. Se não desviar os olhos, pode ser que tudo dê certo. Pode ser que não se perca no caminho de novo.

Ela passa pelo vão da porta.

E desaparece.

Mea

Efah garante a ela que dessa vez vai funcionar.

O mundo da garota ruiva está escuro agora. Nuvens colossais estão reunidas sobre a cidadezinha, esvaziando-se de chuva. A tempestade lança uma sombra extensa sobre prédios e lojas da beira-mar. O mar está quase negro. Mea vê outros humanos lutando para atracar seus barcos. A chuva cai trovejante, com tanta força que ela quase consegue ouvi-la.

Em seu vazio, porém, há só silêncio.

Supostamente deveria funcionar assim: Mea criará um redemoinho que, por um instante, unirá a fenda e o mundo da garota ruiva. É o que Efah diz, mas Mea já sabia. Ela já fez isso. O que não sabe é como trazer a garota para o lado de cá.

O que não sabe é se a garota sobreviverá à viagem.

Ela fala com Efah acerca da fotografia, dos outros fragmentos que fizeram a travessia na última vez. Efah não responde de imediato. Está feliz demais por ela ter chegado a falar com ele.

Ela sobreviverá, diz-lhe Efah, com uma confiança que a própria Mea não sente. *Não há ninguém como ela.*

Mea imagina o que acontecerá se conseguir o que pretende. O que dirá à garota? Será que a garota ao menos vai ver Mea? Suas formas são tão diferentes. Quase não dá para distinguir Mea da escuridão do seu aquário.

Você já está ótima na criação do túnel, diz Efah. *O que você não aprendeu foi a fixá-lo.*

Fixá-lo?, pergunta Mea. *O que você está querendo dizer?*

Mas então ela se lembra: quando a garota estava subindo a escada, sem querer Mea deu um tranco no pequeno redemoinho e ele se afastou dela, deslizando como um disco de hóquei.

Efah diz-lhe que deve *pregar* o redemoinho ao mundo da garota ruiva. Sem essa âncora, o redemoinho é perigoso e imprevisível. Ele lhe diz que devia aprender a fixar o redemoinho a portais físicos.

Os portais destinam-se a passagens, diz Efah. *É uma conclusão natural.*

É por isso que ela está escapando de mim.

Efah concorda. *Isso mesmo.*

Mas por quê? Para onde ela vai?

Sem maiores explicações, Efah responde: *Para o mundo dos sonhos.*

Sonhos?, pergunta Mea, mas Efah, sem responder, continua a falar, descrevendo um experimento bem-sucedido como o inverso de um nascimento: a garota ruiva renunciará ao sol, à lua e às estrelas do seu mundo, trocando-os pelo ventre escuro da fenda.

E se ela não quiser..., começa Mea a falar.

Efah a interrompe: *Como a criança se chama?*

Mea para de falar para refletir. E vem observando o mundo da garota há tempo suficiente para a resposta estar... *na ponta da língua.* Ela pronuncia o nome como se fosse uma palavra estrangeira, alguma coisa que nunca tivesse dito. Mas seu coração, não importa como ele esteja agora, conhece esse nome.

Eleanor. O nome dela é Eleanor.

Do outro lado da membrana, o vulto indefinido de Efah parece ter um sobressalto ao ouvir o nome. Por um bom tempo, ele fica em silêncio. Finalmente, diz: *Recolha a criança.*

Agora Mea está vendo Eleanor. A garota está molhada até os ossos. Ela sai da calçada e pisa na rua, com a água esguichando dos seus tênis brancos. E se aproxima de um prédio. Uma mulher mais velha, muito mais velha que Eleanor, e vagamente familiar aos olhos de Mea, está parada à porta do prédio.

Somente uma pessoa pode passar pelo túnel, explica Efah. *Só El... a criança foi escolhida. Está na hora.*

Mea empurra a membrana com todas as suas forças. A membrana cede, e por um instante Mea pode ver Efah, agora não tão longe dela, do outro lado, com o formato de uma nuvem, seus contornos quase invisíveis em comparação com a escuridão da fenda. Parece que ele está olhando direto para ela, e Mea só tem tempo para se sentir vagamente perturbada por estar tão perto dele, quando o redemoinho surge com um baque discreto.

O portal adiante, avisa Efah.

Mea roça com sua forma no redemoinho minúsculo e ele sai voando em disparada pela superfície da membrana como um rojão.

Efah avisa: *Cuidado, Mea! Seja delicada.*

Eleanor aproxima-se do prédio, andando depressa, e Mea tenta ignorá-la, preferindo se concentrar em cercar o pequeno portal. Ela se movimenta pra lá e pra cá, procurando conduzi-lo na direção da porta de vidro do prédio de escritórios. E então, de repente, ele se prende no lugar como uma ventosa, grudando-se ao mundo de Eleanor com uma tensão poderosa que nem mesmo Mea tem como deslocar.

Ela conseguiu. Os dois mundos estão firmemente unidos pelo redemoinho — pelo túnel, como Efah o chama. Tudo o que falta é que Eleanor passe por ele.

Bom trabalho, diz Efah.

Mea observa enquanto Eleanor pisa na calçada e sobe a escada até a porta aberta.

Ela está vindo, diz Mea, tremendo de expectativa.

A mulher mais velha vem receber Eleanor. Por um instante muito breve, Eleanor e a mulher ocupam o portal ao mesmo tempo.

Isso, diz Mea, instigando. Mas Efah dá um grito, que a confunde.

Só a garota, recomenda Efah. *Não a mulher!*

Mas o pior acontece: o redemoinho se solta do portal e vai embora girando. Ele passa pela fachada de tijolos do prédio, e fragmentos de tijolo respingam na fenda e, então, desaparecem como gotas de água numa frigideira quente.

Eleanor some.

A mulher mais velha dá um grito de medo e recua, cambaleando. Ela vai caindo do vão da porta para o chão, com o rosto já sem cor, os olhos desfocados e apavorados.

Mea está horrorizada. Ela se joga contra a membrana, mas o redemoinho já desmoronou; e a própria Eleanor é só uma partícula de luz piscando muito abaixo de seu mundo, afundando em alta velocidade para o reino dos sonhos mais uma vez.

Pare!, grita Mea. Ela empurra a membrana, esticando-a até ficar ainda mais perto da forma de Efah, do outro lado. *Faça ela parar!*

Mas Efah permanece imóvel.

Ela está fora do meu alcance.

Me manda atrás dela, suplica Mea. *Por favor, você precisa fazer isso!*

Não. Você só pode esperar.

Quanto tempo?, Mea implora.

O tempo que for necessário.

No mundo de Eleanor, um garoto está curvado acima da mulher que desmaiou. Ele grita, olhando para trás, por cima do ombro. E então um homem aparece de repente.

O pai de Eleanor.

Ele presta cuidados à mulher inconsciente.

Você, diz Mea, olhando espantada para o homem. *Eu conheço você.*

Do outro lado do aquário, Efah diz palavras que Mea não compreende, e a membrana se nubla como antes, tapando sua visão do mundo sem Eleanor.

Não lhe cabe ver isso.

Eu conheço aquele homem, diz Mea. Ela permanece junto da membrana enevoada, com a imagem do pai de Eleanor gravada na memória.

Efah não lhe responde, mas ela mal se dá conta disso.

Eu conheço aquele homem.

Eleanor

O portal *estremece*.

Eleanor percebe no último instante possível, mas a inércia a faz atravessar a soleira. O ar trêmulo, aquela estranha sensação de crepitação. A pele de Eleanor fica toda arrepiada. Então seu pé toca no chão e o escritório do pai sumiu.

Tia Gerry ainda está ali, diante dela, mas Jack não está. Nem a grande barcaça de mar aberto que é a mesa de Gerry, nem as frias lâmpadas fluorescentes no teto. Eleanor já não consegue escutar a chuva. No fundo não é capaz de ouvir praticamente nada, o que torna o ambiente em que se encontra ainda mais estranho e desconhecido.

— Tia Gerry — diz Eleanor, com a voz meio embargada.

Gerry não responde. Ela não se mexeu nos últimos segundos. Quando finalmente se vira, Eleanor fica espantada ao ver que a tia está mais jovem. A mente de Eleanor trava diante disso, e fica olhando perplexa para a secretária do pai. O cabelo de Gerry, quase branco desde a morte dos rapazes, está de um ruivo bonito, como madeira vermelha. A ruga profunda na testa acima dos olhos azuis sumiu, e a pele franzida em cima do lábio superior está quase lisa.

Eleanor chega mais perto e abre os braços.

— Tia Gerry, o que está acontecendo? Eu...

Ela passa direto através de Gerry.

Nunca na vida Eleanor teve uma sensação tão desagradável. Nem no acidente de automóvel, nem quando teve a distensão no pescoço e a fratura na clavícula na primavera. Uma espécie de crepitação a envolve, como se a camada externa da sua pele tivesse explodido em chamas, como se ela estivesse sendo corroída por um enxame de insetos minúsculos que a devoram. Por um instante quase intolerável, é como se tivesse sido engolida por relâmpagos. Ela então sai do outro lado de Gerry e a sensação passa de imediato.

Eleanor arqueja alto e cai direto de joelhos. Leva um tempo para o choque se dissipar, para seus músculos relaxarem. Eles se retesaram tanto que seu corpo inteiro treme.

— *Puta merda* — ela geme. Um longo fio de saliva balança suspenso dos seus lábios. Sua respiração vem num *staccato*. Não consegue recuperar o fôlego e tenta encher os pulmões o mais depressa possível.

Eleanor fica muito tempo de joelhos. Então firma a palma da mão no chão e faz força para cima até conseguir se apoiar num pé e depois no outro.

Gerry ainda está parada atrás dela. Se a tia se mexeu, Eleanor não sabe dizer. Ela dá uma volta em torno da mulher — se é que é realmente Gerry, se é que é realmente uma mulher — e olha para ela, desconfiada.

— Tia Gerry — diz Eleanor.

Geraldine não responde.

— *TIA GERRY!* — grita Eleanor.

Nada.

Mas Gerry mexe-se um pouquinho, mudando o peso para um pé, e abaixo dela as tábuas do assoalho rangem. Eleanor vê que o piso do escritório sumiu, substituído por velhas tábuas de madeira. Gerry está em pé num tapete gasto. Há paredes de cada lado dela e uma porta à sua frente. E Eleanor percebe que o lugar é um corredor de entrada. Não é mais o escritório do pai. É uma casa.

A casa de Gerry.

Gerry está inclinada para a frente, com as mãos grudadas na porta. E se pôs na ponta dos pés e está tentando espiar através do postigo. Seja lá o que for que está vendo a deixou preocupada, porque de repente ela fala, assustando Eleanor.

— Vão embora — diz Gerry, com a voz lúgubre. — Vão... vão embora.

Eleanor nunca viu a tia com tanto medo. Os olhos de Gerry estão arregalados e vidrados; e uma lágrima escorre por sua face. Sua boca está repuxada, sem lábios, e sua pele parece estar perdendo a cor diante dos olhos de Eleanor.

— Tia Gerry — diz Eleanor, acenando para a mulher.

Mas Gerry não vê Eleanor, nem a ouve. Ela recua da porta devagar, retirando-se para o canto do pequeno vestíbulo. Um porta-chapéus tomba, derrubando seu único guarda-chuva bem fechado sobre o assoalho.

Eleanor dá um passo atrás e olha ao redor. À direita da porta da frente fica uma sala de estar. Um sofá de dois lugares, uma espreguiçadeira, uma mesinha de centro, tudo arrumado com perfeição. Uma cesta de revistas está ao lado da espreguiçadeira, e o controle remoto da televisão é o único objeto em cima da mesinha de centro. A própria televisão está empoleirada num armário escuro ao lado da lareira. A sala tem o perfume de flores secas.

No console da lareira estão os porta-retratos dos seus primos. Joshua. Charles. Duas fotos dos garotos com a mãe. Uma dos rapazes em pé abaixo de uma placa marrom com letras brancas, com as palavras *Fort Smith, Arkansas*. Nessa, eles estão usando uniformes de campanha, com a cabeça descoberta reluzindo ao sol.

Atrás do sofá de dois lugares há uma janela com as cortinas fechadas. Eleanor vai até ela e, hesitante, toca nas cortinas, temendo aquela horrível sensação áspera. Mas tudo o que sente é a leveza do tecido na ponta dos dedos, e abre as cortinas. Pela janela, revela-se um pequeno gramado verde. Um carvalho alto agiganta-se acima do pátio, e deve ser outono, porque o chão está atapetado com folhas marrons e laranja.

Mais além do gramado, estacionado no meio-fio, está um sedã bege. Um homem desce do carro. Está usando um uniforme formal verde-oliva com uma quantidade de condecorações e medalhas no peito e traz um quepe escuro debaixo do braço. A porta do passageiro abre-se e por ela sai outro homem, trajado da mesma forma, mas com menos medalhas.

— Vão embora — diz Gerry de novo, rouca, com a voz baixa, e Eleanor se dá conta do que está acontecendo.

Eleanor tinha se convencido de que aquilo não voltaria a acontecer. De que aquilo, não importava o que houvesse sido, era alguma espécie de ilusão. Talvez ela houvesse comido alguma coisa estragada, ficado doente, e uma febre tivesse afetado seu cérebro. Talvez ela tivesse saído andando e se perdido.

Tanto que chegou a uma fazenda? Que se enfurnou nas montanhas?

Mas o fato era que estava acontecendo de novo. E dessa vez ela não se encontrava perdida num milharal em algum lugar do Iowa, vendo a si mesma quando criança. Também não estava afundando na lama em alguma cordilheira distante. Dessa vez, achava-se na casa da sua tia, alguns anos de volta ao *passado*, assistindo à repetição do pior momento da vida de Gerry.

Uma onda de náusea domina Eleanor e ela tem vontade de vomitar, mas não sai nada. Sua barriga e sua garganta queimam como se o ácido do estômago tivesse arrumado um jeito de subir, mas não vem nada.

Lá fora, os dois homens subiram pelo caminho da entrada até a porta da frente.

— Vão embora! — Gerry implora, com a voz fraca.

Um homem bate com firmeza.

Eleanor ouve a porta da frente se abrir e entra depressa no corredor. Sua tia cobre os olhos com a palma das mãos enquanto faz que não, vigorosamente.

— Não — geme Gerry. — Não, eu não atendi a porta. Vocês não podem entrar. Não podem...

Os dois oficiais do Exército estão postados diante da soleira da porta de Gerry, com o quepe debaixo do braço, uma expressão resignada no rosto. O mais jovem fala:

— A senhora se chama...

— *Não me digam nada!* — grita Gerry. Ela tenta fechar a porta com um chute, mas erra o alvo e quase cai no chão. Eleanor tapa a boca com a mão. A coitada da tia dobra-se para a frente, e Eleanor ouve Gerry arfando como um peixe, inspirando o ar, mas sem soltá-lo de volta. Eleanor estende a mão para ela. Lembra-se então da ardência que sentiu quando tentou tocar na tia antes e recolhe a mão depressa, envergonhada. Gerry solta um grito lancinante que parece vir da sola dos seus pés. Ela cai para a frente, com os joelhos já sem forças. Os dois militares imediatamente largam os quepes e seguram os braços de Gerry, apoiando-a de cada lado.

Eleanor sente lágrimas quentes escorrendo pelo rosto. Ela as enxuga com a base da palma da mão.

Os homens do Exército passam por Eleanor, ajudando Gerry. Eleanor recua depressa para evitar uma colisão. Eles levam Gerry até o sofá da sala de estar.

— Sra. Rydell — diz o mais jovem. — Sra. Rydell, está me ouvindo?

Eleanor não quer assistir a isso. Gerry está desfalecida nos braços deles, e eles a colocam no sofá como se estivessem posicionando ali uma boneca de pano. O mais velho enfia a mão no bolso e tira um sachê branco. Com destreza, ele o abre abaixo do nariz de Gerry. Movimenta-o pra lá e pra cá, e os olhos de Gerry começam a tremelicar. Eleanor dá as costas à cena. Ela se sente como Jacob Marley, assombrado pelos terríveis fantasmas do próprio tempo.

— *QUERO VOLTAR PRA CASA AGORA!* — grita Eleanor, batendo com os pés no piso do corredor. — *POR FAVOR, POR FAVOR, ME MANDA PRA CASA!*

Nada — *ninguém* — lhe dá resposta.

Mas seu ouvido capta alguma coisa: vozes, distantes e fracas. Ela gira nos calcanhares, mas não há ninguém ali. A porta da frente continua aberta, com a luz desbotada do dia se derramando pelo assoalho. Algumas folhas foram sopradas ali para dentro e ficaram presas no tapete. O cômodo em frente à sala de estar é a sala de jantar, com uma pequena mesa redonda no centro. Ela está coberta com renda cor-de-rosa forte, decorada com um jarro de lírios simples, luminosos.

Eleanor passa direto pela sala de jantar, tentando escutar as vozes. E as acompanha pelo corredor, passando no caminho por portas fechadas; e abre cada uma delas para dar uma espiada. Encontra closets e quartos, a cozinha e um banheiro, e então chega à última porta. Ela fica no fim do corredor, depois de uma descida de três degraus.

Agora as vozes estão mais altas, mas abafadas por alguma coisa. Ruído branco. O som de um movimento veloz. Ela encosta o ouvido na porta, mas não consegue distinguir as vozes com clareza. O barulho como que de vento está muito alto e nada natural.

Às suas costas, ela pode ouvir os sons leves da sua tia se mexendo; e não quer escutar as palavras que Gerry vai dizer quando perceber onde está e o que aconteceu. Por isso, ela abre a porta ao pé da escadinha e um furacão explode, invadindo o corredor como uma muralha de água do mar.

O vento está feroz e furioso. Ele destrói totalmente o corredor atrás dela. Eleanor tapa as orelhas com as mãos, mas isso não diminui a corrente de ar uivante. Ela dá as costas ao vento e vê a casa ser demolida. As paredes empenam-se, curvam-se, para então serem dobradas, amassadas e destroçadas como se a casa inteira fosse construída de madeira balsa e papel machê. Quadros emoldurados saem voando das paredes, colidindo no ar. O vidro se estilhaça por toda parte, acabando por se incrustar nas paredes que desmoronam. As tábuas do assoalho separam-se umas das outras e parecem não ter peso algum.

O cabelo de Eleanor permanece liso e arrumado sobre os ombros, mas não percebe.

Ela receia que a casa caia em cima de Gerry e dos dois homens do Exército. Por isso, dá meia-volta e passa depressa pela porta, que bate com violência atrás dela.

A princípio ela acha que está na garagem da tia e que a grande porta se encontra aberta, porque o lugar está inundado por uma luz desbotada. A claridade é tamanha que faz com que seus olhos doam.

O vento turbilhona em torno dela, uivando como um espírito que anuncia a morte.

Seus olhos ajustam-se e ela fica perplexa.

Não é uma garagem, mas o compartimento de carga de uma aeronave, e a cena é caótica. Há enormes engradados verdes amarrados e, mais além, o chão está coberto com centenas de pequenos roletes. Nos engradados a marca *Exército dos EUA*. Enquanto olha, um dos engradados se desprende e desliza pelo tapete de roletes, escorregando até a fileira de assentos removíveis da lateral da aeronave. Parece que aquilo já aconteceu antes. Ela pode ver que muitos outros assentos foram arrancados do lugar. Outros estão destruídos e girando no vendaval. Nos poucos que restam, Eleanor vê soldados apavorados, com máscaras plásticas cobrindo o rosto.

Na outra extremidade do compartimento de carga não há nada além do céu azul e nuvens brancas. A porta está aberta e os fortes ventos gelados a trinta mil pés devoram o interior do avião. A porta parece quebrada. Metade dela está tombada de lado e ela pode ver que o gigantesco tirante hidráulico que controla a porta está retorcido. O outro tirante ainda está firme, mas Eleanor pode ouvi-lo gemendo com o vento, um grito mecânico, terrível e agudo, que só pode querer dizer que alguma coisa muito ruim está por acontecer.

E então ocorre. O tirante dá um grito tremendo e se parte em vários pedaços. O compartimento de carga desaba, balançando. Eleanor sente que o avião inteiro estremece.

E começa a girar.

Mais um engradado se desprende e colide com outro. De repente, os três engradados soltos não estão apenas deslizando, mas sendo jogados de um lado para o outro como brinquedos. Um deles é destroçado e se abre, e Eleanor assiste horrorizada quando enormes sacos de aniagem cheios de... — cheios de quê? — são atirados por todo o compartimento de carga. Os outros dois engradados batem em outros assentos e Eleanor dá um grito. Os soldados naqueles assentos estão caídos, inertes, mas a estranha nova gravidade do avião puxa seus corpos moles de modo que eles parecem estar em pé, de braços esticados para a frente.

Os braços quebrados, deformados.

É então que lhe ocorre, pela primeira vez, que não se agarrou a nada e, no entanto, o vento não tocou nela. Seu short e sua camiseta não são afetados pela forte corrente de ar. Ela segura o cabelo, afasta-o da cabeça e o solta. E ele volta direto para o lugar.

Restam cinco soldados nos assentos. Dois estão inconscientes, golpeados pelos fortes ventos. Os outros três estão absolutamente apavorados por trás das máscaras. Eleanor dá um passo cuidadoso à frente. Como sente que pisa com firmeza, dá mais um passo e mais outro, até chegar perto do primeiro assento. O garoto sentado ali — porque é só isso que ele é, apenas um garoto, alguns anos mais velho que Eleanor — está fazendo o sinal da cruz e chorando, porque é isso o que um garoto faz quando se depara com a morte.

E sem dúvida é isso o que está acontecendo ali, ela percebe.

O avião está todo torto. Os ângulos no compartimento de carga não estão retos. E sim curvos, como se o avião tivesse sido arrancado do céu e depois retorcido. As nuvens lá fora, vistas pela porta aberta, estão viradas ao contrário, do jeito certo e depois ao contrário de novo. Ela pode ver uma Terra azul-clara esparramada lá no alto acima deles, em vez de onde deveria estar, muito abaixo das nuvens.

De repente, os dois soldados inconscientes são arrancados do avião, levando junto um pedaço da parede de aço atrás deles.

O garoto diante de Eleanor berra e começa a balbuciar de um jeito ininteligível. Ao seu lado, outro garoto diz alguma coisa sobre Jesus, e Eleanor olha para ele e fica paralisada.

O segundo garoto é seu primo Joshua.

Ele e o desconhecido estão presos no mesmo conjunto de assentos. Eleanor examina os olhos do terceiro soldado, preso pelo cinto de segurança numa fileira vazia de assentos que não param de vibrar.

O terceiro soldado é Charles.

Um forte estalo soa atrás dela, e Eleanor olha e vê a parede inteira de engradados se mexer e se livrar das amarras. Instintivamente ela se encolhe, mas os engradados passam direto através dela. Eles batem em cada centímetro quadrado do compartimento de carga, atirados contra o teto, as paredes e o piso, enquanto o avião descontrolado cai em espiral. Eleanor assiste sem poder fazer nada quando um engradado atinge, certeiro, a primeira leva de assentos, soltando-os da parede.

O primeiro garoto e Joshua são arrancados do avião, ainda presos pelos cintos aos assentos retorcidos, ambos inertes e ensanguentados pelo choque com o engradado, ambos sugados em silêncio para o vazio luminoso.

E então só resta Charles.

De algum modo, ele encontrou uma correia à qual se agarrar, e está ali, tentando em desespero enrolá-la na mão. Não conseguiu controlar a bexiga, manchando seu uniforme, e está apavorado demais para continuar chorando. Os assentos rangem e estalam à medida que são arrancados da parede. Charles segura a correia com as mãos, os olhos arregalados em pânico.

Ele a vê.

Abre a boca para falar, para pedir socorro à garota ruiva que está ali, totalmente imune à destruição à sua volta. Mas então, num piscar de olhos, ele se vai. Colide com violência com a porta do compartimento de carga e sai voando pelo céu, mole como uma boneca de pano, começando sua longa queda até... até o mar lá embaixo, percebe Eleanor, vendo o vasto oceano azul que vem subindo, tão longe abaixo do avião.

Ela fica ali, enraizada.

Ele a viu.

Será que a reconheceu? Ela achou que não, ou, em caso positivo, esse reconhecimento não tinha conseguido superar o alarme estridente do medo que devia estar soando no crânio dele.

Ela escuta mentalmente a voz do primo, tão clara como quando a ouviu todos aqueles anos antes.

Trate de ser uma boa garota, viu?

E então o avião começa a se desmantelar.

A guardiã

A guardiã balança devagar na sua cadeira e escuta a chuva. A água vem subindo de novo, de dez a quinze centímetros agora. Fragmentos de capim e de folhas boiam na superfície.

Há algumas goteiras no telhado da cabana. Ela espalhou panelas de ferro pelo chão. A água bate nelas com um ritmo. A guardiã cantarola baixinho uma canção, acompanhando o metrônomo dos pingos. Seu cantarolar quase esconde um ronco súbito, mas sua sombra o ouve e se destaca da dona.

A guardiã para de cantarolar. — Aonde você vai?

A sombra para na escada, reduzindo-se a um círculo escuro e plano.

Nesse momento, a guardiã também ouve.

Não são trovões. Seja lá o que for, sua sombra está amedrontada. E isso deixa a guardiã amolada, porque no seu vale é a protetora da chuva, das árvores. Nada acontece ali sem que ela saiba.

E no entanto.

Ela se levanta e pisa na sombra, prendendo-a aos seus pés de novo. A sombra encolhe-se abaixo dela, e a mulher se encosta na grade do alpendre, olhando fixamente para a névoa que se dissipa. O ronco volta a soar e ela acompanha seu som na direção do céu, examinando as ondulações negras e lentas das nuvens. Não vê nada de incomum, mas o ronco persiste, ficando mais alto...

Um avião rasga um buraco no céu.

A guardiã grita, assustada, pois coisas desse tipo são inusitadas no seu vale.

O avião está muito distante, um estilhaço enorme. Ele berra pelos ares como um espírito que anuncia a morte. Ela consegue avistar buracos abertos na fuselagem, uma gigantesca folha de aço que bate com o vento como a mandíbula espinhenta de um peixe-pescador. Atrás dele, vem em espiral um funil de fumaça da cor de alcatrão.

— Ele vai cair — diz ela à sombra. O avião gira como as pás de um moinho de vento, as asas penetrando nas nuvens baixas como uma verruma. — Isso é coisa *dela*. Da nossa hóspede indesejada.

Ao longe, erguem-se as montanhas e os pinheiros, escondendo os momentos finais de voo da aeronave em queda. E então um leque de terra e pedra abre-se alto para o céu. Daí a um instante, um punho laranja sobe e depois cai sobre si mesmo, transformando-se numa nuvem escura de carvão que se agiganta sobre o horizonte.

A chuva apagará o fogo. Essa é a menor das suas preocupações. Ela recolhe suas coisas rapidamente, preparando-se para uma longa caminhada até o local do acidente. Com esse tempo, cruzando sua campina encharcada, levará no mínimo dois dias de viagem. Mais que isso, se a tempestade piorar. E sabe o que vai encontrar: um rasgo terrível na encosta da montanha, destroços espalhados por centenas de metros, árvores estilhaçadas.

— *Isso tem de acabar* — diz a guardiã, sibilando. Ela olha com raiva para a sombra. — Está entendendo? Para mim, chega!

A guardiã olha de novo para a fumaça distante. O cogumelo alargou-se, acomodando-se sobre a floresta, envolvendo a montanha numa mortalha de cinza negra.

— Está resolvido, então — diz a guardiã. — Precisamos fazê-la parar.

Eleanor

No início do píer C em Anchor Bend há um enorme tubarão-branco. A estátua é uma curiosidade, mas impressiona. O corpo é de bronze martelado e parece perigoso, como um grande tubarão-branco deveria ser: o corpo num arco dramático, a boca aberta, provida com fileiras de dentes ameaçadores, olhos vidrados, inexpressivos. É uma representação quase perfeita da temida máquina de matar, mas a história de como a estátua chegou a existir é muito menos fantástica. Ela teve como inspiração o único animal dessa espécie avistado nas águas de Anchor Bend, um tubarão que, verdade seja dita, foi no máximo só mais ou menos avistado.

Uma traineira tinha informado a aparição do tubarão no início da década de 1960. Na tripulação do barco, ninguém vira o corpo dele, somente sua barbatana alta. E a maioria havia descartado o fato. Mas um pescador voltou a terra muito alvoroçado com o acontecimento e, no barzinho do cais, inventara a história de um ataque real por parte de um tubarão. Um artista plástico local, também pescador, prestou homenagem ao relato com a escultura do grande tubarão-branco; e seu cunhado, um vereador da cidade, persuadiu a administração pública a instalar a escultura perto da água. A estátua promoveu a mística de Anchor Bend e atraiu turistas, que, em sua maioria, não faziam ideia de que a história era invencionice. Na realidade, era opinião geral que o escultor — que muito tempo atrás tinha fugido de Anchor Bend, em meio a rumores escandalosos sobre seu interesse pela esposa de outra autoridade da cidade — nunca chegou a ficar sóbrio o suficiente para confirmar a história do pescador.

Mas os turistas adoram tirar fotos com a estátua e se revezam enfiando a cabeça na boca de bronze, posando para suas Polaroids.

Este foi o motivo de tanta gente ter vindo presenciar o reaparecimento de Eleanor.

Nenhuma daquelas pessoas conseguiu explicar de onde a garota ruiva veio; só que, de repente, ela estava *ali*, à sombra do tubarão-branco, estatelada na calçada molhada. Alguém diz "Ai, meu Deus", e outra pessoa pergunta "Ela está bem? Ela levou um tombo?". O aglomerado de turistas fecha-se em torno da menina inconsciente. Uma terceira pessoa diz "Alguém já chamou uma ambulância?" E uma quarta: *"O que aconteceu?"*

Uma anestesista da Dinamarca, que, de qualquer modo, é preciso que se diga, sentia pouco interesse pela estátua do tubarão, assume o controle da cena e se ajoelha ao lado de Eleanor, avaliando rapidamente seu pulso e a virando de lado. Os circunstantes vão se acotovelando ao redor. O joelho de alguém bate no ombro da mulher, causando dor.

— Para trás! — ordena a dinamarquesa, com raiva.

Ela volta a cuidar de Eleanor, estala os dedos umas duas vezes, depois dá tapinhas delicados na bochecha úmida da garota. Fica espantada ao sentir como a pele da menina está fria.

— Vamos, vamos — diz a mulher. — Vamos abrir esses olhos agora, querida. Vamos. — Ela bate palmas com força, e isso parece dar resultado. Eleanor encolhe-se, aperta os olhos e vê as pessoas pairando acima dela, a desconhecida loura que a está examinando.

— Olá — diz Eleanor, com a voz preguiçosa. — Quem é você?

— Sou Cecilie — diz a anestesista. — Como você se chama?

— Eleanor — diz a garota. — Onde estou?

— Você está no píer — diz Cecilie. — Você é daqui? Sabe onde é que está?

Eleanor vê o tubarão ali acima.

— Oi, tubarão — diz ela.

— Diga como você se sente — diz Cecilie.

Uma expressão sombria passa pelo rosto de Eleanor.

— Eu tive um sonho. Foi... foi muito triste.

— Você mora aqui? — pergunta Cecilie. — Está de visita?

Eleanor levanta o tronco, ficando sentada no chão, e bate com a cabeça na barbatana da cauda do tubarão.

— Ai — diz ela, esfregando a cabeça. — Eu... hã... meu pai. É logo ali que ele trabalha.

Ela aponta para o escritório do pai mais adiante na rua, e a multidão de turistas vai se dispersando, já que se torna claro que Eleanor, embora desnorteada, está razoavelmente bem. Cecilie a ajuda a se erguer, afastando-a da estátua.

— Está se sentindo bem?

— Estou bem — diz Eleanor. — Só... cansada.

— Consegue andar?

— Acho que sim — responde Eleanor.

Ela permite que Cecilie a conduza, e juntas atravessam o gramado à beira-mar na direção da calçada, dirigindo-se para a Paul Witt Imóveis. Elas seguem devagar e Eleanor tenta organizar seus pensamentos.

— Que dia é hoje? — ela pergunta a Cecilie.

— Sábado.

— Sábado — diz Eleanor. — O mesmo sábado?

Cecilie fica confusa.

— Não sei o que você está querendo dizer.

— As baleias! Havia baleias na enseada? — pergunta Eleanor. — Hoje. Baleias passaram por aqui hoje?

— Eu não as vi — responde Cecilie —, mas ouvi seus esguichos.

Eleanor franze a testa.

— Quer dizer que é o mesmo sábado? Não é o sábado seguinte?

— Você está dando a impressão de que pode precisar consultar um médico — diz Cecilie. — Está me parecendo... hum... atordoada. Tem certeza de que está bem?

Eleanor olha em volta para as ruas molhadas. Depois para Cecilie.

— Não estou atordoada.

— Você sabe o que aconteceu? Você desmaiou? Eu nem mesmo vi você...

Eleanor ergue a mão e Cecilie quase tromba com ela.

— O que... — Cecilie começa a falar e então para, acompanhando o olhar de Eleanor.

Alguns quarteirões adiante, um carro da polícia e uma ambulância estão parados do outro lado da rua. Suas luzes piscam e giram, e algumas pessoas se reuniram ali para inspecionar a perturbação.

— Papai — diz Eleanor. — Aquele é o escritório do meu pai.

— Venha — diz Cecilie. — Segure minha mão. Vamos tentar ir mais rápido.

— Estou bem — responde Eleanor, começando a correr meio cambaleante. Sem olhar para os lados, ela atravessa a rua reluzente, em disparada.

— Tem certeza?! — grita a anestesista atrás dela.

Mas Eleanor não responde.

A corretora de imóveis de Paul Witt está um caos, o maior que três pessoas preocupadas podem gerar. Eleanor para na calçada, bem perto do carro da polícia. Um policial bronzeado, de uniforme preto de manga curta, a vê.

— Pare aí... *você*. Venha comigo.

Desconfiada, Eleanor recua um passo, mas o policial a segura pelo cotovelo e a conduz para além do carro e das luzes giratórias.

— Ei — diz ela. — Me solta, por favor!

O policial acena para outra policial vir, uma mulher com o cabelo escuro puxado num rabo de cavalo apertado.

— Sheila — diz ele. — É essa a garota?

Sheila dá dois passos na direção de Eleanor e para.

— Ei — diz ela.

— Me solta — diz Eleanor, de novo.

A policial chamada Sheila passa pela porta do escritório e, daí a um instante, volta a sair trazendo Paul Witt, que vem dizendo: — Não estou enten...

Ele então vê Eleanor e corre na direção dela. *Corre* como quase nunca ela viu o pai correr antes. E o primeiro policial a solta, e o pai a abraça forte, como se a estivesse partindo ao meio. As palavras saem dele numa enxurrada:

— Ellie, meu Deus, onde foi... como você... fiquei tão... você está bem? Droga, aonde... Ellie, você está bem, está tudo certo, você...

— Essa é sua filha? — pergunta o primeiro policial.

Paul só aperta Eleanor ainda mais.

— Papai — diz Eleanor, confusa. — O que está acontecendo?

Sheila diz ao pai de Eleanor que vai ficar mais um pouco por ali para recolher alguns dados para seu relatório, mas o policial bronzeado vai embora no carro de patrulha. Eleanor pergunta o motivo para a ambulância.

— Vamos entrar — diz o pai. Ele começa a andar na direção da porta, mas Eleanor para de chofre.

Paul volta-se para ela.

— Ellie, vamos entrar.

Ela faz que não, olhando fixamente para as portas de vidro atrás dele.

— Qual é o problema?

— Q-quero ficar aqui fora — diz Eleanor. Ela sente um tremor na garganta, mas não sabe dizer se é medo ou se está prestes a explodir em lágrimas. — Posso ficar aqui fora?

Paul olha para a policial Sheila, que dá de ombros.

— Acho que sim. Mas todo mundo está lá dentro. Ellie, o que está acontecendo?

Através das portas, Eleanor vê Jack lá dentro ao mesmo tempo que ele a vê. O garoto bate com as mãos na cabeça e vem correndo para fora.

— Ellie — diz Jack, e ela fica surpresa ao ver que ele está transtornado. — Ellie, Ellie.

Ele só fica repetindo o nome dela sem parar; e Eleanor olha para o pai e depois para Jack.

— O que está acontecendo? — pergunta ela, novamente.

— Fomos informados do seu desaparecimento — diz a policial Sheila. — Quer me dizer onde esteve hoje de manhã?

— Hoje de manhã? — pergunta Eleanor, cautelosa. — Só hoje de manhã?

Os olhos de Jack estão marejados.

— Você. Simplesmente. *Desapareceu* — sussurra ele.

— Tia Gerry — diz Eleanor, de repente. — Cadê a tia Gerry?

Eleanor vai entrar. Passar pela porta é apavorante, e de início não consegue se forçar a fazê-lo. Põe as mãos em cada lado do vão da porta aberta e recua dali. Seu pai diz "Ellie" e o tom de tensão na voz dele a perturba, porque isso quer dizer que tudo voltou ao jeito de sempre, pois ela se foi e agora está de volta, e ele já está dando uma de *pai*, mas também Jack está junto dela e fala baixinho:

— Está certo. Vai dar tudo certo.

Eleanor respira fundo, e é aí que ela percebe que não está sentindo nada daquilo — nem a eletricidade no ar, nem alguma coisa querendo puxá-la.

Ela passa pela porta de olhos fechados. E, quando os abre outra vez, está na recepção da corretora de imóveis do pai, e tudo parece perfeitamente normal, exceto o fato de tia Gerry deitada no sofá com uma máscara de oxigênio cobrindo o nariz e a boca, e o de haver um socorrista ajoelhado ao lado dela, tampando uma seringa e a depositando num recipiente para descarte de lixo hospitalar.

— O que aconteceu? — pergunta Eleanor, voltando-se para o pai.

Mas quem responde é Jack: — Ele não viu. Mas eu vi.

— O que aconteceu? — repete ela.

O pai de Eleanor e a policial Sheila agigantam-se acima dela enquanto olha para a tia. Não se pode dizer que Gerry esteja respirando sem esforço.

— Ela desmaiou — diz a policial Sheila. — Ou coisa parecida.

— Ela está ficando mais velha — diz Paul. — Tem pressão alta. E diabetes.

Eleanor começa a chorar. O pai afaga seu ombro; mas então ele e a policial Sheila viram-se para o outro lado e continuam a falar. Jack abre os braços magrinhos e Eleanor cobre o rosto e avança para dentro deles. O abraço de Jack é caloroso e forte. Ela se deixa mergulhar nessa sensação, de ser abraçada, de ser *essencial*. Com tudo o que deu errado, percebe quanto tempo faz desde que teve uma sensação semelhante a essa. Por um instante, tem a impressão de que as coisas talvez estejam bem.

— Ellie — sussurra Jack. — Você... parece loucura, mas você... *desapareceu*. Simplesmente sumiu. E isso apavorou sua tia. E a mim também — acrescenta ele.

No silêncio, ela ouve o chiado da máscara de oxigênio sobre o rosto da tia, e a sensação vai embora. As coisas não estão bem.

As coisas não estão nem um pouco bem.

Eleanor senta no sofá no escritório do pai. O socorrista deu-lhe um cobertor. É áspero e a envolve como... *como aniagem*, ela pensa, entristecida. Mas ele a aquece. Até agora, Eleanor não sabia que estava com frio.

Os sons do escritório não são normais. A respiração crepitante de Gerry. O equipamento do socorrista arranhando o chão e colidindo com as coisas. Jack, andando pra lá e pra cá. De algum modo, Eleanor sente-se responsável por tudo o que há de *errado* no mundo. É isso o que é: *errado*. Ela luta com seus pensamentos, mas eles parecem não fazer sentido. Sente-se deslocada, como se o mundo que habita tivesse mudado e se tornado estranho.

Um borrão em seu campo visual distrai a sua atenção. Ela ergue os olhos para ver o pai em pé à janela do escritório, com as mãos unidas para trás. Pela janela, ele olha fixamente para o quebra-mar. A estátua do tubarão está visível ao longe, e ela se pergunta se o pai a viu lá antes. O sol está se pondo, e a estátua se incendeia, dourada, à medida que a claridade se esvai. Seu pai é uma silhueta escura, com o contorno cor-de-rosa.

Ele dá um forte suspiro, e Eleanor quase pode senti-lo nos ossos. Seu pai não parece bem, e isso é uma surpresa para ela, porque ontem mesmo — será que foi ontem? — ele estava bem. Ontem mesmo o mundo estava pousado com firmeza em seu eixo, e tudo estava bem. O verão tinha sido agradável, até tranquilo. Mas agora seu pai dá a impressão de ter passado por uma batalha. Ele está cansado. Dá para ela ver na inclinação dos ombros dele, na curvatura da sua coluna. E não se barbeou. Seu rosto está pinicando, com alguns dias de barba por fazer. Suas roupas estão amarrotadas.

Será que as roupas dele estavam amarrotadas desse jeito mais cedo naquele dia, quando ela e Jack passaram por ali para roubar garrafas de suco de laranja? Eleanor não consegue se lembrar.

Ela então pensa na mãe, porque a condição do seu pai não é assim tão diferente da de Agnes, que não está ali, que é provável que esteja em casa, como de costume, toda acomodada na poltrona com uma garrafa de... *alguma coisa*. Por um instante, Eleanor se ressente da mãe, mas não há nada de novo nisso. Houve muitos momentos semelhantes ao longo dos últimos sete anos. Haverá muitos outros. É assim que as coisas são quando uma filha precisa se criar sozinha *e* ainda cuidar de um pai ou mãe.

Eleanor parou de se iludir há muito tempo. Sabe que a mãe não se importa com ela. Às vezes suspeita que a mãe talvez mesmo a *odeie*. Quando Agnes está lúcida, Eleanor pode ver a dor que reside nos seus olhos. Agnes culpa Eleanor — talvez de modo irracional, mas isso parece não fazer diferença — pela morte de Esmerelda, por ser a que sobreviveu.

Será que Agnes por acaso amava as filhas, quando Esmerelda ainda estava viva? Eleanor não consegue se lembrar. Sua irmã parece ter assumido uma nova forma depois de morta, majestosa, à medida que Agnes moldou a memória de Esmerelda, transformando-a numa figura imponente na sua casa sombria.

O que teria sido de Eleanor sem Gerry?

Na recepção, Jack está sentado à mesa de Gerry, virando-se ociosamente pra lá e pra cá na cadeira. Ele parece indefeso, desamparado, enquanto olha fixamente para as próprias mãos. Percebe que Eleanor o observa. Levanta os olhos, depois os afasta e então volta para ela. Diz alguma coisa só movimentando os lábios — pode ser que seja um *Vem cá* — e, com um gesto rápido de cabeça, indica a cozinha do escritório.

As molas do sofá rangem quando Eleanor se levanta, mas seu pai não se dá conta, e mais uma vez ela tem a sensação de que alguma coisa essencial mudou. Quando era pequena e tropeçava, batia com a cabeça e chorava, ele a pegava no colo, dava-lhe um bom abraço e grudava a bochecha na dela, sussurrando no seu ouvido. *Não foi nada*, ele costumava dizer. *Estou bem aqui. Eu te amo.*

E isso melhorava toda a situação.

O pai dá mais um suspiro.

Eleanor entra na cozinha, acompanhando Jack. Não olha para a tia, ainda deitada no sofá e soando como uma calha solta.

Jack abre a geladeira e tira uma caixa de suco de cranberry. Ele oferece para ela. Eleanor declina e Jack fica com o suco, furando a proteção de papel-alumínio com o canudo e fechando a porta da geladeira com uma batida do quadril.

— Seu pai está bem? — pergunta Jack.

— Não sei. Ele vai melhorar.

— Ele ficou abalado mesmo — diz Jack.

— A tia Gerry...

— Ela só... ela simplesmente se *esvaziou* — diz ele. Então franze o nariz. — Não é bem esvaziou. Mas... sabe? Ela simplesmente desabou.

Eleanor olha para os pés.

— Você... não importa.

— Você vai me contar agora o que aconteceu, não vai? — pergunta Jack.

— Jack, eu não sei o que aconteceu.

— Não — diz ele. — Acho que você sabe. Acho que você faz uma ideia, mesmo que no fundo não saiba.

Ela fica calada e depois fala:

— Eu realmente não sei.

— Mas *alguma coisa* aconteceu — diz ele. — Não minta para mim. E já aconteceu antes. Não é verdade?

Eleanor respira devagar e então olha para Jack, séria.

— Aconteceu.

— E como foi? — pergunta ele.

Ele puxa uma cadeira para ela e Eleanor senta enrolada no cobertor áspero. Jack pega outra cadeira para si mesmo e senta ali, à sua frente, com a caixa de suco nas mãos.

— Acho que não dá para explicar — diz ela.

Jack não desvia o olhar.

— Tenta — diz ele.

É o que ela faz.

Na pequena cozinha do escritório, enquanto seu pai está parado, imóvel como uma estátua, diante da janela da sala ao lado, e a irmã dele é atendida no sofá logo ali, Eleanor tenta pôr em palavras o que está acontecendo e descobre que de fato elas não lhe faltam.

A guardiã

Ela leva três dias para chegar ao sopé da montanha abaixo do local do acidente. Três dias andando com dificuldade através da lama e da água que continua a subir. A guardiã segura firme sua bengala, e sua sombra adeja na superfície do lago cada vez mais fundo. A água está terrivelmente fria, mas ela mal a sente. Se quisesse, poderia fazer ferver a água só com um pensamento.

Mas está cansada.

Para além dos cumes da sua enorme floresta de pinheiros, ela pode ver a fumaça do acidente, que agora raleou, resumindo-se a pequenos filetes espiralados.

— Mais algumas horas — diz ela para a sombra.

Enquanto ela sobe, a terra se aquece. E já pode sentir o cheiro acre do combustível queimado. Ergue-se uma névoa, ocultando a terra.

Essa floresta já se incendiou e cresceu de novo duas vezes desde que a guardiã veio morar no vale. A terra ali nunca esqueceu de sua dor. Ela abriga o calor da própria morte, sempre ali logo abaixo da superfície, como se liberar a memória significasse esquecê-la para sempre e correr o risco de sucumbir outra vez. Mas as florestas se incendeiam. E sempre voltam. O vale da guardiã é uma ferida aberta, fadada a se coçar até sangrar sem parar.

A guardiã prefere que seja assim.

Ela galga uma pequena colina, onde as árvores estão dispersas, e examina a terra lá embaixo. Sua cabana é uma nódoa ao longe. Sai fumaça pela chaminé, e se pergunta se o abrigo vai ser destruído pelo fogo enquanto não estiver lá.

Mas o que mais desperta seu interesse não é a cabana.

Os animais estão descendo das montanhas distantes. O maior vem na frente, com o pescoço e a cabeça perdidos nas nuvens baixas. Ele pisa quase com elegância na vertente da montanha. O animal menor vem atrás. Sua manqueira está mais acentuada, e ele desce trôpego pela encosta.

— O que aconteceu com você? — diz a guardiã.

Os animais vão se recolher em algum lugar no vale. Parece que não se importam de dormir na água. O fato de os animais estarem visíveis para a guardiã até mesmo ali, tantos quilômetros mais ao norte, é uma prova de seu tamanho estonteante. Mas o que a deixa perplexa é sua migração. Os animais deveriam estar indo para o sul, mas já estão por lá. Que eles aparentem estar seguindo para o norte é anormal, preocupante.

A guardiã sente que o mundo ao seu redor ficou fora do alcance do próprio tempo.

O local da queda do avião é um clarão marmorizado para além das árvores. Ele transforma os galhos e as folhas aciculadas num tom de vermelho sangue na escuridão.

— Aquela maldita menina — resmunga a guardiã.

Maldita mesmo, saltando de um mundo para o outro como se fosse algum tipo de deus novo e úmido, aprendendo a andar na escuridão, destruindo tudo.

A guardiã nunca se deparou com nada parecido com a menina.

— Você já viu isso? — pergunta ela à sombra, quase invisível no escuro.

— Você já viu *alguma coisa* semelhante a ela?

A sombra não responde.

— Não — murmura a guardiã. — Não, ela é alguma coisa nova.

A guardiã retoma a subida.

Eleanor

Eleanor está calada durante o trajeto até o apartamento do pai. O carro dança um pouco sobre o asfalto molhado, despertando nela uma sensação estranha e nova, de estar desvinculada do mundo que passa, como se estivesse numa corrente que se move num ritmo diferente. Eleanor encosta a cabeça na janela do passageiro. O vidro está frio e é agradável à sua pele. Ele como que lhe dá um pouco de chão.

Paul dirige com cuidado, mais devagar do que de costume. Ele mesmo ainda está calado, mas lança olhares de soslaio para Eleanor enquanto dirige.

— Queria saber no que você está pensando — diz ele, por fim.

Eleanor dá um meio sorriso, mas só isso.

Paul vai parando por conta de um sinal vermelho, que muda quase imediatamente, dando um brilho verde doentio à pele de Eleanor.

— Você está preocupada com sua mãe? — pergunta ele. — Deixei uma mensagem para ela.

Eleanor não olha para ele. — Eu sempre me preocupo com ela.

— Ela está bebendo de novo, não está? — diz ele, com um suspiro preocupado. — Gerry me contou que conversou com Agnes. Sua mãe disse a ela que ia parar.

Eleanor não responde. Não precisa. Agnes de vez em quando diz a mentira conhecida. Faz isso há anos.

— Tenho certeza de que ela sabe que você está em segurança — diz Paul.

— Não é provável — diz Eleanor, com a voz tão baixa que mal consegue ouvir a si mesma.

— Como?

— Eu disse que tenho certeza de que ela sabe.

Paul assente e então diz: — Você sabe que isso está me matando, não é?

Eleanor desgruda a cabeça do vidro.

— O que está matando você?

— Não saber o que aconteceu — diz ele. — Não sei o que está acontecendo com você, e isso me apavora.

— Não quero falar sobre isso agora — diz Eleanor.

— Eu sei — diz Paul. Ele se mexe um pouco no assento, para poder olhar para ela, só um pouco. — Sei que você não quer falar, mas, Ellie, eu não posso ficar *sem* saber. Você é minha menininha.

Eleanor não diz nada.

— Isso é sério — diz ele. — Será que você não percebe...

— É claro que eu percebo — responde Eleanor, áspera. — Foi *comigo* que aconteceu.

Paul cala-se e Eleanor de imediato se sente culpada.

— Quer dizer... deve ter sido medonho para você... — diz ela.

— E foi — interrompe Paul. — Foi exatamente a coisa mais medonha da minha vida, Ellie. Se eu rezasse, rezaria todos os dias e todas as noites para você nunca precisar passar por nada parecido com isso. Este foi o pior ano da minha vida.

As palavras dele atingem Eleanor como um soco.

— O pior — diz ela, consciente de um vazio dentro do peito. — Não. Não foi o pior.

Paul abre a boca e depois a fecha.

— Eu... eu não quis dizer...

— E eu passei por tudo isso, papai — diz Eleanor. — Você acha que foi porque eu *quis*? Você acha que eu faço a menor ideia...

Ela se cala e fica emburrada, de repente com raiva do pai. Como ele pôde transformar o acontecido com ela numa questão dele?

— Puta merda — diz Paul. Frustrado, ele bate com as palmas no volante.

— Puta merda, Eleanor. Eu limpei seu traseiro. Eu lhe dei banho. Você dava voltas correndo, caía tonta e dizia "Papai, me levanta". Se um dia você se machucava, era a *morte* para mim. E então você sabe como me senti quando descobri que você tinha simplesmente *sumido*?

Eleanor cruza os braços e vai escorregando para baixo no assento.

— Eu me senti como se alguém tivesse arrancado meus ossos — diz Paul. — Como se eu não pudesse ficar em pé. Eu imaginava minha menininha, minha filhinha, da altura dos meus joelhos, no mundo lá fora *totalmente só*.

— Já não sou sua menininha — diz ela. — Não sou da altura dos seus joelhos. Sou mais alta que a mamãe.

— Você sabe o que eu quis dizer, El...

— Para de falar nisso como se fosse um assunto seu! — diz ela. — Afinal, quem *é* você?

Paul retrai-se com isso.

— Me leva pra casa — diz ela.

— Nós estamos indo pra casa — responde Paul, trêmulo.

— Não a *sua* casa — diz Eleanor, mostrando os dentes. — A *minha*. A casa que *eu* não *abandonei*.

De imediato, Eleanor se sente esmagada por um arrependimento gelado, mas Paul bate com a mão no painel, com *força*.

— Será que sua mãe nem sequer lhe pergunta como foi seu dia quando você chega da escola? Ela alguma vez fala com *coerência*? Você precisa lhe dar comida como se ela fosse a porr... um *bebê*? *Será que ela continua sendo sua mãe?*

— Quero ir pra casa — diz Eleanor, baixinho.

— Vamos pra *minha* casa — diz Paul, com raiva. E então baixa a voz para um resmungo mal-humorado. — Você fica na *minha* casa nos *meus* fins de semana, e este fim de semana é *meu*.

Eleanor não responde. Fica ali sentada, à luz fraca do painel, olhando direto para a escuridão à frente, enquanto Paul espuma de raiva atrás do volante.

— Sua mãe pode cuidar de si mesma — acrescenta ele, com as narinas se dilatando.

— Não pode, não — diz Eleanor, baixinho.

Paul gira o volante e o carro sobe ruidoso pela rampa até o estacionamento do prédio. Entra na sua vaga particular, vira a chave para desligar o motor e um silêncio tenso cai sobre o carro. Ele fica imóvel por um instante, a mão paralisada na chave, e então solta a respiração de repente e se volta para Eleanor. Seus olhos se enternecem e começa a dizer alguma coisa, mas a filha simplesmente abre a porta, desce do carro e bate a porta.

Ela já subiu metade da escada quando Paul abre a porta para acompanhá-la. E pode ouvir os passos pesados do pai na escada atrás dela. Eleanor sabe o que ele tinha esperado para essa noite: uma noite agradável, que recuperaria o equilíbrio das coisas. Um prato de sopa, um filme de sábado à noite. Ela cairia no sono no sofá, e ele estenderia um cobertor sobre a filha. E teria a sensação de ser um bom pai e Eleanor estaria em segurança.

Não nessa noite.

Ela desliga a luz no quarto, que nunca parecerá ser dela, sobe na cama que ainda dá a impressão de nova e puxa os cobertores até o queixo. E vê a sombra do pai interromper a fresta de luz por baixo da porta do quarto. Ele fica ali parado um minuto, depois dois, e ela o ouve resmungar alguma coisa e ir embora arrastando os pés.

Eleanor se lembra de tempos mais animados. Quando sua mãe era jovem e severa, mas não tão venenosa. O pai chegava do trabalho e se desvencilhava do peso do dia. Ela esperava pelo som da abertura da porta do sótão e o seguia lá para cima para ficar olhando enquanto ele construía mundos inteiros com pauzinhos e papel.

Agora a impressão é de que tudo o que todas as pessoas fazem é destruir o mundo.

Uma taça de sorvete de chocolate com Coca-Cola derramada por cima, as bolas geladas cobertas com uma crosta da cor de caramelo. Eleanor bate com a colher na camada quebradiça, satisfeita com o pequeno som crocante.

— Isso não é um café da manhã decente — diz o pai, bocejando.

— É o que você tem — diz ela, sem olhar para ele.

— Não é... — diz ele, mas então abre a geladeira e para. — É. É só isso o que tenho.

Ele tira potes da geladeira. Eles foram transparentes um dia, mas o plástico está turvo, e o conteúdo é indecifrável e está amolecido com mofo. Sem cerimônia, ele os joga, um por um, na lata de lixo.

— De tarde, eles já vão estar com um cheiro daqueles — avisa Eleanor.

— Vou levar o lixo lá pra fora — diz ele.

— Não recolhem lixo no domingo.

— É mesmo — diz ele —, mas tem uma caçamba e...

— A caçamba está lotada — diz Eleanor. — É melhor deixar tudo na geladeira até segunda.

Paul fecha a porta da geladeira e afaga o cabelo de Eleanor. Ela se encolhe para se afastar dele.

— Lave as mãos — diz ela.

Ele ensaboa as mãos na pia.

— Devíamos ir ao Dot's.

— Já estou comendo.

— Ora, vamos — diz Paul. — É o café da manhã. Vai ser bom.

— Já são quase nove horas — diz ela. — Vai estar lotado. Vamos precisar ficar na fila.

— Quando foi a última vez que você viu uma fila em qualquer lugar desta cidade? — Paul seca as mãos numa toalha e então as apoia nos quadris. — O que está acontecendo?

— Nada.

— Me perdoa por ontem à noite — diz ele.

— Não me importo — diz Eleanor. Ela baixa a colher na taça, levanta-se da mesa, empurrando a cadeira, e larga a louça na pia.

— Ei — diz ele, abrindo os braços.

Ela se desvia deles, dando a volta pela pequena mesa dobrável que serve como mesa de jantar.

— Ellie, você está tendo uma semana difícil.

— Difícil é pouco — diz ela, zombando.

— Estou preocupado com você.

— Que bom. Mamãe não deve estar. Está se sentindo melhor agora? O melhor pai da merda desse ano.

— Eleanor...

— Vai ver que ela está no mesmo lugar em que estava quando saí há duas noites — diz Eleanor. — Ou vai ver que não. Pode até ser que ela tenha notado que joguei fora a garrafa.

— Ellie...

— Sempre me arrependo de jogar bebida fora — continua Eleanor. — Porque, quando descobre que as garrafas sumiram, ela simplesmente dá um jeito de sair de casa para comprar outra. E mamãe bêbada na poltrona é muito melhor que mamãe bêbada em qualquer outro lugar. Mas eu jogo fora mesmo assim. Sabe por quê? Porque tenho esperança de que ela pare. E faço isso sabendo que ela não vai conseguir. E sabe de uma coisa? Se ela sofrer um acidente no caminho do mercado e morrer, eu vou ser a menina que matou a própria mãe porque tentou salvá-la.

— Eleanor...

— Mas pelo menos ela é *honesta* quanto à vida. Pode ser que seja uma bêbada, mas não finge ser nada de diferente. Pode ser que me odeie, mas nunca fingiu que não me odeia. O que você faz? Além de gritar comigo o tempo todo agora?

— Você tem de vir morar comigo — diz Paul. — Não pode mais morar com ela. Ela está se matando! E está matando *você!* Você não pode ficar, eu não vou deixar...

— Não vai me deixar fazer *o quê?* — pergunta Eleanor. — Não vai me deixar fazer minhas próprias escolhas? Ah, sim, porque você é tão bom nessa história de tomar as decisões por nós duas, não é? Só porque manda um cheque todos os meses, isso não significa que pode mandar em nós!

Paul retrai-se, atordoado.

— Ellie, eu...

— Eu moro com ela porque sem mim, ela, *minha mãe*, vai morrer. Você entende isso? Ela vai desistir. Ela vai beber de verdade até morrer. E *você* fez essa escolha por mim quando foi embora. Você sabia disso? Alguma vez pensou nisso?

Paul abre a boca, mas Eleanor avança e lhe dá um empurrão.

— Sou a única coisa que a impede de beber até morrer — diz Eleanor, com a voz alta, empurrando o pai de novo. — Eu! E sabe o que ganho com isso? Puro ódio. Ela olha pra mim e vê Esmerelda, e não consegue lidar com isso. E sabe de uma coisa? *Eu não a culpo.* Dá pra você sacar? Você entende que todos os dias eu olho no espelho e *eu* mesma me odeio, porque *eu* também vejo Esmerelda? Dá pra você entender que você é o único por aqui que tem condição de fazer qualquer tipo de escolha, por si só? Porque nós duas *não temos* essa opção!

Os olhos do pai estão marejados. Ele não sabe o que dizer.

Ela para de empurrar e recua alguns passos, respirando forte.

— E eu não vou vir morar com você, não importa o que você diga. Porque, neste exato momento, você também é o único de nós que conseguiu escapar do barco, papai. Você foi embora porque ficar era difícil demais, e isso eu entendo também. Sabe o que vai acontecer se eu vier morar com você? Sabe?

— Ellie...

— Eu me levanto de manhã e saio andando pela casa. Você me vê de relance e me confunde com ela — diz Eleanor. — Você me confunde com Esmerelda, e é assim que começa. Você começa a vê-la em mim, e então... puta merda! Então, *você* começa a desmoronar. E a única coisa que não deixa que isso aconteça é eu *não morar aqui*. Não posso destruir vocês dois. Eu já destruí a mamãe. O mínimo que posso fazer é ficar a postos e impedi-la de se matar.

Eleanor reprime um forte soluço e Paul dá um passo à frente.

— Ellie, amorzinho...

— *ME DEIXE EM PAZ!*

Ela sai furiosa da cozinha.

Mas daí a um instante ela volta.

— Olha — diz, com a voz frágil. — Não *sei* o que aconteceu. Não sei o que está acontecendo. As coisas estão... Não consigo explicar. Nem você, nem mais ninguém conseguiria. E eu só quero que me deixem em paz, está bem?

Paul olha fixo para ela, com uma dor imensa nos olhos.

— Está bem — sussurra ele.

— Ótimo — diz ela.

Ela vai para o quarto, apanha algumas roupas, segue ruidosa pelo corredor até o banheiro. Ouve Paul ao telefone, deixando mais uma mensagem para sua mãe — "Ela está bem e está comigo. Me liga se receber a mensagem" —, e Eleanor bem que queria simplesmente poder desaparecer *de verdade*.

Quem escolheria uma vida dessas?

Ela empilha a roupa na bancada do banheiro e fica ali parada, olhando para si mesma no espelho. Parece zangada. Dói ter essa aparência de raiva o tempo todo. Seu queixo está retesado; sua testa, gravemente franzida. Ela solta a respiração e então tenta abrandar as feições, abdicar daquela raiva trêmula.

Mas ela só parece cansada, apesar de ter dormido, de algum modo, a noite inteira. Seu cabelo está embaraçado e sujo, duro com o ar salgado do mar. Há sombras escuras sob seus olhos verdes, assustadoras em contraste com a pele muito clara. Ela está com um gosto azedo na boca, da Coca com sorvete de chocolate. Escova os dentes, olhando nos próprios olhos com ar de desafio.

Eleanor bem que gostaria de poder rebobinar esse último dia e começar de novo. Iria de bicicleta até Rock com Jack. Eles comeriam sanduíches no parque e caminhariam pela pequena rua principal, olhando as vitrines de lojas que mal conseguiam se manter abertas. Ela sempre se perguntava como lojinhas especializadas como aquelas sobreviviam numa cidade com não mais que umas poucas centenas de habitantes. Será que em cidades desse tamanho minúsculo há muita gente que precisa de vaquinhas pintadas à mão para pendurar na cozinha?

Se pudesse começar de novo, hoje de manhã ela e o pai teriam ido ao mercado comprar mantimentos, feito torradas francesas e ovos mexidos e dado risadas durante o café da manhã. E talvez tivesse confiado nele e contado o que a assusta. Porque se existe uma coisa neste mundo de que tem certeza, é que ela está com medo.

E sente falta da família.

O telefone toca na cozinha e ela ouve o pai atender. Não faz caso da ligação, mas então ele diz: — ... você está bem? — E ela presta atenção. — ... bom saber que você está bem — diz o pai. — O médico disse o que... peraí, um *pequeno AVC*? Gerry, isso é...

Tia Gerry.

O pai cala-se por um instante, escutando.

— Será que você deveria estar falando ao telefone? — diz ele, então. — Você me parece abalada. Seu médico está por aí? Posso...

Silêncio.

— O que você quer dizer? — pergunta ele, então. — Que ela viu alguma coisa? Viu o quê?

Eleanor sente um calafrio.

Tia Gerry sabe.

— ... é muita tensão — diz Paul. — Você precisa descansar...

Agora Eleanor está ouvindo a voz da tia, um zumbido leve, porém insistente. Ela parece assustada.

— Gerry — diz Paul. — Gerry. Gerry. Ouve... se... presta atenção... *Gerry!*

Silêncio.

— Um AVC é coisa grave — diz Paul. — Eles sabem que você está falando ao telefone?

Eleanor empalideceu. Ela sai para o corredor. Seu pai está no vão da porta da cozinha, com o fio do telefone suspenso em torno dos joelhos.

— Nós estamos indo para aí — diz ele. — Logo vamos estar aí. Por favor. Descanse. Vou visitar você hoje. Ok? Você precisa descansar.

Silêncio.

— Sim, eu prometo. Ok, Gerry.

Ele desliga o telefone e então se vira e vê Eleanor parada ali.

— Ellie — diz ele —, sua tia... ela...

Eleanor só fica olhando para ele.

— Ela disse que você... ela disse que você... não, é loucura. — Ele vai se calando, confuso.

— Ela disse que eu vi Charles e Joshua — diz Eleanor.

Paul fica boquiaberto. — Foi isso o que ela disse. Como você...

— É que eu vi Charles e Joshua, *mesmo*.

— Ellie, o que... como você... — O pai está apavorado. — Afinal, o que está acontecendo?

Coitada da tia Gerry.

— Não — diz Eleanor. Ela sente um acesso de náusea e se vira para a porta do banheiro; e, mais uma vez tarde demais, sente aquele desagradável formigamento de eletricidade. Ela protesta: — *Não...*

O apartamento parece explodir ao seu redor.

A guardiã

Ela chega ao local antes do amanhecer.

Para na margem da floresta, que apenas alguns dias antes era o coração dessas terras montanhosas. Volta a pensar no súbito surgimento e queda violenta do avião; e agora observa a cena do crime à sua frente. Em algum recesso infantil do seu coração frio, tivera a esperança de que o avião fosse uma alucinação.

Ele é real.

As árvores estão espalhadas como palitos de dente. Uma enorme faixa de floresta foi arrasada. Muitas dessas árvores estão como lanças, enredadas nos galhos altos das que restaram. O avião mergulhou no solo como uma pá, cavando a própria cova comprida. Agora ele não parece muito um avião. Partes ocas estão amassadas e estraçalhadas. A guardiã vê alguns assentos quebrados, a cauda esmagada. Uma asa está praticamente em pé, fincada na terra.

Cinzas e agulhas de pinheiro vêm flutuando preguiçosas, de lá de cima. A chuva amainou.

Ela sente alívio ao ver que a maior parte do incêndio dos destroços já se apagou. Úmida ou não, se a floresta tivesse pegado fogo, centenas de hectares teriam sido consumidos num período de alguns dias. A guardiã teria sobrevivido, empoleirada na sua cabana, que agora é quase um barco no meio de sua planície, repousado ali por décadas, assistindo paciente enquanto a floresta cochilava, negra e enfumaçada, até que tivesse início seu lento renascimento, e esperado um século para a vegetação se espalhar pelos sopés e subir as montanhas de novo.

Ela não vê sobreviventes, nenhum corpo, inteiro ou despedaçado, e fica aliviada com isso. É o único ser humano a ter pisado neste vale.

Com exceção da desconhecida, lembra-se ela.

A chuva cai mais forte.

A guardiã vira o rosto para cima, para o aguaceiro. A chuva mistura-se com as cinzas na sua pele, desenhando finas linhas negras pelo seu rosto. As cinzas que caem tornaram a chuva ácida. Ela pode sentir o travo amargo de combustível de aviação e metal queimado.

A guardiã sente sua sombra dar um salto aos seus pés.

— Que foi? — pergunta ela, olhando em volta e depois para cima.

Uma pulsação de luz ecoa nas nuvens pesadas lá no alto, acima da montanha. Não é muita coisa. Dificilmente poderia ser chamada de relâmpago. É somente uma pulsação, uma nota única e abafada. Ela se abre nas profundezas das nuvens, depois se contrai, bruxuleia e some. A guardiã fica olhando, mas a luzinha não volta.

— Eu vi você — sussurra a guardiã.

Ela olha para sua sombra ali embaixo.

— Estamos perdendo o controle, acho — diz ela, baixinho. — Desconhecidos em nosso lar.

Ela se volta para as nuvens, mas a faísca de luz sumiu.

E sabe o que era.

Sabe *quem* era.

— Este é meu lar — sussurra. — Você não pode ficar com ele.

O céu troveja em resposta e a chuva torna-se uma enxurrada.

Mea

O que estou fazendo de errado?

Mea percorre as águas em torno do seu aquário, roçando pela membrana e suas eras de memórias. Ela passa repetidamente pela visão do corpo de Eleanor e não consegue afastar os olhos dos danos que causou. O oceano negro está encapelado em torno de Mea, como uma tempestade, acompanhando todos os fluxos e refluxos da sua forma. Do lado de fora da prisão, Efah acompanha o seu ritmo, com sua sombra se movimentando pela parede externa do aquário que a confina.

Você foi impaciente, diz Efah. *Devia ter pensado melhor.*

Como?!, Mea exclama. *Essa não é minha casa! Isso aqui nem mesmo é uma casa. Você me mantém presa aqui. Como eu poderia ter pensado melhor?*

Efah não se deixa afetar pela raiva dela. *Era bem possível que você lhe tivesse tirado a vida,* diz ele.

Mea tinha tentado aproveitar a oportunidade de recolher Eleanor do apartamento do pai, criando rapidamente um novo redemoinho — mas Eleanor não mergulhou no mundo dos sonhos, como antes. Dessa vez, o redemoinho pareceu atuar como um canhão, disparando Eleanor como uma bola de chumbo de encontro à parede do banheiro.

Mea soube de imediato que essa vez foi muito pior que a última.

Eleanor está caída no chão. Os azulejos na parede do banheiro se espatifaram e despencaram em cima dela. A parede está empurrada para dentro. Há um buraco enorme na estrutura do gesso, e Mea pode ver caibros e fios por trás dele. A lâmpada do teto está piscando. Uma única rachadura violenta parte o espelho.

O pai de Eleanor está em pé, paralisado, no vão da porta, transtornado com a visão da filha toda encolhida em meio a restos de gesso e azulejos quebrados. A caixa de descarga está destruída, e a água jorra para o chão.

Eleanor geme e se mexe; e tanto Paul como Mea ficam horrorizados ao ver que um dos olhos de Eleanor está cheio de sangue. Então os dois olhos reviram-se e a cabeça de Eleanor bate com força no chão. Paul desperta da sua paralisia e corre na direção dela, escorregando e caindo de joelhos na água e no entulho.

Por que está sendo tão difícil?, pergunta Mea. *Estou matando a garota!*

Você quer trazer um ser humano para a fenda, diz Efah. *Isso nunca foi feito.*

Você me disse que é possível!

Eu lhe disse que acho *que é possível. Ela é diferente.*

Mea afasta-se, rodopiando, com raiva. E assiste à chegada de uma ambulância. Eleanor é embarcada pela porta traseira, e os socorristas impedem o pai de entrar com ela. Paul grita sem parar, mas um policial chega e se posta entre ele e a ambulância, que sai em disparada.

Ela precisa de mim, diz Mea.

Você precisa ter cuidado, diz Efah. *Não pode errar de novo.*

Dessa vez é Mea que não responde.

Mea acomoda-se encostada na membrana, como uma criança com o rosto grudado numa janela para ver a neve cair. Os dias seguintes da vida de Eleanor desenrolam-se com uma lentidão dolorosa.

Mais uma oportunidade talvez seja tudo o que está ao alcance de Mea. Eleanor pode não sobreviver a mais um erro de Mea. Ela se pergunta se deveria tentar outra vez. Se fracassar, são as pessoas no mundo de Eleanor que sofrerão mais. E por quê? Pelo desejo estranho e banal de Mea de conhecer esse ser humano em particular?

Mas ela sabe que vai tentar novamente.

Efah a ajudará.

Só que, antes, Eleanor precisa ficar boa, e essa estrada é muito, muito longa.

Eleanor

Ela pisca os olhos para uma grade de lâmpadas fluorescentes e painéis acústicos. Alguma coisa está *errada* com sua visão. Fecha o olho esquerdo. O teto está nítido. E também o direito, e o mundo parece submarino, toldado.

Ela tenta se erguer, mas alguma coisa a segura para trás. Tenta olhar para os pés, mas, desse ângulo, não consegue ver muita coisa além do queixo. Mas suas mãos estão livres, e ergue primeiro uma e depois a outra. Há uma atadura em torno de cada braço. Um tubo fino de IV está colocado na dobra do seu cotovelo direito.

Ai, não, ela pensa.

E se deixa relaxar no travesseiro, virando a cabeça. Há uma janela coberta com uma cortina cinza opaca. Uma luminária. Uma reprodução de Monet na parede, por trás do vidro meio sujo. À esquerda — é difícil esticar o pescoço, mas ela não sabe dizer por quê — há vidro, uma janela que dá para dentro em vez de para fora, e através dela pode ver um posto de enfermagem; e logo à direita dele está seu pai, conversando com um médico de jaleco branco e um policial uniformizado. Ela pode ouvir as vozes abafadas, o ruído amortecido do rádio no ombro do policial. Um par de algemas brilhantes está pendurado no seu cinto.

O pai então olha de relance para a filha, e sua expressão muda quando vê que ela acordou. E faz menção de ir na sua direção, e Eleanor sorri para ele. Então o médico e o policial pegam seu pai pelos punhos e pelos braços, e o sorriso de Eleanor se apaga. Alguma coisa não está certa. Seu pai parece surpreso, e ela pode ouvir a voz dele se alterar. E então vem um bipe fraquinho de uma máquina ao lado do leito dela, e Eleanor sente que o mundo fica enevoado.

✿ ✿ ✿

As horas seguintes são uma confusão de burocracia e instruções. Um médico vem, vai embora e não volta. Shelley, a enfermeira da última estada de Eleanor no hospital, senta-se ao lado do leito dela, explicando para que serve o colete ortopédico e como trocar os curativos nos braços. Ela ajuda Eleanor a se sentar e retira a agulha intravenosa. Eleanor quase dá um gritinho quando a agulha sai. Shelley também a ajuda a trocar de roupa.

A enfermeira fecha a cortina da janela que dá para o corredor. Ela segura Eleanor pelo cotovelo e a ajuda a sair da cama. Eleanor cambaleia e sorri, entristecida.

— Estou uma velha de cem anos — diz ela.

Shelley dá um risinho. Ela abre a camisola de hospital e ajuda Eleanor a vestir a calça do pijama — aquela que estava usando quando foi internada, ainda branca com a poeira do gesso —, a calçar chinelos do hospital e a fechar o sutiã no lugar.

— Agora, o colete vai por cima do sutiã — diz Shelley. — Só um pouco.

— Está muito feio? — Eleanor pergunta.

Shelley inclina a cabeça.

— Você ainda não viu, não é? — pergunta ela. — Bem, você é uma garota forte. Quer ver?

— Será que eu *quero*? — pergunta Eleanor, nervosa.

— Você vai ver em casa, na primeira vez que olhar no espelho — diz Shelley. — Melhor ver aqui comigo, agora.

Ela conduz Eleanor ao banheiro particular.

— Levante os braços — diz Shelley.

Ela põe as mãos na cintura de Eleanor e as duas olham juntas para o espelho.

— Aqui. — Shelley aponta para o lado direito de Eleanor, abaixo da axila. — Você pode ver um pouco da contusão aqui. Está vendo?

A pele para onde Shelley aponta não está escura como uma contusão. Está só cor-de-rosa, como uma forte queimadura de sol.

— Não é tão grave assim — diz ela.

— Vamos girar — diz Shelley. Ela empurra os quadris de Eleanor com delicadeza e a ajuda a virar-se de lado.

As costas de Eleanor aparecem no espelho, e ela não consegue sufocar um arquejo, nem parar as lágrimas que sobem aos seus olhos.

— Pronto — diz Shelley. — Agora você está vendo.

O cor-de-rosa vai escurecendo até se tornar uma mancha ameaçadora, com o formato de um continente, em tons de roxo e azul. Essa mancha espalha-se pela maior parte das suas costas. Só a borda do lado esquerdo do seu corpo está intacta. Na parte inferior central das suas costas, a mancha está quase preta. Para Eleanor, parece que alcatrão venenoso foi injetado logo abaixo de sua pele.

— Foi por isso que vestir o sutiã doeu só um pouco, está vendo? — diz Shelley. — E é também por isso que você precisa usar o colete durante algumas semanas, ok? Você não vai poder ficar sem ele. Ele está aí para garantir que você permaneça reta, firme e forte enquanto vai se curando, para que você não sofra nenhuma lesão permanente.

Eleanor chora enquanto assiste à enfermeira ajustando o colete. Três faixas dão a volta no seu tronco, prendendo-a pelo ventre, pelos quadris e por baixo do busto magro. Shelley aperta bem o colete e Eleanor arqueja de novo.

— Quanto mais apertado, melhor — diz Shelley, em tom de desculpas. — Mais ou menos como usar um espartilho nos tempos de antigamente, não é?

Eleanor concorda. — Obrigada — diz ela. — Por me ajudar.

— Você não precisa me agradecer, meu bem — diz Shelley.

Eleanor vai se virando devagar, para longe do espelho.

— Eles acham que foi meu pai que fez isso.

Shelley parece desamparada.

— Não queria perguntar, meu bem, mas foi ele?

Eleanor faz que não.

— Não — diz ela. — Acho que fui *eu*.

Paul atravessa a cidade a uma velocidade terrivelmente baixa, e outros veículos enfileiram-se atrás dele. Nenhum dos outros motoristas buzina para reclamar, mas ele de vez em quando para e os deixa seguir adiante.

Com a vista privilegiada do banco do passageiro deitado para trás, Eleanor observa a passagem do alto dos edifícios, de árvores e da fiação de energia elétrica. Cada vez que o carro passa por um buraco, ela se encolhe e o pai pede desculpas.

— Como está se sentindo? — ele lhe pergunta.

— Bem — diz ela, e daí a alguns minutos ele pergunta de novo. — E *você* está bem? — pergunta ela, finalmente.

O pai olha para ela de relance.

— Quanto daquilo tudo você precisou ouvir? — diz ele.

— Não é justo — diz ela. — Que eles tenham agido daquele modo com você. Que eles tenham tido esse *pensamento*.

— Nem sempre o mundo é simpático — diz ele. E fica calado um minuto. — Eu entendo os motivos deles.

— Não é justo — diz ela, mais uma vez.

Eles seguem em silêncio por um tempo, depois Eleanor fala:

— Sinto muito, papai.

Ele faz que sim. — Eu também sinto muito, Els.

O carro para e pela janela Eleanor vê o vulto do prédio de seu pai, que não desliga o motor, e ela olha e vê que ele a está contemplando, com os olhos marejados.

— Não sei o que aconteceu lá dentro — diz ele. — Mas não importa o que tenha sido, eu... bem, *não pode* acontecer de novo.

Ela não diz nada.

— Vou subir para pegar suas coisas — diz ele. — Depois, vou levar você para a casa da sua mãe. Acho provável que lá seja mais seguro para você até eu conseguir descobrir o que aconteceu por aqui. Quero que você fique em segurança.

Ele abre a porta e começa a saltar do carro.

— Papai — diz ela.

Paul para.

— Não foi culpa sua — diz ela. — É... foi a mesma coisa de antes.

— De quando sua mãe encontrou você? — diz ele. — Ellie, *o que...*

— Eu não sei — diz ela. — Não sei mesmo.

— Essa história está me apavorando — admite ele. — Gerry...

— Tia Gerry não está maluca — diz Eleanor. — Eu vi os rapazes.

— Não consigo entender.

— Nem eu.

Paul recosta-se de novo no assento e fica olhando para o nada através do para-brisa.

— Não é para o mundo ser assim — diz ele, num tom categórico. — Não é para ser assim para uma criança.

E então ocorre uma coisa a Eleanor.

— Papai, a que horas você acordou hoje de manhã?

Ele a encara com estranheza.

— Não sei. Um pouco depois das oito?

— Você foi direto pra cozinha? — pergunta ela.

Ele pensa.

— Olhei no seu quarto. Para ver se você estava dormindo.

— E depois foi pra cozinha — diz ela. — E você disse que devíamos sair pra tomar o café da manhã.

— Isso mesmo.

— Eu disse que eram quase nove horas e que o Dot's estaria lotado — termina Eleanor. — A que horas eu dei entrada no hospital?

— O que isso...

— Só pense — diz Eleanor.

— Não me lembro. Pode ser que alguns minutos depois. Gerry ligou e então, e então...

— Pense — repete Eleanor. — Tem certeza de que não se lembra?

Ele fecha os olhos.

— A ambulância veio, e o policial. Eu tive de ir atrás no meu carro. E o policial me acompanhou.

Há rancor na sua voz.

— Eles largaram você direto no setor de emergência — prossegue ele. — Eles... eles não me deixaram passar. Me fizeram preencher uma *papelada*.

— Coisas do seguro — diz ela.

— Isso, coisas do seguro — diz ele. — E então... precisei assinar o registro da sua entrada.

— Na recepção?

— É — diz o pai. — Precisei assinar e eu não sabia... precisei perguntar...

— ... as horas — completa Eleanor. — E?

O pai empalidece.

— Papai — diz ela.

— Eram 11:12 — diz ele. — Ellie...

Eleanor dá um longo suspiro.

— Quase três horas depois — diz ela.

— Eu me lembro porque os números eram consecutivos — diz ele. — Como quando você olha para um relógio exatamente quando são 12:34.

— Um, dois, três, quatro.

— Eram 11:12 — repete o pai. É como se ele tivesse visto um fantasma em pé, logo ali do lado do carro. — Ellie... o que isso quer dizer?

— Não sei — diz ela. — Mas não para de acontecer. Todas as vezes que eu... seja lá o que for... eu perco horas.

— Acho que é um sonho e que nós devíamos acordar — diz o pai, devagar.

— Mas não é — diz Eleanor. — Eu já tentei.

Eles ficam sentados no carro, sem se mexerem. O motor continua funcionando.

— Papai — diz Eleanor, daí a alguns minutos. — Vamos embora.

O pai olha para ela, ainda pálido.

— Suas coisas — diz ele.

— Não vou precisar de nada lá de cima — responde Eleanor. — Vem comigo pra casa da mamãe.

No caminho, o pai começa a atacar de vários ângulos o problema do tempo perdido. Eleanor não escuta. Ela sabe que ele só está sentindo a volta veloz do mundo real. Está passando por bairros e pela rua principal, vendo pessoas andando à toa, com crianças, cachorros e sorvetes.

A realidade é uma droga fantástica.

Quando por fim vira na entrada de carros da casa de Agnes, Paul desliga o motor e se volta para Eleanor.

— Como você se sentiria se eu lhe dissesse que acho que poderia ser uma boa ideia conversar com alguém?

— Tipo um psiquiatra? — diz Eleanor.

— Tipo um terapeuta — diz Paul. — Sua tia consultou um depois... depois que os rapazes desapareceram. Ela disse que realmente a ajudou a entender o que tinha acontecido com ela. Com eles.

Eleanor pensa no assunto.

— Está bem.

Paul fica surpreso.

— Mesmo?

— Não poderia ser mais esquisito do que o que já está acontecendo — diz ela.

— Isso mesmo.

Eleanor solta o cinto de segurança.

— Preciso que me ajude — diz ela.

Mas o pai já está longe, imerso em pensamentos.

— Sua mãe detesta me ver — diz ele. — Ela ficou com tanta raiva na última vez que estive aqui.

— Papai — diz Eleanor. — Preciso que me ajude. Você vai ter de entrar.

Ele olha para ela e parece sair de estalo do devaneio.

— Claro — diz ele. — Tudo bem.

Mea

Ela está fraca. Sei que você está ansiosa, mas precisa ter cuidado.

Efah é sábio e está certo. Mea fica olhando enquanto Eleanor se arrasta pela calçada apoiando-se no pai. E Efah vigia Mea através da membrana.

Você observa demais, insinua ele. *O presente da criança é só dor.*

Mea não responde. Só espera.

Os dias, as semanas devem passar.

Eleanor precisa ficar boa.

De novo.

Eleanor

Eleanor e o pai vão seguindo pela calçada como dois inválidos.

Para surpresa de Eleanor, Jack está à espera na varanda, em pé nas sombras lançadas pelo sol do fim da tarde.

— Não quis te assustar — diz ele.

Eleanor olha e pode ver, pela reação de Jack, que foi ela quem o assustou. A menina sabe como está a sua aparência, com os curativos, o olho tomado de sangue, contusões, arranhões e pontos. E também que o colete está visível sob a camiseta, como uma prateleira abaixo dos seios. Seus ombros estão encurvados; os joelhos, sem forças. As mãos do pai estão nos seus cotovelos, guiando e apoiando a filha.

— O que aconteceu? — pergunta Jack, com a expressão dolorida. — Você está bem?

Eleanor dá um meio sorriso para ele. — Oi, Jack.

— Oi, oi, é claro — diz ele, atabalhoado. — *O que aconteceu?*

Paul entrega a Jack a chave da porta, e o garoto fica olhando para ela sem saber o que fazer.

— Não quero soltar Eleanor — diz Paul.

Só então Jack percebe as mãos de Paul nos braços de Eleanor.

— Não conte a sua mãe que fiquei com uma chave — diz Paul a Eleanor.

Jack segura a porta aberta. Paul e Eleanor passam por ela desajeitados. Nenhuma estática por aqui, Eleanor percebe com alívio.

— Aconteceu de novo — diz Jack —, não foi?

Eleanor lança-lhe um olhar severo.

Paul para. — Jack sabe?

Eleanor olha tímida para o pai.

— Sabe — ela admite.

Paul assume um ar de determinação.

— Jack, não fale sobre isso com ninguém enquanto não soubermos do que se trata — diz ele. — Está me entendendo?

Jack faz que sim, com veemência.

— Acho que eu devia dormir aqui — diz ele.

Eleanor não pode deixar de sorrir.

— Está tudo bem — diz ela. — Papai está aqui.

Paul acende o interruptor do corredor.

— Alô?! — grita ele. — Aggie?!

— Mesmo assim, eu deveria ficar para ajudar — diz Jack.

— Muita gentileza sua — diz Eleanor. — Mas está tudo bem.

— A televisão está ligada — diz o pai.

Ele tem razão. Eleanor pode ouvir risadas vindo de outro aposento.

— Na verdade, a mamãe já nem vê mais televisão — diz ela.

Paul ajuda Eleanor a subir o degrau que leva ao vestíbulo. Jack fecha a porta atrás deles. Nas profundezas da casa, as risadas na televisão ficam mais altas e depois há alguém cantando, e Eleanor sente que o pai ficou paralisado.

— Papai? — pergunta ela.

Ele sacode a cabeça como que tentando desanuviá-la.

— Eu... hum...

— Que foi? — diz ela.

— Eu conheço esses sons — diz ele, com a voz embargada. — Você não conhece?

Eleanor escuta e depois faz que não. Para ela, aquilo só parece barulho de televisão.

Paul inclina a cabeça, escutando as vozes que cantam e então se une a elas, baixinho, já sabendo o resto da letra. Ele balança a cabeça.

— Vocês duas sempre adoraram "Billie Jean".

E é precisamente disso que se trata. Com essas coordenadas, Eleanor sabe com exatidão ao que sua mãe deve estar assistindo. Não é a televisão. São velhos filmes caseiros. E aquele é do último Quatro de Julho que eles comemoraram juntos. Houve um churrasco no jardim, uma mesa de piquenique, uma dúzia de pessoas, bandeirolas.

— Nós estávamos com seis anos — diz Eleanor.

— Sua mãe convidou as amigas da jardinagem — diz Paul. Ele está de olhos fechados e oscila um pouco. — Eu quase torrei os hambúrgueres e Jim assumiu o controle da churrasqueira.

Jack não se aproxima, só fica olhando para os dois.

— Você nos forçou a fazer uma apresentação para todo mundo — lembra-se Eleanor. — Como ursinhos dançarinos.

— Não — diz Paul. — Foi sua mãe. Ela adorava quando vocês duas cantavam.

— Ela adorava quando Esme cantava — corrige Eleanor. — Eu não era nem um pouco boa nisso.

— Vocês duas eram um encanto.

Os sons são velhos, cansados, com a qualidade prejudicada depois de anos guardados numa caixa em algum canto. Há lacunas no vídeo, explosões de ruído truncado entre os segmentos. "Billie Jean" termina de modo abrupto num acesso de riso, depois vem um intervalo ruidoso, cheio de estática, e então uma voz baixa, falando sozinha de lá do passado.

Esmerelda.

Paul parece que engasgou e diz "Esme" antes de mergulhar direto na casa, em busca da origem dos sons. Eleanor começa a ir atrás e quase desaba no chão. Só que Jack está ali e põe as mãos por baixo dos cotovelos dela, do mesmo jeito que o pai vinha fazendo. Ela sorri, agradecida.

— É legal estar com ele aqui em casa — diz Eleanor. — Mesmo desse jeito.

Eles entram juntos na sala de estar. A poltrona de cotelê azul está vazia, mas a mesinha de canto não está. Uma garrafa solitária de Jameson. Vazia. Se Jack a percebe, ele não diz nada, e Eleanor fica aliviada.

Ela e Jack vão atrás de Paul, passando pela sala de estar, para subir a escada. O pai sobe um degrau de cada vez, devagar, quase atordoado. Eleanor se preocupa com ele. E sabe o que vem nessa parte do filme, mesmo que ele não se lembre ao certo. As duas eram pequenas ladras, ela e Esmerelda. Um dia de tarde, encontraram a velha câmera de vídeo do pai no closet e passaram horas correndo pela casa, filmando noticiários de mentirinha e fingindo ser ladrões que tivessem invadido a casa e agora andassem furtivos por ela, dando tiros em todos os objetos e se perguntando em voz alta sobre o valor de cada um. Quando se cansaram da brincadeira, Eleanor foi para o quarto ler, mas foi perturbada pela voz de Esme que chegava através da parede. Eleanor foi pé ante pé até a porta do quarto e espiou lá fora. Esme estava na outra ponta do corredor, de frente para a mesa antiga perto do quarto dos seus pais. A câmera, pousada na mesa, e Esme fazia uma apresentação para ela, só um pouco constrangida.

Agora, Jack a ajuda a subir a escada. Paul está parado lá em cima, escutando.

— Mamãe? — chama Eleanor ao mesmo tempo que o pai diz:

— Aggie?

Não há resposta. Eles acompanham os sons e entram no quarto que no passado os pais de Eleanor dividiam, mas agora pertence apenas a Agnes. Ali dentro a cama está perfeitamente arrumada. Hoje em dia, Agnes simplesmente dorme onde quer que perca a consciência, e é muito raro que isso aconteça na sua cama. Eleanor não se importa. Ela se preocupa com a mãe tentando subir a escada. De vez em quando, tem pesadelos em que Agnes sobe trôpega por uma escada interminável. Os sonhos sempre terminam com a mãe despencando, de cabeça para baixo, por mil degraus.

A velha televisão de tubo que ficava na sala de estar está agora em cima da cômoda, voltada para a cama, derramando luz pelo quarto escuro. O aparelho de videocassete ao lado dela pisca *12:00*. Paul cobre a boca quando vê o que está na tela leitosa da televisão. Ele se deixa cair na cama e olha fixamente, e Jack ajuda Eleanor a se sentar ao lado. E, então, Jack fica ali parado, sem ter certeza de qual seria um lugar adequado para ele.

Eleanor está fascinada pela irmã, que fica bem no centro da tela. Ela reconhece a camiseta da Disney que Esmerelda usa. Na frente estão estampados Mickey, Pato Donald e Pateta, acompanhando uma mula boba na subida de uma trilha íngreme. Uma linda vista cor-de-rosa espalha-se atrás deles, e em letras de fôrma, imitando madeira, estão as palavras: *The Grand Canyon*. Esmerelda adorava a camiseta.

Eleanor ainda a guarda, dobrada com cuidado na gaveta da cômoda.

— Como assim, ela o *quebrou*? — protesta Esmerelda na tela.

Eleanor ri, surpreendendo seu pai e Jack. Ela havia se esquecido disso, desse hábito de Esmerelda de fingir um sotaque britânico pesado e medonho. Se fosse possível a voz de uma pessoa parecer *gorda*, esse sotaque, sem dúvida, fazia isso. Esme parece se transformar diante dos olhos deles numa socialite britânica, idosa, obesa e encurvada.

— Ora, isso é deveras *inaceitável* — continua Esme, levando a mão ao pescoço, chocada. — Está me ouvindo, Jarshmerschar? Ela deve pagar por isso. Você não permitirá que ela saia enquanto não pagar. Esse abajur custou seis dólares!

— *Jarshmerschar?* — diz Paul, de repente. Ele cai no riso e no choro ao mesmo tempo.

Eleanor ri até que ela, também, está chorando. Na tela, Esme encena uma novela inteira, só com ela como atriz, desempenhando os papéis de socialite e de seu mordomo, Jarshmerschar, além da hóspede infratora, uma criança malcriada, com um sotaque sulista exagerado. É divertido por seus méritos, exatamente pelo que é, mas é mais do que isso.

É um banho depois de sete anos perdido na floresta. É o primeiro vislumbre do sol após a estação chuvosa. É um sopro de ar puro depois de uma década num calabouço.

Eleanor olha para o pai. Ele baixa os olhos para ela.

— Saudade dela — Paul confessa e chora.

Eleanor chora também, e Jack vai saindo lentamente do quarto.

Até que ele avista Agnes.

Ela está no chão, quase escondida atrás da cama, há um tempo, e não é uma visão agradável. Seus pés descalços são a única parte visível a partir do vão da porta, e esse é o único motivo pelo qual Jack a viu.

Ele grita e Eleanor tem um sobressalto. Suas costelas chocalham de dor. Paul quase cai da cama com essa interrupção tão brutal daquele momento.

— Jack, meu Deus — começa Paul, enquanto Jack diz:

— Sra. Witt! — Ele se ajoelha no chão e vai repetindo: — Sra. Witt, sra. Witt! Acorde!

Paul se debruça e vê Agnes no chão.

— Puta merda, Aggie — diz ele, passando por cima de Jack para entrar no espaço entre a cama e a parede. Eleanor se esforça para acompanhar, mas só consegue ficar deitada na cama e se arrastar para a beira como uma minhoca. No mesmo instante, ela deseja não ter feito isso. A dor é excruciante, horrenda.

A mãe está no chão, de camisola, deitada de costas, com o cabelo despenteado, a pele descorada, quase azul, na opinião de Eleanor. Seu peito praticamente não se move.

Jarshmerschar.

Eles nem mesmo estavam pensando na mãe.

— Ela tentou se matar — sussurra Eleanor, com a voz rouca.

Parece que nem o pai nem Jack a ouvem.

— Vamos virá-la de lado! — diz Paul. Jack pega os pés de Agnes e Paul segura seus ombros, e os dois a viram. Ela não pesa quase nada, e sem querer eles quase a fazem ficar de bruços.

O arquejo de sua respiração é substituído por um leve ofegar. Quase de imediato, a cor começa a voltar ao rosto de Agnes, mas seus olhos permanecem fechados.

— Era a língua — diz Paul. — Aggie?

— Ela estava se sufocando — diz Jack.

Eleanor tem a impressão de que alguém arrancou suas pilhas. Ela olha fixamente para a pobre coitada da mãe, e uma medonha onda de culpa a derruba.

— Eu deveria ter estado aqui — diz ela. — As coisas que eu disse a ela... isso é minha culpa, minha culpa...

Ela começa a chorar.

— Jack, nove, um, um — diz Paul, sem fazer caso de Eleanor. — Já.

Jack sai correndo do quarto e Eleanor olha chorosa para o pai.

— Papai — diz ela.

Ele toca no rosto de Eleanor.

— A culpa não é sua — fala. Depois ajoelha-se ao lado de Agnes e segura sua mão, dizendo: — Eles estão vindo, Ags. Estão vindo agora.

Ags. Ele não a chama assim há anos.

Jack volta.

— Eles disseram três minutos.

— Três minutos — repete Paul. Ele diz as palavras no ouvido de Agnes. — Só três minutos, Aggie.

— Eu deveria jogar isso fora? — Jack está segurando alguma coisa. — Estava debaixo da cama.

Os olhos de Eleanor estão enevoados, mas ela reconhece a forma da garrafa de uísque. Não consegue formar palavras. Jack sai do quarto e, quando volta um instante depois, está com as mãos vazias.

Eleanor fica olhando o pai apertar a mão da mãe; e eles quatro esperam em silêncio que a segunda ambulância do dia chegue e resolva tudo. Na televisão, o fantasma de Esmerelda descreve círculos lentos, de balé, e então cai no chão num acesso de risinhos.

Parte II

1994

Eleanor

— Splinter Beach — avisa o motorista do ônibus.

Eleanor fica olhando pela janela. Está chovendo. Que novidade. As nuvens escondem o céu e uma névoa suave de fim da manhã encobre a costa.

— Acho que não é uma boa ideia — diz ela.

— É uma boa ideia — responde Jack.

Ele está carregando um saco de lona e leva nas costas uma mochila por cima do casaco impermeável. O capuz bem amarrado em torno do rosto. A água forma gotas no casaco. Eleanor está satisfeita pela sua capa de chuva, mas ainda preferia ficar com a mãe, no quarto do hospital.

Embora ela deva admitir que é bom respirar o ar puro.

— Vamos — diz Jack. — Aula prática.

Ele desce da calçada para a grama da praia. Eleanor fica na calçada e olha o ônibus se afastar, expulsando fumaça negra. Ela respira fundo todo aquele dióxido de carbono e o expulsa dos pulmões.

— Ellie — diz Jack, no meio da grama que chega à altura da cintura. — Vamos.

— Não sei — diz ela de novo.

Jack volta a passos pesados até onde ela está. Eleanor é alta, mas ele é bem maior. E lhe dá um beijo na testa.

— Ellie, vai dar tudo certo com sua mãe.

— Eu não devia ter saído. Ela pode acordar.

— Olha, as coisas não estão bem. Sei que não estão bem, mas... você precisa cuidar de si mesma em primeiro lugar.

— Ou o quê? — pergunta Eleanor. — Ou eu não vou conseguir ser útil para ela?

— Isso mesmo — diz Jack.

— Ela não está nada bem — diz Eleanor. — Eu podia estar mil vezes mais cansada do que estou e ainda seria melhor companhia do que um quarto vazio de hospital.

Jack aponta para o mar e para a ilha distante.

— Olha só pra lá.

— Está toda enevoada — queixa-se ela.

— O nevoeiro vai se dispersar antes que a gente chegue lá — diz Jack.

— Não tem sol para dispersar o nevoeiro.

— Vai ter — diz ele.

— Vamos nos perder.

— Não vamos, não. É uma linha reta daqui até lá. — Ele traça uma linha imaginária entre seu peito e a Huffnagle.

— O barco vai virar.

— Eu o desviro com um peteleco — diz Jack.

— Nós vamos nos congelar e morrer afogados.

— Está bem frio — concorda ele. — Então, vamos decidir não virar o barco.

Eleanor envolve a si mesma com os braços.

— Não parece seguro.

— Aposto que é mais seguro do que andar naquele ônibus — diz Jack. — Achei que ele ia furar três sinais vermelhos.

— Tubarões.

— Frio demais para eles.

— Correntezas.

— É por isso que ficamos no barco — diz Jack, com uma risada.

— Não tem nada pra fazer lá — diz Eleanor.

— Essa é a ideia.

Ela fica olhando sua respiração se transformar em vapor.

— Já estou morrendo de frio.

Jack mostra o saco de lona.

— Eu trouxe todos os tipos de coisas que minha mãe fazia de tricô — diz ele.

Suas faces estão coradas e seus olhos, brilhantes e nervosos. É aí que Eleanor percebe: Jack está tentando cuidar dela. De início, ela não reconheceu o que era, porque ninguém tenta cuidar dela há anos.

— Posso ver? — pergunta ela.

Ele abre o saco de lona, tira um cachecol e um capuz de lã, bem como um par de luvas volumosas. Eleanor pega as luvas e as coloca.

— Hum — diz ela. — Gostei. Cachecol.

Ele passa o cachecol em volta do pescoço dela uma vez, depois duas.

Eleanor dá uma espiada na bolsa. — E tem algum chapéu?

— Pode escolher — diz Jack. Ele lhe mostra um gorro amarelo-ouro, justo na cabeça, e outro da cor de vinho com um pompom.

Eleanor pega o amarelo e o põe na cabeça. Seu cabelo ruivo sai em cachos da borda do chapéu. Ela de imediato se sente aconchegada, aquecida.

— Eu queria ter conhecido sua mãe — diz ela.

— Eu também — diz Jack.

Eleanor dá um beijo no rosto dele. A pele está fria e rosada. Ele enrubesce e desvia o olhar, com o rosto de repente parecendo um balão vermelho.

— O que tem na mochila? — pergunta ela.

Ele se desvencilha das alças e abre uma aba para lhe mostrar bolsinhas plásticas com sanduíches, um cobertor de algodão vermelho e uma garrafa térmica de estampa escocesa verde. Eleanor olha desconfiada para o cobertor.

— Achei que seria legal só ir a algum lugar tranquilo e só... não sei. Respirar, acho — diz Jack, embaraçado. — Por um segundo.

Eleanor encara bem os olhos castanhos de Jack e então olha para o mar enevoado e a ilha distante, apagada.

— Cadê o barco? — pergunta ela, por fim.

* * *

— Acho que ele não é de ninguém — diz Jack.

Eles atravessam a praia com dificuldade, e o nevoeiro ergue-se em torno dos seus pés, expondo o cascalho ali embaixo. Na realidade, não há areia, só um quatrilhão de seixos, úmidos, lisos e cinzentos. Jack a conduz ao píer escuro e molhado, com suas tábuas desgastadas, lisas e lustrosas pelo efeito do mar e da chuva.

— Meu pai me disse um dia que ele não se lembra de *nunca* ter deixado de ver o barco aqui — diz Jack. E, quando ele diz isso, o nevoeiro sobre a água se dispersa e o barco aparece: uma coisinha que parece ter uns cem anos, talvez mais. — Ele era amarelo — acrescenta, mas a tinta descascou e descorou; e ele agora está desbotado, da cor de ossos. O barco balança suave nas águas calmas.

O embarcadouro range com os passos deles.

— Ele vai afundar — diz ela.

Jack só sorri e pega sua mão.

Eleanor treme de frio apesar do cachecol, gorro, luvas e capa de chuva. Ela pensa no cobertor na mochila de Jack, mas se preocupa achando que vai parecer voraz se pedir por ele também.

Além da voz de Jack, os únicos sons ali são os dos remos virando na água, os gemidos preocupantes do próprio barco, as ondulações tranquilas do mar.

— Eu já vim aqui — diz Jack.

— Você nunca me contou — diz ela, batendo os dentes.

— Está com frio? — pergunta ele.

Ela tenta não dizer que sim, mas não consegue se conter.

— Pega aqui — diz ele, tirando o casaco impermeável. Por baixo, ele está usando um agasalho de moletom com capuz, que tira pela cabeça. Ainda mais por baixo, só está com uma camiseta. Ele para de remar um instante e joga o moletom para Eleanor.

— Assim você vai congelar — diz ela.

— Eu me dou bem com o frio — diz ele. — Não se preocupe.

— Não — diz Eleanor. — Você vai morrer de frio e aí eu vou ficar aqui sozinha, e isso vai me deixar muito triste. E ainda por cima vou ficar com raiva de você por ser tão *pateta*.

Ela joga o moletom de volta para ele.

— Ora, vamos — diz ele. — Tem certeza?

Ela faz que sim. — Mas me passa a droga do cobertor.

Ele abre um largo sorriso para ela, o que a faz sorrir também.

A Huffnagle nunca foi uma atração turística. Não há lojas. Não há estradas. Ninguém mora na ilha. Ela se projeta a partir do mar como um enorme estilhaço escuro e retorcido. A vista a partir de seu cume é linda, mas para desfrutá-la um visitante precisa escalar uma trilha íngreme e irregular que leva ao pico achatado da ilha. Não há corrimãos. Não há um embarcadouro decente para um barco. As condições da ilha servem como uma placa de *Entrada proibida*.

As lojas à beira-mar de Anchor Bend vendem camisetas com a silhueta da Huffnagle impressa no centro, acima de uma legenda que diz *A ilha dos meninos perdidos*. Eleanor jamais gostou das camisetas. Nenhum menino perdeu a vida por causa da ilha.

Mas sua avó, sim.

— Meu pai me disse que ninguém vai à ilha porque dá muito trabalho — diz Jack, puxando os remos, levantando-os, puxando-os de novo. — Ele disse que de vez em quando alguém destrói o barco nas rochas e fica encalhado. Ou ferido. E a Guarda Costeira precisa mandar um barco de resgate especial. É embaraçoso e caro.

— Não — diz Eleanor. — As pessoas vão à ilha. Só não falam a respeito.

Jack abre um sorriso.

— Que foi? — diz ela. — Não estou mentindo. Os adolescentes vão lá pra fazer sexo. É o pior lugar do estado inteiro pra trepar.

Jack ri. — Não acho que você esteja mentindo — diz ele.

— Acho bom.

— Sei que não está mentindo.

Ela não capta o que ele quer dizer e fica olhando para o vulto apagado da ilha, que vai escurecendo aos poucos à medida que eles se aproximam.

— Sei que você não está mentindo porque estive lá — diz Jack.

Eleanor olha espantada para ele. — Você não esteve.

— Eu disse pro meu pai que queria ir. Sabe o que ele respondeu?

Eleanor faz que não.

— Ele disse "Eu já fui lá" — diz Jack.

Aquele foi o verão em que Jack subiu em tudo, Eleanor se lembra. Ele escalou a torre da caixa-d'água atrás da escola. Matou aula e subiu no telhado da própria escola. Durante um jogo de basquete — o último antes de ser expulso da equipe — ignorou um passe, escalou o poste da cesta e ficou sentado lá em cima, atrás da tabela, balançando os pés e se desviando de projéteis que o público atirava na sua direção.

— Pensei em ir até lá nadando — diz Jack. — Mas é realmente muito longe. E meu pai disse que ouviu um boato de que alguém tinha morrido afogado ao tentar nadar até lá. Isso muito tempo antes de a gente se mudar pra cá. Foi ele que me falou do barco e de como ele foi lá uma vez quando meu tio estava na cidade. Não fizeram muita coisa. Só encheram a cara e então voltaram, remando. Mas ele foi lá, e por isso achei que podia ir também.

— Minha avó — diz Eleanor. — Esse alguém que morreu afogado foi minha avó.

Jack fica boquiaberto. — Eu... você está falando sério?

— A mãe da minha mãe — diz Eleanor. — Meu nome é em homenagem a ela, que era nadadora de competições ou coisa parecida. Era aqui que ela costumava treinar, nadando até a ilha e voltando.

— Ah, Deus — diz Jack. — Me desculpe. Eu não sabia.

— Tudo bem. Eu não a conheci. Mamãe estava só com cinco anos, acho.

— Putz — diz Jack.

O cobertor a mantém aquecida, apesar de a água do mar respingar no seu rosto exposto.

— E o que você fez? — pergunta ela. — Na ilha. Levou alguma garota lá? Foi a Stacy?

— Stace? — Jack franze o nariz. — *Ha!* Eu fui sozinho.

— Aposto que foi chato — diz ela, sorrindo por trás do cachecol.

— Você sabia que chamam as águas em torno da ilha de "cemitério"? Sabia disso?

Ela faz que não.

— Por causa de todas aquelas pedras — explica ele. — Acho que, nos velhos tempos, navios de piratas encalhavam nelas. Antes do farol.

— Não havia piratas por aqui — diz Eleanor.

— Bem, navios *antigos*. Não faz diferença.

— Este barco vai bater nessas pedras, não vai? — diz ela. — Nós vamos morrer, não vamos?

— Vai dar tudo certo com a gente — diz Jack. — Sei onde atracar. Procura relaxar.

É o que ela faz. E procura muito relaxar, mas a *tentativa* costuma prejudicar o relaxamento. Jack cala-se e se esforça mais com os remos. E Eleanor fecha os olhos. Pensa na mãe sozinha no quarto de hospital. Receber o diagnóstico de doença no fígado não melhorou sua disposição, nem a deixou com menos vontade de beber. Eleanor habituou-se a fazer intervenções diárias; e Agnes, com os olhos em chamas e o hálito poluído, já lhe deu uns tapas algumas vezes e a empurrou, jogando-a no chão. Não houve nenhum pedido de desculpas, e Eleanor não espera que nenhum venha a surgir.

Ela não consegue relaxar. O mundo a sua volta é uma metáfora viva que respira. O barco é o corpo frágil da sua mãe, gemendo sob o peso de Eleanor. O mar é o veneno que espera ali embaixo, pronto para consumi-la, se ela tropeçar. A ilha é a morte, e Eleanor está abrindo uma trilha resoluta — *uma linha reta*, como Jack disse — até a própria porta da morte.

Os quadris de Eleanor latejam. Seu corpo dói com o frio.

— Ela está bem? — pergunta Jack. — Sua mãe está bem?

Eleanor olha para o rosto de Jack, registrando a preocupação dele. E dá um suspiro.

— Estão fazendo mais testes de compatibilidade. Parece que o corpo da minha mãe não vai aceitar simplesmente qualquer fígado novo.

— Eu quis ver você antes — diz Jack. — Seu pai não quis deixar. Disse que você não estava aceitando bem as coisas e que precisava de um tempo. Mas ele também não me pareceu tão bem assim.

— Ele está... — Ela se cala, sem saber exatamente o que dizer.

Naquele dia, quando Jack descobriu a mãe dela no chão do quarto, Eleanor viu o pai pegar na mão da mãe. De modo bastante ingênuo, encheu-se de esperança com aquele instante, uma esperança de que um dia sua família pudesse voltar a se unir, que ela pudesse ser a filha do pai e da mãe, novamente. Seu pai odeia sua mãe há anos. Ele a odiava pelo acidente, a culpava pela morte de Esmerelda. E a desprezava por não conseguir ser mãe para Eleanor. Só que naquele momento no quarto — seu pai tinha sussurrado *Ags* –, Eleanor tinha achado que talvez seu pai descobrisse algum modo de perdoar à sua mãe.

Agora acha que a raiva dele apenas fez um recuo. Ela pode ver os sinais. A raiva vai voltar. E Eleanor fica horrorizada ao pensar que isso é o que é a vida adulta: duas pessoas, acovardadas por trás da própria dor, atacando-se mutuamente como animais feridos.

— Vocês não são os únicos que sentem falta dela — resmunga Eleanor, por trás do cachecol.

Jack não a ouve. Ele rema, rema sem parar.

E a Huffnagle se agiganta ameaçadora a cada nova puxada dos remos.

Mea

O tempo é um rio, e ele corre num círculo.

Enquanto meses passam no mundo frio e cinzento de Eleanor, Mea assiste em silêncio. Eleanor dorme, acorda e come; cuida tranquila da mãe doente, que se deixa cair num estado de tolerância para com o pai de Eleanor. Mea observa a galáxia de contusões de Eleanor ir se apagando. Vê a garota se fortalecer aos poucos.

E, por fim, Mea começa a pensar em tentar de novo.

Muitas vezes ela se preocupa com a possibilidade de Eleanor *nunca* atravessar a fronteira do próprio mundo; de Mea não ser uma guia competente para o percurso por essas terras estranhas e afastadas. Ela é uma pastora fracassada, que feriu seriamente e, às vezes, conseguiu perder seu rebanho de uma única criatura.

A mãe de Eleanor está pálida, úmida e em péssimo estado de saúde. Seu roupão de banho parece que a engole por inteiro. Mesmo enquanto Eleanor cuida da mãe, Agnes recolhe-se. Ela se queixa quando Eleanor escova seu cabelo viscoso. Grita com a garota, sem motivo.

No último ano, Mea tornou-se uma especialista na vida de Eleanor. No mundo de Eleanor, Mea seria a vizinha que espia pelas persianas com um binóculo, uma versão urbana do pesquisador que se esconde na selva, observando tribos indígenas de longe, anotando seus comportamentos. Mea tornou-se parte da história de Eleanor. E chegou a interferir, com consequências que não podem ser desfeitas.

Se ela for capaz de conduzir Eleanor para dentro da fenda, a vida da garota estará mudada para sempre.

Se não conseguir, é possível que isso signifique o fim para elas duas.

O barco a remo atravessa a baía, traçando seu caminho nas águas com preguiçosos arcos de espuma se derramando atrás dele. Mea considera o mundo de Eleanor belíssimo: essa estranha perturbação do mar; as nuvens abarrotadas e cinzentas; a chuva que rasga a névoa como agulhas em queda.

Ela é diferente, Efah explicou antes. *Mas só para você.*

Essa não é a verdade inteira. Com Eleanor está um garoto, que vê o que Mea vê: um poço de beleza enfurnado na garota, disfarçado por expressões contraídas e ombros cansados. Ela carrega pesos invisíveis. Se eles fossem removidos, a garota praticamente refulgiria.

O garoto vai fundo nos remos, puxando com toda a sua força. Agora não fala, embora estivesse rindo alguns minutos atrás. Está determinado, com os dentes mordendo os lábios. Mea gostaria de saber em que ele está pensando.

E está aprendendo a ler os pensamentos de Eleanor, mas o garoto e as outras pessoas no mundo de Eleanor são um enigma para ela.

Ele navega entre rochas assustadoras, e o mar cospe o barco na costa da ilha. O garoto salta do barquinho desconjuntado e o puxa até uma praia de cascalhos.

Mea acompanha o olhar preocupado de Eleanor até o alto do penhasco gigantesco, emoldurado por nuvens rugosas de lã. Algo ocorre a Mea — o início de uma ideia.

Ela se volta para Efah, que se demorou ali, observando-a. Ele sabe a pergunta antes que ela a faça.

Sim, responde ele. *Vai dar certo.*

Eleanor

A ilha ergue-se do mar como uma velha fortaleza em ruínas, como o covil de um vilão num filme. As pedras que a cercam foram afiadas por tempestades e pelos ossos de marinheiros mortos — *piratas* mortos, pensa ela, com um sorriso. A pouca vegetação da ilha é dura e resistente, mato, trepadeiras e pequenas árvores retorcidas. Dali, ela pode ver o início da trilha do penhasco, entulhada com pedras menores e tomada por espinheiros longos e finos. O paredão do penhasco está listrado de branco.

— Cocô de pássaros — diz Jack, e pula do barco levantando respingos de água.

Sem querer, Eleanor dá um grito de surpresa.

— Ei, psiu — reclama Jack. — Estou com macacão de pescador.

Ela se pergunta como não percebeu isso antes, mas ele está, sim. Usa um macacão de pesca, de borracha, provido de botas, que vem até a cintura, com suspensórios que somem por baixo do moletom com capuz. Eleanor fica olhando enquanto Jack agarra a proa do barquinho e o puxa, inclinando-se quase paralelo à água, e se preocupa com a possibilidade de ele cair, ficar encharcado e morrer de frio enquanto ela, desajeitada, tenta remar o barquinho idiota de volta à praia. Também acha que Jack está mentindo sobre não estar sentindo frio. O rosto dele está pálido. E ele está tremendo.

— Essa foi uma ideia furada — diz ela.

Ele só resmunga e arrasta o barco. E então Eleanor sente um leve tremor no casco quando bate no cascalho. O barco vai rangendo sobre as pedras e depois para, engastado com firmeza nelas. Jack então o solta e cai sentado na praia, respirando com esforço.

— Esse é o lugar? — pergunta ela. — Foi aqui que seu pai e seu tio desembarcaram?

— Foi. — Ele estende a mão. — Pula pra cá. Com cuidado.

Eleanor pega na mão fria dele e atravessa o fundo do barco, pisando com delicadeza, para então pular pelo costado. Jack faz com que ela se afaste do barco e então se volta para ele, tentando puxá-lo mais para a praia. O barco não se mexe mais que cinco centímetros e parece estar imobilizado naquele lugar. A marola vem lambê-lo, e Eleanor avisa: — Ele vai ser levado daqui.

Jack dá um chute no barco. Ele não se move.

— Daqui ele não sai para lugar nenhum — diz ele.

— Acho que o mar é um pouco mais forte que você — diz Eleanor. — E o que me diz da maré?

— Ilhas não têm marés — diz Jack.

— Não seja bobo — diz Eleanor. — Todas as terras têm marés.

— Eu nem puxei o barco tanto assim na última vez que vim aqui — diz ele. — Deu tudo certo.

Ela olha fixamente para ele.

— O barco vai ser sugado para o meio do mar, nós vamos ficar sozinhos na ilha, ninguém vai saber onde nós estamos e nós vamos morrer — diz ela. — Lentamente.

— O que aconteceu com sua avó? — pergunta Jack. — Ela realmente se afogou?

Eleanor olha para a face do penhasco mais acima.

— Acho que "cocô de pássaros" não é o termo técnico — diz ela.

Jack ainda está respirando com esforço. Ele olha para as listras brancas nos rochedos. — Guano?

— Guano é cocô de morcego — diz Eleanor.

— Você é que é cocô de morcego — diz Jack.

Eleanor olha para ele, embasbacada, e depois os dois caem na risada.

— Vamos lá em cima — diz ele.

— Não sei.

Ela estica o pescoço e vê o colchão de nuvens começando a se dispersar, separando-se como algodão. Do outro lado, o sol é uma bola branca, desbotada. Eleanor olha para ele por um segundo e depois fecha os olhos com força, tentando eliminar a imagem residual roxa.

— Olha — diz Jack. — Nós já estamos aqui, certo? Podemos pelo menos aproveitar ao máximo.

Eleanor olha desconfiada para a trilha.

— Ok — diz ela. — Mas, se eu morrer por aqui, a culpa é sua.

Eleanor descobre que a trilha não é totalmente selvagem. Uma quantidade suficiente de pessoas já subiu por ela, deixando a terra um pouco batida, mas os espinheiros que viu de lá de baixo sufocam a trilha totalmente em alguns pontos. De vez em quando, Jack a ajuda a transpor esses obstáculos, e os galhos e raízes pontiagudos se engancham no jeans dela. Eles sobem em silêncio, os pés trincando nas pedras maiores e espalhando as pequenas. Ela pode ouvir o grito distante das gaivotas, a arrebentação lenta das ondas na praia à medida que o mar vai ficando cada vez mais lá embaixo. O som remoto de uma buzina de nevoeiro. A respiração forçada de Jack. A própria respiração.

E mais nada.

O zum-zum do trânsito, o zumbido da iluminação pública, a azáfama dos turistas. O ronco dos caminhões de lixo no bairro. O retinir das garrafas da mãe, mantendo-a acordada no início da madrugada. A decepção do pai, palpável em cada respiração discreta.

Ela se concentra em cada passo, aglutinando toda a sua energia numa única tarefa: *Não caia.*

O mundo inteiro parece ter sido apagado, e ela percebe que sente gratidão por Jack tê-la trazido ali. É um pouco como se tivesse deixado a realidade para trás e entrado num lugar onde só existe a ilha, esse lugar de morte e estranheza, esse mundo secreto tão próximo de casa e ao mesmo tempo tão distante de qualquer coisa que conheça. Só existe a ilha, Jack e Eleanor; e, neste momento, ela está *feliz*.

E pisca para se livrar das lágrimas antes que Jack as veja.

A guardiã

Sua respiração vem pesada. Os tendões do seu pescoço retesam-se. Mechas do seu cabelo, úmidas de suor e chuva, grudam-se à pele. A guardiã cerra os dentes, sente que suas forças diminuem. Ela se ergue na ponta dos pés e *vibra*, como se fosse um foguete e estivesse tentando se lançar para os céus, a gravidade, uma corrente quebrada aos seus pés.

Sua sombra assiste de longe. A guardiã aponta para os destroços do avião e levanta as mãos de modo teatral, com esforço. O metal guincha, chocalha, erguendo-se inclinado para o céu, desvencilhando-se da gravidade como de uma corda puída. Ela quase desmaia com o esforço de levantar os destroços. A última parte da cauda levita, gemendo no ar. Com um grito de dor, a guardiã atira as mãos para o alto.

Os fragmentos retorcidos lançam-se para o céu, abrindo um buraco nas nuvens. Por um instante, a guardiã consegue vislumbrar a escuridão mais além — nenhuma estrela, nem lua, só um puríssimo *negro* de obsidiana —, e então as nuvens fecham de novo a lacuna.

Ela se deixa cair de joelhos na clareira.

Por fim, o local do acidente está limpo. O capim ainda marcado e queimado, e também falta um volume imenso de terra, mas o avião em si — com todos os estilhaços de vidro e metal — sumiu.

Sua sombra retorna para ela, que solta a respiração, sentindo-se cansada, mas inteira novamente.

— Meu vale — diz, baixinho.

A guardiã trabalhou meses a fio com os destroços, movimentando somente algumas peças por dia. Ainda falta fazer tanta coisa, ela sabe. Os buracos precisam ser preenchidos. A floresta necessita crescer outra vez. Ela acha que, quando era mais jovem, poderia ter feito tudo isso num único dia.

— Agora vamos descansar — diz ela para a sombra. Ela se senta encostada numa árvore, e a sombra se enrosca ao seu redor como um cachorrinho.

A chuva cai através dos galhos. E esta poderia sozinha curar o vale, pensa a guardiã, que não teria de se incomodar com os reparos. O mato voltaria a crescer sem suas ordens. Ela poderia dormir por alguns anos, permitir que seu vale cuidasse de si mesmo por um tempo.

Exaustos, os olhos da guardiã se fecham e ela adormece.

Eleanor

O topo da Huffnagle é quase perfeitamente plano. As rochas foram batidas até ficarem lisas; a terra foi aplainada, como se algum deus tivesse serrado o cume da montanha com um serrote enorme.

O sol acaba aparecendo, aquecendo as rochas e a pele de Eleanor. A chuva para. A névoa lá embaixo se dissipa, exatamente como Jack disse que aconteceria, e a cor parece voltar correndo para o mundo. A ilha já não é cinzenta e ameaçadora, mas de uma cor acolhedora, de chocolate. O mar é pigmento pulverizado, azul-pavão. O sol é dourado; as nuvens, com tons de rosa.

Jack tira o moletom, o macacão, o jeans e se estende no chão, com as pernas penduradas na beira do penhasco. Eleanor senta-se a seu lado, com os tornozelos cruzados.

— Você tirou a calça — diz ela.

— Está calor — diz Jack. — Calor demais para jeans e macacão agora.

— É esquisito.

— Não é esquisito. É como estar de short.

— Não, é esquisito.

— Você pode balançar os pés — diz ele. — É legal.

— Não, obrigada — diz Eleanor.

Jack fecha os olhos e fica imóvel.

— Você parece uma tartaruga — diz ela.

Ele abre um olho. — Uma tartaruga?

— Tomando banho de sol — diz ela.

— Ah. Qual é o som que uma tartaruga faz?

— Acho que não faz som nenhum — responde Eleanor.

Jack abre a boca e a fecha de novo, sem emitir nenhum som.

— Seria mais divertido se as tartarugas fizessem algum barulhinho — diz ele.

— Não seria divertido nem de um modo nem do outro.

Ela puxa os pés mais para junto do corpo, balançando para a frente e para trás no traseiro, até os dois pés estarem bem abrigados debaixo dela.

— Aqui é legal — diz ela.

— Eu sabia que você ia gostar. Não está feliz por ter vindo?

— Estou — diz ela. — Mas ainda me sinto culpada.

— Vai dar tudo certo com ela — diz Jack. — Meu avô uma vez ficou no hospital. Por umas três semanas. Nós estávamos lá o tempo todo, e um dia ele nos mandou pra casa. Meu pai não quis ir, mas meu avô nos forçou. Nós íamos pra casa comer e dormir e voltávamos lá todas as noites para uma visita. Era muito... eu não sei dizer. Equilibrado.

— Ele ficou bom?

— Meu avô? — pergunta Jack. — Ele morreu.

— Você estava lá?

— Meu pai estava — diz Jack. — Eu estava na escola.

— Você não queria ter estado lá? — pergunta Eleanor.

Jack fica calado por um instante. E então responde:

— Não. Eu não ia querer me lembrar disso.

— Mas e se ele tivesse coisas para lhe dizer? E se ele quisesse se despedir?

— Vovô já tinha me dito tudo — responde Jack. — Nós nos despedíamos todas as noites, só por precaução.

Eleanor olha para o mar, preocupada.

— Minha mãe não me disse nada. Eu não me despedi.

Jack apoia-se nos cotovelos.

— É — diz ele. — Mas sua mãe não está morrendo. É diferente.

— Ela quase morreu — diz Eleanor. — E ainda pode morrer. É sério mesmo.

— Mas ela não morreu. Nem vai morrer. Pelo menos não hoje, e é provável que continue viva por um bom tempo.

— Ela ainda corre perigo — diz Eleanor. — Foi isso o que a especialista disse a meu pai. "Ela pode sair do estado de risco se encontrarmos o doador certo. Ou ela pode piorar, se não encontrarmos." Foi o que ela disse.

— Os médicos precisam dizer esse tipo de coisa para se protegerem — diz Jack. — Só para alguma eventualidade.

— Não sei. Pareceu... que era a verdade.

Ambos ficam calados por alguns minutos. Jack arrasta-se sentado mais para perto dela, sacudindo fragmentos de cascalho da borda do penhasco. Eleanor observa gaivotas, pequenos ciscos em contraste com o céu da cor de pêssego, e pensa que às vezes, quando Jack chega tão perto, parece que ele vai lhe dar um beijo. Não é como se não tivesse tentado antes; e não é como se ela não houvesse retribuído o beijo, pelo menos uma vez. De vez em quando, ele é sedutor totalmente por acaso. É quando pretende seduzir que Eleanor percebe na hora suas intenções. O ombro dele roça no dela quando atira uma pedra no mar.

Se ele tentasse, ela deixaria?

Ela não gosta de pensar nisso. Se tivesse de ocorrer, ela preferia que simplesmente acontecesse, depois decidiria como se sentiria.

Mas ele não tenta. Levanta-se de repente, espantando Eleanor.

— Quer ver uma coisa legal? — pergunta ele.

Ela olha para ele, protegendo os olhos do sol.

— Que coisa?

— Fique olhando pra lá — diz ele, apontando para o horizonte. — Está vendo aqueles barcos?

— Que barcos? — Ela força os olhos, esquadrinhando a água ao longe, mas não vê nada. — Jack, não estou vendo...

Eleanor ouve as batidas dos pés dele, volta-se e Jack está correndo, um borrão com pernas e cotovelos. Ele passa rápido por ela, que vira a cabeça para vê-lo sair voando pela beira do penhasco, caindo a uma velocidade horrorizante, gritando alguma coisa, e Eleanor dá um berro e se levanta de um salto. O riso dele ecoa enquanto encolhe os joelhos junto do peito.

Ele bate na água como uma pedra, espadanando-a para todos os lados.

— Jack! — ela grita.

Ele vem à tona daí a um bom momento, alisando o cabelo para trás.

— *Você é um babaca!* — berra ela.

— Foi *fantástico!* — grita ele, em resposta.

— Você podia ter morrido! — grita ela.

— O quê?

— Você podia ter morrido!

— *O quê?*

— *Você é um babaca!*

Ele ri.

— Pula também!

Eleanor dá as costas à beira do penhasco e cruza os braços.

— Está só um pouco fria! — berra ele. — E olha, nenhuma pedra perigosa por aqui!

Ela volta a olhar para ele lá embaixo, mantendo-se na superfície, sem sair do lugar.

— Não vou pular de um penhasco! — grita ela.

— Ellie, vai ser maravilhoso! É *incrível*!

Ela deveria estar com a mãe. Sua mãe, tão pequena por baixo do cobertor bege do hospital. E também na cadeira de plástico ao lado do leito, escutando a passagem de carrinhos pelo corredor, ouvindo os leves bipes vindos de outros quartos. Eleanor deveria ficar debaixo de lâmpadas fluorescentes, em vez de estar ao sol; lendo folhetos do hospital pela centésima vez, esperando que a mãe acorde e finja que ela não está ali, aguardando que a enfermeira a enxote do quarto para a rotina diária de verificações, exames e banho de esponja. E também lá, em meio ao cheiro de desinfetante e suor; lá, onde é difícil respirar, não há janelas e desconhecidos às vezes surgem no quarto e dizem "Desculpe, quarto errado" e depois vão embora, deixando a realidade de Eleanor para trás para seguir a deles, que ela sempre imagina ser muito melhor.

Ela deveria estar presente quando sua mãe precisasse de alguém para culpar, para *acusar*. E também servir de ouvido para o seu pai ficar falando das cobranças dos médicos, do divórcio, da burocracia do hospital, do plano de seguro de saúde e das obrigações legais. Ultimamente, da sua ameaça de entrar na justiça. *Nós nem mesmo somos casados,* ele insistiria, com as palavras atingindo os ouvidos da filha como estilhaços de vidro. *Ela não é minha responsabilidade.*

Eleanor aperta os olhos para ver Jack boiando no mar. Seu sorriso largo, cabelo molhado e olhos brilhantes. Tão pequeno, tão longe lá embaixo.

— Dói? — berra ela.

Ele faz que não.
Eleanor respira fundo e fica em pé.

A guardiã

Anoiteceu.

A guardiã acorda, de bruços, com o rosto na terra úmida. Sua língua está coberta de saibro. Ela tosse, pigarreia.

— Eu dormi muito? — pergunta ela, áspera.

Sua voz está rouca, como se tivesse gritado até não aguentar mais. Ela tosse mais uma vez e uma fina névoa de poeira preta aparece, cintilando delicada à luz fraca. Intrigada, toca na língua e então ergue o dedo para inspecioná-lo.

Ele está manchado com uma cinza negra e úmida. Ela esfrega a ponta do dedo no polegar. O troço é escuro, fino e lodoso.

— O que é isso? — resmunga.

Sua sombra não tem nenhuma resposta. Só olha cegamente para ela.

A guardiã forma uma concha com a palma e cospe na própria mão. Sua saliva está suja, viscosa.

— Não, não — ela geme. — O que é isso? O que é isso?

E limpa a palma da mão nas roupas molhadas.

— Precisamos ir para casa. Voltar para a cabana.

Mas, quando se põe de pé, um fogo medonho irrompe nas suas entranhas e ela cai de joelhos.

Mea

Tem certeza de que vai funcionar?

Vai.

Mea lembra-se de como perdeu Eleanor antes, como a viu despencar para dentro de outra esfera, a que Mea não pôde ver nem acompanhar. Ela se detém a pensar nas lesões de Eleanor, nas horas e dias perdidos. E não tem certeza.

Você garante?, pergunta ela a Efah.

Espero que você tenha se preparado para a chegada. Ela estará assustada.

Mea dirige a atenção de volta ao mundo de Eleanor.

O rapaz está no mar, gritando para Eleanor, que está em pé no alto do penhasco. A garota está com medo, mas uma determinação inconsequente a ilumina. Eleanor tira a capa de chuva, o cachecol, o gorro e as luvas. Ela coloca os sapatos um ao lado do outro, com cuidado, mas não retira as meias.

Ali no penhasco não há vãos de porta aos quais o portal possa ser fixado. Só o céu. Mas um vão de porta não é estritamente necessário, e Mea tem uma hipótese. Estava faltando alguma coisa nas suas tentativas anteriores de roubar Eleanor do mundo ao qual pertence.

Impulso. Como o próprio ímpeto de Mea, quando ela entrou na fenda, eras atrás.

Se você falhar agora, diz Efah, inutilmente *a garota morrerá.*

Eleanor começa a correr.

Eu sei, diz Mea.

Não há pedras no fundo, e a água não é tão cinzenta. Mantendo-se à tona, o rapaz espera, ele mesmo um pouco nervoso. O cabelo ruivo de Eleanor é uma capa vibrante açoitada pelo vento. Ela corre até a beira do penhasco e, com um grito de medo, se lança para o vazio.

A expressão de Jack muda. Alguma coisa não está bem certa no jeito de Eleanor cair. Por um instante, ela é elegante, o arco do seu corpo, a faixa do seu cabelo, um cisne emoldurado pelo sol fraco. Mas esse momento passa depressa. O corpo se lembra de que ela é uma garota de 15 anos inexperiente, nova e desajeitada.

Eleanor despenca, agitando os braços, com a cabeça voltada para o mar, depois as costas. Jack grita, sua voz esganiçada de medo, e começa a nadar veloz para onde ela vai atingir o mar. Daquela altura, a água revolta é tão dura quanto uma laje de concreto. Eleanor não vai fazer uma entrada limpa na água. E vai bater de qualquer maneira, e seus ossos se espatifarão. Jack precisará mergulhar fundo para encontrar seu corpo inconsciente antes que as correntezas profundas a recolham.

Agora?, pergunta Mea, já sem medo. Se ela *não* interferir agora, talvez Eleanor não sobreviva à queda.

Agora, ordena Efah.

Mea a leva, e Eleanor desaparece do céu.

A fenda

Eleanor

O sol se apaga.

 Jack desaparece, junto com o mar. Seu grito aterrorizado é interrompido, silenciado. As nuvens são engolidas pela escuridão repentina. O som assustador do vento tentando rasgar suas roupas cessa. Eleanor caiu num poço, e a tampa foi fechada lá em cima. Tudo está negro, e ela quer gritar, mas já o estava fazendo, e não consegue ouvir nada. Será que parou de gritar?

 Ela se sente *diferente*. O espaço *ao redor* dela está também, nem quente nem frio. E não vê nenhuma variação na escuridão, que é completa e a envolve com a delicadeza da água, entrando nas dobras dos cotovelos, nas pequenas reentrâncias atrás das orelhas. Ela arqueja e não emite som algum. A escuridão, como o mar, entra no seu nariz e na sua boca; incha dentro dos seus pulmões.

 O que ela deveria fazer?

 Tenta pensar, mas isso é *difícil*. Onde ela está? O que aconteceu? Está caindo? Onde está Jack?

 Seu pensamento repassa o último ano. Será que esse é um lugar novo, como o trigal, como o bosque? Como o avião? Ela afastou de si essas lembranças já há meses, e cada vez que passa por um vão de porta e não se descobre na Sibéria, em Nova York, num pântano ou num lago gelado, essas recordações são desafiadas um pouco mais, até que se tornem histórias em vez de lembranças — contos de fadas a passar adiante, não experiências que viveu.

Alguma coisa acontece. A escuridão tem uma espécie de maciez. A definição do próprio corpo de Eleanor começa a se desfazer. Ela não sabe dizer onde sua pele termina e a escuridão começa.

A escuridão a abriga com delicadeza, a embala, *torna-se* ela, e Eleanor se torna a escuridão.

Se ela se move, a escuridão move-se junto.

Eleanor tornou-se imensa. E é uma galáxia, mil galáxias.

Uma calma abate-se sobre ela. Isso — não importa o que seja que está acontecendo — é *legal*. É *bom*.

Ela já não sabe dizer que lado fica para cima, se é que "cima" chega a existir. O céu para o qual saltou sumiu. Ele estava atrás dela? Acima? Parece que não importa. No escuro, ela é todas as coisas e nada. É o antes e o depois.

Eleanor sente um atordoamento agradável.

Flutuando, pensa ela. *Estou flutuando.*

Ela está, ou bem poderia estar, pois na escuridão não há nenhuma noção de peso, de substância. A própria gravidade foi descartada.

Eleanor se pergunta se ainda é capaz de se movimentar. Não consegue sentir as pernas, as mãos. Será que elas estão no lugar? Será que ainda possui um corpo? Se não é capaz de senti-lo, ele existe? Se não consegue ver a si mesma, o que ela é?

E tenta levantar a mão para poder vê-la.

A escuridão explode em cores ao seu redor.

As cores são hipnotizantes. Elas dançam, e seu calor a atravessa em ondas. As cores não são *separadas* da escuridão — o que significa que fazem parte *dela* e que ela tem poder sobre elas. Eleanor sente alegria como um nascer do sol, e a escuridão se incendeia numa imensa demão de rosa, laranja e amarelo, com as cores tão vibrantes que impregnam seu ser de felicidade.

Ela então se lembra de Jack — e as cores se encolhem em cinzas e se dissipam no escuro.

Não, ela pensa. *Voltem.*

E as cores voltam, num retorno brincalhão, formando arcos através dela, como cometas com caudas de vapor. Eleanor se sente estranhamente poderosa. Será que isso é um sonho? Se não for um sonho... se não for um sonho, quer dizer que está... que ela morreu? E se sente... Hesita em pôr em palavras sua sensação, mas esse é seu pensamento, e a escuridão irrompe em cores que se sobrepõem, se chocam e criam paletas inteiras que ela nunca tinha visto.

E pensa: *Eu me sinto um deus.*

Mas a imagem de Jack, desamparado no mar, logo volta. Ela pensa nele lá, sozinho, apavorado, sem conseguir encontrá-la. Eleanor conhece Jack bem, sabe que ele não vai sair da ilha sem ela, que já não está lá. Eleanor bem que queria poder dizer-lhe, de algum modo, que está bem. E sabe que está, mesmo que não saiba *onde* se encontra. Se ele soubesse que ela está bem, poderia remar de volta para casa sozinho e não se sentir como ela imagina que vai ficar — cheio de culpa, nervoso, apavorado.

As cores definham em torno dela.

Ela não sabe há quanto tempo está neste lugar. O tempo parece elástico, ou talvez ausente. No vazio, preocupa-se com Jack, com a mãe, com o pai. E também com o próprio corpo — será que ele ainda está atrás dela, suspenso no ar entre o penhasco e o mar? Será que ela já mergulhou na água, uma concha vazia que afunda com seu peso?

Pode ser que tenha morrido mesmo.

A escuridão em volta é silenciosa, vasta, e Eleanor se sente dolorosamente pequena.

A guardiã

Ela tem a impressão de que a própria morte fixou residência dentro dela, mas não quer permitir que morra. Colhe da boca punhados de lodo negro, mas ele nunca termina. Cada vez que engole, mais lodo vem subindo da sua garganta.

E cospe no chão um monte de saibro, e alguma coisa clara parece piscar para ela. A guardiã curva-se e remexe na terra molhada até desenterrar um molar, quebradiço, mas intacto. Nervosa, passa a língua por dentro da boca, contando os dentes, até encontrar um alvéolo pegajoso, lotado de fuligem.

Desvairada, ela se volta para sua sombra. Parece uma louca: as gengivas estão pretas; os lábios e o queixo com marcas escorridas da coisa venenosa, medonha.

— O que está acontecendo comigo? — pergunta.

Só que sua sombra não está prestando atenção. Fica ondulando como uma naja, apontando para as nuvens oleosas.

A guardiã volta o rosto para o céu a tempo de ver o primeiro meteoro irromper lá de cima.

Mea

Você não fracassou.

Ela está aqui?, Mea pergunta, atordoada.

Ela não sabe o que aconteceu, diz Efah. *Não sabe onde está. Ela é como você, quando chegou aqui.*

Juntos, eles observam Eleanor, transformada. A maré negra dentro do aquário move-se lentamente, carregando Eleanor junto.

Ela está se transformando, diz Efah. *Aprendendo. Olhe.*

Ao longe no escuro, uma explosão de cores se acende e então se apaga. Ela reaparece, dançando como uma estrela nova.

Ela merece uma explicação, diz Efah. *Vá falar com ela.*

Eleanor

Eleanor sente uma mudança na escuridão, como se alguma coisa tivesse roçado na sua perna por baixo da superfície de um mar turvo. Suas cores voltam a se sombrear, e se expande para que nada mais possa assustá-la. Ela verifica os limites mais distantes desse país negro, em busca de qualquer coisa diferente, mas não encontra nada, ninguém.

E no entanto sente que já não está só.

Um leve tremor passa pela sua forma em ondulações, como se ela fosse o mar e a esteira de um navio tivesse feito rolar uma longa onda pela sua superfície.

Eleanor não se mexeu. A onda não lhe pertence.

E espera, extremamente alerta, e é recompensada quando mais uma onda, lenta e lânguida, passa por ela. Imagina dois rios se fundindo, misturando suas águas, suas correntezas se chocando, lutando pelo domínio.

Mais uma onda passa e, dessa vez, vem uma outra coisa com ela.

Música.

Não se parece com nenhuma música que já tenha ouvido. Não há progressões, nem acordes; não há letra, nem um ritmo discernível. Ela não a escuta como teria feito lá no mundo — que é como agora pensa no seu passado, como seu tempo *lá no mundo*, como se o mundo tivesse sido um lugar onde ela veraneou.

A música a atravessa, zumbindo, indo atrás da onda lenta que a trouxe. E se expande por dentro dela, vibrando delicada, como uma percussão ínfima. Ela pensa que é assim que acontece quando uma pessoa *vê* a música, em vez de simplesmente ouvi-la. Suas suspeitas desaparecem. E é dominada pela beleza da música.

Ocorre a Eleanor que poderia permanecer ali no escuro — *sendo* ela mesma o escuro — por um milhão de anos e nunca aprender tudo o que ele tem para lhe ensinar. E absorve a música dançarina, cada tremor e ondulação, cada subida e descida. Música que pertence a outro alguém, a outra *coisa*.

Só que há mais do que música. Na realidade, não se trata de música; mas, à medida que aceita as vibrações no fundo de si mesma, Eleanor descobre que consegue *analisá-las*, que elas possuem significado e substância. A música não é música de fato.

A música é uma linguagem. São *palavras.*

Algum outro ser está se comunicando com ela.

Eleanor cresce no escuro, adejando, escutando.
Sentindo.
Você está aqui, diz a Outra.

Eleanor demora-se nessas palavras por muito, muito tempo, até que elas se dissolvem em pequenas brasas, cada letra um lampejo de calor dentro dela.

Você

  está

    aqui.

Três palavras. No entanto, se restasse a Eleanor qualquer noção de tempo, ela poderia ter pensado que, no tempo que levou para *senti-las*, para entendê-las, um milhão de vidas humanas poderiam ter surgido e terminado.

Eleanor passa eras refletindo sobre uma resposta, tempo suficiente para milhões de outras vidas terem início e fim; mas, antes que possa falar, a outra entidade volta a se manifestar. Suas palavras caem como água sobre ela.

Você deve ter perguntas, diz a Outra.

Eleanor tem, e as pronuncia. Então, uma bela e estrondosa melodia sai dela, formando uma fita que se afasta na escuridão. Não é diferente de ver um arco-íris alçar voo, elevando-se da terra para o céu. Ela assiste enquanto sua resposta vai se tornando fina e pequena, atravessando um enorme abismo de espaço negro.

E então, a uma imensa distância no escuro, a luz de suas palavras parte-se em milhares de estilhaços cintilantes, que agora faíscam e se apagam na noite, revelando por um instante o contorno escuro de alguma forma leve e misteriosa.

A Outra.

Mea

Mea vibra feliz ao ouvir a voz da garota pela primeira vez. Ela tem não mais que uma vaga consciência de que Efah permanece do outro lado da membrana, observando em silêncio. Não importa. A exultação de Mea é quase avassaladora.

Sim, diz Eleanor.

Mea diz: *Pergunte. Eu responderei.*

Antes que Eleanor possa falar, Mea acrescenta: *Não sei todas as coisas.*

Essa era minha primeira pergunta, diz Eleanor.

Qual era sua primeira pergunta?, indaga Mea.

A garota hesita e então diz: *Eu ia perguntar se você é... você é um deus?*

Mea diz: *Você ainda pode perguntar.*

Não preciso, diz Eleanor.

Por que não?, pergunta Mea.

Se você fosse um deus, saberia todas as coisas.

Você acredita em deuses?, rebate Mea.

Essa é uma pergunta muito humana.

Você é uma garota muito humana.

Não pareço ser. Não pareço mais.

É temporário, diz Mea.

Ah. Mas, se eu sou humana, o que você é?

Eu sou... Mea hesita. *Eu... eu observo.*

Eleanor fica em silêncio por muito tempo, como que examinando as lacunas na resposta de Mea. Quando volta a falar, ela pergunta: *Onde estamos? Isso aqui é um lugar?*

Ele se chama a fenda.

Eu morri?

Você está muito viva, diz Mea.

Então, como cheguei aqui?

Eu a trouxe para cá.

Mas por quê? Quem é você?

Eu também tenho perguntas a lhe fazer, Eleanor.

Você sabe meu nome.

Eu a observei, diz Mea. *Sempre admirei sua curiosidade.*

Do outro lado do vazio, Eleanor fulgura em roxo, confusa.

Efah sussurra: *Você a assustou.*

Eu não fiz nada.

Você está íntima demais, diz Efah. *Acalme-a, ou ela vai fugir.*

Mea diz para Eleanor: *Não fique com medo.*

Mas a voz de Eleanor está raivosa, temerosa. *Onde estou? Como cheguei aqui?*

Não tenha medo, repete Mea. *Aqui você está em segurança.*

RESPONDA AO QUE EU PERGUNTEI!, Eleanor insiste, com a voz retumbante. *POR QUE VOCÊ NÃO RESPONDE AO QUE EU PERGUNTEI?*

Você a está perdendo, diz Efah.

Eleanor parece se contrair numa bola dura e vermelha de luz.

Espere, diz Mea. *Não...*

Você a perdeu, diz Efah.

A membrana parece se desemaranhar e o redemoinho surge sem ser chamado, um cone em espiral que penetra na escuridão do aquário de Mea, envolve violentamente Eleanor — cujo grito explode como fogos de artifício no breu — e se retrai tão veloz quanto surgiu.

O grito descontrolado de Eleanor demora-se na escuridão, uma chispa brilhante de um roxo luminoso que se dissipa devagar, como fumaça.

Mea grita, angustiada.

Eleanor

Eleanor quer gritar com a Outra — *por que me trazer para esse lugar se você não sabe o que está fazendo?* —, mas a escuridão em torno dela começa a se separar. Eleanor sente a escuridão afastar-se, arrancando-se dos seus pulmões e escapando da sua boca, como um verme comprido e fumegante. Ela vomitaria se pudesse.

A escuridão vai se esgarçando, e, através dela, Eleanor vê água, escura, com reflexos de uma luz fraca.

A escuridão a expulsa da fenda, e Eleanor despenca para o mar lá embaixo.

1996

Eleanor

A garota cai na água com violência. A água fecha-se sobre ela, de um modo totalmente diferente do delicado oceano aquecido da fenda. Essa água é negra, gelada e invade sua boca aberta. Eleanor grita para liberar os pulmões. Está de olhos abertos, mas a água é opaca, preta e azul, congelante e funda...

... e então ela bate no fundo.

E firma os pés e se impulsiona com todas as forças.

Sobe depressa pela escuridão e rompe a superfície. Há algo *errado*. A superfície deveria estar mais longe que isso. O fundo do mar não pode ser tão próximo da tona...

Eleanor respira o ar frio. Seus pés encontram o fundo. *Ela não precisa se movimentar para se manter flutuando.* Isso a assusta, a deixa deslocada. O mar não é raso.

Alguma coisa cai em seu rosto, ela grita e agita os braços para se defender, mas a coisa afunda por cima dela como um lençol. Ela entra em pânico e se debate, mas parece que aquilo só se gruda mais.

Ao mais ínfimo traço de luz, ela tem um vislumbre do que é, uma sombra escura e brilhosa que a engole, e reconhece vagamente do que se trata: uma lona.

A cobertura de uma piscina.

Parece que se debater só faz a lona enrolar-se mais apertada em volta dela.

Estou em cima dela, caí dentro de uma piscina...
A lona esconde o céu e ela não consegue encontrar onde acaba. E se enreda no plástico, perde o equilíbrio, afunda na água se debatendo. O fundo não está lá. Ela já não tem nenhuma noção de direção; para baixo virou para cima. Enquanto luta com a lona, o ar em seus pulmões se esgota e pensa que está com 14 anos e vai morrer por causa de um pedaço de plástico. E então esse é o único pensamento para o qual tem tempo porque... ela precisa respirar, *precisa, tem de abrir a boca, não consegue respirar, tem de respirar, não consegue respirar, tem de, tem de respirar, respirar, tem de respirar, tem de...*

Ela está de bruços, a cara enfiada na lama, que entra no seu olho, na boca, entope suas narinas.

Alguma coisa a vira de costas com rudeza. Ela pisca depressa, os olhos cheios de água. Do céu escuro caem gotas de chuva que a espetam.

Alguma coisa de um peso enorme cai sobre seu peito, e ela pensa, sem clareza: *Eu devia tirar isso de cima de mim.* E se sente como madeira flutuante que alguém está prestes a entalhar para fazer um totem. A pressão em seu peito diminui, mas volta imediatamente, mais forte, e tem a sensação de que seu esterno vai se romper, seus pulmões vão virar polpa, seu coração, esmagado para virar adubo. E então seus olhos se arregalam e ela sente o mar subir dentro dela, raivoso, violento. E se dobra ao meio e a água lhe sai da boca em um jorro. Só agora pode respirar, e é o que faz. Mas a respiração só remexe mais o oceano dentro dos seus pulmões, e ela vomita, duas, três vezes, caindo então para a frente, tossindo. Uma mão forte bate nas suas costas, bem entre as omoplatas.

— Ah, graças a Deus, graças a Deus — diz uma voz.

Outra diferente, de um homem, fala ao seu ouvido:

— Você está bem. Fique calma. Só respire.

O rosto dele a arranha. Sua voz é gutural, de velho. Ela se apoia nele, já sem forças.

— Você chamou a ambulância?! — grita o homem.

— Edna chamou — diz uma voz de mulher, atrás dele.

De mais longe, outra mulher: — Chamei. Eles estão vindo.

Eleanor ouve as duas mulheres conversando baixinho:

— Como é que ela foi parar na sua piscina?

— Sei lá. Vai ver estava drogada.

Eleanor tosse de novo. Ela está nua, tremendo na chuva de um frio cruel.

— Pegue uma toalha ou alguma coisa para ela, por favor — diz o homem, em tom de reprovação. — A pobre coitada está tremendo como vara verde.

Ela descansa o rosto no ombro dele e fecha os olhos. O marulho tranquilo da fenda agora parece irreal, um sonho que aconteceu um bilhão de anos atrás. Eleanor se sente um pouco como alguma coisa que a fenda expeliu, um peixe jogado de volta. Seu corpo dói; sua mente rodopia, desnorteada.

A sensação é de que acabou de nascer.

Eleanor ganha vida no chuveiro, com o vapor subindo ao seu redor enquanto a cor volta à sua pele. O sabonete verde tem cheiro de fertilizante. Uma das velhas está sentada no tampo do vaso sanitário, do outro lado da cortina do chuveiro.

Seu corpo parece estranho e diferente. Ela poderia jurar que está mais alta, não só um pouco, mas uns cinco centímetros, talvez mais. Seu cabelo a incomoda. Está mais comprido do que nunca, passando da cintura. Os quadris estão diferentes — parecem mais largos — e os seios, maiores. E... e há um monte de pelos inesperados em suas axilas e *lá* embaixo. Suas pernas estão com uma penugem.

Eleanor pensa na fenda e se pergunta se aquele lugar fez alguma coisa com ela. E se era radioativo? E se causou uma *mutação* nela, como aconteceu com os cachorros perto de Chernobyl?

A porta do banheiro se abre e Eleanor ouve a voz do velho, em tom baixo. A tampa do vaso estala quando a mulher se levanta e vai até a porta. E Eleanor ouve os dois falando num sussurro audível.

— São três horas da manhã — diz a mulher. — O que ela estava fazendo correndo nua por aí em pleno dezembro? É quase um suicídio.

Dezembro?

— Os paramédicos chegaram — diz o velho. — Eu lhes disse para esperar. Ela está bem?

— Não quis que eu a ajudasse a tomar banho. Acho que está.

O velho permanece calado um instante.

— Bem, mande-a sair assim que ela conseguir se aquecer um pouco. Eles querem examiná-la. Ah, você pegou o nome dela?

A mulher vem arrastando os pés até a cortina do chuveiro.

— Como você se chama, querida?

— Hum... Jennifer — responde Eleanor.

A porta do banheiro fecha-se atrás do velho.

Eleanor olha para suas pernas e axilas cabeludas. Ela vê um barbeador cor-de-rosa pendurado no porta-trecos do boxe.

— Peguei umas roupas da nossa neta no quarto de hóspedes — diz a mulher.

Quando termina — depois de alguns cortes e uma irritação na pele; afinal, ela nunca usara um barbeador —, Eleanor sai do chuveiro e pisa num tapete cinza de pelúcia. E deixa a torneira aberta e se seca com uma toalha áspera. Há uma pilha de roupas secas ao lado da pia. A neta do casal de idosos é um pouco menor que Eleanor. O jeans é justo e curto demais; e a camiseta tem a estampa de um unicórnio.

Ela então abre a janela do banheiro, sobe na tampa do vaso e se ergue até o peitoril.

Deixa-se cair, com os sapatos pequenos demais chapinhando na lama fria, e então corre, passando pela ambulância à espera, atravessando o gramado escuro, seguindo noite adentro.

Ela bate de leve à janela.

Por favor, Jack, pensa, e bate de novo, mais alto.

Uma luz acende-se lá dentro, depois a cortina é puxada com força e Jack espia sonolento para a escuridão. Ele encosta a mão em concha no vidro, apertando os olhos para ver além do reflexo de sua luminária. Ela acena e o rosto de Jack fica branco, como se tivesse visto um fantasma. O garoto recua meio trôpego e some de vista. A cortina volta a se fechar.

Eleanor fica parada na chuva, tremendo, e então Jack aparece. Ele a envolve nos braços, quase a matando de susto. E a aperta num abraço. As costelas de Eleanor sofrem com isso, mas ela só dá um gemido. Jack a solta e agarra o rosto dela como se *ele* fosse sumir; e, antes que a garota diga uma palavra, antes que possa se preparar, Jack a beija com força, como se estivesse se afogando. E também as suas bochechas, seu nariz, seus olhos. Parece estar quase desesperado para provar que ela é de verdade. Quando para, Eleanor não tem tempo de respirar antes que ele a abrace de novo, feroz. Os lábios dele encostam na sua orelha, e Eleanor sente seu corpo gelar com o que Jack diz:

— Ah, Ellie, achei que você tinha morrido. Nós todos achamos que você tinha morrido.

Ele está soluçando.

A guardiã

O fim do mundo chegou.

Ela perambula, atordoada, pelo que resta do seu vale, abalada pela catástrofe que se abateu sobre ele. A impressão é de que foi ao mesmo tempo uma declaração de guerra e uma vitória, um ataque que a guardiã não tinha a menor condição de prever, nem de se preparar para ele. Ela agora acredita que a garota ruiva tinha sido apenas uma batedora. Quem quer que fosse — *o que quer que fosse* — que se seguiu à garota tinha exterminado a esperança da guardiã. Sua cabana está destruída, arrasada por bolas de fogo. Suas florestas estão calcinadas, nuas, fumegantes. A própria terra estoura como vidro sob os pés, soltando vapor, ainda dolorosamente quente.

Ela vai escolhendo onde pisar em meio a árvores lascadas. Em toda a sua volta, a terra está negra, fuliginosa, como a porcaria escura que entope sua boca. E se pergunta se o fogo no seu ventre é de alguma forma parecido com o que desceu do céu. Sua dor agora a deixa cega.

Ela se sente como uma estrela perto do fim, entrando lentamente em colapso.

— Quando as estrelas morrem, elas explodem — diz ela.

A sombra ouve, mas não responde. Ela acompanha a certa distância, desviando-se dos tocos carbonizados.

As estrelas mortas explodem, ela pensa.

O que será do seu vale se acontecer alguma coisa com ela? Será que deixará de existir?

Seus pensamentos são sombrios. Um dia como esse não parece tão distante agora.

A guardiã está morrendo.

Ela descansa à sombra de uma pedra grande e partida, onde o chão não está tão quente. Sua sombra observa enquanto a guardiã tosse, escarrando mais uma massa molhada da poeira preta. Quando tenta limpá-la, a sujeira borra sua pele, deixando tudo preto.

E então ela a vê: uma mancha escura que se espalha de um lado a outro da sua barriga.

Sua sombra já viu o suficiente e foge da dona, mas a guardiã está ocupada com outra coisa.

Ela entra em pânico ao ver a mancha preta. Com a mão em concha pega água de uma poça sibilante e a derrama sobre o abdome. Fecha os olhos, concentrando a vontade em fazê-la desaparecer.

Mas ela ainda está lá, quando os abre de novo.

A mancha fica *por baixo da* pele, com seu centro negro e oleoso. E já se espalhou de um lado a outro, tornando-se azulada nas pontas. A guardiã aperta a barriga com a mão: alguma coisa dura e quente chia dentro dela, e ela soluça de dor.

Os meteoros tinham prenunciado algo muito pior. Enquanto a guardiã observava, as nuvens haviam engrossado e um funil desceu a terra, enorme e horrível. Se ela tivesse enxergado para além do vale naquele instante, poderia ter visto Mea atraindo Eleanor para a fenda pela primeira vez. No céu acima do vale da guardiã, uma esfera vermelha incandescente apareceu e mergulhou pelo funil, como um sol cadente. O ar havia se ondulado com o calor, evaporando a chuva e as nuvens. O céu tinha se tornado de um vermelho sangue.

Agora ela chora por conta do seu corpo destruído e pelo seu vale. A esfera, já há muito desaparecida, levou tudo dela. Seu cabelo sumiu, queimado; sua pele, ferozmente crestada. A maior parte dela agora se desprendeu, deixando-a cor-de-rosa e em carne viva debaixo do céu apocalíptico e desprovido de sol.

Eleanor

— Eu não tenho marshmallow — diz Jack, em tom de desculpa.

— Tudo bem — diz ela.

Eleanor pega a caneca de chocolate quente e dá um suspiro com seu calorzinho. A camiseta de Jack é grande demais para ela. Na frente, está o logo do Minnesota Twins. A calça de moletom dele fica bem apertada na cintura de Eleanor, e mesmo assim precisou puxá-la para cima antes de se sentar. Seu cabelo está preso para o alto numa toalha molhada. Ela pode sentir a vida voltando aos poucos à sua pele fria, um leve murmúrio de calor surgindo em seu rosto.

Duas chuveiradas no meio da noite, pensa ela.

— Tem certeza de que não acordei seu pai? — ela pergunta a Jack quando ele se senta, segurando uma caixa de plástico azul.

— Ele acabou de chegar de um fim de semana de corrida — diz Jack. — É provável que ainda esteja de ressaca.

Ela toma seu chocolate quente aos golinhos. Ele quase não tem sabor. Não é muito mais do que água quente com umas pitadas ineficazes de chocolate em pó para dar cor. Mas faz formigar sua língua e a se lembrar de que está viva.

O que parece improvável. Afinal de contas, ela acaba de cair do céu, dentro de uma piscina de plástico de jardim.

Jack abre a caixa e, sem dizer uma palavra, tira uma pilha de jornais. Eleanor assiste enquanto ele os coloca em cima da mesa e então olha para Jack, com ar curioso.

— O que é tudo isso? — pergunta ela.

Ele vira a pilha ao contrário, tira um caderno do jornal local da parte de baixo e o abre na mesa diante dela.

A reportagem é sobre o festival anual de barcos. Há uma foto de barcos à vela e de traineiras de pesca desfilando pela enseada, iluminados com cordões de lâmpadas douradas.

— O que é? — pergunta ela, por fim.

Jack aponta para uma manchete menor.

GAROTA DESAPARECE EM HUFFNAGLE

— Isso aqui, Eleanor — diz ele.

A guardiã

Ela acorda com uma chuva envenenada, agulhas quentes sobre sua pele esfolada. Nos limites da sua visão, sua sombra paira, observando.

— Bom dia para você também — diz ela, com frieza.

A guardiã se levanta, com os ossos estourando como balas de revólver, a boca cheia de cinzas. De repente, ela vomita. O que sai é negro como a terra. Sua barriga agora está tomada pela mancha tóxica, cujas gavinhas azuladas vêm subindo na direção do seu peito.

Ela sobe na pedra que lhe serviu de sombra. Trêmula, fica em pé e examina a destruição do seu vale.

Pela primeira vez, pode ver o ponto de impacto da esfera. Tinha esperado ver uma cratera, talvez, mas é muito pior. Um abismo escancarado, com quilômetros de extensão, expõe o leito rochoso, incandescente. Uma larga coluna de fumaça sobe a partir da fissura.

Ela não sabe quanto tempo se passou. A mancha enfraqueceu sua mente. Mais do que dias, do que meses. Anos? Mas o buraco ainda tem o clarão do fogo. A bacia ao redor do ponto de impacto está árida. O rio é um sulco carbonizado. As montanhas desmoronaram em pilhas esfareladas.

Por dois dias ela viaja até a beira do abismo. Fendas largas abriram-se ao redor, tornando a terra instável. Mais de uma vez ela pisa em pedras que se desfazem, escancarando uma escuridão ali abaixo. A imensidão do buraco a deixa sem fôlego. A outra margem aparece enevoada, ao longe.

A guardiã já recuperou o vale antes, mas aquilo ali está além da sua capacidade de cura. O magma escorre como puxa-puxa em brasa abaixo dela. Um vento causticante, de cheiro desagradável, sobe do buraco. Ela não consegue ver o fundo dele.

Da esfera em si, não há sinal.

Ela permanece dias na beira do precipício, assistindo, enquanto a chuva fumegante apaga focos resistentes de incêndio. Com o tempo, talvez, as rochas se resfriem. Dentro de um ano ou dois, o buraco poderia ser uma fria cova negra.

Mas seu vale nunca vai se curar. Ele jamais vai conseguir se recuperar disso.

Quando está com força suficiente, a guardiã começa a procurar por vida — uma árvore em pé, alguma vegetação —, mas não resta nada. Ela procura pelos animais, na esperança de que eles tenham conseguido encontrar uma saída do vale antes que o fim chegasse.

Mas procura por ossos.

Uma manhã sombria, ela escorrega pela encosta de mais um morro enegrecido. A mancha espalhou-se com vigor. E subiu por seu tórax, passou por cima do coração e agora está escalando seu pescoço. Sua pele criou cascas em alguns lugares, mas racha-se e sangra quando ela anda. A guardiã cai com frequência, cada vez se perguntando se terá forças para voltar a ficar em pé.

Mas, ao pé desse morro, ela se esquece de si mesma.

Ali ela encontra os animais, deitados em meio às rochas; os corpos negros como a terra, uma perfeita camuflagem no meio de toda essa mortandade. O animal maior dorme, com seu corpo fuliginoso subindo e baixando.

Ao lado, o animal menor dorme também.

Respirando.

Mas quase não.

Eleanor

Eleanor põe a caneca na mesa e olha fixamente para as palavras no jornal.

Desaparece.

— O que é isso? — ela pergunta, confusa.

— Veja a data — diz Jack.

24 de agosto.

Eleanor fica com a boca seca. — Isso é... isso é...

— Dois dias depois que levei você à ilha — diz Jack. — Mais de um mês depois de você desaparecer pela primeira vez.

— Pela primeira vez — repete Eleanor.

— É — diz Jack. — Agora olhe para o ano.

— Mil novecentos e noventa e quatro — ela lê devagar e olha para Jack. — Não estou entendendo.

Jack passa para o recorte seguinte.

GUARDA COSTEIRA CONTINUA BUSCAS POR GAROTA DESAPARECIDA; SUSPEITO INOCENTADO

— Quatro dias depois — diz ele. — Mil novecentos e noventa e quatro. Eles mandaram mergulhadores para lá, Ellie. Não encontraram nada.

Jack vai passando por mais algumas folhas dobradas de jornais e então para. Aponta para outra data.

— Está vendo?

Ela se debruça, quase derrubando a caneca. Um calafrio a domina.

— Fevereiro — diz ela, com a voz rouca. — Mil novecentos...

— E noventa e cinco — termina Jack.

Eleanor indica a manchete.

— O que significa "suspeito inocentado"? Eles não... eles acharam que *você*...

Jack dá de ombros.

— Eu fui a última pessoa que viu você. Por que não suspeitariam?

FAMÍLIA AINDA TEM ESPERANÇA DE ENCONTRAR FILHA DESAPARECIDA

Jack espalha os recortes por cima da mesa, enquanto Eleanor observa, sem saber o que dizer.

AINDA NENHUM SINAL DA GAROTA DESAPARECIDA
NENHUM NOVO DESDOBRAMENTO NO CASO WITT

As matérias ficaram menores, mais curtas.

— Agosto — sussurra ela.

Jack vira o último recorte.

ESTUDANTE DESAPARECIDA DECLARADA MORTA

Ela cobre a boca, horrorizada.

Jack mostra a data.

3 de março de 1996.

Ela sente um aperto no peito e seus olhos se enchem de lágrimas. — Mil novecentos e noventa e *seis?* — diz, com a voz embargada. — Jack... é...

— Não é uma brincadeira — diz ele. — Não estou de sacanagem com você. Houve uma cerimônia na escola. Praticamente a cidadezinha inteira compareceu. O pai de Stacy fez o elogio fúnebre.

Ela agarra a mão de Jack e a aperta com força.

— Meus pais — diz ela, ansiosa.

Jack pega na caixa plástica uma folha de papel fino cor-de-rosa. Impressa em tinta preta está a foto de Eleanor do livro de formatura da oitava série. Abaixo dela, uma legenda em negrito diz: **RECOMPENSA POR INFORMAÇÕES**.

— Seu pai espalhou esses cartazes pela cidade inteira — diz Jack. — Por toda parte. Não se podia virar uma esquina sem ver mais uns vinte.

— Ai, meu Deus, minha mãe — murmura Eleanor, com a mão cobrindo o coração. — Ela... Jack, dois anos? Será que ela...

— Shhh — diz Jack. — Sua mãe foi para casa. Os médicos queriam mandar uma enfermeira junto. Uma profissional de atendimento domiciliar, sabe? Mas acho que seu pai decidiu ele mesmo se encarregar. Não vejo as luzes do escritório acesas há no mínimo um ano. Acho que ele simplesmente... desistiu. Acho que ele não conseguiu aguentar, ir trabalhar todos os dias, vendendo casas, enquanto você estava... enquanto você estava onde quer que estivesse.

— Não consigo respirar — diz ela. — Não consigo... dois anos...

— Você está com quase 18 agora — diz Jack. — Eu... seus aniversários foram... difíceis.

Ela fica olhando, com os olhos marejados.

— Você quase me matou de susto — diz ele. E então quase grita, cheio de raiva. — Dois anos inteiros, Ellie! Para de mentir, ok? Afinal, o que está acontecendo? Aonde você foi? Achei que eu tinha enlouquecido. Achei que tinha tido um desmaio ou coisa parecida, porque você... eu não conseguia encontrar você de jeito nenhum. Você sabe como eu me senti? Sabe como foi? Eu mergulhei para procurar você no fundo. Não consegui encontrar. E acabou ficando escuro demais para eu enxergar, e precisei remar de volta para a praia sozinho. O caminho inteiro foi uma tortura. Eu não parava de pensar, e se ela ainda estiver por lá e não conseguir me encontrar? E se eu a estiver abandonando?

— Jack...

Mas ele se desvencilha dela.

— Não... eu não parava de pensar: fui eu que fiz isso. A culpa é minha por ter levado você àquela droga de lugar. Eu tive de contar à polícia que você, que você simplesmente desapareceu no meio da porra do salto! — grita ele. — Eles acharam que eu estava drogado!

Eleanor engole o nó duro que fecha sua garganta.

— Sinto muito! Eu não... eu...

Com raiva, Jack afasta lágrimas do rosto, só que outras vêm se derramando. Ele está embaraçado, mas não se vira para outro lado, e Eleanor deseja, mais do que nunca desejou qualquer outra coisa, que essa não fosse sua vida, que sua irmã nunca tivesse morrido, que seus pais fossem felizes e bem ajustados, que ela fosse louca por rapazes e implorasse ao pai um carro, que saísse à noite às escondidas, todas as coisas que uma adolescente deveria estar fazendo.

Se ao menos ela fosse *normal*.

Eleanor percebe isso nele. Cada vez que ele olha para ela. Cada vez que engole coisas que quer dizer e prefere fazer uma piada. Cada vez que finge que dá um soco no braço dela, quando o que realmente quer, o que ela sabe que ele realmente quer, é se aproximar rápido como um raio e beijá-la.

Mas o resto do mundo é grande demais. O resto do mundo *dela* é demais. É horrendo demais.

Ela põe a mão na nuca de Jack e chega bem perto.

— Jack — diz ela, enxugando uma lágrima dele. — Jack, preciso ver meus pais.

Ele olha para ela calmamente, soltando devagar a respiração. Suas emoções parecem desaparecer, como se ele tivesse desligado um interruptor.

— Tudo bem — diz ele. — Vou ligar para o seu pai.

Jack vai ao telefone. Ele parece mais velho, não apenas dois anos mais velho, mas dez, talvez mais.

— Espera — diz ela.

Jack para, segurando o fone.

— Desliga — diz ela. — Tem uma coisa que preciso te contar.

Ela já havia contado tudo naquele dia no escritório do pai. Falara sobre o estranho milharal no Iowa, a misteriosa floresta cinzenta, a perda de minutos e horas. Mas na ocasião ela não tinha conhecimento da fenda. Ele ouve atento, quase sem piscar, sem dizer uma palavra.

— É loucura — diz ela, finalmente. — Sei que parece loucura.

— É muito mais do que loucura — diz ele.

Ela lhe fala da última parte. Da Outra, nas profundezas da fenda. Quando ela termina, Jack não diz nada.

— Alguma coisa está acontecendo comigo — diz ela. — Não tenho nenhum controle.

— O que vai acontecer se você... se isso acontecer de novo? E se você nunca mais voltar? — Ele está lívido. — Dois *anos*, Ellie. Isso é muito mais tempo que antes.

Eleanor fecha os olhos. A pergunta de Jack aciona alguma coisa nela.

— Preciso dizer uma coisa medonha — diz ela, baixinho. – Tudo bem se você achar que sou horrível.

— Não vou achar — diz Jack.

— Meu pai acha que morri — diz Eleanor. — Minha mãe também.

— Todo mundo acha que você morreu — diz Jack.

Eleanor esfrega os olhos, massageia as têmporas.

— Acho que tem uma coisa que preciso fazer agora — diz ela. — E acho que se eu for para casa antes...

— E seus pais virem que você está viva...

— ... eles vão ficar arrasados de novo quando eu partir — diz ela. — Eles já passaram por tanta coisa.

— Peraí — diz Jack. — O que você quer dizer com partir de novo?

Aos poucos, Jack começa a entender o que ela quis dizer, e ele se afasta da mesa com violência.

— Você não pode — diz ele, com a voz se exaltando. — Meu Deus, Ellie.

— Alguma coisa estranha está acontecendo — diz ela mais uma vez. — Você não acha que isso tem algum significado? Você não acha que existe uma razão para isso tudo?

— Não estamos num filme — diz Jack. — Você não é nenhuma escolhida. Não pode ficar brincando com a vida e a morte, só porque passou por uma experiência que não sabe explicar.

— Acho que era para eu ter recebido alguma informação — diz ela, sem dar atenção a ele. — Na fenda. Com a... Outra. E não recebi. Fiquei apavorada.

— Ellie — diz Jack, andando de um lado para outro, descontrolado.

— Imagino que você não acredita em nada disso, não é? — diz Eleanor. — Sei que parece papo de maluco.

Jack para, volta a se sentar na cadeira, inclina-se para bem perto dela.

— Mas eu acredito em você, *sim*. Eu *vi* você. Eu vi quando aconteceu.

— Então você sabe...

— Mas você não pode fazer isso de novo — diz ele. — Não pode mesmo. É demais, é perigoso demais. Não é natural.

— Jack. — Ela põe as mãos nas dele. — Você precisa me levar lá.

— Eu não vou — diz ele, puxando as mãos dali. Ele aperta os olhos com as palmas. — Não vou fazer isso.

— Então, eu vou sozinha — diz Eleanor.

— Ellie, por favor — implora Jack. — Por favor, não faça isso.

— Então você me leva — insiste ela. — Quero você lá. Preciso que você esteja lá.

Ele faz que não.

— Não posso. Não é certo, Ellie. Você não sabe como foi. Estou mais do que perdido há dois anos inteiros.

— Então não fique olhando — diz ela. Com delicadeza, dá um beijinho suave no rosto dele. — Só me dê uma carona, está bem?

O céu é um cobertor cinzento puído. Não há lua.

Jack rema em silêncio. A chuva tamborila no mar. Eleanor vê o medo dele em cada movimento dos remos, percebe sua preocupação na rigidez da inclinação dos ombros contraídos. Ela não tem como ver a ruga na testa dele, mas sabe que está lá, tão funda que deve quase doer.

— Tem água no barco — diz Eleanor.

Jack não responde. Durante todo o percurso de bicicleta que os trouxe até a praia e o barco a remo, atracado, ele se manteve em silêncio.

— Só um pouquinho — acrescenta ela.

Eleanor estaria mentindo se dissesse que não sente o mesmo medo que Jack. A lembrança da fenda já começou a escapulir da sua mente, e a cada minuto mais partes dessa lembrança vão se apagando. Se esperar muito mais, é possível que se esqueça por completo da sua viagem no interior da fenda. É uma recordação estranha, assustadora e maravilhosa demais para ela permitir que uma coisa dessas aconteça.

O céu ronca. Pequenas centelhas de relâmpagos crepitam no horizonte, iluminando outros barcos que balançam com as ondas; e uma vez que ela detecta a silhueta deles, também consegue discernir suas pequenas lanternas instáveis, como fogueiras acesas no mar. O sol ainda não começou a nascer. Talvez nem nasça mais.

Parece o fim do mundo, um pouco.

Parece que qualquer coisa pode acontecer.

* * *

Dessa vez, Jack vai atrás de Eleanor. Dá para sentir que ele a vigia enquanto ela sobe, pronto para segurá-la se pisar em falso. E ela pisa, escorregando na lama saibrosa a cada passo curto. Os espinheiros suspensos sobre a trilha escura são afiados e invisíveis até Eleanor topar com eles. E mais de uma vez ela passa trôpega entre os galhos e ouve o resmungo de Jack quando os espinhosos o atingem.

Mas eles chegam ao cume da Huffnagle sem maiores problemas. Por um tempo, Eleanor fica parada ali, com Jack ao seu lado, olhando para a outra borda do penhasco. A esparsa vegetação no topo rochoso está baixa, emaranhada com a lama. A coroa da ilha tremeluz na escuridão úmida.

Ela imagina o que Jack está pensando, ali em pé ao seu lado, olhando para a mesma vista. Ele vai se preocupar com o salto, sim, mas também com a aproximação. Com os poucos passos corridos que deve dar, descalça na pedra escorregadia. Um passo errado e ela pode cair perto demais do paredão do penhasco, talvez até se chocar com alguma saliência pontiaguda.

— Na verdade, estou apavorado — diz ele, por fim.

— Eu também.

— Isso não parece real — diz ele. — Parece que estou sonhando. A verdade é que não existem lugares desse tipo. Do tipo dessa tal de fenda.

— Já pensei em mil possibilidades — diz ela. — Mas é real.

— Você ficou mesmo dois anos lá? — pergunta ele.

— Pareceram minutos.

Ele estremece. — Não sei se posso ver isso outra vez.

Eleanor procura a mão dele.

— Só segure a minha mão um pouco — diz ela.

— Vai dar tudo certo — diz Eleanor.

A chuva engrossa, açoitando seus rostos.

— Promete — sussurra ele.

Ela o beija, surpreendendo a ambos. — Não posso.

Suas roupas estão ensopadas, e eles as deixam na beira do penhasco. Eleanor vai andando até a beira, com os dedos dos pés apertando as pedras. Jack pega a mão dela e, de repente, a puxa de volta. Ela não está constrangida, só de roupa de baixo. Ele nem dá a impressão de ter notado.

— Eu tenho que dizer isso agora — diz Jack. A chuva escorre por sua pele, goteja pelo nariz. — Preciso dizer agora porque tenho medo de você não voltar. Tenho medo de nunca ter a oportunidade.

Eleanor afasta para trás o cabelo molhado.

— Não — diz ela. — Você vai ter, sim.

Ele abre a boca, fazendo que não, mas ela se mantém firme.

— Você vai ter, sim — repete ela. — Mas, se você me disser agora, eu poderia não ir.

Ela o beija mais uma vez, devagar, pondo nesse momento tudo o que a faz ser quem é. Apesar da chuva, seus corpos mantêm o calor. Jack está arquejando quando eles se separam.

— Só fica comigo agora — sussurra ela.

Ele abre a boca, fecha e, então, faz que sim.

— Ok, Ellie.

Eles pulam juntos da Huffnagle, com a pele azul, o corpo descorado, como fantasmas. Eleanor pensa na avó penetrando nas ondas, afogando-se. Pensa no pai, na dor terrível que ele deve carregar como uma bola de ferro em torno do pescoço. Pensa na mãe, automedicada até quase chegar ao limiar da morte.

Ouve Jack gritar alguma coisa que ela não consegue entender. O vento carrega para longe as palavras dele. O som sem sentido da voz do garoto é a última coisa que Eleanor escuta.

Só um dos dois cai no mar.

Mea

Eleanor despenca na fenda.

Estou satisfeito, diz Efah a Mea. *Ela está aqui. Parabéns.*

Eleanor é uma distante mancha de sombra. Ela emite um aviso imediato, desafiador, agressivo. Ele sai crepitando, uma onda vermelha, em chamas. Um desafio. *Não tenho medo de você*, diz a onda.

Dê-lhe tempo, recomenda Efah. *Tenha paciência. Não a perca outra vez.*
Não vou perdê-la, diz Mea.
As palavras de Efah caem pesadas dentro dela.
Se você a perder de novo, não vou gostar.
Mea não diz nada, mas entende.

A guardiã

Ela acorda; seus cílios chamuscados, com uma crosta de cinzas. Sedimentos estão acumulados nas suas narinas, nos cantos dos olhos, nos sulcos em torno das unhas. E tem a sensação de que uma concha de sujeira agarrada está se solidificando aos poucos sobre ela. Seus ossos doem. Bem que queria só se deitar ali e se deixar fossilizar.

Mas alguma coisa a acordou.

O animal maior está sentado sobre as ancas, com as enormes pernas dianteiras para a frente como um louva-a-deus. Seu longo pescoço empelotado baixa-se em curva na direção da terra, em súplica. Ele muge, retumbando como uma buzina de nevoeiro, e a guardiã sente que os próprios pulmões tremem em resposta. Ela dorme à sombra do animal por semanas? E no entanto nunca tocou nele. Mas agora se levanta e encosta a mão na barriga dele. Apesar do aspecto de réptil do seu couro, o animal arde como uma fornalha.

O animal geme e levanta a cabeça de repente para o céu. A guardiã estica o pescoço para acompanhar seu movimento e fica espantada com o que vê lá em cima.

As nuvens estão de um vermelho feroz, novamente da cor de sangue.

O animal emite uma nota longa, preocupada, e a guardiã vê que as nuvens se rompem com o início de mais uma investida, e não tão longe assim dessa vez. As nuvens reviram-se e se rasgam, e uma forquilha de vapor desce veloz para a terra, como uma cobra dando o bote.

Bem no fundo dessa artéria fumegante, a guardiã vê a esfera mais uma vez. Como antes, ela se precipita para a terra — a terra *dela* — como se pretendesse repetir sua terrível atuação anterior. Mas enquanto a guardiã prende a respiração a coisa crava-se no que resta de uma montanha.

O pico é espatifado como uma escultura de gelo, lançando para o céu estilhaços luminosos. A detonação ecoa pelo vale inteiro como a explosão de mil bombas. Correntes de magma fumegante derramam-se da ferida.

A guardiã abriga-se debaixo do animal, enquanto mísseis caem chiando.

A esfera vermelha — *aquela vaca nojenta!* — já se foi, atravessando a terra como antes.

O animal acima da guardiã continua a cantar, mas o menor começa a espernear e a ter convulsões no chão, com as pernas levantando gêiseres de terra e pedras que quase soterram a guardiã ali onde está. Ela sai correndo do abrigo, afastando-se dos animais, desviando-se dos escombros que caem. Dessa vez, sua sombra a acompanha, assustada.

O animal menor levanta a cauda para o céu vermelho, que fica ali parada, emoldurada em contraste com as nuvens sangrentas. Depois, ela cai inerte, arrasando um desfiladeiro. O animal debate-se, destroçando o que resta da terra.

A guardiã cobre a cabeça, pedras afiadas passam zunindo em volta dela. O vale avermelha-se com um calor novo, contorce-se em enormes abalos sísmicos.

— Por favor — queixa-se ela. — Por favor, chega. Você vai me deixar sem nada.

Sua sombra aproxima-se pela primeira vez em meses.

A chuva cai como um câncer cruel sobre o vale.

Eleanor

As primeiras palavras da Outra vêm a seu tempo, depois que Eleanor voltou a se acostumar com a escuridão. Ela se sente estranhamente aumentada, separada das fibras de seus nervos, dos poros de sua pele, do peso de seu cabelo molhado.

Muito antes que a Outra fale, ela descobre que seus pensamentos são como ordens.

Eleanor pensa em Jack enquanto está ali pairando na escuridão e imagina o que ele deve ter sentido quando ela sumiu da mão dele, quando atingiu a água sozinho. Gostaria de poder vê-lo agora.

Na escuridão, Eleanor choca-se com a membrana vítrea que, até esse momento, não tinha visto. Seu desejo é concedido: num piscar de olhos, a superfície leitosa da membrana torna-se rala, e ela *pode* ver Jack. E o vê lá de cima, bem do alto, como se fosse um pássaro aproveitando uma corrente de ar salgado. Ele é uma pérola branca no plano negro do mar. Demora algum tempo para Eleanor perceber que Jack não está se mexendo, e sim pairando, suspenso como ela, no céu. As ondas estão congeladas na base do penhasco da Huffnagle, parecem gelatina.

Ela está olhando fixamente para um quadro do mundo que deixou para trás, uma fotografia dele.

Eu estava esperando por você, diz a Outra.

As palavras caem sobre Eleanor como uma cascata. A sensação é tranquilizadora, reconfortante, muito parecida com a do velho cobertor de sua avó, como o aroma do café preparado por sua mãe, quando Eleanor não passava de uma menina. As palavras estão carregadas de lembranças.

— Ele está bem? — pergunta ela, ainda olhando para Jack lá embaixo, paralisado no céu a noroeste, ao mesmo tempo que a Outra diz: *Como você está se sentindo?*

Eleanor vira-se da membrana, esquadrinhando a escuridão em busca do vulto invisível da sua estranha nova companheira.

— Você me assustou — ela confessa.

Não era minha intenção.

— O que houve com meu amigo?

Ele está em segurança. Não tema por ele.

— Ele não está se mexendo — diz Eleanor.

Você se lembra da sua última visita a este lugar?, pergunta a Outra.

— Você o chamou de fenda — responde Eleanor. — Agora eu me lembro. Eu estava começando a me esquecer.

Ótimo, diz a Outra. *Que você se lembre.*

— Você tem de me dizer por que estou aqui — diz Eleanor.

Quando era pequena, você não era boa em muitas coisas, diz a Outra. *Mas, com o tempo, à medida que foi crescendo, você foi melhorando. Não é verdade?*

— É.

Há muito tempo, o tempo é relativo, especialmente aqui, venho lutando para trazê-la a este lugar, diz a Outra. *Você se lembra?*

— Não — Eleanor começa, mas uma imagem de celeiros vermelhos e milharais amarelos vem à tona na sua mente. — Peraí. Iowa?

O milharal, a montanha calcinada, o avião em queda.

— Aquilo foi você — diz ela.

Eu também vou melhorando com o passar do tempo, diz a Outra. *Pode-se dizer que estou aqui há muito tempo, Eleanor, mas para mim, como eu disse, o tempo tem pouco significado. Tive muito tempo para aprender, para crescer.*

— O que está tentando dizer? — pergunta Eleanor.

Aprendi a... preservar sua linha do tempo quando você entra na fenda, diz a Outra. *É por isso que seu amigo não está se mexendo.*

— Ainda não estou entendendo — diz Eleanor.

Eu chamaria isso de parar o tempo.

— Isso é absurdo... não se pode parar...

Mas ela sente que é verdade, mesmo que a negue.

Você sabe que é verdade, observa a Outra. *Posso sentir isso.*

— Quer dizer que ele está bem — diz Eleanor. — Realmente bem.

Sim.

— Por que eu estou aqui?

Vou lhe contar o que puder. A fenda, como é chamada, é...

A Outra passa muito tempo pensando. Eleanor está com a sensação de que ela foi embora de uma vez quando, finalmente, vem uma resposta.

Podemos chamá-la de uma sala de espera.

— Uma sala de espera — repete Eleanor, como se aquilo fizesse sentido. — Mas para quê? O que você está esperando?

Mais uma pausa interminável.

Eu espero pela passagem, diz a Outra, por fim, *para entrar na luz do depois. Não sei o que me aguarda lá.*

— Purgatório — diz Eleanor. — A fenda é o purgatório.

Purgatório, reflete a Outra. *É, é como isso.*

— Quer dizer que realmente existe vida após a morte — diz Eleanor. — Você morreu. Você está esperando por ela.

Pode ser, diz a Outra.

Eleanor pensa um pouco.

— Quer dizer que eu estou morta também?

A fenda pertence de fato aos que passaram pela vida, diz a Outra. *Por todos os tipos de vida, em todos os tipos de lugares.*

— Então eu morri.

Não, responde a Outra. *Você é... especial. Poucos podem entrar na fenda ainda em vida, sem passar antes pela morte.*

— Mas eu não morri?

Não.

— Então, não entendo — diz Eleanor. — Por que estou aqui?

Mea

Não consigo responder às perguntas dela.

Efah espera do outro lado da membrana, pensativo.

Mea está impaciente. *Tudo o que ela me pergunta... o que digo para ela?*

O que você quiser dizer, responde Efah. *Por que motivo você a trouxe para a fenda, Mea? Será que você sabe?*

Na outra extremidade do profundo abismo do aquário de Mea, Eleanor está sozinha no escuro. Mea ouve a garota procurando por ela:

— Ei! Aonde você foi? Você está por aí?

É verdade, por que motivo?

Efah não lhe é útil. E lhe forneceu respostas para as perguntas da garota, passando-as para ela em silêncio. Mas estas são perturbadoras e chegam velozes. Mea abala-se com elas. São perguntas que a própria Mea já fez a Efah, às quais ele não deu resposta.

É isso mesmo, pensa ela. Efah não é tão sábio assim, afinal. Apanhado no jogo que Mea está fazendo com Eleanor, ele na realidade vem dando respostas às próprias perguntas de Mea, as mesmas que ele se recusou a responder durante os primeiros dias dela na fenda.

A fenda pertence aos que já passaram pela vida, ele tinha dito, dando a Mea uma resposta para a pergunta de Eleanor.

Estou morta, diz Mea. Ela se encosta na membrana e o vulto enevoado de Efah recua diante dela. *Eu morri, foi o que você acabou de dizer.*

Ele não responde, mas não faz diferença. Mea rodopia e abre caminho à força pelo vasto rio de memórias da membrana. Ela passa apressada por elas, recuando no tempo, concentrando a atenção apenas na correnteza pessoal de Eleanor. Observa Jack e Eleanor no barco, indo pelo mar na ordem inversa; percorre superficialmente o período de recuperação dela, vendo os hematomas e cortes passando no sentido contrário, tornando-se maiores e mais dolorosos até Eleanor voar da parede do banheiro para a cozinha e discutir com o pai.

Mea para quando chega ao quarto de Eleanor, antes da sua tentativa fracassada de pegar a garota. O quarto parece-lhe familiar, como antes, mas ela não sabe por quê. Os dois rostos no porta-retratos ao lado da cama de Eleanor parecem estar olhando direto através de Mea, por anos de memória.

Ela ergue os olhos. Efah sumiu.

Mea escava o passado de Eleanor, olhando furiosamente os anos que ela passou no colégio, seus últimos anos no ensino fundamental, até que de repente lá está Eleanor, hospitalizada, coberta de ataduras, pequena na enfermaria pediátrica.

Ela é tão pequena, pensa Mea.

— Ei! Onde você está? — chama Eleanor das profundezas do aquário de Mea, mas esta praticamente não a percebe.

Ela volta no tempo mais uma vez e então para, atordoada com o que vê, com a dor terrível e brilhante da verdadeira lembrança.

— Estou com medo — diz a voz de Eleanor, com uma leve onda de pânico se manifestando nas cores que emanam dela, levando suas palavras a Mea.

Mea olha fixamente para a memória que encontrou.

Eu também.

Eleanor

Eleanor entra em pânico, abandonada na escuridão.

— Ei? Onde...

Eu trouxe você para cá, diz a Outra, voltando de repente. *Para você, a fenda é... diferente.*

Eleanor sente alívio ao ouvir as palavras da Outra retumbando na escuridão.

Para mim, a fenda é como você disse: mais ou menos um purgatório. Para você, a fenda é mais como um duto. Um portal para outros lugares, outros tempos, outras esferas.

— Não estou entendendo. Por quê?

Essa não é a pergunta certa.

— Qual é a pergunta certa?

Você sabe qual é. Pergunte.

Eleanor vira-se para o outro lado e examina as mil perguntas que invadem sua mente. Qual delas é a certa? O que acontece se fizer a pergunta errada? Ela não quer decepcionar a Outra, seja ela quem for.

Atrás dela, a Outra espera.

Eleanor pensa em tudo o que viu; em tudo o que ainda está por ser revelado. Finalmente a pergunta lhe ocorre, e ela se volta aos poucos para encarar a Outra invisível.

— Por que você está aqui? — pergunta Eleanor.

— Espere! — exclama Eleanor. — Antes de você responder.

A Outra permanece imóvel.

— Você sabe o meu nome. Qual é o seu?

Ela pode sentir a hesitação da Outra.

Eu me chamo Mea.

— Mea.

É o nome que me... Uma pausa e então: *É o nome que escolhi para mim.*

— O que ele quer dizer?

Não sei, confessa a Outra.

— Eu também deveria escolher um novo nome?

Você não é mais que uma luz efêmera na fenda, diz Mea. *Não. Só os permanentes, os mortos, precisam adotar um nome.*

— Entendi — diz Eleanor, por fim. — Agora você pode responder minha pergunta.

A fenda é imensa. Ela contém toda a extensão do próprio tempo. Ao dizer isso, Mea acaricia a membrana e pontos de luz se espalham pela superfície leitosa. *Eu estou aqui agora e desde o início de todas as coisas. No entanto, também acabei de chegar e já parti. Entendeu?*

Eleanor não compreendeu.

Você vem de um lugar onde o tempo só se movimenta para a frente, diz Mea. *Mas na fenda o tempo é um céu infinito. Posso visitar o exato momento em que você deixou de existir no seu mundo, o momento em que entrou na fenda. Também posso voltar ao instante em que seu mundo se formou na escuridão. Posso visitar o seu mundo na hora da morte dele, quando ele for consumido pelo seu sol. Entendeu?*

— Mais ou menos — diz Eleanor.

Você vai entender quando seu corpo morrer, mas por enquanto você pode me considerar um espírito, uma alma ou uma consciência, a palavra que preferir. Não é primordial que você entenda tudo isso, Eleanor. Basta que você tenha sido informada.

— Mas por que *você* está aqui? — pergunta Eleanor. — Você não pode sair?

Parece que Mea dá uma risada. Uma onda cor-de-rosa explode a partir dela, e a própria Eleanor quase ri.

Não é uma história original, diz Mea. *Seus contadores de histórias há muito compreendem o meu dilema: devo permanecer na fenda até um erro ser corrigido.*

— Você é um espírito — diz Eleanor. — Você precisa resolver seus assuntos!

Talvez os contadores de histórias fossem como você, Eleanor. Viajantes entre seu mundo e a fenda. Talvez tenha sido assim que eles sempre souberam.

— Que erro você tem de corrigir? — pergunta Eleanor.

O mesmo que você anseia por resolver, diz Mea.

— Como assim?

Minha família, diz Mea. Desejo trazer-lhes paz.

— Minha família está bem — diz Eleanor.

Você está sendo ingênua, diz Mea. Mas a culpa não é sua. Você acredita que sua família só se move para a frente no tempo, por isso os assuntos deles só podem ser resolvidos de modo reativo. Mas você está enganada.

— Eu não... — diz Eleanor. — Eu... o quê?

Você está por enquanto ausente do tempo. Como eu, você existe fora dele. Imagine que o tempo é um rio e você é um pássaro. Um pássaro não é obrigado a acompanhar o rio. Você pode voar rio acima, rio abaixo, mais alto, mais baixo ou em qualquer outra direção que você...

— Você pode alterar o passado — diz Eleanor, de repente.

Mea fica satisfeita. Isso mesmo.

— Minha família... eles... *nós* não andamos bem há muito tempo.

Eu tenho consciência disso.

— Mas como?

Eleanor, diz Mea. Preciso lhe fazer uma pergunta agora.

— Sim — diz Eleanor.

Se você pudesse curar sua família, você o faria?

— Claro que sim — responde Eleanor de imediato.

E se houvesse condições?

— Eu não me importaria.

Se, por exemplo, curar sua família significasse que você teria de reviver uma parte da sua vida, você o faria?

Eleanor pensa naquela tarde terrível de tantos anos atrás, na mãe sangrando atrás do volante, na irmã coberta por um lençol branco.

— Eu faria qualquer coisa — diz ela, baixinho. — Mesmo que fosse por um único dia, eu faria qualquer coisa.

É isso o que eu esperava ouvir, diz Mea.

— Como você sabe de coisas sobre minha família? — pergunta Eleanor, suas cores fortes e veementes na escuridão.

Faça a pergunta certa, diz Mea.

Eleanor luta com isso.

— Não *sei* a pergunta certa — diz ela, quase aos gritos.

Devagar, Eleanor, diz Mea. *Acalme-se. A agitação só a expulsará da fenda, como antes. Calma. Pense.*

Eleanor conta, lentamente, até cinquenta. Parece que um bilhão de anos se passaram nesse meio-tempo. Mas ela descansa na escuridão, sente seu corpo se aquietar.

— Não sei qual é a pergunta — diz ela, por fim. — Diga-me o que perguntar.

Você perguntou meu nome, diz Mea.

— Sim — concorda Eleanor.

E então a pergunta certa lhe ocorre, e ela tem medo de fazê-la.

Não tenha medo. É só uma pergunta. Ela não muda nada que já não seja verdade.

Antes de ao menos fazer a pergunta, ela já sabe a resposta, e sente vontade de chorar.

Pergunte.

É o que Eleanor faz. — Quem... quem você *era*?

E Mea responde.

A guardiã

Ela chora pelo seu vale.

O formato de bacia que ele tinha sumiu. Encostas inteiras de montanhas se desfizeram como o borralho numa lareira. Um rio preguiçoso de rocha derretida começou a se esfriar, fumegando como uma fogueira de acampamento apagada com um balde de água. Os abalos sísmicos desde o último surgimento da esfera foram violentos, transformando o que restou em entulho, e estes em seixos. Pela primeira vez, a guardiã pode enxergar para além das montanhas que a cercaram por tantos anos.

Não há absolutamente nada por lá.

As nuvens parecem despencar até a terra, rodopiando para formar um nevoeiro tão denso que até parece sólido. Ela imaginaria que o nevoeiro se derramasse pela cadeia de montanhas destruídas, mas isso não acontece. É uma fronteira antinatural, que lhe dá medo.

Sua sombra volta para ela.

— Tudo se foi — resmunga a guardiã.

Sua sombra já ouviu essas palavras.

A guardiã está fragilizada, mais do que antes. Cada tremor secundário ameaça espatifar seus ossos nas rochas. A mancha negra a corrói, devorando-a viva.

Ela sente que sua sombra lhe dá puxões, esforçando-se para se afastar dela, como um cachorrinho numa guia.

Os animais estão se movimentando.

Não — não os dois. O maior dá um passo estrondoso e, depois, mais outro. No escuro da sua sombra, o companheiro menor se esforça para se levantar e não consegue.

— Qual é o problema de vocês? — pergunta a guardiã, com a voz áspera. — Aonde estão indo?

O animal maior olha fixamente lá do alto para ela, como se tivesse entendido. E então abaixa a cabeça e com o pescoço enlaça o pescoço torto do animal menor. Ele dá um grunhido e um passo para trás, içando seu companheiro para que fique em pé. Por um instante, o menor oscila, inseguro, e a guardiã receia que desabe e morra bem diante dela. Com passos hesitantes, ele acompanha o animal maior.

— Esperem — sussurra a guardiã.

Ela tenta correr atrás dos animais, mas está fraca e cai.

— Esperem! — grita ela, com a voz esganiçada. — Não vão embora! Não me deixem!

Mas os animais avistaram o mesmo buraco nas montanhas que a guardiã tinha visto; e eles se voltam vagarosos naquela direção.

Estão saindo do vale.

Eleanor

Eleanor ouve quando ele bate na água.

Mea aprendeu muita coisa, *sim*, desde a visita anterior de Eleanor à fenda. Ela devolveu Eleanor ao mundo no momento exato de sua partida... mas a depositou, nua, na praia da ilha.

— Jack! — grita Eleanor.

Ela acha que ele não a está ouvindo, com o barulho das ondas que arrebentam em grandes camadas, mais altas que antes. E se preocupa com Jack. A água está gelada e se avoluma tanto que se pergunta se ele vai conseguir nadar em torno da ponta da ilha, de volta ao barco.

Mas Jack consegue, arrastando-se para a praia. E não a vê. Mesmo dessa distância, dá para ela enxergar que ele está tremendo.

O céu escurece e Jack chega à praia como um fantasma, descorado, com os dentes batendo. E vem cambaleando e quase cai. E Eleanor tem vontade de se estrangular por conta do perigo que o fez correr. O que teria acontecido com ele se ela não tivesse voltado para este exato *momento*? Eleanor afasta da mente a imagem de um Jack tremendo com hipotermia e corre até ele.

E arregala os olhos ao vê-la.

— Não tente falar — diz ela.

Ele treme feito vara verde. Eleanor pega no barco o casaco impermeável de Jack e cobre os ombros dele, sem se importar com o fato de estar despida. Ela o esfrega vigorosamente. Ele treme tanto que mal consegue ficar em pé. Seus olhos vão se fechando e de repente se abrem.

— Entre no barco — diz Eleanor.

Ela o ajuda a entrar, e Jack se deixa cair no fundo, enrolando-se como uma bola. Eleanor empurra o barco com toda a força, e então, como por milagre, ele é impelido para o mar e ela entra nele com um pulo.

— Vou levar você para casa — diz a Jack.

Ela assume os remos e espera conseguir remar todo o caminho de volta.

Quando chegam à praia, dá-lhe uns tapas para acordá-lo. Como não reage, ela o estapeia de novo, e Jack se contorce, um pouco. Eleanor o atinge com mais força, com a mão espalmada, e ele acorda sobressaltado. Seus olhos estão injetados, com linhas vermelhas; seus lábios, da cor de ameixas congeladas.

— Desculpe — diz ela —, mas foi o único jeito de fazer você acordar.

Jack pisca e tenta olhar em volta.

— N-não v-vá — diz ele, gaguejando, com a voz baixa e esganiçada.

— Nós estamos na praia — diz Eleanor. — Sozinha, não consigo pôr você na bicicleta.

— Bi-bi-bi... — ele tenta dizer.

— Dá para você se segurar enquanto eu levo a bicicleta? — pergunta ela.

Jack só pode fazer que sim, e Eleanor o envolve com os próprios braços gelados, enquanto ele treme sem parar.

Ela o faz entrar na banheira e abre a água em cima dele. A casa está em silêncio, salvo pelo barulho da torneira e pelas batidas dos joelhos de Jack na parede da banheira. Eleanor se certifica de que a água esteja morna e fica olhando enquanto o corpo imerso de Jack vai aos poucos se tornando rosa.

Jack respira fundo, sem regularidade.

— Dá para você ficar sentado aí sozinho? — pergunta ela.

Ele assente, sem muita segurança.

— Vou preparar um leite morno pra você — diz Eleanor. — Fique aí. Não se afogue.

Ele quase ri.

Ela pega uma camiseta de Jack no quarto dele e veste um dos seus shorts, que é grande demais, e Eleanor vai enrolando o cós até ficar grosso o suficiente para o short se apoiar nos seus quadris.

A cozinha está com a mesma aparência de horas antes, quando os dois se sentaram à mesa, examinando a caixa de recordações de Jack, bebendo chocolate. Eleanor serve leite numa caneca e a põe para aquecer no micro-ondas. E, enquanto a caneca gira sem parar dentro do forno, ela inspeciona o cômodo com mais cuidado. Cada objeto que vê foi feito por alguém, tem uma duração de vida, tem uma história. Outra pessoa o montou ou acionou alavancas numa máquina para ele ser fabricado. Alguém até mesmo criou a máquina que monta objetos. Talvez alguma pessoa que já esteja morto há muito tempo agora.

O tempo é um rio, disse-lhe Mea. *Você existe fora dele.*

Era assim que se sentia, também, dentro da fenda. Mas ali, de novo do lado de fora — pois é assim que Eleanor pensa no mundo ao seu redor agora —, infelizmente ela percebe até bem demais a passagem do tempo. Os luminosos números vermelhos que tremem e mudam no visor do micro-ondas. O leve tique-taque de um relógio em algum canto da casa. A mesa de jantar com suas cadeiras não são móveis caros, e é provável que não durem tanto assim, mas um dia trocarão de dono em algum bazar de objetos usados, ou irão com Jack para a faculdade ou pegarão pó em algum canto quando o pai dele falecer.

Ela olha em volta da casa e pensa: *O tempo é uma dádiva.*

O micro-ondas apita.

— Como está se sentindo? — ela pergunta.
— Você nos trouxe de volta, remando — diz ele. — Como conseguiu?
Eleanor dá de ombros.
— *Você* tinha conseguido — diz ela. — Não pode ser tão difícil assim.
Ele tenta sorrir, mas o sorriso sai como uma careta.
Eleanor levanta as mãos com a caneca de leite.
— Beba — diz ela. — Só trate de ficar aí parado e se aqueça.
— Hipo... — começa ele.
— Acho que você não está com hipotermia. *Deveria estar.* Mas os dedos das mãos e dos pés me pareceram bem.
— Aonde v-v-você foi? — ele pergunta. — F-funcionou?
Eleanor inclina-se mais para perto dele.
— *Funcionou.* Agora sei o que significa tudo isso. Vai dar tudo certo.

Ela se senta na beira da cama depois de ajeitar as cobertas por cima dele. Jack está usando calça e blusa de moletom, gorro de lã, meias e um casaco felpudo. Seus tremores não pararam totalmente, mas se reduziram. Ele boceja, a um passo de adormecer.

— Preciso ir embora de novo — diz ela. — Mas eu disse a Mea para me deixar voltar e me certificar de que você estivesse a salvo, antes de mais nada.

Ele está confuso.

— É uma longa história, Jack. Não posso contá-la inteira agora, mas conto quando voltar.

— D-de onde?

— Tem uma coisa que preciso fazer — diz Eleanor. — Não posso explicar. Vai parecer maluquice, mas tudo vai dar certo.

Ela toca no rosto dele com carinho. Jack apoia-se na mão dela.

— Você fez uma coisa muito importante por mim — diz Eleanor. — Você é a única pessoa que poderia ter feito. Pode ser que você nunca viesse a saber como aquilo foi importante. Por isso, quero lhe dizer antes de sair que... que você... que o que você fez significa tudo para mim. — Ela hesita, resiste à vontade de chorar. — E você poderia ter morrido por isso. Sinto muito.

— Não estou entend-dendo.

— Eu sei. — Ela beija seus lábios frios, depois a testa e vai na direção da porta.

— Espera — diz ele. — P-posso d-dizer uma coisa?

Ela faz que não.

— Vai dar tudo certo — diz ela, parando no vão da porta. — Cada pequeno detalhe vai dar certo.

E sai, sabendo o que Jack não disse. Há muito mais em jogo do que os sentimentos dele. E ela estava falando sério quando disse aquelas palavras no penhasco: poderia não ir se ouvisse o que ele tinha a dizer. Por isso, ela vai.

E não o vê estender a mão para pegar o telefone ao lado da cama.

Sem pedalar, ela desliza ladeira abaixo na bicicleta de Jack, passando por lojas às escuras e letreiros luminosos que piscam. A chuva parou, mas o calçamento ainda está escorregadio. E segue pela rua até o bairro da mãe, passando por gramados encharcados, cheios de poças, e por caixas de correio gotejantes.

Para no fim da rua e se apoia num pé só.

O Buick do pai está estacionado na entrada de carros. Ela não sabe o quanto isso significa agora, nem se chega a querer dizer alguma coisa.

Mas é... legal.

Dentro da casa, uma lâmpada já está acesa, e outra janela se ilumina enquanto ela monta na bicicleta, vigiando. Eles estão acordados, pelo menos um deles. Provavelmente o pai. Seu coração dói só de imaginá-lo, ocupando-se com ninharias pela casa durante a madrugada, sem conseguir dormir, morrendo de saudade da filha perdida.

Eleanor quer ir ter com ele. Quer acordar os dois e abraçá-los, dizendo que tudo vai dar certo. Mas seria impossível deixá-los de novo. Eles não entenderiam. Não a deixariam ir.

Ela vira a bicicleta para a estrada da praia, na direção da Huffnagle.

Paul

Paul fica olhando para o telefone sem acreditar.

Eleanor está viva.

Ele larga o fone, corre lá para cima. Agnes está na cama, cercada pelo entulho do atendimento a doentes acamados. A quimioterapia levou quase todo o seu cabelo. Ela dorme a maior parte do tempo.

Paul mexe com delicadeza no ombro ossudo dela. Como não acorda, ele acende o abajur da cabeceira. Ela se encolhe e resmunga, irritada.

— Aggie — diz ele, com a voz trêmula e os olhos marejados. — Aggie, o garoto acabou de me ligar. Ele viu Ellie. Ele a *viu*. Ela está *viva*, Aggie. Ela não morreu. Não morreu.

Agnes esfrega os olhos.

— Não — diz ela, com a voz rouca. — Minhas duas meninas morreram.

— Ele disse que ela foi até a praia. Disse que nós devíamos... — Ele olha ao redor e avista o roupão de Agnes jogado por cima da cadeira de balanço. E o apanha. — Aqui, ainda podemos chegar lá se sairmos agora.

Os olhos de Agnes ameaçam se revirar para dentro do crânio.

— Ags — diz Paul, estendendo o roupão para ela. — Vamos. Levante-se! Eu ajudo. Nós podemos...

— Não — sussurra Agnes.

Paul deixa cair os braços.

— Não, você não... você não está entendendo, Aggie. Ela está *viva*. Nós precisamos...

— *Não* — repete Agnes. E fecha os olhos.

Paul segura sua mão e a puxa.

— Aggie, vamos, você não sabe o que está...

Os olhos de Agnes abrem-se de repente, escuros e espantosamente lúcidos.

— Vá *você*!

Ele fica atordoado.

— Você não *quer* vê-la. Como é possível você não querer vê-la? Nossa Ellie está *viva*.

Agnes fecha os olhos de novo e, com algum esforço, se vira na cama.

— E nossa outra menina não está — diz ela, a voz áspera como lixa.

A tempestade cai no instante em que ele sai do bairro e desce a ladeira. Seu coração bate nas costelas com a mesma força com que a chuva atinge o teto do Buick. Os limpadores lutam em vão contra o aguaceiro, e o carro derrapa um pouco a cada curva. As ruas da cidade estão vazias a essa hora, e a maior parte dos sinais pisca no amarelo, não no vermelho. Ele passa direto por todos.

Ellie está viva. Est-tá indo para a praia. O s-senhor precisa ir, sr. Witt. Precisa ver com seus próprios olhos.

Da rua que desce a encosta, Paul a vê, um espectro alto e ágil, correndo pelo velho píer.

— Espere! — grita ele. O carro rabeia quando gira o volante. E desliza até parar, chocalhando, no estacionamento vazio. Paul quase esmaga a bicicleta abandonada de Jack. E abre a porta com violência e grita de novo, mas Eleanor não o ouve, não o vê.

Ela se ajoelha na ponta do píer e luta com as amarras do barco a remo.

Vê-la é um alucinógeno, e tudo volta de roldão: a primeira vez que ela regurgitou na camisa dele, a primeira vez que escalou o banco diante da bancada dele no sótão, a primeira vez que deixou que a abraçasse depois de um pesadelo. A primeira vez que chamou por ele, não por Agnes; a primeira vez que comeu os waffles preparados pelo pai no domingo, em vez de rejeitá-los. Com a enxurrada de recordações vem uma noção daquelas ainda não criadas, no futuro: sua formatura, seu primeiro encontro amoroso, sua primeira cerveja com o pai. Tanta coisa perdida; e *lá estava ela, logo ali.*

— *Ellie, espera!* — grita Paul mais uma vez, mas a tempestade leva embora suas palavras.

Ele começa a correr, de pés descalços. Tropeça, quando o asfalto dá lugar aos seixos negros da praia, e se estatela de comprido. Com a maior rapidez possível, consegue se pôr em pé, mas Eleanor já se encontra no barco, e o mar está espantosamente forte, arrastando-a dali da praia.

O píer está escorregadio, e ele cai novamente, quase tombando dali de cima. Dessa vez, seu joelho protesta quando fica em pé, e ele sai mancando feito louco pelo píer, gritando em desespero. Sem pensar, como um tonto, joga-se desajeitado na água. Consegue se endireitar e dá braçadas fortes com a vazante da maré. Mas as correntezas são estranhas perto das rochas; ele afunda, volta com esforço à superfície e é engolido de novo. Na escuridão, perde de vista Eleanor e o barco.

Quando volta a terra, cai na praia e soluça como uma criança. Fica ali desamparado tentando enxergar no meio do nevoeiro, mas não há nenhum sinal dela. Quando a tempestade termina, Paul ainda está ali, com o mar cinzento e revolto entre ele e o vulto enevoado da Huffnagle.

Paul não consegue formar um pensamento coerente.

Ele a perdeu mais uma vez.

Eleanor

Eleanor atravessa o mar pelo qual sua avó nadou tantas vezes, até a ilha que assombrou a infância da sua mãe, e a escala no escuro. Dessa vez não se dá ao trabalho de tirar as roupas de Jack. E se pergunta se elas irão com ela, ou se cairão no mar, esvoaçando, vazias.

Sem hesitar, Eleanor anda até a borda afiada do penhasco e salta. Não consegue imaginar como chegou a sentir medo antes.

Ela se lança pelo céu, depois passa direto por ele, e a escuridão agradável a acolhe.

Mea está esperando.

Oi, Eleanor, diz Mea.

— Oi, Esmerelda — responde Eleanor.

Parte III
A fenda

Eleanor

Eleanor vira-se na corrente escura. Mea está perto dela, muito mais próximo do que antes. Eleanor sente a presença da irmã, como se um campo em torno do seu corpo estivesse sendo ligeiramente perturbado por outro. Ela e Esmerelda, duas mentes desprovidas de corpo, dois ímãs que se atraem.

Temos uma enorme tarefa pela frente, diz Mea. *Deveríamos começar.*

— Diga-me como foi — diz Eleanor.

O que você está querendo dizer?

— Você olhava lá do alto para nós? Você se viu?

Não estou entendendo.

— Quando... quando você morreu — diz Eleanor. — Sei que é macabro perguntar isso, mas eu queria tanto saber!

Mea olha com ar acusador para a sombra de Efah, meio apagada no outro lado da membrana. Ele olha de volta, sem se abalar.

Temos trabalho a fazer, diz Mea.

— Mas nós podíamos conversar por um milhão de anos, sem perder um segundo — diz Eleanor. — Você disse que tem como ir a qualquer ponto no tempo. Quer dizer que temos tempo. Não temos?

Mea hesita.

— Quero saber o que você sentiu — diz Eleanor. — Você não quer saber o que *eu* senti?

Eu vi você, responde Mea, relutante. *Você estava triste.*

— Só isso?

Existe alguma coisa além disso?

— Foi a pior coisa que aconteceu em toda a minha vida — diz Eleanor. — E agora estou aqui, e nós... *Você está bem aqui diante de mim!* Depois de todos esses anos!

Ela se cala, esperando que Mea diga alguma coisa, qualquer coisa.

Mas Mea fica quieta.

— *Senti falta de* você — diz Eleanor. — Você deve ter sentido falta de mim. Da mamãe ou do papai.

Não é a mesma coisa para mim, diz Mea. *Não tenho esses sentimentos como você tem.*

— Mas... — Eleanor mal consegue imaginar isso. — Então por que você me trouxe para cá?

Para nós podermos consertar as coisas, diz Mea. *Para tudo dar certo dessa vez.*

— Você não sentiu saudade de mim, nem um pouquinho?

Você ficaria ofendida se eu respondesse com franqueza.

— Você *não* sentiu saudade de mim — diz Eleanor. — Não sei como encarar isso.

Não sou Esmerelda, diz Mea. *Eu fui, mas não sou mais.*

A escuridão de repente parece árida, vazia. Eleanor volta-se para o outro lado.

Você está irritada.

— Estou magoada — responde Eleanor. — Não é a mesma coisa.

Nós temos uma missão, Eleanor.

— Só interessa o que é melhor para você, não é?

O que é melhor para mim também é infinitamente melhor para você.

Eleanor vai aos poucos à deriva na escuridão.

— Estou tão feliz de ver você — murmura ela, baixinho. — Só quero relembrar um momento feliz. Só um, antes de fazermos isso.

Mea não diz nada.

— Só um.

Mea

Mea testemunhou a própria morte, até mesmo guardou de cor os pequenos acontecimentos que contribuíram para ela, estudou cada um dos fios que se enredaram naquele segundo violento e emaranhado da história humana. Seu pai viaja para uma convenção de corretores de imóveis porque um homem chamado Richard fraturou o tornozelo. Ele deveria comparecer à convenção, mas, por causa da lesão, Paul transfere o voo para seu nome. Esse é o único evento que gera o acidente na linha do tempo. Um tornozelo fraturado.

A logística determina quase tudo o mais. Os Witt têm só um carro. Se Paul tivesse ido dirigindo, o carro teria permanecido no estacionamento do aeroporto dias a fio, sem ser usado por Agnes e as meninas. Um táxi é caro demais. Por isso, a família inteira vai a Portland de carro para vê-lo embarcar. Alguns dias depois, Agnes e as gêmeas voltam para apanhar Paul no aeroporto. É isso que as põe na rodovia 26, seguindo velozes pela chuva e pelo nevoeiro para cumprir o destino de Esmerelda — *Mea*.

Só um momento feliz, Eleanor tinha dito.

Por Eleanor, Mea tenta lembrar a vida antes de morrer. Ela conhece bem sua morte, mas tem pouca noção dos dias e anos que a precederam.

Por isso, por um tempo, fica quieta, pesquisando na membrana, observando. Passa um tempo assistindo a si mesma, como fazia com Eleanor. A Esmerelda que ela vê parece ao mesmo tempo estranha e familiar aos seus olhos.

Por fim, ela se volta para Eleanor.

Deixe-me lhe mostrar uma coisa.

Ao longo de toda a história, há pouquíssimas pessoas como você, diz Mea. *Como nós.*

Eleanor escuta em silêncio.

Os seres humanos vivem em apenas uma direção: para a frente. Eles nascem, seguem o percurso da sua vida e morrem. Mas alguns são diferentes, explica Mea. *Alguns podem viver em muitas direções. Você e eu, nós somos desse tipo diferente, nós duas. Nós temos uma ligação que a maioria não tem.*

Porque somos gêmeas?

Talvez, diz Mea. *Não sei por que motivo, só sei que é verdade. Nós somos diferentes, Eleanor. Podemos fazer coisas que outros não conseguem.*

O que você quer dizer?, pergunta Eleanor.

Tempo. Acontecimentos. Consequências.

O que isso significa?

Mea responde: *Significa que nós podemos começar de novo.*

Começar de novo, diz Eleanor. Ela flutua mais para perto de Mea, os fiapos diáfanos das suas formas se emaranhando como algas.

Vi nosso passado. Nós algum dia fomos realmente felizes?

Claro que fomos.

Não, Eleanor. Éramos crianças. Não sabíamos de nada, como as crianças não sabem. Não é a mesma coisa.

Não estou entendendo, diz Eleanor.

Mea faz um gesto na direção da membrana, vasta, profunda, extensa. *Isso é o tempo,* diz ela. *O tempo é um rio.*

Ela divide o rio para isolar uma única lembrança. Nela, as duas meninas estão sentadas na cama que dividem. O quarto está claro, iluminado pela lua. Elas estão discutindo, e Eleanor belisca o braço de Esmerelda, que dá um berro. Uma fina fresta de luz aparece embaixo da porta do quarto, e um instante depois a porta se abre e revela Agnes, severa mesmo na sombra.

— Eu disse para vocês se deitarem e dormir — diz Agnes, irritada.

Eleanor deita-se, mas Esmerelda continua sentada ereta, esfregando o braço, com o rosto contorcido.

Você está com tanta raiva, sussurra Eleanor para Mea agora, quase rindo.

Agnes aponta um dedo para Esmerelda.

— Nada de mais brigas, nada de choro. Vão dormir. Deita, anda.

Esmerelda bufa, cheia de frustração, mas se deita.

Eleanor então se senta.

— Eleanor! — grita Agnes, — Deite-se!

Eleanor deita-se, mas Esmerelda se senta no mesmo instante. Isso se repete até Agnes, praticamente vermelha de ódio, bater a porta do quarto e chamar Paul aos gritos.

Eu me lembro disso. Depois, eles compraram mais uma cama, diz Eleanor a Mea. *Eu me lembro. Mamãe ficou tão furiosa. Nós vivíamos fazendo esse tipo de brincadeira com ela. Eu sempre achei que ela não entendia porque nunca teve uma irmã. Você se lembra da nossa palavra secreta?*

Palavra secreta?, diz Mea.

Bolhas, diz Eleanor. *Se uma de nós dissesse essa palavra, nós trocávamos de lugar. Só para confundir a cabeça das pessoas.*

Na memória, Paul abre a porta do quarto e diz: "Meninas, durmam. Agora." Agnes está bem atrás dele, seus olhos duros como bolas de gude negras.

Eu queria me lembrar do sorriso dela, diz Eleanor, tristonha. Ela então se volta para Mea. *Podemos voltar?*

Ainda mais?, pergunta Mea. *É claro.*

Eu só quero ver o sorriso dela. Quase não lembro dele.

Mea vai rolando por uma lembrança atrás da outra, mas Eleanor logo fica em dúvida. Nenhuma delas é exatamente como Eleanor se recorda. Nos tempos felizes, antes da morte de Esmerelda, ela, a irmã e o pai, com frequência, aparecem dando gritinhos e rolando pra lá e pra cá como porcos-espinhos, mas, quando Agnes aparece, nunca está realmente *presente*.

Em não muito tempo, elas chegam ao próprio nascimento e não descobriram nada.

Mais, diz Eleanor. *Volta mais.*

Mea navega com perícia pela corrente do tempo, e elas param de vez em quando para observar Agnes nos anos antes que a conhecêssemos. Veem seu namoro com Paul; momentos tranquilos sozinha, escrevendo num diário; férias solitárias passadas com vovô Hob.

Vai ver que ela nunca foi feliz, diz Mea.

Na memória que está aberta agora, Agnes é uma adolescente, parecendo mais velha que sua idade. Ela está sentada a uma mesa, discutindo com vovô Hob, que está pondo a mesa. Ele coloca um prato e talheres diante de Agnes e outro na frente da própria cadeira. Depois arruma um terceiro lugar, e Agnes sai da mesa, furiosa. A cadeira tomba atrás dela. Enquanto ela sai enraivecida do cômodo, seu pai fica olhando triste e, então, se senta diante do terceiro prato e chora.

Mea permanece quieta.

Não foi nossa culpa, diz Eleanor, baixinho. *Ela sempre foi infeliz.*

Mea fecha a memória. *Estou arrependida de ter lhe mostrado tudo isso.*

Espere, diz Eleanor. *Só mais uma. Mas não da mamãe.*

Na última lembrança, uma mulher está andando nua, cortando ondas fortes, indo cada vez mais fundo. Eleanor e Mea assistem em silêncio enquanto a mulher mergulha para a frente e começa a nadar contra a corrente. Acima dela, o céu está quase negro e a chuva metralha a superfície da água ao seu redor. Ela avança pouco. O mar a empurra de volta até, por fim, conseguir atravessar as ondas e entrar nas planícies revoltas do mar aberto. Muito antes de chegar à ilha, já está exausta, e suas braçadas se enfraquecem. Finalmente, ela para e fica boiando no mar revolto, olhando para a silhueta ainda distante da Huffnagle.

Ela vira o rosto para a chuva e fecha os olhos.

Está ali e, então, sem uma palavra, não está.

Sua homônima?, pergunta Mea.

Nossa avó, diz Eleanor. *Ela estava grávida. Eu não sabia disso.*

Mea tenta fechar essa última lembrança, mas a membrana, de modo estranho, resiste. Ela ondula como uma cortina agitada pelas águas de uma inundação. Alguma coisa invisível passa rápido por Mea, que sufoca um grito.

Você sentiu isso?, pergunta Eleanor.

Parece que não consigo..., diz Mea, ainda lutando com a bolha da memória, que se mantém teimosamente aberta contra sua vontade.

Efah aparece do outro lado da membrana e fala com Mea, com veemência, em particular. *Feche-a. Não é permitido.*

Dá a sensação de... água, diz Eleanor.

Ela não quer me deixar fechar, diz Mea.

Está morna, diz Eleanor, sem ouvir nenhum dos dois. *É como ondas nos dedos dos meus pés.*

Feche-a, ordena Efah, com a voz retumbando dentro da mente de Mea, onde Eleanor não pode ouvi-lo. *Você não deveria ter aberto essa aí!*

Mea não consegue, e Efah avança e faz com que a memória desmorone. Com isso, ela pisca e se fecha.

Existem regras, diz ele, furioso, para Mea. *Isso aqui não é uma brincadeira!*

Eleanor percebe que a estranha sensação de água recuou.

A água sumiu, diz ela.

O QUE VOCÊ FEZ?, Efah pergunta a Mea.

Mea não dá atenção a ele e se volta para longe da membrana, para Eleanor, que parece atordoada.

Vamos, Eleanor, diz Mea. *Temos trabalho a fazer.*

Eleanor

— Quer dizer que podemos voltar — diz Eleanor. — Até onde? Até *aquele* dia?

Sim.

— E você estará...

Viva.

— E o que acontece então?

Eu não sei, diz Mea.

— Mas... e então? O acidente, outra vez? Vou sentir aquela *dor* toda de novo? Ver você... ver você...

Ela não consegue terminar o pensamento.

O tempo vai começar a andar para a frente para nós, diz Mea. *Mas acho que ele não estará predestinado.*

— Quer dizer que nós podemos impedir o... o que aconteceu — diz Eleanor.

Não tenho certeza. Mas acho que sim.

— Nós estaremos de novo com seis anos.

É.

— Como menininhas impedem alguma coisa daquele tipo? Como vamos impedir um acidente de carro?

Não sei. Pode ser que a gente crie um plano.

Eleanor está cheia de medo e assombro.

— Vamos precisar reviver tudo. Todos os anos de escola, de...

É. Isso é inconveniente?

Eleanor ri. — Você está brincando? Dessa vez, não vou estar *sozinha*! — Ela então se cala. — Peraí. Nós vamos nos lembrar?

Não sei.

Eleanor faz um rodopio e ri outra vez.

— Esme, você vai estar *viva*! Nós vamos crescer juntas! Dá pra você imaginar? Tudo que a gente vai compartilhar? — Eleanor encara Mea no escuro. — Pode ser que dessa vez você não seja tão enjoadinha — diz ela, em tom contundente.

Mea não responde.

— Ei — diz Eleanor. — Eu estava só brincando. Desculpe, é que...

Há outras coisas que você precisa saber.

Eleanor sente de novo aquela onda estranha, como se o mar tivesse dado uma lambida nos seus tornozelos.

— Você sentiu... — Ela faz uma pausa, olha ao redor no escuro. — Tem mais alguém aqui. Será que tem?

Mea fica em silêncio.

— Mea — diz Eleanor. — Nós estamos sozinhas aqui?

A fenda contém todas as almas que esperam, diz Mea. *Mas a maior parte do tempo estamos sozinhas.*

— A maior parte do tempo?

Efah está aqui.

— Quem é Efah?

Efah está aqui há muito tempo.

Eleanor sente um arrepio de frio, de medo, e então vem a voz de Efah.

Não tenha medo, diz Efah. *O medo a mandará de volta. Meu desejo é que você fique.*

Esse é Efah, diz Mea a Eleanor.

Mea não lhe deu a informação mais importante, diz Efah. *Eu lhe direi e depois as deixarei.*

Por trás da membrana, Efah rodopia como uma revoada de melros.

— Mea, estou apavorada.

Mea diminuiu de tamanho, intimidada pelo surgimento de Efah.

Efah é bom. Efah é...

Efah diz: *Não tenha medo. A fenda me pertence. Você é minha convidada. Vocês duas são minhas convidadas, em termos.*

Eleanor encosta-se em Mea. Para sua surpresa — e ela percebe que de Mea também —, seus eus amorfos começam a se infiltrarem um no outro. A sensação é elétrica, um zumbido permanente, oscilante. Por um momento, as duas fundem-se e se tornam um vulto, uma forma, o que assusta a ambas. Mas depois parece... natural. Mea é a primeira a entender o que aconteceu e fala:

Você está me ouvindo, Eleanor?

Estou.

De fora da membrana, Efah continua a falar, sem se dar conta da conversa particular entre elas.

Acho que ele não está nos ouvindo, diz Mea. *Ele é uma víbora. Não confie nele. É sábio e velho, mas é traiçoeiro.*

Mea afasta-se, e Eleanor fica olhando, preocupada, para ela.

Você é humana, continua Efah, sem perceber o que acaba de acontecer entre as irmãs. *Você só pode existir em seu mundo, sua Terra, mas você é especial. Por causa de Mea, você pode visitar este mundo. Mas há uma infinidade de mundos. Minha fenda é uma janela para todos eles.* Efah faz uma pausa. *Quer dizer, todos com exceção de um.*

E você esteve nesse aí, diz Mea a Eleanor.

— Como? — pergunta Eleanor, sem acreditar. — Não estive em nenhum...

Você viu sonhos, pesadelos, diz Efah, fazendo com que as duas se calem. *Mea mostrou-lhe esses mundos, apesar de não ter tido essa intenção.*

Você escorregou das minhas mãos, diz Mea, envergonhada. *Eu a deixei cair.*

Entre a fenda e seu próprio mundo, prossegue Efah, *estão os sonhos. Você esteve lá. Nós a vimos entrar, apesar de não podermos acompanhar. Mas eu vi a marca que você deixou. Ela sangra como uma ferida aberta.*

Eleanor tem a impressão de que sua cabeça vai explodir.

— Eu... eu não estou entendendo — diz ela. — Não fui a nenhum mundo de sonhos.

Pense, Mea insiste.

— Ah — responde Eleanor, lembrando-se. — Eu não... eu não sabia.

O que você viu?

— Fazendas — diz Eleanor. — Vi fazendas, plantações e... crianças. Vi a mim mesma. Vi... vi Jack. — Ela se lembra das palavras entalhadas na árvore: *J ama E pra sempre.*

Antes de estar lá, você esteve perto do garoto, diz Efah. *Certo?*

— Certo.

É assim que funciona o abismo do mundo dos sonhos, explica Efah. *Você cai no mundo dos sonhos de alguém perto de você, ou de alguém de enorme importância para você.*

— O sonho era de Jack — diz Eleanor. — Você está dizendo que eu... eu entrei no sonho dele...

Isso mesmo, Mea confirma.

— Então... o outro sonho... a tia Gerry — diz Eleanor, com a voz entrecortada. — Quando você tentou me pegar no escritório do meu pai.

A mulher no vão da porta?, pergunta Mea.

— Ela é nossa tia — explica Eleanor. — Quando você me perdeu, eu caí no sonho dela. Vi nossos primos. Vi... vi quando eles *morreram*. Os sonhos medonhos dela, coitada da tia...

Essa foi a terceira vez, interrompe Efah. *E a segunda? Do que você se lembra?*

Eleanor recorda os bosques queimados, lembra-se de estar nua e coberta de lama. — Eu estava numa floresta — diz ela. — Eu estava... estava...

Em casa, Mea completa. *Você estava em casa.*

— É mesmo — diz Eleanor. — Eu estava em casa e, de repente, estava no bosque.

Você estava sozinha?, Efah pergunta.

Mea entende e responde por Eleanor: *Ela não estava sozinha.*

O coração de Eleanor parece que para de bater.

— Minha *mãe* estava lá — diz ela. — Ai, *meu Deus.*

✢ ✢ ✢

Sua mãe, diz Efah. *Eu a venho observando.*

— Eleanor olha para Mea, preocupada. — O que ele quer dizer?

Toda vida deixa um rastro minúsculo ao passar pelo tempo, responde Efah. *Como uma esteira de barco. Seu próprio rastro foi ficando mais fraco desde que você era pequena.*

— Eu estava *de luto* — protesta Eleanor.

Mas o rastro de sua mãe..., diz Mea.

— Ela é *sua* mãe também — interpõe Eleanor, de repente, sentindo raiva.

O rastro de sua mãe está desvanecendo, diz Efah. *Está frágil. Vai se partir em breve, lamento dizer.*

— O que acontece quando o rastro se parte?

A morte, responde Efah, em tom neutro. *Sua missão será mais difícil do que tínhamos imaginado.*

— O que você sabe sobre isso? — pergunta Eleanor.

Eu sei todas as coisas, responde Efah. Depois de uma pausa, período durante o qual Eleanor sente que foi *sondada*, ele acrescenta: *Sei que vocês duas desejam sair deste lugar.*

Você vai nos impedir?, pergunta Mea.

Impedir? Pelo contrário. Vou ajudar vocês, crianças.

— Nós não poderíamos simplesmente... voltar no tempo? — pergunta Eleanor. — Como Mea disse?

Quando o tempo é reiniciado, Efah explica, *a pessoa leva junto de volta seu ser. Ela não se lembrará do futuro, mas abrigará dentro de si todas as sensações que o futuro lhe impôs. Se a pessoa tivesse tido uma vida feliz, e depois voltasse ao início, ela seria cheia de felicidade.*

— Minha mãe é depressiva — diz Eleanor. — E está com câncer no fígado.

O câncer se desfaria, explica Efah. *Seu corpo estaria curado, mas ainda abrigaria a memória da sua dor. Sua mãe ainda sofreria incrivelmente, mesmo que na sua realidade Esmerelda não tivesse morrido. Pior, seria uma dor sem sentido. Ela não a compreenderia. A dor a devoraria como uma fera.*

— Por que você me disse que podia ser desfeito, se no fundo não pode?

Porque pode, diz Efah.

— Como? — pergunta Eleanor. — De que modo eu teria condições de...

Curá-la.

E o seu pai, também, diz Mea. Ela olha de Eleanor para Efah. *Ele também sofre.*

— A filha deles ainda está morta! Como é que vou poder consertar isso?

Não é óbvio?, pergunta Efah.

— Não — retruca Eleanor, frustrada. — Não é óbvio para mim!

Através dos sonhos deles, diz Efah. *Você precisa restaurá-los. Mea a enviará.*

Deveríamos começar com sua mãe, sugere Mea. *O rastro dela está extremamente frágil.*

Concordo, diz Efah. E para Eleanor: *Está pronta, criança?*

Mea aproxima-se, fundindo-se mais uma vez com Eleanor. Efah observa do outro lado da membrana, mas não fala.

Quando elas estão unidas e compartilham seus pensamentos, Mea diz:

Você está preocupada.

É seguro?, pergunta Eleanor.

Não sei.

Será que vai funcionar?

Não sei.

Vem comigo, diz Eleanor. *Por favor, vem comigo.*

Criança, repete Efah. *Você está pronta?*

Não posso sair daqui, diz Mea. *Efah não vai permitir. Não confio nele, mas não existe outra forma.*

Está bem, concorda Eleanor. *Eu entendo.*

Ela se desgruda de Mea. Efah está encostado na membrana, espiando as duas.

Decida, diz ele.

Eleanor olha primeiro para Mea e depois para Efah.

— Estou pronta.

Sonhos

Eleanor

A casa assoma diante dela. Não há luzes nas janelas. Nuvens passam na frente de uma lua gorda, lançando sombras marmorizadas no gramado.

— A que distância preciso estar? — Eleanor tinha perguntado.

Não há regras. Porém mais perto da sua mãe do que do seu pai, Mea tinha explicado. *Para você entrar nos sonhos dela, não nos dele.*

O carro do pai está estacionado na entrada. Nua, ainda mais uma vez, ela atravessa o gramado e espia no interior do carro. Ninguém. A pasta do pai está no banco do passageiro, ainda aberta. Um sanduíche desembrulhado, praticamente intacto, está pousado numa pilha de papéis.

Ela dá a volta na casa, a pele descorada como a morte sob o luar ralo, o cabelo ruivo tornado da cor de vinho tinto. A chave de reserva da garagem ainda está lá, esquecida debaixo do vaso de barro. As flores morreram e se quebram como papel ao seu toque.

Eleanor entra na garagem e evita pisar nas velhas manchas pegajosas de óleo no piso de concreto. Para por um instante, olhando para as caixas que o pai nunca levou consigo quando se mudou. Elas estão marcadas como *Lixo do sótão* na letra apressada e raivosa da mãe. Uma tira de fita adesiva velha mal prende juntas as abas. Eleanor a puxa e abre a caixa.

Do fundo da primeira caixa, uma miniatura quebrada de uma casa olha, desdentada, para ela. As janelas de celofane foram furadas por minúsculos troncos de árvores. As paredes da casa estão empenadas. A grama falsa esfarelou-se, livrando-se da cola que a prendia e está espalhada por toda parte como um pó de tabaco musgoso.

Ela suspira e sente que seus olhos ficam marejados ao lembrar da caixa de correio que quebrou anos antes, naquele dia fatídico. E estava chateada com aquilo, enquanto sua mãe dirigia o Subaru até o aeroporto. Eleanor mal consegue se lembrar de como se sentia quando a mãe *percebia* sua existência, mas naquele dia Agnes tinha notado e procurado captar o seu estado de espírito. "O que está acontecendo com você, menina?", a mãe perguntara.

Eleanor nunca lhe disse, e depois o acidente aconteceu e exigiu a atenção de todos. E Eleanor havia esquecido a história da caixa de correio. Até agora.

Ela fecha a caixa de papelão com cuidado, pressiona a fita adesiva de volta no lugar e vai embora.

A porta interna da garagem está fechada. Ela ergue a maçaneta ao girá-la, para não ranger, e então fecha a porta em silêncio depois de passar. Por um bom tempo fica em pé imóvel, deixando que seus olhos se ajustem à penumbra, tentando escutar a quietude da casa: o estalido suave do aquecedor de água, o lamento sutil da acomodação dos alicerces.

Eleanor para ao lado da porta da lavanderia. A porta está aberta, e há uma pilha de roupa lavada numa cesta em cima da secadora. Obra do pai, pensa ela. Sua mãe não lava roupas há anos. Então revira a pilha e encontra a camiseta do pai do Glacier Pilots; lembra-se então da história que ele contava de ter visto Mark McGwire, do alto dos seus 19 anos, fazer três *home runs* numa partida de beisebol. Ela veste a camiseta, que tem cheiro de amaciante e do seu pai e vai quase até seus joelhos.

Eleanor entra na cozinha. Debaixo da pia, a lata vermelha de plástico está vazia. Ela dá um suspiro de alívio. Seu pai deve estar agindo certo, se sua mãe não está bebendo.

Ou vai ver que o pai só não está encontrando as garrafas.

A sala de estar está vazia, sombreada à luz suave do anoitecer. A poltrona da mãe está desocupada. O cobertor que ela costumava jogar sobre a mãe está meticulosamente dobrado no banquinho de apoio dos pés. Não há garrafas na mesinha de canto.

Ela atravessa a sala com cuidado e então para de repente.

O pai está sentado no sofá no escuro.

Eleanor fica um instante sem fôlego.

Então seu pai ronca, baixinho, mas alto o suficiente para ela ouvir. Eleanor solta o ar sem ruído e ruma para a escada. O chão estala sob seus pés e o pai acorda, assustado. E ouve o leve som da boca dele se abrindo e sente um arrepio quando ele diz o nome dela.

Nesse instante, Mea a apanha.

O espaço entre o mundo e a fenda é irregular, e Eleanor sente que o ar faísca e cintila em torno de si. A voz do pai hesita, estende-se, o nome dela transformado em puxa-puxa nos seus lábios.

— *Ellllllllllllllaaaaaaaaaaannnnnnnnnnnnohhhhhhh...*

É a primeira vez que tem consciência da sua passagem entre os mundos; e está determinada a entendê-la, a recordá-la. Por um instante, enquanto o ar rebrilha, ela vê uma nuvem de piche preto, que começa como um jato minúsculo, um cristal de nanquim, e depois vai se desdobrando como uma flor crepitante. Eleanor pode *ouvir* a fenda e estende os braços adiante. A fenda é de um escuro total, com suas bordas se alargando muito para acolhê-la.

A fenda canta para ela.

Eleanor a tinha imaginado diferente. Havia visualizado a fenda como uma perfeita porta retangular, uma abertura negra pela qual ela poderia passar e uma pequena fissura transponível entre seu mundo e a fenda em si — o abismo que a levaria ao mundos dos sonhos, à sua floresta de cinzas e à fazenda em outro planeta.

Mas não é assim que acontece.

Eleanor sente um frio no espaço ali adiante — não proveniente da fenda em si, mas de algo *na frente dela* —, e, à medida que é puxada lá para dentro, este a domina como mil mãos que a agarram em desespero. Ela é esmagada pelo peso de um milhão de Terras possíveis que a espremem por todos os lados; e as realidades às quais pertence — a sala de estar da casa da mãe, a bolha de sabão enfumaçada da fenda — dobram-se como uma caixa, e Eleanor se torna absolutamente nada.

Mea

Mea está toda pressionada na membrana.

Efah olha para ela, ameaçador, sem dizer nada.

Ela se foi, diz Mea.

Eleanor cai como uma brasa ínfima naquele oceano, e eles a veem ser carregada para longe, muito longe.

Alguma coisa tenta dar puxões na forma de Mea, e ela treme.

Que foi?, pergunta a escuridão.

Senti... alguma coisa.

O que você sentiu?

Água, diz Mea.

É diferente da maré negra à qual já se acostumou dentro do seu aquário. Essa água, invisível para ela, parece expulsar a escuridão e sustentá-la, passando através dela e a circundando.

Você sentiu? Nós estamos sozinhos?

Efah não responde.

O que por si só já é uma resposta.

Eleanor

A primeira coisa que ela percebe é que não está nua.

Seu corpo está envolto em algum tipo de couro de animal. A roupa é da cor da morte, um azul peculiar, sem vida, diferente do couro de qualquer animal que já tenha visto. Seus pés estão protegidos pelo mesmo couro. Cordas resistentes e apertadas enroladas no couro, transformando-o em botas improvisadas.

A segunda coisa que percebe é o fogo, que lhe mostra tudo o mais.

Ele tremeluz numa pequena cova redonda, cercada de pedras. Sua luz revela o solo frio e negro, desprovido de vida. Um chão. Há peças de mobília: uma cadeira feita de galhos de árvores unidos por cordas finas, talvez as mesmas que prendem o couro aos seus pés.

Ela pode distinguir as paredes de uma estrutura ao seu redor. Elas tremulam e se enfunam com delicadeza. São feitas do couro do mesmo animal, curtidas e atadas a postes esguios, e ainda amarradas no chão para impedir a entrada da...

Neve.

Um pouco de neve conseguiu penetrar na estrutura da tenda de qualquer maneira. Ela a vê se acumulando junto da base das paredes de pele de animal, misturada com terra, como se tivesse sido chutada de volta por alguém.

Fora isso, há pouca coisa na tenda com ela. Alguns utensílios rudimentares num toco junto do fogo. Uma caneca de metal, um pouco de pederneira.

Eleanor tenta se sentar, mas cai pesadamente. Seu corpo lateja, dolorido, como se tivesse sido atirada de um automóvel. E sente mais frio do que nunca em toda a sua vida.

— Tem alguém aí? — diz ela para a tenda vazia.

As paredes da tenda panejam raivosas, e a neve avança por baixo de uma ponta. E se derrete depressa, aquecida pelo fogo, e afunda no solo escuro.

Eleanor põe os pés no chão e se levanta. Suas pernas estão pesadas e dormentes. E seu primeiro passo mais para perto do fogo sai errado. Ela cai como um titã, despencando em cima da cadeira de galhos de árvores.

Quando acorda, suas pernas são de concreto. Ela está com terra na boca. Um frio antigo vem se infiltrando do subsolo permanentemente congelado e enche seus pulmões de gelo. O fogo — tão perto do seu rosto que se dá conta de que foi só por um triz que não morreu queimada — está reduzido a um pequeno manto laranja que rói a madeira incrustada de cinzas.

Abre-se uma aba na tenda e a neve entra açoitando. Ela cobre os olhos com um braço. A brancura do outro lado da aba da tenda a ofusca.

Um vulto escuro bate os pés e larga um feixe de lenha cortada na terra fria. De repente, Eleanor sente medo e se afasta do fogo arrastando-se com os braços fracos.

O vulto fica parado, entrouxado em peles pesadas, observando-a. O fogo está fraco demais para iluminar o rosto do desconhecido.

O corpo de Eleanor parece de chumbo. Depois de se arrastar só alguns centímetros, ela cai de volta no chão.

— Me deixe em paz — sussurra Eleanor. Seus lábios estão rachados, gelados. Falar *dói*.

O vulto curva-se, apanha alguns pedaços de lenha e anda pesadamente até o fogo. O desconhecido afasta os pedacinhos calcinados de árvores consumidas e arruma cuidadosamente novos pedaços no centro. Eleanor assiste à pessoa tirar uma luva marrom, peluda, e se inclinar junto da chama pequenina, protegendo-a com a mão em concha e soprando delicadamente para insuflar vida no seu ventre.

Demora, mas o fogo aquece os nacos gelados de lenha nova, e veios minúsculos dessa nova leva pegam fogo, ardem e fumegam. E então a madeira começa a refulgir, laranja. Eleanor rola para ficar deitada de costas e olha para o teto da tenda, notando pela primeira vez o buraco acima dela. A fumaça sobe retorcida como uma bala de alcaçuz e passa pelo buraco para o céu gelado e luminoso.

O desconhecido abaixa-se apoiado num joelho só. Eleanor está com muito frio, exausta e derrotada demais para protestar. O rosto do desconhecido está enrolado num pano escuro. Eleanor deseja poder cair de novo, cair direto através da Terra e sair em algum outro lugar. Ela tem medo do mundo dos sonhos da mãe e do que esta poderia fazer com ela nele.

— Mea — ela geme. — Quero sair daqui.

O desconhecido tira a máscara, e é seu pai que sorri para ela.

Eleanor começa a chorar, e seu pai diz "Ah, querida" e a pega no colo. Ela esconde o rosto no pelo molhado do seu casaco estranho, grata por ele existir nos sonhos da mãe. Pode ser que seu pai a ajude a salvar sua mãe. Pode ser que ela não precise fazer isso sozinha.

A voz do pai é nítida e alegre aos ouvidos dela.

— Minha Esmerelda — sussurra ele. — Você voltou para mim.

E Eleanor percebe que esse sonho não é de modo algum da sua mãe.

Paul está encurvado sobre o fogo, quando Eleanor acorda muitas horas depois. E o observa do seu catre de couros e peles. O pai mexe em alguma coisa num caldeirão pendurado num tripé acima das chamas. Ela fareja o ar.

— Acordou! — exclama ele.

Ela concorda em silêncio.

— Preparei uma coisa para você — diz ele, virando a cabeça para a panela.

O aroma é estranho e delicioso.

— O que é?

Ele se volta para a panela, mergulha uma concha no caldo, leva-a à boca e sorve o líquido ruidosamente.

— Inda não tá pronto — desculpa-se ele.

Eleanor permanece debaixo das peles pesadas e flexiona os dedos dos pés. Ao contrário do dia anterior, consegue senti-los, embora estejam formigando, doloridos. Também é capaz de sentir os músculos das panturrilhas se retesando. Um bom sinal, pensa ela.

— Papai, o que houve com minhas pernas?

Ele se recosta na cadeira de madeira e a surpreende ao acender um cachimbo fino e comprido. Seu pai nunca fumou.

— Eu te encontrei.

— Me encontrou?

— Lá no corgo — responde ele.

— Não me lembro — diz Eleanor.

— Você tava na margem, na neve. As pernas quebraram o gelo.

Esse homem não é o seu pai, pensa ela. Seu pai não fala desse jeito, não fuma, nem usa roupas de peles.

— Azuizinhas como o céu de antigamente. Suas pernas tavam assim.

— O céu de antigamente? — pergunta ela, confusa.

— Os azuis de antigamente — responde ele. — Antes dos cinza.

Ela fica olhando para o pai.

— Faz muito tempo — diz ele, percebendo como ela está confusa —, o céu era azul feito passarinho.

— E agora não é?

— Então você foi embora de mim — explica ele. — E o azul também se foi.

Ele se inclina para a frente e cheira a panela. Depois volta a se acomodar na cadeira. Solta baforadas com o cachimbo. Um perfume doce enche a tenda, misturando-se ao aroma da comida.

— Ele agora vai voltar — diz o pai. — Agora que você tá em casa de novo.

— Onde nós estamos? — pergunta ela. — Que lugar é este? Por que estamos com esse tipo de roupa?

Agora é o pai que parece confuso.

— Aqui é nossa casa, querida. Sempre foi.

Ele sai da cadeira e vem se ajoelhar junto do leito dela. A palma da sua mão parece áspera na testa dela, nem um pouco parecida com o toque da pele do seu pai, que é mais suave. Seu pai tem as mãos de um corretor de imóveis. Essa pessoa diante dela... essa pessoa é um montanhês, com as mãos de um urso.

— Você tá atordoada. Foi o frio. Vai passar.

De joelhos, ele se vira para farejar o ar.

— A comida inda vai demorar um pouco. Dorme mais, se quiser.

A novidade, a estranheza disso tudo a domina. Dormir, ela pensa. É, tá bom. Dormir.

Quando acorda outra vez, a tenda está clara, o fogo apagado. Ela aperta os olhos, ajustando-se à luz. O teto da tenda foi enrolado e recolhido, e lá no alto pode ver o céu de um azul-acinzentado, nuvens ralas se desintegrando como algodão-doce. A porta da tenda está presa na posição aberta, e o mundo branco, bloqueado pela neve, foi substituído por um verde. Há morros ao longe, e ela vê um fino fio azul de água estendido sobre eles, o corgo, é claro.

Bem ali diante dela, um broto verde acaba de surgir da terra.

Enquanto Eleanor olha, ele desdobra um par de folhas novas, úmidas, e uma minúscula flor branca se abre.

— Isso é um sonho — diz ela, em voz alta. — Um sonho, não se esqueça. Só um sonho.

Ela se detém a olhar a flor e, então, procura em volta por uma abelha. Como se Eleanor a tivesse invocado do nada, uma gorda abelha amarela passa perto da sua orelha e circunda a flor antes de pousar hesitante nas pétalas de marfim. Para seu espanto, a abelha tem asas largas, delicadas, de libélula.

— Rosa — diz ela.

A flor torna-se de um rosa clarinho. A abelha sai adejando pelo ar e, depois, volta a pousar nas pétalas.

Seu pai aparece no vão da porta.

— Acordou!

Eleanor aponta para a flor. E começa a lhe dizer o que acabou de acontecer, mas então o vê e se esquece. Suas peles sumiram, substituídas pelo que parece ser um poncho de couro de animal. Sua barba pesada também está meio sumida. E na mão ele segura uma pedra afiada. O lado liso do rosto dele está salpicado de pequenos cortes e gotículas de sangue.

E acena para ela.

— Vem — diz ele. — Vem ver o novo mundo!

Eleanor só consegue ficar olhando.

Ele ri, uma risada forte, e sai animado, afastando-se. Ela ouve os respingos da água, escuta-o arquejar quando corta o rosto mais uma vez com a pedra de barbear.

Também seu cobertor de peles foi substituído por um único lençol de couro de animal. Ela se descobre e fica surpresa ao ver que o pai removeu as botas e calça de couro do corpo dela. Eleanor está usando um poncho exatamente igual ao dele. Suas pernas estão cor-de-rosa e vivas; e consegue mexer os pés. Nada dói. Tudo está bem.

— Isso é tão absurdo — diz ela, baixinho.

Sua barriga ronca, mas não lhe dá atenção. Não quer ter nada a ver com seja lá o que for que seu pai come.

Ela se levanta e vai andando devagar para a porta da tenda, bem na hora que uma parede inteira desmorona. Seu pai, de rosto barbeado e cheio de vida, solta mais um conjunto de amarras e começa a enrolar o grande painel de couros unidos.

— O que você está fazendo?

— Sol — diz ele, apontando para o alto. — Não preciso disso agora.

Eleanor sai para a grama, que está por toda parte, como se aquilo ali não fosse simplesmente um campo coberto de neve há apenas alguns minutos. Ela franze os olhos diante da luz forte, observando seu pai trabalhar. Ele desmonta a tenda, feliz, dobrando os couros e recolhendo os esteios.

— Eu disse que o azul ia voltar! — exclama o pai enquanto trabalha.

Eleanor protege os olhos do sol nascente e examina a paisagem do sonho do pai. Mesmo com o calorzinho da luz, um calafrio apunhala seu ventre, com o que ela vê.

São milhares.

As cruzes espalham-se em todas as direções a partir do local da tenda, cada uma feita dos galhos de uma árvore, ou de restos carbonizados de lenha, com as duas partes unidas por mais pedaços daquele barbante que ela viu antes. A imagem dessas covas que vão se afastando a partir da tenda é diferente de qualquer coisa que já viu. É como se seu pai tivesse armado acampamento no meio de um velho campo de batalha.

Ele põe a mão no ombro dela, e ela se sobressalta e grita.

O pai dela ignora essa reação e diz: — O que você tá vendo?

Ela olha para ele. Cada pequeno talho do seu barbear primitivo está encoberto com um tiquinho de terra úmida.

Seu pai está louco.

— O que você tá vendo? — pergunta ele de novo, indicando a paisagem com um gesto largo.

Ela sacode a cabeça para desanuviá-la.

— Eu... covas — diz Eleanor.

— Não — diz ele. — Lembranças.

A isso ela não dá resposta.

— Cada dia desde que você se foi — explica ele —, eu fiz uma.

Milhares de marcadores. Sete mil, talvez oito. Eleanor não se lembra da idade que tem agora, mas também já contou os dias desde que Esmerelda morreu. Volta-lhe a recordação de um caderno que guardava debaixo do travesseiro, escondido da mãe. Ela havia tentado escrever o nome de Esmerelda uma vez para cada dia sem sua irmã. Encheu o caderno rapidamente e perdeu a conta de quantos dias tinha registrado. No fim, depois de ter enchido as folhas e as capas duras do caderno, perdera a capacidade de tirar qualquer sentido do nome de Esmerelda. Ele se transformou em alguma coisa estranha e desconhecida, algo sem significado.

— Mas agora minha Esmerelda voltou pra casa — diz o pai. — E a gente precisa trabalhar.

Ele se vira e mostra uma tina de madeira cheia de piche preto e pegajoso. E a põe no chão e entrega um pedaço de pau a Eleanor. Ensina a filha a mergulhar o pau no piche e girá-lo, fazendo com que a substância preta o envolva com uma pasta grossa.

— Não perto demais da mão — diz ele. — É ruim.

E risca a pederneira na lâmina de uma faca, e uma faísca cai de suas mãos.

— Põe seu pedaço de pau aqui — diz ele.

Ela o estende, e o pai produz mais faíscas. Uma vai pousar no piche, que pega fogo de repente. Eleanor grita e deixa cair o pedaço de pau, mas seu pai o apanha antes que chegue ao chão.

— Segura aqui — diz ele. — Faz o mesmo que eu.

E prepara outra tocha para si mesmo. Então vai andando pelo campo e a faz tocar na primeira cruz, que, daí a um instante, está envolta em chamas. O pai sorri, feliz, e faz um gesto para que ela o imite. Eleanor o observa pôr fogo em mais uma, e depois em outra.

Ele espera.

O calor irradia-se da tocha como de um forno. Eleanor a carrega pelo campo e para diante de uma das cruzes intactas. Ela imagina o pai ajoelhado na neve, batendo os dentes de frio, amarrando uma vareta na outra e martelando-as para fincá-las no chão duro. Pensa no seu caderno, na cama vazia que ocupava o quarto que no passado tinha dividido com a irmã — a cama que precisou carregar até o meio-fio sozinha, porque os pais estavam arrasados demais para ajudar. Eleanor se lembra de encaixotar as coisas da irmã e de carregá-las para o sótão e, então, todas as noites, tentar se esquecer dos buracos: o lado esvaziado do quarto que ela não conseguia suportar a ideia de preencher; o buraco no sótão onde enfiara as coisas de Esmerelda, na esperança de que se esqueceria do lugar onde as tinha posto; o buraco que o corpo pequenino da irmã havia aberto no para-brisa do carro da mãe.

Como o pai, ela toca numa cruz com a tocha; e os dois trabalham lado a lado, queimando as lembranças, limpando o campo.

✱ ✱ ✱

Eleanor fica semanas com o pai. As cruzes esfarelam-se em pequenas pilhas pretas de madeira carbonizada. E então um dia de manhã elas simplesmente sumiram. O céu permanece azul o dia inteiro. Ela pergunta pela tenda. E se chover? Mas essa terra não conhece a chuva. O mundo de sonhos de seu pai parece existir num estado binário: tudo é maravilhoso, ou tudo é doloroso. Confundir a chegada de Eleanor com o retorno da filha falecida inverteu seu mundo. Moitas de girassóis brotam da terra verde da noite para o dia. O córrego aprofunda-se, tornando-se um rio, e eles nadam e chapinham na água sob o sol.

À noite, ela lhe conta casos dos lugares onde esteve, criando uma história para Esmerelda. Fala-lhe das terras mais além das montanhas, de cidades reluzentes cheias de pessoas bonitas que fazem coisas empolgantes e as compartilham. Ele lhe pergunta qual era seu lugar preferido, e ela lhe fala de Anchor Bend, da cidadezinha e da sua história, das pessoas que fixaram residência e vivem por lá.

Eleanor não sabe se está se iludindo, mas acha que vê uma chispa de reconhecimento nos olhos dele, quando fala do quebra-mar, das lojas e estabelecimentos na rua principal.

— Conheci uma mulher lá — diz ela uma noite.
— Onde?
— Anchor Bend, a cidade à beira-mar.

Ela começa a falar como o pai, adotando sua cadência e a noção de história que brota das suas frases abreviadas. Ele, por sua vez, faz o próprio esforço, dizendo mais do que algumas palavras de cada vez, com sua fala tornando-se cada vez mais informal.

— Qual era o nome dela?
— Agnes — diz Eleanor.

O pai inclina a cabeça, refletindo. — Agnes. Um nome forte.

— É, e bonito — diz Eleanor. — Ela cresceu lá. O pai era um guerreiro. A mãe, uma deusa do mar.

Paul escuta com atenção, deitado de costas, os olhos fixos no oceano de estrelas.

— Ela mora lá com uma garota — diz Eleanor, com muito medo de dizer alguma coisa errada ou falar demais, mas precisa tentar.

— Que garota?

— A filha dela.

O pai dá um resmungo de aprovação.

— As filhas são a vida.

— A filha é igualzinha a mim — diz Eleanor.

Paul vira-se de lado. Seus sacos de dormir estão separados por alguns palmos. Ele arranca pedacinhos da grama. — Igualzinha a você?

Eleanor faz que sim, sem olhar para ele. Está apreciando a lua e se pergunta se essa é a mesma que paira acima da Anchor Bend verdadeira.

— Ela se chama... — Eleanor para.

O pai aguarda.

— Ela se chama Eleanor.

Ela se vira e olha para o pai, procurando em seu rosto o menor sinal de reconhecimento.

Nada.

— Quero que você as conheça — diz Eleanor.

— Pode trazer as duas — responde o pai. — Elas são bem-vindas aqui.

— Não — diz Eleanor. — Elas são muito felizes lá. Mas nós podíamos ir até elas.

O pai olha em volta. — Esse é meu lar.

— Não. O lar é você e eu.

— Não precisamos delas.

— Quero estar com elas. Você não quer que eu me sinta feliz?

O pai parece magoado. — Sim. Mas...

Ela espera, mas ele não termina a frase.

— Pense bem — diz ela. — Só isso.

Ele volta a se deitar de costas sem dizer uma palavra, e Eleanor adormece.

Quando ela acorda, o saco de dormir do pai sumiu. A grama, amassada por baixo dele durante a noite, já está começando a se levantar. Ela o chama, mas ele não responde.

Eleanor fica horas ali onde está. Não há nenhum lugar aonde ir. Ela acha que poderia andar até o horizonte, em qualquer direção, e então o mundo naturalmente despencaria no nada. O que teria acontecido se ela e o pai tivessem começado a caminhada rumo a Anchor Bend? É o mundo dele. Esse mundo teria fronteiras para ele? Será que seu cérebro adormecido preencheria as lacunas? Será que faria diferença a direção na qual eles seguissem?

Seu pai vem subindo o morro quando o sol já está bem alto.

— Nós vamos — diz ele.

O pai criou uma mochila alta com couro de animais e a encheu com coisas de que vão precisar. Bexigas de água estão penduradas em seus quadris. O caldeirão de metal está suspenso de um laço de cordão, quicando na mochila enquanto anda. Ele se apoia num cajado nodoso.

Eleanor senta-se, ereta. — A Anchor Bend?

— O que minha Esmerelda pede minha Esmerelda terá — responde o pai.

Ele começa a andar, e Eleanor o acompanha.

Eles caminham por quilômetros e mais quilômetros, e o horizonte só recua. O mundo não se desfaz no vazio, como Eleanor tinha temido que acontecesse. Ela não vê crateras fumegantes, nem oceanos de matéria negra. Só mais montes verdejantes, mais florestas que se espalham, mais rios que se bifurcam e mais nuvens e montanhas luxuriantes. Há animais também. Apesar de a maioria dos objetos que pertencem ao pai parecer ter sido feita com os restos de criaturas mortas, Eleanor ainda não tinha visto nenhum animal. Mas agora há bandos de aves com asas enormes, com a envergadura de alguns metros, levantando voo do alto das árvores quando ela e o pai vão passando. Enquanto do topo de um morro eles veem um campo salpicado de flores silvestres, Eleanor avista uma manada de alguma coisa — alces?, búfalos?, ela não sabe dizer — numa movimentação preguiçosa por lá, com as grandes sombras escuras de nuvens passando lentas por cima deles.

Ela e o pai não conversam muito. Ele parece contente com isso, como se não lhe tivesse ocorrido perguntar por que ela foi embora, nem como voltou. Enquanto caminham, Eleanor lança olhares furtivos para ele: o rosto, dourado ao sol; o cabelo, da cor de seda amarelo-claro. Ele olha feliz para a frente, muitas vezes fechando os olhos e voltando a cabeça para o calor lá de cima. E parece mais jovem, e Eleanor percebe que ele *está* mesmo mais jovem: os talhos no rosto desapareceram; sua barba sumiu; sua pele está corada. Os pés de galinha em torno dos seus olhos estão suavizados. E então, algumas horas depois, eles simplesmente se foram.

Em pouco tempo, o pai está com a aparência de que ela se lembra da sua infância.

Especificamente, ele tem a mesma aparência dos meses anteriores à morte de Esmerelda.

— Papai — arrisca Eleanor, querendo chamar a atenção para a mudança que está ocorrendo nele. Mas, quando olha para ela, tão jovem e cheio de vida, ele mesmo não muito mais do que um adolescente, Eleanor perde o fôlego e não consegue dizer nada.

Ele só sorri, e os dois continuam a andar.

— Olha — diz o pai quando eles saem de um bosque de carvalhos altos. À sua frente está um novo mar, dessa vez feito de flores que crescem a uma altura impossível. Há flores de um rosa forte, botões de um intenso tom de ameixa.

Eleanor fica sem palavras.

A paisagem dos sonhos do pai é uma bela terra da fantasia.

Por muitas semanas, eles dormem sob uma lua num crescente perfeito, escutando os gritos de aves noturnas e as sinfonias de grilos e sapos. Uma noite, dormem no sopé de uma pequena montanha e, no dia seguinte, a escalam: ele, com as mãos enlaçadas nas tiras da sua mochila de pele de animal; e Eleanor, andando com o resistente cajado do pai. A montanha parece macia aos seus pés, o terreno esponjoso e convidativo como a tundra na primavera. Eles sobem por horas a fio e, quando chegam ao topo, uma plataforma rochosa achatada, se sentam e comem nacos de carne curada que seu pai trouxe.

Muito abaixo deles, um vale estende-se largo como uma bacia. Está atapetado com capins altos e ondulantes, e um riacho segue sinuoso por ele como um cadarço de sapato.

Eleanor sente um formigamento na nuca.

— É lindo — diz o pai, mastigando feliz um punhado de castanhas.

Mas Eleanor não tem tanta certeza. É claro que ele está certo, e o vale é realmente estonteante, mas ela tem a sensação de que está olhando de volta para o passado. A vista lá embaixo a está corroendo. Eleanor conhece este lugar.

— Aquilo lá é bem bonito — diz o pai, apontando.

Ao longe — talvez a quilômetros dali —, há uma estrutura no meio do vale. Ela a reconhece também. É uma cabana, uma que seu pai construiu muito tempo atrás na oficina no sótão. Se forem longe o suficiente, pensa Eleanor, pode ser que topem com outras casas que seu pai criou. Talvez uma delas tenha uma caixa de correio quebrada.

Mas essa cabana a preocupa. Ela é perfeita demais, bonitinha demais.

Um punhado de nuvens passa lá em cima, lançando sombras pequenas, apagadas, sobre a campina lá embaixo. Eleanor tem um sobressalto quando uma lembrança lhe ocorre: uma floresta de cinzas, venenosa e conturbada. Ela fixa o olhar no vale, e a sensação de alguma coisa se agigantando no paraíso lá embaixo só cresce.

Eleanor se volta para o pai e sabe o que tem de fazer.

— Anchor Bend não fica longe daqui — diz ela, apontando para a outra borda do vale, onde os capins dão lugar a florestas densas e sobem de novo pelas montanhas. — Logo ali, depois daquelas montanhas.

— Devíamos ir logo! — diz ele, animado, recolhendo as sobras do almoço.

Mas Eleanor põe a mão na dele, fazendo que não.

— Elas são muito tímidas — diz ela, esperando que ele não insista. — Acho que eu devia ir contar para elas que nós vamos chegar, para elas terem tempo de se prepararem para nós. Seria uma atitude educada.

Ele reflete sobre o assunto e, então, para surpresa dela, concorda.

— Vou dormir aqui — diz ele, dando uma batidinha na rocha e mostrando o panorama com um gesto largo. — Vou acordar para essa vista.

Eleanor lhe diz que voltará dentro de alguns dias, e então os dois irão juntos a Anchor Bend. Ele lhe oferece a mochila, mas ela não quer o peso. O pai lhe dá então um embrulho e lhe diz para comer e manter as forças. E, então, Eleanor dá um beijo no rosto juvenil do pai e parte descendo a encosta da montanha sozinha.

Ele não lhe diz para ter cuidado, porque que mal poderia acontecer a ela nesse mundo perfeito que o pai criou?

Eleanor vai descendo de lado pela montanha, com uma sensação crescente de pavor. E, quando finalmente chega às árvores e entra na sua sombra cerrada e seus cheiros intensos, verdejantes, ela cai através do mundo e desaparece.

Mea

Olha, diz Efah.

Mea vê a chama pequenina e faiscante crescendo ao longe.

A criança retorna.

Eleanor

Eleanor acorda no chão da garagem. Seu braço está sujo de preto, da velha mancha de óleo. Ela está nua, o que não é nenhuma surpresa. Atravessa o piso de concreto até a porta da garagem, fica na ponta dos pés e espia lá fora. Está chovendo. O carro do pai não está na entrada. Ao que ela possa dizer, é o fim da manhã.

O pai deve estar no trabalho.

Ela tenta não fazer nenhum ruído quando entra sorrateira na casa. Fica muito tempo parada no vestíbulo, procurando ouvir o som de alguma movimentação da sua mãe.

Ocorre-lhe um pensamento terrível: e se essas suas últimas férias longe da realidade tiverem, mais uma vez, durado anos? E se ela houver perdido a oportunidade de salvar a mãe? E se a casa estiver assim tão silenciosa porque Agnes já morreu de câncer?

Ela vai ao banheiro do térreo e acende a luz. Há sabonetes finos numa saboneteira, um pouco empoeirados por falta de uso. E também uma toalha no porta-toalhas. Eleanor olha para si mesma no espelho e reconhece o formato do seu rosto e do seu corpo. Se envelheceu, não pode ter sido mais do que alguns dias, talvez semanas.

Passa pela cozinha, pela sala de jantar e entra na sala de estar, onde seu pai estivera dormindo, empertigado. As cortinas estão fechadas, o aposento arrumado. Um par de óculos está na mesinha de canto, e ela os pega. São óculos de leitura, de modelo masculino. Ela sente uma dor por dentro — nesse mundo, seu pai envelheceu. Eleanor já tinha se acostumado àquela juventude recuperada dele.

Ela se pergunta como ele estará conseguindo lidar com a vida agora, um pai de luto por duas filhas mortas, cuidando de uma ex-mulher moribunda que o despreza.

Eleanor se volta para a escada e seu movimento é interrompido pela visão da poltrona da mãe.

A camiseta do pai do Glacier Pilots está dobrada com perfeição sobre ela. Em cima dela está um pedaço de papel dobrado.

Ela olha para ele por um bom tempo, com o silêncio da casa aumentando ao seu redor, o rangido de madeira velha e o estalido do aquecedor de água sumidos por enquanto.

Por fim, Eleanor o abre.

Lê o texto uma vez, duas e ainda mais uma vez.

Um leve farfalhar vem de lá de cima, do quarto da mãe, um convite, mas um convite sinistro. Eleanor volta-se para olhar para a escada. Os degraus parecem se multiplicar e ficar mais altos, mais separados, enquanto olha.

Ela desdobra a camiseta e a veste, com o perfume suave do sabão penetrando no seu nariz.

Devolve o bilhete para a poltrona, anda até a escada e começa a subir.

A guardiã

— *Não vão!*

A garganta da guardiã arde com o esforço de gritar. Seu corpo é pouco mais do que ossos revestidos de pele; sua pele pouco mais do que papel. Ela soluça amargamente, agora por fim alquebrada. Sua sombra está enfraquecida também, só um borrão empoeirado no chão exposto. Eleanor pensa que agora sabe a resposta. Quando se for, sua sombra fará a passagem também.

Os animais se retiram, cada passo rachando a crosta ressecada debaixo das suas patas. O pequeno segue encostado no outro, quase não conseguindo aguentar o próprio peso. Trôpegos, eles atravessam a paisagem destruída, em busca de um novo lar.

— Não vão — ela sussurra de novo.

O animal maior estica o pescoço para olhar para ela, e a guardiã consegue encarar seu belo olhar por um instante.

E então o céu irrompe em chamas, e o instante termina.

Uma flor de um laranja vivo avoluma-se nas nuvens negras e a guardiã esquece suas tristezas de imediato. O ar torna-se elétrico e começa a girar, com a chuva transformando-se em agulhas curvas à medida que um funil se forma. A guardiã ergue-se em pernas magricelas, concentrando-se no turbilhão crescente. É o mesmo de antes, o céu tomado por sua inimiga, e a guardiã reúne toda a força que lhe resta e grita para o alto.

Uma fúria como mil sóis borbulha dentro dela.

Ela é uma ave esmagada e impedida de voar. Mas não está acabada. Não enquanto puder ficar em pé.

A guardiã levanta as mãos, enrosca os dedos, acena para o demônio no céu.

— *VENHA!* — berra ela, e sua sombra, de repente forte, fica escura em contraste com a terra devastada.

Mea

Traga-a para nós, diz Efah a Mea. *Preciso saber se ela conseguiu.*

Acho que já não estou no comando, diz Mea.

Eleanor sobe a escada com esforço, cada passo hesitante, deliberado. Através da membrana, Mea espia a escada conhecida, o carpete fiapento no segundo patamar. De repente, ela se lembra desse carpete. Recorda-se de escorregar os dedinhos descalços nas felpas do tapete lá de cima. Lembra-se de tê-las cortado com uma tesoura numa tarde quando ninguém estava olhando.

Eleanor bate de leve à porta aberta do quarto da mãe, mas não entra. Ali, pequena na cama que seus pais um dia dividiram, está Agnes. Sua pele cai bamba sobre seu corpo murcho. Os músculos que ela um dia chegou a ter praticamente sumiram. O cabelo castanho-avermelhado está grisalho e caiu em tufos. O pouco que resta é ralo e esfiapado. Seus olhos fundos estão fechados. A respiração é fraca.

Ela não tem muito tempo de vida, diz Efah.

Mea olha fixamente para a mulher na cama.

Diga-me quais são as regras, diz ela.

As regras...

Você me disse que havia leis a respeito do reino dos sonhos. Diga quais são.

Eu só posso especular, você entende.

Sim, sim.

O mundo dos sonhos é um refúgio para as pessoas se protegerem da vida, diz Efah. *Da mesma forma que a fenda está cheia de almas perdidas, feridas, o mundo dos sonhos está repleto de seres vivos que procuram escapar da própria morte, da própria dor e de arrependimentos. Eles usam os sonhos como uma capa, para se protegerem.*

Mas há como entrar lá.

O mundo dos sonhos não é impenetrável, concorda Efah. *Existe, sim, uma costura onde ele se fecha, e a criança encontrou um jeito de passar.*

A tenda. A neve. Aquele sonho não era da mãe, era?

Era do pai. Ela foi bem-sucedida. Com a mãe não vai ser tão fácil.

O que vai acontecer? Quando Eleanor entrar?, pergunta Mea.

Ela vai ser invadida, de roldão, pelo mundo que a mãe isolou com tanto cuidado. O câncer. A dor. O arrependimento, o medo, as lembranças. Eleanor liberará tudo isso, como uma enxurrada, o que deixará a mãe apavorada. E vai ser avassalador para as duas.

Por que você a está ajudando? Por que você me ajuda? Por que agora, depois de todo esse tempo?

Efah demora muito para falar. Então: *Não posso dizer.*

Na cama, Agnes mexe-se de modo quase imperceptível.

Eleanor dá um passo à frente, passando pelo vão da porta.

Vai ser um erro, não vai?, Mea pergunta.

Está na hora. Pegue-a, ordena Efah.

Mea obedece.

Eleanor

O quarto dos pais, antes tão luminoso e alegre, tornou-se uma gruta soturna, malcheirosa. As cortinas estão fechadas; o quarto, na penumbra. O ar está parado e pesado, como se o ambiente não tivesse sido arejado há semanas. O odor é penetrante, com um forte cheiro de pele não lavada, de doença.

Por muito tempo, Eleanor fica parada à porta, com o coração na mão, o olhar fixo na mãe.

No que *costumava* ser sua mãe.

Aquilo ali em cima da cama praticamente já não é humano. É macérrimo e compacto, os membros finos como galhos de árvore grudados no corpo. Já não parece ser Agnes Witt, da mesma forma que um cachorro atropelado numa estrada não parece ser um leão.

— Mamãe — sussurra Eleanor.

Um aparelho de respiração artificial chia agourento ao lado da cama. Um tubo fino e transparente passa discreto entre os lençóis, ligado a uma máscara plástica amarrada sobre a boca e o nariz de Agnes. Um balão de oxigênio verde e prateado está sobre um carrinho ao lado do aparelho, bombeando o ar enriquecido através do tubo.

Eleanor sente medo. Ela se esquece da sua missão, da sua irmã, da fenda. A única coisa em que consegue pensar é no enterro da mãe. Ele se agiganta sobre a cena diante dela como uma nuvem de tempestade. Sua mãe não pode estar a mais de uma hora da própria morte.

Ela se pergunta que efeito terá sobre seu pai o fato de ter perdido todas elas. Primeiro, Esmerelda, num violento acidente de trânsito. Depois, dez anos mais tarde, Eleanor, que, ao que ele saiba, simplesmente desapareceu como se não tivesse existido, para nunca mais voltar. E, por fim, Agnes, que em seus últimos anos de vida se transformou numa pilha de gravetos debaixo de um cobertor.

Agnes mexe-se e Eleanor dá um passo à frente, com os olhos marejados.

— Mamãe?

Mea a pega...

... e Eleanor torna-se um míssil.

Ao redor dela, o ar queima. Seu cabelo quase é arrancado do couro cabeludo. Seu fôlego lhe é roubado. Seus olhos se ressecam. Ela mal consegue enxergar... o céu tremeluz como um incêndio na floresta, dando à sua pele cem milhões de matizes de laranja. Através do nevoeiro causticante, ela vê... o quê? Vultos, formas indistintas. E reprime o impulso de gritar.

Lá embaixo existe chão, isso dá para ela ver. Ele está chamuscado e fumegante: parte dele queima, parte verte magma.

Magma.

Onde ela está?

E então o céu se abre. Eleanor atravessa veloz a atmosfera e o manto de nuvens negras agitadas; e de repente entende. Ela sabe *exatamente* onde está. O cataclismo lá embaixo são os destroços do vale da mãe, do luxuriante vale verde que ela viu de lá da montanha do pai. As montanhas foram transformadas em enormes campos de rocha fumegante. Ela pode ver cinzas e lascas calcinadas espalhadas por lá, a única prova que resta de florestas inteiras.

Florestas cinzentas.

Já estive aqui.

Esse é o sonho da sua mãe.

O vale da sua mãe.

O pesadelo da sua mãe.

As nuvens negras cheiram a gasolina. São densas, lodosas e parecem retardar a queda de Eleanor, tentando se grudar nela como mingau de aveia. O ar está pesado, abafado e extremamente quente. Eleanor consegue se desvencilhar das nuvens, e o mundo em ruínas se estende à sua frente. Ela não consegue conciliar o vale bonito do sonho do pai com essa visão inaceitável.

Quando esteve ali antes, muito tempo atrás, as árvores das florestas eram altas, embora enegrecidas pelo fogo e despidas de folhas e agulhas. Ela se lembra da chuva tóxica; recorda-se de se esconder nua na lama, procurando abrigar-se das chuvas.

Três coisas atraem seu olhar:

A primeira é a cratera aberta — não, não uma cratera, mas uma fratura, um abismo sem fundo —, que chia, sinistra. Ela deve ter mais de um quilômetro e meio de largura, e Eleanor não consegue ver seu fundo, mesmo da altura em que está. O corte mergulha tanto na terra que bem poderia ter chegado direto ao outro lado do planeta.

A segunda é um par de dinossauros. *Dinossauros?* Que outra coisa eles poderiam ser? São imensos, como baleias-azuis se esforçando para se movimentarem em terra, só que maiores. Muito, muito grandes. O maior dos dois animais lança um olhar plácido na direção de Eleanor, acompanhando sua queda, e então se volta para outro lado.

Mas a terceira coisa...

A terceira coisa é sua mãe.

Agnes é um espantalho com a silhueta marcada em contraste com a terra em chamas. Está nua e encardida. Esquelética. E está olhando direto para Eleanor.

Gritando alguma coisa que Eleanor não consegue entender.

O chão vem subindo veloz na direção dela, e ela se pergunta pela primeira vez se vai sobreviver a essa queda. E se lembra de uma história que Jack lhe contou uma vez, sobre uma mulher que caiu de um avião a vinte mil pés e sobreviveu. "Ela ficou bem?", Eleanor tinha lhe perguntado. E Jack tinha dado de ombros e respondido: "Ela quebrou uns quarenta ossos. Mas *sobreviveu*".

Mas isso aqui não é a realidade, avisa Eleanor a si mesma. Isso é um sonho. Não há regras.

Só que *há* regras.

Sem a menor dúvida há regras, e não é Eleanor que as escreve.

Abaixo dela, o espantalho que é Agnes Witt agita para o céu a mão aberta, e Eleanor sente que sua descida diminui de velocidade e então para. Ela fica suspensa no ar denso, respirando com dificuldade, com os pulmões doloridos; e por um breve instante acha que a mãe acaba de salvá-la.

— Mamãe — ela chama.

Mas parece que Agnes não a ouve, nem a reconhece. Ela ergue a mão, com a palma aberta, virando-a para um lado e para outro. Fixa o olhar frio nos olhos de Eleanor. E então seus olhos faíscam, sinistros, e a filha vê quando a mãe dobra os dedos, formando um punho duro, ossudo.

Eleanor arqueja de dor à medida que a mão invisível se fecha em torno dela, apertando-a como uma prensa.

A dor, ai, meu Deus, ai, meu Deus...

Eleanor dá um grito.

A guardiã

A sensação é tão *boa*.

A guardiã cerra o punho. Ela agora pode ver com clareza a inimiga — cor-de-rosa e nua, com o cabelo vermelho-fogo e olhos verde-esmeralda que faíscam com a dor — suspensa lá no alto, acima do vale.

— Eu esperava... *mais* — diz ela, olhando para sua sombra ali embaixo. — Como alguém tão pequeno pôde causar tanta destruição?

As unhas da guardiã fincam-se na palma da sua mão até filetes de sangue escorrerem pelo seu punho. Um grito lancinante corta os céus lá em cima. A garota debate-se e luta, presa na mão da guardiã. Seu grito esfarela as pedras em torno dos pés da guardiã, faz a terra vibrar como um diapasão.

— *VOCÊ NÃO É BEM-VINDA AQUI!* — vocifera a guardiã.

Ela aperta ainda mais, e uma perna da garota se parte ao meio. Aperta de novo, e mais ossos se quebram, com o som seco, medonho, ecoando como tiros por toda a terra morta. O tormento do berro da garota é horrendo, mas o aperto seguinte da guardiã sufoca a criança, calando-a.

Então a guardiã abre a mão e a garota ruiva despenca dos céus, gorgolejando, e bate na terra como uma bolsa de sangue.

✳ ✳ ✳

A guardiã senta numa pedra e fica olhando a pilha de ossos, carne e cabelos ruivos.

Ela sente que lhe volta a determinação, como um sol que se ilumina no fundo do seu peito. E engole o ar e o expulsa. Dessa vez, não tosse. Cospe na terra. Sua saliva está quase transparente, não negra.

Onde o cuspe cai, uma única folha de grama consegue atravessar as cinzas e a terra calcinada. Dois centímetros, cinco, então quinze, e a planta para. A guardiã curva-se e afaga o broto com delicadeza com a ponta suja de um dedo.

— Bem-vinda de volta — diz ela.

A garota encolhida estala e geme.

Ela não morreu.

Ainda não.

A guardiã segue a passos largos pela terra destruída, com a sombra presa com firmeza aos seus calcanhares. Depois que ela passa, pequenos trevos amarrotados lutam para se erguerem do solo, preenchendo suas pegadas vazias. Gavinhas verdes, curiosas, minúsculas estendem-se, despertando a vida ainda enterrada por baixo da destruição; e em resposta, mil folhas de grama surgem, como belos fantasmas.

O corpo da garota está praticamente irreconhecível. Suas pernas estão destroçadas; seu tronco, esmagado. Ossos brancos rasgam sua pele. Partes dela estouraram como fruta madura. Seu sangue transformou o chão num laguinho pegajoso. Fragmentos de terra, de destroços e de cinzas estão pousados na superfície do laguinho.

A garota geme e tenta respirar, para então tossir pela caverna esfacelada que um dia foi sua boca. Uma espuma de bolhas cor-de-rosa cobre sua língua destruída.

A guardiã agacha-se perto da garota. O sangue morno sobe espremido entre os dedos dos seus pés.

O rosto da garota está destruído, as órbitas deformadas, o nariz amassado a ponto de não ser reconhecível. É difícil dizer se ela ao menos sabe que a guardiã está ali. A guardiã apoia na mão em concha o que acha que é o queixo da garota e o levanta. Um olho foi esmagado em sua órbita, e dele escorre um fluido viscoso. O outro olho está cheio de sangue, mas vira na direção da guardiã, olhando às cegas.

— É só uma criança — diz a guardiã.

A garota moribunda não diz nada. Ela tosse. O sangue sai de sua boca num jato, como jorros de água de uma bomba manual.

— O que você estava fazendo aqui? — pergunta a guardiã. — Por que quis destruir meu lar?

A cada batida do coração da garota, o sangue é lançado de cortes e talhos por todo o seu corpo. O laguinho vermelho cresce ao redor dela. A mandíbula da garota, totalmente fraturada, escorrega pra lá e pra cá, e um leve estalido vem lá de dentro.

— Você disse alguma coisa? — pergunta a guardiã.

Mais um estalido.

A garota geme, um som horrível, ininteligível.

— *Aaaaa-naaa.*

— Não entendo — diz a guardiã.

Ela agarra os pedaços do maxilar da garota e os une, forçando os ossos, tentando voltar a lhes dar uma forma familiar. O olho ensanguentado da garota gira descontrolado de dor.

A guardiã segura o maxilar inferior da garota no lugar e sopra delicadamente no osso quebrado e na pele rasgada. Nas suas mãos, o osso vai se consertando por baixo da pele da garota. A boca ainda não consegue se mexer direito — muitos outros ossos estão destruídos —, mas já é suficiente.

— Fale de novo — ordena a guardiã.

A garota engasga, tosse. Ela mexe o maxilar como se fosse uma caixa de correio enferrujada.

— *Maaaaa...* — geme a garota.

A guardiã amarra a cara.

— *Maaaaa* — ela repete, imitando. — É só o que você tem a dizer para se defender? — Ela se levanta, voltando-se para sua sombra. — Leve-a para o buraco. Acabe com o sofrimento dessa... *criancinha.*

— ...aaaãe — a garota termina. — *Mããäe*.

— Chega — diz a guardiã. — Cale-se agora.

A sombra da guardiã descola-se dos seus pés, une-se aos membros fraturados da garota e começa a puxar.

A garota berra de novo e a guardiã lhe vira as costas, entediada.

— Ma... — grita a garota. — *MAMÃE*.

A guardiã para e olha por cima do ombro para a criança moribunda. O olho da garota corre para a esquerda, para a direita, pousa rapidamente na guardiã.

— Ao trabalho — diz a guardiã para sua sombra, dando as costas à garota.

Há verde por toda parte, irrompendo a partir do entulho. Lá no alto, a guardiã vê um toque de azul através das nuvens que se desfazem. Alguma coisa voa no seu rosto, e ela a afasta de si. E percebe que é uma mecha de cabelo, ondulando numa brisa suave. E toca na cabeça e sente os fios grossos que estão começando a crescer ali, entrelaçando-se em seus dedos mesmo agora.

— Ao trabalho — diz a guardiã, com os pulmões e o coração plenos.

Enquanto sua sombra arrasta para longe a intrusa à morte, a guardiã ergue as mãos com elegância, como um maestro, e pedras enormes surgem do chão, leves como plumas.

Mea

Eu não a vejo.

Ela está lá, diz Efah. *Mas quase não.*

Onde?, pergunta Mea.

Ela então vê uma brasa bruxuleando, meio apagada, ao longe no breu.

Qual é o problema dela?, pergunta Mea. *Por que está tão fraca?*

Eu temia que isso pudesse acontecer.

Mea sente formar-se dentro de si uma dura pedra de pânico. Há um leve tom de prazer nas palavras de Efah.

O que você quer dizer?

Efah responde:

O fio dela. Rompeu-se.

Mea fica furiosa.

Você sabia que isso ia acontecer! Você me deixou mandá-la para lá, sabendo que ela...

A estranha água no interior do aquário de Mea concentra-se e se afasta apressada, passando por ela, num movimento desesperado na direção daquela brasa fraquinha ao longe.

Efah percebe esse movimento também e fica inquieto. Sem uma palavra, ele recua para longe da membrana e desaparece na escuridão maior da fenda.

Você sentiu..., Mea começa a dizer, mas logo para, estarrecida.

Ao longe, a centelha pequenina que é Eleanor refulge por um instante e se apaga.

Parte IV
1978

Agnes

Chove.

    Agnes corta com cuidado a baguete. Migalhas da casca caem sobre a tábua de cortar pão. O rádio está tocando baixinho uma música de Marvin Gaye, uma canção que ela não conhece. Mesmo assim, cantarola junto, sentindo a música nos quadris. Deixa de lado a faca e se estica para pegar a manteiga. Então arqueja levemente e para. Põe a mão na barriga redonda, vira-se e se apoia na bancada. Está sentindo o bebê chutando, quase no ritmo da música.

    — Você está gostando? — pergunta Agnes.

    Faltam seis semanas para o parto, e ela só consegue pensar em comida. Seu apetite tinha desaparecido durante os primeiros meses da gravidez, o que a preocupava. Ela e Paul uma noite ficaram acordados até tarde depois de uma consulta ao médico de Agnes. Paul queria que ela comesse de qualquer maneira e havia preparado frango com nhoque — "receita da sua bisavó texana", disse ele —, mas Agnes não conseguiu comer nem uma garfada. Até mesmo o cheiro de comida lhe dava vontade de vomitar.

    Mas agora ela quer tudo. Lambuza a baguete com manteiga e molho agridoce de pepino, com essa associação esquisita despertando um desejo primal que nem mesmo faz sentido para ela. Paul torce o nariz para suas combinações inusitadas de alimentos. Agnes acha que Paul teria uma atitude menos crítica se elas não parecessem alguma coisa que uma criança de quatro anos faria para jantar: sanduíches de manteiga de amendoim com xarope de bordo, pizza com ketchup por cima.

O bebê chuta de novo, com mais força.

Paul tem certeza de que será um percussionista. Muitas vezes, eles ficam acordados de noite, Paul com o rosto encostado na subida da barriga de Agnes, rindo com o ritmo dos chutes do bebê. Os golpes vêm tão rápido que criam uma batida em *staccato*, como se o bebê fosse um boxeador minúsculo, preso dentro de um saco de boxe.

— Só que ele aprendeu a socar com os pés também — diz Paul.

Agnes leva seu prato para a sala de jantar e se senta com uma revista. Ela narra tudo o que faz, para o bebê conhecer sua voz quando nascer.

— Seu pai diz que essa revista é um lixo — diz ela, pondo um exemplar da *Cosmopolitan* na mesa —, mas eu gosto. Você vai aprender isso sobre nós. Seu pai leva tudo muito a sério. Já eu, gosto das matérias sobre a televisão e das páginas de fofocas.

Lá fora, a chuva cai mais pesada.

Eles adiam ao máximo que podem a escolha do nome.

— Devíamos esperar que ele nasça — diz Paul.

Agnes discorda, no mínimo porque odeia chamar o bebê de "ele" sem saber o sexo.

— Vamos escolher hoje — anuncia ela uma noite, quando Paul chega do trabalho, e é isso o que fazem. Nada de televisão, nada de jogos de tabuleiro, nem de jardinagem. Eles se sentam juntos na banheira, com bolhas cor-de-rosa cobrindo tudo menos os joelhos e o topo da barriga de Agnes. Ela apoia as costas no peito de Paul, com sua pele ensaboada e escorregadia, e ele põe os braços em torno dela.

— Henry — diz ela. — Se for menino.

Ela pode sentir que ele franziu a testa.

— Qual o problema do nome Henry? — pergunta ela.

— Quando eu era pequeno, conheci um garoto chamado Henry — diz Paul. — Nós o chamávamos de chupa-gosma.

— Nem quero saber por quê — diz Agnes. — Muito bem, nada de Henry.

— Nada de Henry — concorda Paul.

— E Robert? É um nome bom, sólido.

— Robert é legal — diz Paul. — Meio sem graça, pode ser, mas acho que isso não é necessariamente ruim. Dá para surpreender as pessoas quando se é um Robert. Ninguém espera nada de você e, de repente, *pow*, você escreve um best-seller e todos se perguntam *Como foi possível?*.

— Não é um nome sem graça. E Stephen?

— Gerald.

— Ai, não.

— E se for menina? — diz Paul.

— Não sei. Não pensei nisso — responde Agnes.

— A gente podia lhe dar o nome da...

— Não diga uma coisa dessas — avisa Agnes.

Mas Paul termina: — ... da sua mãe.

Agnes tenta se levantar, mas luta com a banheira molhada.

— Querida — diz Paul.

— Eu já falei — diz Agnes, debatendo-se na tentativa de se levantar. — Eu não quero esse nome.

Ela escorrega e cai de volta na água, e uma onda de espuma transborda em cascata no chão do banheiro.

— *Porcaria de nome* — diz ela, e então para de se esforçar e relaxa encostada em Paul. — *Porcaria você também.*

— Desculpe — diz Paul. — Só achei...

— *Foda-se* o que você achou — retruca Agnes, irritada.

— Que seria uma bonita homenagem.

— Claro, vamos dar à nossa filha o nome de uma mulher que abandonou a família — diz Agnes. E começa a chorar.

— Ei — diz Paul.

Agnes faz um gesto para ele parar. Cobre o rosto.

— Não é como se ela tivesse fugido — diz ele, baixinho. — Ela desapareceu. Alguma coisa pode ter acontecido. Ela também não foi embora com um astro de cinema ou...

— Eu sei o que você pensa — diz ela. — E, puta merda, eu entendo. Sou grata por você querer ter uma boa opinião sobre ela, mas...

Agnes volta a se sentar ereta, com a água escorrendo pelos lados. Com esforço, vira-se de lado e depois de frente para Paul. Ela abre os joelhos para criar espaço para a barriga e se inclina à frente, com os olhos cheios de lágrimas.

— Não importa se ela fugiu, se ela se afogou no mar ou se ela... não importa. Eu era uma criança, Paul. Eu era uma criança e a porra da minha mãe sumiu da minha vida quando eu mais precisava dela. Como você acha que foi crescer com papai sem ela? Passei toda a minha infância tentando me certificar de que ele estava bem, enquanto ele só ia piorando. — Ela olha para o outro lado, balança a cabeça, amargurada. — Infância. *Que infância?* Por isso, não quero dar à nossa filha o nome da pessoa que tirou tudo de mim. Ela mesma, inclusive.

— Mas ainda assim ela foi sua mãe — diz Paul.

Agnes só lança um olhar de fúria.

Mas não é um menino, nem uma menina.

São duas meninas.

Três semanas antes da data prevista, Agnes acorda de um cochilo de tarde e encontra a cama encharcada. Quando ela telefona, Paul vem para casa do trabalho, pega as malas que eles prepararam e a leva ao hospital. É uma quinta-feira. O trabalho de parto é prolongado, doloroso. As meninas só chegam no início da manhã de domingo. Quando o primeiro choro ecoa na sala lotada do hospital, Agnes está só semiconsciente e não ouve a enfermeira exclamar "Aí vem outro!". Ela só aperta com força a mão de Paul e o puxa para perto, sussurrando: "Você dê o nome." E desmaia.

Quando acorda, as meninas foram banhadas, identificadas, enroladas em cueiros e estão dormindo em bercinhos com rodízios ao lado do leito do hospital. Paul está em pé, junto delas, fascinado. Agnes pode ver no rosto dele que ele será um melhor pai do que ela será mãe. Agnes vê os dois bebês — cada um com uma moita de cabelo ruivo, em cobertores cor-de-rosa, um deles um pouco maior do que o outro — e volta a olhar para Paul.

Ele não percebeu que ela está acordada.

— Vou ser a pior mãe do mundo — diz Agnes, baixinho.

Ele faz que não e abre a boca, mas ela leva um dedo aos lábios do marido.

— Minha mãe me *abandonou* — sussurra Agnes para ele. — Eu não sei o que uma mãe *é*.

Paul põe a mão na de Agnes. — Nós estamos nessa juntos — diz ele.

Mas o marido não entendeu a questão. Agnes não tem medo de ser responsável pelos bebês.

Ela tem medo de ser mãe.

Tem medo dessas menininhas.

— Como elas se chamam? — pergunta ela.

Paul hesita.

Agnes sacode a cabeça, fazendo que não. — Qualquer nome que você lhes tenha dado está bem. De verdade. Quais são os nomes?

Paul põe a mão no berço. — Esta é Esmerelda.

Ele olha para Agnes para ver sua reação e então põe a mão no outro bercinho.

— E esta é Eleanor — diz ele.

Agnes examina as garotas sem olhar para Paul.

— Eu te amo — diz ele, apressado. — Você está com raiva?

— Não — responde Agnes. — Não, não estou com raiva.

Paul pega a mão dela e a aperta. Ela não abre espaço para ele na cama do hospital. Paul sorri e vai relaxar numa poltrona de vinil num canto. Quando, algum tempo depois, as meninas acordam — primeiro, Esmerelda e, depois, Eleanor —, ele se levanta da poltrona como um jato, mas Agnes não se mexe.

Semanas mais tarde, quando as meninas finalmente adormeceram às quatro da manhã, Paul volta para o quarto do casal. Ele bate com o dedão no baú de cedro ao pé da cama deles, e o tranco perturba o sono de Agnes. Ela pisca sonolenta à claridade fraca.

— Está nevando — diz ele, com a voz abafada. — Ninei as duas junto da janela e fiquei olhando. A neve está caindo com vontade.

— É tão cedo — diz Agnes.

— Passa um pouco das quatro — responde Paul.

— Eu quis dizer cedo para a neve.

— Ah — diz ele. — É. É mesmo.

Paul abre as cortinas antes de ir se juntar a Agnes na cama. Vira-se de lado e vai se arrastando para trás até colidir com ela.

— Não — diz Agnes, como um reflexo. — Ainda não estou pronta.

— Só fica aqui juntinho, olhando a neve comigo.

Agnes suspira, vira-se de lado e descansa o braço no peito de Paul.

— Aposto que vai ter uns quinze centímetros de manhã — ele especula.

— Já é de manhã.

— Você sabe o que estou querendo dizer.

A neve vem esvoaçando como plumas, como diamantes facetados no clarão da luz da varanda dos fundos. A casa está em silêncio. As meninas cochilam. Agnes consegue ouvir a respiração de Paul se tornar mais lenta; e, quando o marido adormece, ela levanta o braço e dá as costas para ele, puxando um travesseiro para junto dos seios. Isso não é o que ela esperava, nada disso. Suas entranhas estão contraídas; seu peito, escavado. Deveria haver lugar ali dentro para sua família, ela sabe. E também para si mesma. Mas o espaço é de um vazio trovejante.

Ela fica acordada por muito tempo; com o silêncio ao redor tão total que quase pode ouvir os flocos de neve esmagando-se uns aos outros no gramado lá embaixo. O sono por fim a alcança quando o sol começa a nascer, transformando o quarto em rosa forte e tafetá. Daí a pouco, Paul vai acordá-la para lhe dizer que está na hora de amamentar as gêmeas, e Agnes atravessará o dia como uma sonâmbula, como já começou a fazer com cada um deles.

Ela não sabe o que esperava da maternidade. Parece mais fácil do que imaginava, mas ainda é demais. E tem a sensação de ser um bebê aprendendo a andar que foi jogado direto na faculdade, totalmente inexperiente na linguagem entre mães e filhas. Ao seu lado, Paul começa a roncar de leve. Ela sente inveja do descanso satisfeito do marido. Tem a impressão de que há um descompasso entre eles: ele está enlevado por ser pai e não consegue entender por que Agnes não sente uma empolgação semelhante.

Agnes tenta pensar na última vez em que ela e Paul estiveram em perfeita harmonia, em perfeita felicidade. Quando começa lentamente a cair no sono, ocorre-lhe que a última vez que se sentiu assim foi durante suas férias nos bosques, quando eles caminharam quilômetros a partir de uma cidadezinha qualquer e ficaram na mais remota das cabanas. Ela cortou lenha; ele pescou no córrego. Eles fizeram amor enquanto a chuva retumbava no telhado e remexia as névoas do entardecer. Depois sentaram-se em cadeiras de balanço no alpendre enquanto um pequeno lago se formava no fundo do vale.

Agora, no silêncio espectral da casa, já adormecida, ela mesma desce através de nuvens ralas para os capins altos e ondulantes de um belo vale familiar. Está descalça, nua, ao lado de um riacho, e se assombra com a brisa agradável na sua pele, no seu cabelo; com a quietude que a envolve.

Ela se ajoelha ao lado da água e arrasta os dedos pela superfície. A água forma contas na sua pele. E procura peixes, vê alguns e mergulha a mão na água para assustá-los, com o coração, de repente, cheio de vida como o de uma criança. Nesse córrego de centímetros de profundidade, sua mão desaparece até o punho, depois até o antebraço, depois até o cotovelo, e Agnes agita os dedos, sentindo o roçar leve do vento num abismo enorme que se escancara por baixo da terra.

Sabe que está sonhando. O mundo parece tão real, mas não importa o que seja que exista por baixo do córrego — a escuridão, ela sabe por instinto —, ele cerca esse mundo de todos os lados, invisível... porém presente. Agnes olha para as nuvens através das quais caiu e se pergunta se o mesmo vazio negro existe acima delas, fora do alcance da sua visão. E em torno dela, depois das montanhas que parecem aninhar o vale nas palmas em concha. Existe mais escuridão para além daquela cadeia íngreme?

Aves adejam lá no alto, passam a pouca altura acima do prado e deslizam para pousar na água. Elas chapinham e andam por ali, mergulhando o bico no riacho, e Agnes sorri. Ela se sente um pouco como Eva, com permissão de entrar de novo no jardim.

Um sonzinho como um miado vem do capim alto na outra margem do córrego. Agnes inclina a cabeça para o lado e fica olhando. O capim mexe-se, mas seja lá o que for que está lá não aparece. Por isso, Agnes passa por cima da água, com o chão macio do vale, esponjoso debaixo dos dedos descalços, e com cautela se ajoelha diante do capim. Ela se debruça, abre a moita de capim e vê, para sua surpresa, um par de criaturas semelhantes a lagartos, pequeninas e emaranhadas juntas no mato rasteiro. Pedacinhos de casca vermelha quebrada estão espalhados em volta dos corpos úmidos.

Quase parecem ser dinossauros, como as ilustrações nos livros que Agnes lia quando menina.

Um é um pouco maior do que o outro. Com os olhos escuros cintilando, ele olha para Agnes ali no alto.

E então recua, como se percebesse alguma coisa *errada*; e, antes que Agnes possa reagir, o animalzinho faz com que o menor se levante e dá no pé. E as duas criaturinhas estranhas, molhadas e desajeitadas, fogem para o meio do capim. Agnes levanta-se, com o vento açoitando seu cabelo castanho-avermelhado, e fica olhando o capim ondular à medida que os pequenos animais correm em disparada, tentando ficar a maior distância possível dela.

Ela se vira e observa o vale que se desdobra às suas costas, ao seu redor, e não fica nem um pouco surpresa ao ver que o sol foi engolido pelas nuvens preguiçosas e que as árvores ao longe se curvam com os ventos repentinos. Uma gota d'água solitária bate no seu ombro, e Agnes estende a mão. A chuva enche a taça da sua palma em questão de minutos. Não há nenhum lugar onde possa se abrigar — o início das árvores fica a um quilômetro e meio dali ou mais.

Agnes olha para o próprio corpo. A chuva goteja entre seus seios, escorrega pela barriga. Que seu corpo esteja mudado é só uma leve curiosidade: as marcas no abdome sumiram; os seios estão menores; os quadris, mais estreitos. Sua pele é cor-de-rosa, cheia de vida e...

Ela para. Ali, encostada na sua coxa, está uma coisa esquisita.

E estende a mão, nervosa, e pega a coisa com a ponta dos dedos, segurando-a à luz do céu nublado, para inspecioná-la.

Uma lasca úmida de concha avermelhada, quebradiça e rachada.

Agnes deixa-a cair, leva a mão entre as pernas e sufoca um grito.

Sua mão ficou vermelha de sangue, salpicada com fragmentos de conchas.

Ela acorda.

Paul a está sacudindo. Sua cabeça martela, seus seios latejam.

— Elas estão com fome — diz Paul.

As garotas estão aos berros nos berços. Paul entra no quarto com Agnes e, com delicadeza, pega Esmerelda no colo e começa a niná-la. Quase de imediato a menininha acalma-se e cai num sono momentâneo, encostada no peito dele.

Agnes pega Eleanor e se acomoda na cadeira de balanço ao lado da janela, soltando a aba da sua camisola. Eleanor gruda-se ao mamilo da mãe e começa a mamar. E Agnes chora.

A fenda

Mea

Não há sinal dela.

Mea esquadrinha o mundo de Eleanor: a casa de Paul e Agnes, a de Jack, a ilha, o mar, as florestas. Mas Eleanor desapareceu como uma fagulha de um fósforo que está se apagando.

Ela sumiu, diz Mea. Aonde foi?

Mas Efah está ausente. Mea vira-se e, cheia de raiva, percorre o aquário até encontrá-lo, pequeno e distante, para lá da gaiola que a prende.

Você foi embora!

Efah demonstra não gostar da interrupção. *O que você quer?*

Alguma coisa aconteceu com ela, diz Mea. *No sonho da mãe.*

Pode ser.

Ela sumiu, repete Mea. *Por que você não sabe onde ela está? Por que você não sabe o que aconteceu?*

Posso ver muita coisa, diz Efah. *Mas nem mesmo eu posso ver o que acontece no reino dos sonhos.*

Ela poderia estar ferida!

É verdade.

Ela poderia estar... — Mea engasga com a palavra — *morta.*

Enquanto ela não voltar, não posso fazer nada por ela.

O aquário é vasto, profundo, negro e vazio em torno de Mea. O mar desconhecido que a aquecia foi-se de uma vez, deixando só a impiedosa correnteza negra.

Isso é o que você queria, diz ela. *Supostamente era para você ajudá-la! Você prometeu!*

Não prometi nada!, vocifera Efah. Ele se afasta de Mea e desaparece na escuridão, deixando-a sozinha.

Mea tem a sensação de que seu fio se partiu.

Ela se deixa cair encostada na membrana. É aguda sua sensação da ausência de Eleanor do mundo. Há dentro dela um vazio voraz. E examina o rio do tempo, visitando o passado que compartilharam. Lá está Paul no sótão, pintando casinhas minúsculas. Lá estão Eleanor e Esmerelda na tenra infância, dormindo em berços vizinhos. Agnes está em pé ali olhando para elas, com a perturbação no seu rosto surpreendentemente nítida para Mea agora.

Eleanor só pode ter morrido. A escuridão não quer dizer que sim, mas é o que Mea sente.

O rio do tempo avança, revolto, com menos uma alma preciosa, nem um pouco preocupado com esse tipo de coisa.

Branca como a lua, o cabelo como uma fogueira tremeluzente, os olhos como folhas salpicadas de orvalho na primavera, Eleanor se foi.

O sentimento mais recente de Mea na fenda escura: *remorso*.

Ela volta no tempo, parando para ver Esmerelda e Eleanor no jardim, cavando um buraco sob o olhar alerta do pai. Ele as ajuda a abrir a mangueira e virá-la para a escavação, transformando-a num maravilhoso buraco enlameado. Elas pisam com força, felizes, batendo palmas com as mãozinhas gorduchas.

Ela pode ver o fio de Eleanor, gordo e brilhante como uma fumaça dourada, lançando-se para o céu, invisível para todos, menos para Mea. Ele é lindo, cheio de vida e promessa. O próprio fio de Esmerelda ainda não começou a escurecer. Atrás das meninas, Agnes está sentada na varanda, lendo uma revista.

Seu fio já está da cor de carvão e se esgarçando.

Se qualquer um deles tivesse sabido o que estava por vir, a vida teria sido diferente? Será que seu pai teria deixado passar o seminário na Flórida? Será que sua mãe teria se esforçado mais para amar a filha?

Mea volta a repassar a corrente do tempo, procurando o instante da própria morte. Ela assiste à cena pela milésima vez, desacelerando-a para ver seu corpinho voar direto pelo para-brisa, com o vidro se estilhaçando em torno dela, arrancando seu cabelo. E é projetada para a frente, com o sangue se estendendo como fitas a partir da sua pele. E cai sem cerimônia no acostamento molhado da estrada, já sem vida, seu fio totalmente rompido.

Ela olha para o próprio corpo destruído.

Não resta nada para mudar.

Eleanor morreu.

Tudo está perdido.

Eleanor

Ela morreu.

E sabe disso.

No instante em que viu a mãe, uma frágil bruxa numa terra devastada, Eleanor soube que ia morrer. Mesmo de uma altura daquelas, observou os olhos ardentes da mãe. Não havia nenhuma dúvida quanto ao motivo. A mãe estava furiosa com *ela*.

Na escura tranquilidade de sua morte, ela tem bastante tempo para refletir sobre isso. Há anos já sabia que a dor da mãe era tóxica. A cada manhã, Eleanor acordava e se postava diante do espelho com os olhos fechados, na esperança de que, quando os abrisse, ela tivesse outra aparência. Se ao menos conseguisse isso, se ao menos pudesse arrancar o rosto de Esmerelda do seu reflexo no espelho, talvez sua mãe voltasse a sentir *amor* por ela.

E, claro, isso nunca aconteceu. Cada dia que Eleanor crescia era mais um em que o mesmo não ocorria com Esmerelda. Eleanor aos dez anos era um lembrete torturante de um futuro que Esmerelda jamais conheceria.

Eleanor entendia — sempre tinha compreendido — por que a mãe a odiava tanto.

Mas nunca se deu conta de como aquele ódio era realmente poderoso. Eleanor morreu, e foi sua mãe que a matou.

Antes, quando entrava no mundo dos sonhos, Eleanor deixava para trás o tecido do próprio mundo. Mea descreveu isso como subir na cama e se esconder embaixo de um cobertor — ela existe, de certo modo, *embaixo* do mundo. Entre um e outro.

Os sonhos não ocupam nenhuma realidade específica, Efah tinha explicado a Eleanor. *Eles são um mundo inventado que pertence totalmente aos seus criadores.*

As regras não se aplicam.

Mas Eleanor está morta. Não deixou nenhum corpo no seu mundo. Ninguém vai encontrar seus restos mortais apodrecendo no mato ao lado da estrada. Não há manchas de sangue no tapete a serem investigadas. Eleanor entrou no quarto da mãe e despencou do mundo: uma criança desaparecida que nunca voltará.

A expressão no rosto da mãe a atormenta. Ela nunca viu uma raiva tão crua, tão desenfreada.

Eleanor fracassou na sua missão.

E Mea sabe? Nem Mea nem Efah conseguem ver dentro do mundo dos sonhos. Isso disseram a Eleanor quando estava na fenda com eles. Como vão saber que ela fracassou, que foi exterminada?

Eleanor pensa nisso e então para. Está claro que foi expulsa do estranho vale da morte da sua mãe.

Então onde ela está?

Talvez na fenda.

Cercada pela escuridão e amorfa, como estava no passado, na fenda. Ela testa sua hipótese, agita a mão — a mão que não é mão, que é tão amorfa quanto a própria escuridão — e sufoca um grito quando um fiapo cor-de-rosa ecoa no escuro.

Ali deve ser a fenda.

Mas se é a fenda, onde está Mea? Onde está Efah?

Eleanor fala para o escuro imenso.

Tem alguém aí?

Espera inquieta por uma resposta, tendo aquela mesma sensação desnorteante de que milênios se passam enquanto ela fica ali, sem enxergar, como um camarão cego num mar subterrâneo.

Nada de Mea. Nem de Efah.

Eleanor nem mesmo consegue ver a membrana do aquário de Mea. Ou está em algum outro lugar, ou está tão fundo dentro do aquário que não consegue ver seus limites vítreos.

Mas não está totalmente só.

Um oceano negro ergue-se em torno de Eleanor na fenda, caloroso, denso e vivo. Ele se movimenta à volta dela, erguendo-a, sustentando-a, até ela se sentir como um pequeno navio oscilando num mar imenso e insondável.

Alguém aí? Eleanor vira-se devagar nas águas invisíveis e fala de novo. *Quem está aí? Mea?*

Cores iridescentes ondulam como a aurora boreal na superfície do oceano escuro. O mar está numa calmaria sobrenatural.

Alguém aí?, repete Eleanor.

Mea não responde.

Mas o oceano, sim.

Mea

Mea está atormentada pelo seu fracasso.

Efah retorna silenciosamente.

Você sente porque ela se foi, diz ele, tentando explicar sua dor. A gentileza dele é estranha para Mea.

Você é do mal, Mea o acusa. *Você fez isso comigo, conosco.*

Mas Efah não está errado. Ela é uma metade de duas. É assim que Eleanor deve ter se sentido quando Esmerelda morreu. Mea volta no tempo e vê: Eleanor passa semanas sem dormir, depois do acidente. E se esconde, chorando, debaixo da cama, acordada, até a exaustão a dominar. Todos os dias de manhã, ela desperta e se lembra de que está sozinha. Todos os dias de manhã, Esmerelda morre mais uma vez.

Mea tem vontade de romper a membrana e abraçar aquela garotinha.

Você precisa esquecer, diz Efah.

Não estou inteira, lamenta-se Mea. *Vá embora daqui.*

Antes que Efah possa responder, alguma coisa acontece: a fenda começa a tremeluzir como a superfície de um lago, como se o amanhecer tivesse chegado à escuridão.

Que foi isso?, Mea pergunta.

Efah não responde, mas, mesmo do outro lado da membrana, ela sente que ele treme.

Você não sabe, diz Mea, assombrada. *Alguma coisa está acontecendo. Você não sabe o que é.*

SILÊNCIO, ordena Efah, mas as cores que emanam dele são oscilantes e cheias de estática.

O clarão cresce cada vez mais e a fenda é consumida.

Eleanor

Ela acha que o silêncio seria ensurdecedor, se tivesse ouvidos. Em algum lugar, Mea deve estar escondida. O oceano fez um belo espetáculo ao devolver Eleanor para a gaiola de Mea.

Eleanor não pode culpar a irmã. A fenda acendeu-se como se um flash de máquina fotográfica tivesse ficado gravado nos seus olhos inexistentes. Iluminada, a membrana do aquário de Mea está nitidamente visível, um ovo leitoso, quase translúcido, que separa Mea do vazio maior.

Enquanto Eleanor observa, o forte clarão diminui, restaurando aos poucos a noite eterna desse estranho lugar. Ela tem a impressão de ter acabado de ver o Universo antes de nascer.

Eleanor sente a ondulação hesitante da voz de Mea atravessar a escuridão vazia.

Alguém aí?

Eleanor diz: *Voltei.* E então é engolida pelo abraço de Mea.

Onde você estava?, pergunta Mea.

Eu morri, diz Eleanor.

Impossível, Efah a interrompe, apresentando-se.

Eleanor fica espantada ao ver que Efah agora está dentro do aquário de Mea, talvez colocado ali pelo mesmo oceano. Isso perturba Mea, que se torna menor e se aninha na forma diáfana de Eleanor.

Eu morri, repete Eleanor.

Não é impossível você ter morrido, diz Efah, confuso. *É impossível você estar aqui.*

Pois bem, eu estou, diz Eleanor. *E você também está, Efah. Caso não tenha percebido.*

Efah ignora a provocação.

O mundo dos sonhos não permite a passagem dos mortos, insiste ele. *Isso nunca aconteceu.*

Eleanor daria de ombros, se tivesse ombros.

Eu estou aqui, diz ela mais uma vez. *Pode ser que você não saiba tudo. Você não me dá medo.*

Sua mãe, diz Efah. *Você foi bem-sucedida?*

Eu a vi, diz Eleanor. *Ela era uma... feiticeira. O mundo dela era o mesmo do nosso pai. Quando cheguei ao sonho dele, tudo mudou: seu mundo era árido e coberto de gelo, e eu fiquei olhando. O mundo renasceu. Nós andamos sem parar...*

Aonde? Por quê?

Estávamos indo a pé para casa, diz Eleanor. *Ele queria ir.*

Você curou as feridas dele, diz Mea.

Efah fica confuso. *Ele se dispôs? Ele acompanhou você de bom grado?*

Sim, diz Eleanor.

O que aconteceu depois?, pergunta Mea.

Nós chegamos a um vale, continua Eleanor. *Parecia familiar, e eu levei um tempo para descobrir por quê, mas eu conhecia aquele lugar. Eu já tinha estado ali. Só que ele estava diferente. A versão que meu pai tinha do vale era verde e exuberante. Era um belo lugar. Mas o vale onde eu tinha estado antes estava sendo queimado.*

Não pode ser, diz Efah.

Quando você me levou para o sonho da minha mãe, era aquele mesmo vale, diz Eleanor a Mea. *Só que ele tinha sido... arrasado. Era como se uma bomba tivesse caído bem no meio dele, destruindo tudo, e ela de algum modo tivesse sobrevivido.*

É impossível, repete Efah. *O mundo dos sonhos não pode ser compartilhado.*

Eleanor compartilha o mundo dos sonhos deles dois, contesta Mea. *Você está errado.*

Não. Ela invade os sonhos deles. É uma intrusa.

Para Mea, Eleanor diz: *Papai achou que eu era você.*

Mea fica encantada e perturbada. *Eu?*

Qual foi a reação da sua mãe?, pergunta Efah, interrompendo.

Eleanor responde, sem dar importância: *Minha mãe me assassinou.*

Quer dizer que você fracassou, comenta Efah, e mais uma vez há um indício de prazer no seu tom.

Eleanor concorda relutante: *Pareceu que ela nem mesmo sabia quem eu era.*

E agora o que vamos fazer?, pergunta Mea a Eleanor.

Mas Efah responde, categórico: *Acabou-se. Não há mais nada. Você não voltará.*

Ainda não terminou, diz Eleanor, com firmeza.

A escuridão fica surpresa.

Não cabe a você discutir. Ela pertence à fenda agora. Ela pertence a mim.

Nem pensar, diz Eleanor. *Vou voltar para vê-la.*

Impossível, declara Efah. *É proibido. Mesmo que não fosse, você não poderia voltar. Você já não é humana, criança. Você está no lugar do seu repouso final. A fenda é seu lar. Você e sua irmã morta, juntas para sempre. Minhas.*

Não, protesta Mea. *Não, você precisa...*

Cale-se!, diz Efah, estourando. *Mea-criança, lembre-se de que você perdeu sua forma humana. Não chore por uma existência para a qual não pode voltar.*

Esmerelda pode voltar, diz Eleanor. *Comigo.*

O nome dela é Mea, diz Efah. *E o que você diz é impossível. Talvez você não esteja entendendo.*

Estou entendendo que você quer me amedrontar, diz Eleanor.

Nunca se fez isso.

Pode ser que não, diz Eleanor, *mas isso não significa que* nunca possa ser feito. *Conheço o caminho de volta.* Ela se vira para Mea. *O caminho está com os animais do campo. Vi os* olhos deles. *Vi a mim mesma, vi você. Eles não são animais na verdade. Eles são* nós duas. *Nós podemos estar mortas aqui, mas, no pesadelo da mamãe, estamos* vivas.

Mea dança cheia de luz.

Eleanor volta-se para Efah. *E caso você não tenha percebido, Efah, agora você está preso aqui dentro conosco. Você não é dono de ninguém.*

Com uma explosão, Efah transforma-se num vulto enorme, inchado, tumoroso, e espinhos rígidos de obsidiana irrompem do alvoroço do seu corpo, atravessando Eleanor e Mea. Eles são terrivelmente duros, totalmente gelados, e Eleanor arqueja. Uma névoa vermelha de pânico aflora de Mea.

Mea!, grita Eleanor.

Mea gorgoleja e tenta formar palavras, mas a névoa vermelha só se expande em torno dela.

Você deixou seu corpo, Eleanor, vocifera Efah. *Abdique do seu nome humano e adote seu nome de morta!*

Eleanor fixa o olhar em Efah e nas suas estalactites raivosas. O espinho que a perfurou não atingiu seu centro, mas Mea não teve tanta sorte. A névoa vermelha espalha-se de um lado a outro da visão de Eleanor.

FIQUE COM A MERDA DO SEU NOME!, responde ela, rugindo. *Nós vamos voltar, e Esmerelda vem conosco!*

Conosco? Nós? Há um entrave na pergunta de Efah, e ele lateja perigosamente, com cada pulsação movimentando a lança que perfurou Mea. *Você não está sozinha. Tem alguém aí com você.*

Mea começa a murchar, a desaparecer na nuvem vermelha.

Eleanor diz: *Você não é a única alma antiga na fenda, seu filho da...*

ME DÊ SEU NOME!, berra Efah. *Você tem de entregá-lo a mim!*

Eu me recuso!, grita Eleanor.

Ao lado dela, Mea se contorce e se debate. A névoa vermelha fica mais escura e vira um roxo doentio.

Como você é petulante, diz uma nova voz, em tom de repreensão, cheia de tranquilidade e razão. *Quem o ensinou a se comportar desse modo?*

Quem é você? Não estou vendo você!, grita Efah.

Um ataque de raiva, de uma criancinha morta, diz a nova voz. *Sei que você está com medo, pequeno Efah. Não tenha medo.*

Apresente-se. Faça-se conhecer!, Efah esbraveja em desespero.

O oceano, majestoso, azul, vivo e íngreme, revela-se, avolumando-se entre eles. Efah dá ganidos de medo. Todos são levantados no vazio negro, com o aquário de Mea se enchendo até sua altura máxima. Em comparação, Efah fica reduzido pelo imenso poder do oceano.

Eleanor aproxima-se de Mea, envolvendo o corpo partido da irmã em sua forma amorfa.

Efah dá um grito de pavor, e para Eleanor o grito parece o choro de um recém-nascido.

A reação do oceano é uma melodia de luz e cor, e Efah é absorvido pelas águas.

Quem é você?!, grita Efah, enquanto afunda. *Estou com medo! Por favor!*

O oceano incorpora Efah a si mesmo, tranquilizando-o. Para Eleanor e Mea, parece que Efah se torna *parte* do mar.

Sou Eleanor, crianças, canta o oceano. *Quero ver minha família recuperada.*

O vale

A guardiã

Árvores apunhalam o céu, saindo apressadas da terra como os espinhos de um peixe-bola, com folhas e agulhas brotando, florestas em formação. A guardiã está encantada com seu poder. Novos pássaros nascem entre os galhos, sacudindo-se ao sol.

— É — diz a guardiã. Sua sombra adeja feliz em volta dos seus pés.

A restauração do vale não foi rápida. Ela quase não se lembra do fogo que devorou os bosques, da cinza negra que caiu do céu. Pedra por pedra, as montanhas foram recompostas e se erguem imponentes em contraste com o céu sem nuvens, como incisivos novos e lisos, implantados em gengivas fortes, terrosas.

Ela encheu o abismo com rocha nova que formou na palma das mãos a partir do nada, porque a antiga tinha se fundido e escorrido dali. Com um sopro, resfriou o magma incandescente, e o cheiro da morte sumiu logo depois. Com seu auxílio, a terra fechou-se, formando um novo alicerce no qual repousa o céu luminoso.

A guardiã sobe ao topo da montanha mais alta. Lá, encontra uma poça brilhante, de água parada, com alguns centímetros de profundidade. Ela se ajoelha ao lado e avista barrigudinhos minúsculos nadando velozes ali dentro.

— Olá — diz ela.

Sua sombra passa por cima da água, escurecendo-a; e, pela primeira vez em séculos, vê seu reflexo olhar de volta. Suas faces estão rosadas; seu cabelo, comprido e da cor de ferrugem. Seus olhos cintilam. Ela sorri, revelando dentes brancos e regulares. Toca na própria língua: está lisa, limpa, sem nenhum sinal do lodo negro.

Ela se levanta e ergue a bainha do seu vestido novo. Quando está nua, toca nos seios pequenos, passa as palmas das mãos abaixo deles e as pousa na barriga, que é reta, sem marcas.

A mancha negra que se espalhava sumiu.

— Vamos comemorar — diz ela para sua sombra.

A guardiã senta-se na borda da plataforma do penhasco, aponta o dedo magro para o horizonte distante e começa a desenhar de novo o córrego que um dia seguia seu curso através do prado.

Eleanor

Agora, o oceano ordena. *Ela esculpe meu caminho.*

Eleanor abraça Mea junto de si. *Aguenta firme*, diz ela, e Mea, quase sem forças, se agarra nela.

O oceano ilumina a fenda mais uma vez, revelando a enorme membrana que limita o aquário e a estranha fissura que se abriu nas suas fronteiras. E então ele avança veloz, sugando as garotas junto, e irrompe pela fissura.

E esta se fecha depois que o oceano passa, deixando para trás somente a membrana vazia e a escuridão da fenda.

A guardiã

A guardiã faz uma pausa para apreciar o córrego novo e cintilante. E então franze a testa ao ver a escuridão cair sobre o vale. Lá no alto, nuvens negras aparecem do nada, desabrochando como rosas sinistras.

— De onde vocês vêm? — resmunga a guardiã. — Não são bem-vindas aqui!

A guardiã ergue as mãos para o céu e espanta as nuvens para um lado.

Elas não se mexem. São pesadas como chumbo.

Começa então a chover, e um bolo de temor se forma na sua garganta.

— Não — diz ela, preparando-se para enfrentar o aguaceiro. — Não, não. Não, este vale é *meu*!

Mas o sol não estanca a tempestade quando ela manda.

A guardiã olha para as mãos e depois de novo para o vale. Um vento feroz zune através das montanhas distantes, e suas árvores novas se inclinam e se partem. Até mesmo dali ela pode ouvir os troncos se quebrando.

— *NÃO!* — grita a guardiã, uivando.

Sua voz é sufocada por um oceano que se derrama por cima da cadeia de montanhas, fazendo esboroar os picos recém-formados. A guardiã recua, cambaleante, e cai de joelhos.

Sua sombra enrosca-se em seus pés e começa a subir, arrastando a guardiã atrás, apressando-se para chegar ao cume da montanha mais próxima que tenha restado. Ela olha horrorizada para a água que vai subindo, escura e espumante, e finalmente se detém, só a poucos palmos do pico da montanha, tudo o que restou do seu vale.

Em minutos, tudo o que construiu foi arrasado.

Tudo desapareceu.

Por dias a fio, ela permanece encurralada no alto da montanha, procura reunir suas forças e tenta expulsar o oceano dali. Repetidamente, ela fracassa. O sol ignora seu chamado. Nuvens inóspitas encontram o mar, mergulhando a guardiã num nevoeiro. Ela grita, ruge, desiste. Seu vale está mudo, afogado. E já não chama por ela, nem canta para ela.

A guardiã pode sentir sua montanha solitária roncar debaixo dos seus pés, ameaçada pelo peso do mar.

Ela acha que em breve a montanha desmoronará. Logo afundará nesse oceano negro e desconhecido. Ela se afogará, e esse será o fim de tudo.

— Não tem jeito — geme.

Sua sombra não responde, e quando a guardiã olha para baixo, não a vê em lugar nenhum. Vasculha o cume da montanha, mas a sombra se foi.

A guardiã foi abandonada.

Ela se encolhe nua na chuva e espera pelo fim.
Que sem dúvida virá.

E vem muito mais rápido do que previa.

Ela ouve um estrondo apavorante — pode *senti-lo* —, e então a montanha se abre embaixo dela, desmoronando violentamente dentro do mar. A guardiã agita os braços para cima, imaginando o tremendo esmagamento que será seu fim quando cair no mar turbulento, quando a montanha moer seus ossos transformando-os em areia. Ela fecha os olhos, gritando indefesa.

Mas seu corpo aterrissa em alguma coisa dura e forte, fica sem fôlego. E de repente está subindo, *subindo*, bem alto no meio das nuvens turvas. Enquanto o oceano vai ficando lá embaixo, ela luta para respirar e olha, constatando com surpresa os salvadores que a levaram na direção do céu.

Os animais voltaram.

As criaturas enormes atravessam com dificuldade o mar cinzento. Os pescoços compridos esticam-se para o alto, muito acima da água, arranhando as nuvens, e a guardiã, sentindo-se mareada, estende-se grudada no topo da cabeça do animal, agarrando-se com todas as suas forças. Abaixo dela, ondas colossais rebentam no dorso dentado dele. O outro animal, o menor, está submerso até a base do pescoço.

O tempo parece se alongar. O sol nunca surge, apesar de eles subirem cada vez mais alto através das nuvens. O mundo está numa penumbra, cheio de borrifos e sal.

— Estou no inferno? — ela pergunta.

O animal não responde. A guardiã não sabe se ele a ouve ou a entende.

A criatura só continua a seguir pesadamente através do mar.

Ela adormece. O crânio do animal é largo e plano, quase tão grande quanto o cume da sua montanha. A pele é quente, grossa. A guardiã não sabe o que aconteceu com sua sombra. E a imagina sobre o mar, uma mancha de óleo de memórias, perdida para sempre.

A chuva tem gosto de mar, como se o céu fosse um oceano peneirado por nuvens escuras. Ela está com sede.

— Onde estamos? — a guardiã pergunta ao animal. — Aonde estamos indo?

O animal anda mais devagar e então para, pesadão. O outro menor olha para ela, piscando seus enormes olhos escuros, inclinando a cabeça com curiosidade diante da guardiã, que deve lhe parecer um parasita, uma craca.

— Aonde vocês estão me levando? — a guardiã pergunta de novo.

O animal menor só fica olhando. A chuva acumula-se numa reentrância na cabeça dele, e, de repente, a guardiã entende por que a criatura tem dificuldade para se movimentar, doentia e cansada. Um lado da sua cabeça é afundado, com a pele velha cicatrizada e grossa no lugar onde a ferida sarou.

— O que aconteceu com você? — pergunta a guardiã. — Quem fez isso com você?

O animal maior começa a cantar, como um oboé do tamanho da lua. A guardiã sente o som vibrar no seu sangue, com ele se separando em pulsos, em palavras que não consegue entender.

E então ela se lembra.

Chuva.

Uma estrada, um avião no céu.

Recorda-se do cabelo ruivo.

Lembra-se de cada fragmento de vidro que abriu caminho cortando suas roupas, sua pele. Os dentes medonhos do para-brisa, a nova boca aberta nele.

A cabeça afundada da própria filha, ali no asfalto.

Ela cai de joelhos. Um uivo, gutural e dilacerado, escapa de sua garganta.

O animal menor pisca curioso, olhando para a guardiã.

A criatura maior, de repente, baixa a cabeça e a guardiã quase escorrega para o vazio. O vento sopra veloz ao seu redor enquanto o longo pescoço do animal vai se afundando no oceano, com as ondas revoltas em torno da sua pele escamada. A criatura pousa a cabeça no mar. A água cinzenta respinga em volta dos pés da guardiã, e ela se retira para o ponto mais alto e ossudo do crânio do animal.

Ali ela se aninha, trêmula. O vento é uma serra guinchando nos seus ouvidos. Os dentes gelados do vento arranham seus ossos.

— Você vai me matar — geme a guardiã. — Simplesmente me matar. Como você deve me odiar.

Mas o animal só cantarola num tom mais grave, insistente, e a guardiã esquece o que disse.

Diante dela, uma mulher surge do mar.

Ela é como um navio esquecido, içado à superfície. Enormes jorros de água salgada escorrem da sua pele e do cabelo. E está usando um maiô simples, preto, e tira da cabeça uma touca de natação apertada, também preta, revelando o cabelo curto e escuro. Sua barriga está redonda e cheia por baixo do maiô. Ela retira os óculos de mergulho embaçados. Seus olhos são de um verde intenso, salpicado de laranja. Sua pele exposta exibe fragmentos de algas e destroços.

A guardiã recua, arrastando-se no alto da cabeça do animal, como um caranguejo sem carapaça.

— Vá embora! — diz ela. — Vá! Saia daqui! Anda!

A mulher desconhecida está em pé na beira da água, flexionando os dedos nus contra a pele nodosa do animal.

— Vá embora! — repete a guardiã. Ela soca o crânio do animal, implorando. — Me leva daqui! Me leva daqui!

— Eles ouvem, mas não vão lhe dar atenção — diz a mulher.

A guardiã cala-se. Encolhe os joelhos bem para junto do peito. Sem sua sombra, sem seus poderes, sente-se exposta sob o olhar firme da desconhecida.

A mulher franze os olhos para a chuva e pousa a mão na barriga.

— A coisa está feia aqui fora — diz ela, despreocupada.

A guardiã sente uma fisgada de familiaridade. Olha espantada para a desconhecida e, então, fala, esperançosa:

— Eu antes conseguia consertar o tempo.

— Não consegue mais? — pergunta a mulher.

A guardiã faz que não. — Perdi o dom.

A mulher acaricia a barriga.

— Posso me sentar?

A guardiã dá de ombros e olha para o outro lado.

A mulher de maiô abaixa-se com alguma dificuldade, protegendo a barriga, abrindo bem as pernas para manter o equilíbrio.

— Obrigada — diz ela, massageando a barriga com delicadeza. — Alguém está pesado hoje.

O cabelo da guardiã cai sobre seus olhos, e ela o deixa ali. A cortina criada por ele a tranquiliza. Elas ficam sentadas em silêncio por um bom tempo, com os animais oscilando sem sair do lugar.

— Qual é o nome do bebê? — pergunta a guardiã, hesitante.

A mulher ri. — Ele quer que o chamem de Efah.

A guardiã puxa o cabelo para trás.

— É um nome ruim. É um nome das trevas.

— É — concorda a mulher. — Ele ainda não sabe a diferença. Estou pensando em... Patrick. Foi ideia da irmã dele.

— Patrick — repete a guardiã.

Por um tempo, elas voltam a ficar caladas. Está frio, e o vento assobia pela superfície do mar, levantando uma névoa espessa.

— Sinto falta do sol — diz a desconhecida.

A guardiã examina suas unhas da mão.

— Eu também sinto falta dele. Eu o criei.

— Você criou o sol? — pergunta a mulher.

A guardiã faz que sim, lentamente.

— Parabéns — diz a mulher. — Ele era lindo. Como eu queria que ele voltasse. Está frio hoje.

A guardiã não responde. Ela deixa o cabelo cair diante dos olhos outra vez.

— Como posso chamar você? — pergunta a mulher. — Você tem nome?

A guardiã abaixa mais a cabeça.

— Você sabe seu nome? — insiste a mulher.

A guardiã está envergonhada. Há bem pouco tempo, ela era uma deusa, com os poderes da vida e da morte fervilhando nas veias. E atirou sua inimiga dos céus para a terra. Mas agora está pequena, abandonada.

— Sou boa com esse negócio de nomes — diz a desconhecida. — Quem sabe eu não poderia lhe dar um? Você poderia usá-lo, se quisesse.

— Não preciso de nome — diz a guardiã.

— Todo mundo precisa ter um nome. Como vou chamar você se você não tiver um nome?

— Você poderia ir embora — diz a guardiã. — Poderia me deixar em paz.

A mulher agita a mão para o mar que cerca as duas. — Para onde eu iria?

A guardiã levanta-se de repente e olha ao redor, em desespero. Ela vê um rabisco estreito de terra escura lá no horizonte, uma praia que não estava ali antes.

— Pra lá — diz ela. — Vá pra lá.

O animal levanta seu pescoço enorme para os céus. As nuvens caem por cima da sua cabeça, envolvendo as duas mulheres numa sombra diáfana. A guardiã fixa o olhar no vulto indistinto da desconhecida à sua frente, pronta para saltar para a morte, se a mulher se movimentar ao menos um centímetro na sua direção.

Os animais avançam ruidosos pelo mar como continentes à deriva. Na sua esteira, o mar cortado por eles volta a se unir com estrondo numa tempestade de espuma branca como plumas. À frente deles, a praia é uma meia-lua de finos seixos negros, com capim-navalha amarelo nas bordas. O nevoeiro é pesado e espesso, escondendo a terra por trás. A guardiã consegue ver indícios de árvores no nevoeiro, presas como que em enormes teias de aranha reforçadas. Ela percebe um píer desconjuntado que se estende da terra pela água adentro, com alguma coisa minúscula balançando ao lado.

Os animais param na água funda pouco distante da costa; e o maior abaixa a cabeça. O píer está só a poucos palmos de distância, logo abaixo das duas mulheres.

— Vamos precisar pular — diz a desconhecida.

Eleanor

Ela não sabe o que tinha imaginado, mas seu novo corpo é bem confortável. Suas pernas são arranha-céus; seu tronco, uma pequena lua; seu pescoço, uma fita graciosa. As nuvens são uma névoa fina em contato com o rosto largo e a pele endurecida. Quando enfia a cabeça na água, não se perturba com o sal que arde nos seus olhos. Vê o fundo do mar, agitado por seu corpanzil, com nuvens de terra e plantas prejudicando sua visão.

Ela observa as duas mulheres descendo para o píer. A mulher de maiô enfrenta dificuldade e, por milagre, a guardiã a ajuda.

Eleanor ergue a cabeça bem alto no céu e se volta para a irmã.

Como você está se sentindo?, pergunta ela.

Esmerelda encosta-se em Eleanor e fecha os olhos.

Livre, diz ela, com a voz carregada de alívio. *Ah, livre.*

Vamos deixá-las, diz Eleanor.

Para onde deveríamos ir?

Eleanor olha em volta. A praia — *Splinter Beach*, ela percebe, reconhecendo-a com facilidade — parece ser a única parte de Anchor Bend que existe ali. Um nevoeiro enfumaçado, como um punho de nuvens, segura a praia como se ela fosse uma faca. Mais além da massa de nuvens, porém, o mar estende-se interminável em todas as direções.

Para o mar, diz ela. *Vamos.*

Eleanor e Esmerelda giram devagar seus corpos gigantescos e rumam para o horizonte. Eleanor pensa na piscina inflável que o pai comprou, aquela em que ela e Esmerelda chapinhavam, fingindo que eram feras. Agora o próprio mar é uma piscina de criança a seus pés, e juntas vão se afastando lentamente da praia.

E se elas precisarem de nós?, pergunta Esmerelda.

Eleanor responde: *Acho que terminamos. Acho que não nos cabe fazer mais nada aqui.*

A guardiã

Pedras minúsculas se encaixaram nas fendas entre as tábuas pesadas do píer. A madeira está negra, velha, saturada.

O animal maior ergue a cabeça e entra nas nuvens. Uma onda forte cobre os pés da guardiã, quase a derrubando. A criatura canta enquanto sobe, e a guardiã se espanta quando o animal menor, ferido, responde cantando também. Os dois encostam-se um no outro, como que conversando, e depois dão as costas à praia.

O coração da guardiã dói quando ela os vê partir.

— Fico feliz por você ter vindo comigo — diz a desconhecida. — Achei que ia me abandonar.

A guardiã quase tinha se esquecido de que a mulher estava ali.

— É o que eu deveria ter feito — responde ela, entristecida. — Onde nós estamos? Eu não...

— Você sabe onde estamos.

Alguma coisa remexe-se na mente da guardiã.

— Eu *conheço* você? — ela pergunta.

A mulher sorri. É um belo sorriso, muito bondoso.

— Você me conhece.

— Como você se chama?

— Você sabe o meu nome. Mas você me conhecia por outro nome – diz a mulher, com a voz baixa.

A guardiã dá-lhe as costas.

— Não me venha com brincadeiras!

Ela dá uns passos, mas não ouve a mulher acompanhá-la. Quando olha para trás, a desconhecida já não está lá.

A guardiã olha em volta e então a avista. A mulher está na praia. Está usando um roupão agora. Enquanto a guardiã observa, a mulher desamarra a faixa, deixa o resto da roupa para trás e entra nua e grávida na água.

A mulher anda um pouco, com a água subindo até a parte baixa da sua barriga curva e depois até os seios pesados. Ela mergulha para a frente e começa a nadar, cortando a água com braçadas seguras, poderosas. A guardiã segura firme no corrimão e assiste, enquanto a desconhecida passa nadando direto por ela, como se estivesse acompanhando os animais para o mar aberto. As criaturas já estão longe demais, os pescoços perdidos no meio das nuvens, os corpos como ilhas em movimento, arrastando-se lentamente pelo horizonte.

A guardiã acha que a mulher não vai conseguir alcançá-las. A esteira que produzem é violenta, e ondas oceânicas enormes erguem a mulher e a jogam para trás, anulando seu lento avanço.

Alguma coisa bate no píer.

A guardiã debruça-se no corrimão e vê o que tinha avistado lá de cima, balançando na água.

Um barco a remo.

A guardiã pega nos remos, empurra-os para a frente, puxa-os de volta. O barco corcoveia nas ondas, mas ela insiste. O bote é tão velho quanto o píer, com seu fundo raso cheio de água; as forquetas, apodrecidas e moles. Quando ela puxa de novo, as forquetas se desfazem como pão molhado, e os remos caem das suas mãos. A água entra no barquinho aos borbotões.

A desconhecida está nadando mais adiante, agora um pequeno ponto entre as vagas enormes.

Sem pensar, a guardiã abandona o barco e nada atrás dela.

— Eu tinha esperança de que você viesse — diz a mulher, vindo à tona no vale de uma onda.

Outra onda cai violenta sobre as duas. Quando a guardiã sobe, soltando a respiração, a desconhecida está ali, rindo no meio da chuva torrencial.

— Você é maluca! — diz a guardiã. — Você está esperando um filho!

A mulher ri de novo, e mais uma onda desaba sobre elas, empurrando-as para o fundo. Quando voltam a subir, a desconhecida pergunta:

— Já está pronta para saber seu nome?

A guardiã cospe água salgada e grita: — Não preciso de nome nenhum!

Uma faixa de relâmpago azul ilumina o mar em torno delas. A praia sumiu. Os animais não estão em parte alguma. As mulheres estão sozinhas no mar faminto, que as joga pra lá e pra cá como barcos de brinquedo.

— Todo mundo precisa de um nome! — grita a desconhecida.

Outra onda cai trovejante, mais violenta que as anteriores, e empurra as duas mulheres para o fundo, para dentro do véu gelado e escuro do mar. A guardiã debate-se contra a correnteza e seu corpo fica exausto rapidamente. E pensa que poderia parar. E também de se debater, poderia deixar o mar ficar com ela. Adeus ao vale, seu único lar; aos animais, sua única família. E a esse corpo frágil e sem nome.

Todo mundo precisa de um nome.

A guardiã luta e, embora seus músculos estejam ardendo e seus pulmões ameacem entrar em colapso, rompe a superfície. Relâmpagos se deslocam pelas nuvens lá em cima, iluminando o jogo das ondas. Ela olha ao redor em busca da outra mulher, mas está sozinha. O mundo não é nada além de água: que despenca do céu, que se eleva do mar. No lampejo do relâmpago seguinte, a guardiã vê uma onda gigantesca, verde-negra, vindo furiosa na sua direção. Quando se encapela e começa a rolar sobre si mesma, a outra mulher aparece ao longe, tirando a água dos olhos e tossindo a mais não poder.

— Está bem! — grita a guardiã. — Então, qual é o meu nome? *Diga-me!*

Apesar da tempestade que ameaça as duas, a outra mulher sorri, seu rosto parecendo uma boia luminosa balançando a distância. Com um rugido retumbante, uma onda imensa quebra sobre ambas. A guardiã ainda consegue ouvir a resposta que a mulher grita:

Agnes! Você se chama Agnes.

A água desaba sobre as duas e as engole.

Já resolvi.

É? Resolveu o quê?

Hoje vou nadar com você.

É mesmo?

É, sim. Vou nadar no mar com você.

Olhe lá fora, querida. O que me diz daquilo ali?

Ah. Está chovendo.

Sim. E o que isso quer dizer?

Quer dizer que não posso.

Isso mesmo.
Tive uma ideia!
Que ideia?
É só eu nadar por baixo da água.
É isso aí. É tudo só água mesmo.
É tudo só água.

As lembranças ameaçam afogá-la.

O cantinho do café da manhã que seu pai construiu. As torradas com canela. A chuva batendo nas janelas.

Ficar olhando da varanda da vizinha quando seus pais saíam juntos para a praia.

A expressão de felicidade no rosto da mãe quando eles voltavam.

As recordações fazem surgir outras lembranças, que a teriam ofuscado se o mar escuro já não houvesse roubado sua visão.

O telefone que toca.

A voz assustada do pai.

A multidão que se reuniu no gramado para ouvir as instruções do xerife.

O pai, um navio naufragado na varanda.

A sensação equivocada de que a mãe só havia saído para comprar alimentos e demorado demais.

A horrível certeza de que sua mãe estava perdida para sempre.

O jornal na televisão, a entrevista com o homem da praia.

Ela só entrou direto no mar e começou a nadar. Não pude impedir. Ela estava grávida? Parecia grávida.

A casa sem vida.

Os soluços roucos do pai todas as noites.

Seus movimentos vagarosos, atordoados, todos os dias.

A cerimônia fúnebre, as pessoas de preto, em pé na praia odiosa.

A mãe desaparecida, sumida para sempre.

Sua mãe.

Eleanor.

* * *

Alguma coisa agarra a mão de Agnes nas profundezas. Seus olhos se arregalam, o sal cortante como faca. Ela pode ver uma sombra na água: a mulher, puxando Agnes para junto. Apesar de praticamente não haver luz, Agnes reconhece o brilho dos olhos da mulher mesmo assim.

Os olhos de Eleanor.

Os olhos de sua mãe.

Ela é atirada para o passado: não tem permissão para entrar no mar. Só na detestada piscina pública, nunca no mar cruel, nunca no...

Mas sua mãe aperta forte a mão de Agnes e, embora suas palavras saiam distorcidas, sua voz esteja engrolada com as bolhas, fala:

Vem nadar comigo!

E é como se todos os anos entre aquela ocasião e agora nunca tivessem transcorrido, como se sua mãe nunca a houvesse abandonado. Sua dor, sua raiva, tudo isso desprende-se dela nas profundezas. Se o mar que engoliu as duas não existisse, Agnes choraria e o inventaria.

Eleanor puxa a filha para bem junto e encosta os lábios na sua orelha.

Abandonar você foi meu maior erro.

Mamãe, soluça Agnes, e o mar entra veloz por sua boca, nariz e garganta. Ela arregala os olhos, cheios de pânico.

Não tenha medo, diz Eleanor. Ela abraça Agnes, forçando suas palavras através da água, gritando-as com seu último alento: *Eu te amo.*

Agnes quer dizer o mesmo, mas seus pulmões estão cheios. Seus braços têm um espasmo com essa sensação, prendendo-se em torno de Eleanor; e, juntas, mãe e filha submergem, uma agarrada à outra, no mar fundo, escuro e silencioso.

Eleanor

O fim do mundo tem som de chuva.

Eleanor e Esmerelda param de se esforçarem para andar pelo mar. O horizonte, tão distante por tanto tempo, parece estar mais perto.

É o fim, não é?, diz Esmerelda.

Eleanor estica seu pescoço enorme. O oceano já se derrama pela beira do mundo dos sonhos da mãe. Mais além, é só escuridão, negra e sem estrelas.

Acho que é mais do que isso, diz Eleanor. *Olha.*

Juntas, as gêmeas olham enquanto a escuridão vem avançando, roendo as fronteiras do mundo. O mar está revolto, borbulhando. Elas se viram, olham em volta e veem a escuridão que se aproxima vindo de todas as direções. Atrás delas, ao longe, a praia de Anchor Bend se enrosca em espirais de areia, pedras e espuma.

Está acontecendo, diz Esmerelda. *O reinício.*

Eleanor procura pela mãe e pela avó, mas não as vê.

Elas sumiram, diz ela. *Para onde foram?*

Esmerelda olha para a irmã. *Foram nadar. Juntas.*

E Efah?

Sinto pena dele, diz Esmerelda. *Ter passado tanto tempo sozinho no escuro, sem a mãe. Ele não sabia o que tinha acontecido com ele.*

E então Eleanor se dá conta. Ela entende.

Isso parece... certo, não parece?

Esmerelda faz que sim com a cabeça disforme e não diz nada.

Elas ficam olhando enquanto as muralhas escuras do nada se fecham em torno do mar. Gêiseres lançam-se para o céu, perfurando as nuvens escuras, e, por um breve instante, o sol ausente pode ser visto mais uma vez, cinzento e espectral, antes que a escuridão se choque com ele.

O que vai acontecer?, pergunta Eleanor.

Não sei.

Nós vamos acordar?

Não sei. Pode ser.

Quando vai ser? Será que vamos nos lembrar?

Esmerelda só olha para Eleanor. *Senti falta de você*, diz ela. *Me perdoa.*

Eleanor estica mais o pescoço, enrolando-o no de Esmerelda. Ela encosta a cabeça escamosa na da irmã.

Eu senti falta de você para todo o sempre, diz Eleanor.

O som do mundo em colapso enche os ouvidos delas, lateja no peito, no coração, no pescoço. É ensurdecedor. Eleanor tem a sensação de que seu coração vai explodir com essas batidas. O mar ao redor se aquece, e ela fecha os olhos e imagina sua piscina inflável. Dois monstros gigantescos pisoteando tudo.

Bolhas, diz Esmerelda, e Eleanor ri.

Eu te amo, Esmerelda.

Os olhos escuros e reptilianos de Esmerelda brilham.

Vai doer?, Eleanor pergunta.

Não sei. Pode ser.

Não me importo se doer, diz Eleanor.

Eu também não.

A escuridão cai sobre elas como um cobertor, despertando lembranças dos fortes que as irmãs construíam entre as cabeceiras das camas no meio da noite, onde se aninhavam com lanternas, dando risadas.

Eleanor agora fica bem junto de Esmerelda.

Me diz que vai ficar tudo bem, sussurra Eleanor.

Vai, responde Esmerelda.

Eleanor fecha os olhos.

Vai ficar tudo bem, pensa ela.

E, pela primeira vez em muito tempo, fica mesmo.

Reiniciar

Gerry

Geraldine sacode a água do guarda-chuva, tossindo, e entra no escritório, deixando-o num balde e a porta de vidro se fechar depois que ela passa.

— A coisa está feia lá fora — diz, em voz alta.

Ela se vira e olha pela porta para a rua. A água acumulou-se nas valetas e está encobrindo a calçada. Um Oldsmobile verde passa tranquilo, levantando um leque de água cinzenta.

— Nossa, a coisa está feia — diz Gerry. Depois, com a voz pouco mais alta: — Paul?

A luz está acesa na sala dele, mas ele não está lá. A mesa está coberta de papelada e pastas de arquivos empoeiradas.

Gerry olha para o interruptor. — Por que você está ligado?

Ela desliga a luz da sala de Paul e então faz café, suficiente para duas pessoas, embora já não tenha certeza de que vá vê-lo hoje. Ele agora vem ao escritório com frequência menor. E, quando vem, liga para casa a toda hora para perguntar à enfermeira como Agnes está. Gerry já lhe disse muitas vezes para ficar em casa, junto da mulher, que precisa dele mais do que os poucos compradores de imóveis da cidadezinha.

— Estou quase terminando os exames para me credenciar como corretora — disse-lhe ela, na última vez. — Daqui a um mês, você pode simplesmente me entregar as chaves.

Paul não riu da piadinha. Em vez disso, deu-lhe um abraço muito apertado, agradeceu e saiu rápido pela porta.

A cafeteira apita e Gerry serve uma xícara, com leite e um pouco de açúcar. Fica então parada no meio do escritório, olhando para a chuva, que agora parece estar mais forte do que alguns minutos atrás. E vai até a janela e inclina a cabeça para olhar o céu, que só pode ser descrito como totalmente negro. Um lampejo de relâmpago ricocheteia sem deixar as nuvens, e um instante depois o trovão sacode as janelas com tanta violência que ela se sobressalta e derrama o café.

— Ai, droga, droga — diz ela, e vai procurar guardanapos.

Outra trovoada, feroz o suficiente para apagar as luzes, e Gerry estanca ali onde está.

O ar se encontra carregado de eletricidade e praticamente zumbe. Os pelos do seu braço se arrepiam.

— Mas o que é...

Ela se vira, olha para as janelas e fica boquiaberta. Do outro lado da rua, mais além das fachadas de lojas, o céu parece estar caindo sobre a terra, uma pesada cortina de fuligem. Gerry sente o chão tremer sob seus pés e tudo na sua mesa de trabalho começa a vibrar. O telefone bege cai no chão e, com o ruidoso impacto, a campainha começa a tocar. Um copo cheio de lápis.

De repente, ela *sabe*.

— Ellie — Gerry sussurra.

Uma fotografia tomba no chão e desliza até parar junto dos seus pés. Mesmo no escuro, ela sabe o que é. Gerry só tem uma fotografia na mesa. E deixa a xícara de café cair da mão e se abaixa para pegar o porta-retratos. O vidro solto espeta seu dedo, mas não sente nada.

O ar está tão carregado de eletricidade que minúsculas centelhas azuis espocam em torno dela, por todo o escritório.

À luz das faíscas azuis, vê seus dois garotos de uniforme, olhando para ela através do vidro estilhaçado. Sente seu coração inchar e um formigamento de expectativa que não entende.

— Meus meninos — sussurra Gerry. — Meus meninos queridos, eu...

Reiniciar.

Paul

Na tampa da caixa está escrito *Lixo do sótão*.

Paul suspira, balançando a cabeça.

— Aggie.

Ele se deixa cair sentado no chão da garagem, dobra as pernas em xis e puxa a caixa para o colo. Ela está empoeirada, com os cantos amassados, o papelão amolecido de tão velho. É uma caixa comprida e larga, e a fita adesiva por cima já perdeu a cola. Parte da cobertura de pó na tampa de abas está desfeita, como se ela tivesse sido aberta recentemente.

Paul abre as abas e espia dentro. Ele suspira baixinho.

A miniatura da casa está fraturada nos alicerces, jogada de qualquer maneira na caixa. Algumas das árvores espalhadas na grama artificial se partiram. A caixa de correio na beira da calçada está quebrada ao meio. Foi isso o que ele imaginou quando viu os garranchos de Agnes na tampa dela. Ela nunca tinha entendido mesmo a paixão dele por modelismo. Mas nunca se ressentira dessa paixão. As casas foram quebradas porque ficou magoada com *ele*.

E ainda está magoada, ao que Paul saiba.

Ele fica olhando para a casa quebrada e as lembranças vêm subindo no ar como partículas de pó. E fecha os olhos e se permite recordar, algo que não costuma fazer. Tardes chuvosas; o cheiro do ar frio e viciado do sótão. Eleanor sentada no banco ao seu lado, balançando os pezinhos. Esmerelda em algum outro lugar da casa, cantando. Agnes — em algum lugar.

Um bolo sobe na sua garganta e ele tenta engolir um leve soluço.

Como sua vida saiu diferente do que imaginava. Paul sabe que ainda é jovem. Se abrisse a porta da garagem agora, saísse para a rua e nunca olhasse para trás — se fosse embora, como a mãe de Aggie tinha ido, só que pela rua afora, em vez de mar adentro —, ele poderia recomeçar. Poderia comprar uma pequena casa numa cidadezinha, desaparecer no mundo, parar de remexer nas feridas, esperar que as cicatrizes sumissem.

Será? Será que elas sumiriam?

As filhas se foram, uma enterrada já há muito tempo, a outra... a outra...

Ele remexe no bolso, tira um papel. É o mesmo que encontrou na poltrona na sala de estar. O que dobrou com cuidado. O que estava desdobrado quando voltou para casa mais tarde. Teria sido Eleanor? Teria sido Agnes?

Paul põe de lado o bilhete e fica olhando para o interior da caixa.

Lá fora, uma rajada de vento atinge a porta da garagem, atirando chuva contra ela como uma onda. Ele olha espantado para as janelas na porta da garagem, surpreso com a escuridão lá fora. O vento está forte. Como deixou de perceber isso antes? E a porta da garagem parece estar se arqueando para dentro só um pouquinho.

Paul se levanta e aperta um botão na parede. A porta começa a deslizar para o alto. Agora ele pode ver com clareza: a porta *está* realmente se arqueando, tanto que ela escapa da corrente e fica emperrada. Neste instante há um vão de três ou quatro palmos de altura entre a porta e o piso de concreto, e a chuva entra jorrando por ali como uma mangueira de incêndio, surpreendendo Paul, que aciona o botão novamente, mas a porta geme e não se mexe.

O vento entra rugindo pelo vão e a caixa com peças da casa é empurrada só um pouquinho para trás. A rajada pega o papel com o bilhete e o levanta no ar. Paul estende a mão para pegá-lo e não consegue. Por um instante, o papel parece ficar suspenso no ar, e o coração dele quase para de bater.

As palavras no papel não são dele mesmo.

São de Eleanor, escritas com sua caligrafia cuidadosa, precisa.

Amo vocês dois.

Seus olhos enchem-se de lágrimas e ele agita os braços, tentando pegar o bilhete. E então, como que por milagre, o agarra no ar, vira o papel e o levanta para olhar. E as palavras de Eleanor não estão lá: a letra é dele, e tudo o que está escrito é *Não vá embora.*

Mas ela foi.

— Para onde?! — grita ele, dando um chute na caixa de papelão. Ela se rasga como um saco de papel cheio de compras, esparramando no chão pequenos gravetos quebrados e troncos de árvores verdes feitos de madeira balsa. — *Para onde você foi?*

O vento passa varrendo as peças da miniatura, espalhando materiais de construção, cola, limpa-cachimbos e papel celofane por toda parte. Há na caixa quatro figuras pequenas das quais tinha se esquecido: um homem adulto com sua mulher e duas figuras menores, cujo cabelo pintara delicadamente de vermelho. O vento levanta essas figuras da pilha. E ele fica olhando espantado para elas, enquanto parecem pairar no ar, exatamente como o bilhete.

E é então que ouve o som, no estranho silêncio daquele momento.

Iiiiiiiiiiiiiiiiiiiiiiiiiiiii...

— Aggie — sussurra ele, e sai correndo.

Ela já morreu quando Paul entra no quarto. A enfermeira não está ali hoje, o balão de oxigênio ao lado da cama parado, e a pequena máquina no carrinho com rodízios pisca luzes vermelhas e emite um único apito constante.

Paul está parado aos pés da cama, que um dia eles dormiram, a mesma cama em que suas filhas foram concebidas há milênios, e olha para o corpo frágil da mulher. Agnes está enroscada em posição fetal, com os braços em torno do travesseiro. E, para seu espanto, os lábios dela estão na forma de um leve sorriso.

Nesse momento, ele se esquece dos anos. Das acusações, da culpa, das garrafas e das brigas. E também do tormento disso tudo; chega a não se lembrar até mesmo das filhas, só por um segundo, e tira os sapatos para subir na cama. Ele se deita ao lado de Agnes, sem tocar nela, e só olha, absorvendo sua imagem. Os olhos dela estão abertos, mas sem foco; suas faces, rosadas, como há muito tempo não as via. Seu cabelo está espalhado pelo travesseiro numa nuvem, como o de uma sereia numa correnteza suave.

Paul leva a palma da mão ao rosto dela, a primeira vez em muitos anos que toca nela com ternura. O calor está desaparecendo da sua pele. Dá para ele sentir essa fuga. E pensa que parte do calor poderia se infiltrar nele, que ela continuaria como parte dele.

Paul roça a ponta dos dedos na pele de Agnes e afasta um fio de cabelo dos seus olhos. Ela está com o olhar fixo no nada atrás dele. Ele pode se ver no escuro dos seus olhos. Com delicadeza, toca nas pálpebras dela e as fecha. E é como se Agnes estivesse dormindo ao seu lado, como no passado. Por um breve instante, lembra-se da mulher que ela foi, com as recordações vindo à tona, de lá das profundezas, colorindo o ar, revelando-se pela primeira vez numa década. E se lembra de quando sorria para ele, quando cochichava com o marido nesse mesmo quarto enquanto a luz ia se apagando, com a voz se engrolando de sono, mas as palavras ainda vindo.

Eu queria ouvir sua voz de novo, Paul pensa. *Eu queria que a gente pudesse voltar.*

O quarto vai escurecendo, e lá fora o vento fica mais forte e ruge como um dragão querendo se enrolar na casa. E, enquanto o mundo está se desfazendo em torno deles, Paul abaixa a cabeça para a frente e dá um beijo delicado na testa de Agnes. Ele encosta a cabeça na dela e respira fundo: o perfume fresco e vivo da mulher, pela primeira vez em tanto tempo.

Ele não se pergunta o que fará em seguida.

Fica ali deitado no escuro, enquanto o calor dela se dissipa.

É o último da sua família. Perdeu todas elas. E as está perdendo há quinze anos.

Um peso deixa seus ombros, e ele tem a sensação de que poderia sair dali flutuando. O cobertor ergue-se no ar sem ruído e a escuridão se infiltra no quarto quando a janela se quebra, as cortinas são sopradas para o teto e a terrível tempestade consome a casa dos Witt, enquanto Paul cai tranquilamente num sono reparador.

Reiniciar.

Jack

O barco a remo está amarrado ao píer junto da praia. Tudo indica que não deveria estar ali. Até onde Jack consiga imaginar, Eleanor devia tê-lo deixado na costa da ilha. Ele volta a pensar na última vez que a viu. Eleanor havia salvado sua vida, de algum modo o tinha levado de volta para casa. E então o deixara de novo, dessa vez para sempre. E se lembra da última coisa que disse para ela e bem que queria ter tido clareza mental suficiente para dizer muito mais.

Espera, Jack havia dito.

Eu te amo, não vá embora, ele teria dito. Deveria ter dito.

Mas ela pegou a bicicleta dele e sumiu.

Talvez não para sempre.

Ele sonha com ela desde esse último desaparecimento. Sonha que Eleanor entra no seu quarto pela janela, com a chuva no seu encalço, respingando no rosto dele e o despertando. E também que ela sobe de mansinho na sua cama e se vira de costas para ele, e que a abraça e lhe diz que nunca vai soltá-la.

Os sonhos são tudo o que lhe resta agora.

Ele desamarra a corda e desce do píer para o barco. Os remos velhos sumiram, substituídos por novos. De plástico ou de algum tipo de policarbonato. Pode ser que alguém haja encontrado o barco na ilha e o tenha trazido de volta. Pode ser que Eleanor não o haja puxado para perto o suficiente da praia, e tenha escapulido com o mar encapelado, e algum pescador o haja reconhecido e rebocado de volta.

Ele nunca contou a ninguém que Eleanor tinha saído com o barco naquele último dia. Nunca disse a ninguém que ela o havia salvado do mar gelado. As manchetes nos jornais tinham se reduzido e agora só restava um lembrete eventual na forma de mais um cartaz de DESAPARECIDA preso em algum poste de rua. A garota ruiva já não despertava interesse.

Está chovendo. Agora parece sempre estar chovendo, mas a chuva de hoje é diferente. A chuva de hoje é... o quê?

É como se fossem pedaços dela.

Ele não sabe o que espera encontrar na ilha. A voz racional dentro dele tenta fazê-lo mudar de ideia. *Você só vai encontrar um corpo, se é que vai encontrar alguma coisa,* diz-lhe essa voz. *Ela deve ter sido levada pelas águas e estar em decomposição no meio das pedras. Você realmente quer se lembrar dela desse jeito?*

Mas parte dele acredita em tudo que ela lhe contou, por mais louco que possa ter parecido. Parte dele sabe que vai encontrar só a costa abandonada da ilha, o penhasco solitário, as águas vazias lá embaixo.

E é isso o que ele encontra.

Leva o barco até a costa da ilha, puxando-o o mais perto possível das pedras. A chuva agora está mais forte, o mar está pesado e cinzento, e o céu cai negro de encontro ao horizonte. Ele não quer perder o barco.

Você não vai precisar mais dele.

A voz cética no seu íntimo está calada. A outra voz — aquela que acredita em tudo que Eleanor disse — sussurra baixinho para ele:

Ele pode ser levado pelo mar. Você não vai precisar dele.

Jack sobe pela trilha, a última terra mortal que os pés de Eleanor devem ter tocado. Ele tira os sapatos, contrai os dedos dos pés no cascalho e na areia. Quer ter até a última sensação que ela teve. Tira a camisa pela cabeça. A chuva bate forte, deixando marcas vermelhas onde atinge a pele nua.

Quando chega ao topo da última subida, para e solta a respiração, assombrado.

O céu é um vazio. Totalmente negro, com bordas algodoadas e nebulosas que se contorcem na claridade do dia que termina.

A chuva não está fria. O vento sopra contra ele, e Jack quase sai cambaleando da trilha.

Ela esteve aqui, diz a voz baixa dentro dele. *Seja o que for que foi fazer, está feito.*

— Eu sei — responde Jack, sussurrando.

Ele se senta na beira do penhasco, pés descalços, ombros nus, e fica olhando a tempestade escura consumir o mar. Não sente medo.

Jack respira fundo, uma respiração lenta e prolongada, e fecha os olhos. Quando os abre de novo, a tempestade está aos seus pés, o mar lá embaixo resistindo e se debatendo na escuridão implacável.

Jack olha para as profundezas do mar, imaginando se Eleanor estaria do outro lado olhando para ele também.

— Acabou que eu nunca disse — diz ele à tempestade que avança. — Eu sempre te amei, Ellie. Sempre, sempre...

Reiniciar.

Epílogo

1963

Eleanor

Eleanor está sentada no cantinho do café da manhã e olha a chuva que cai.

A árvore que o marido e a filha plantaram no verão dois anos atrás está curvada com o vento. Se a tempestade piorar muito, a pequena árvore será desenraizada pelo vendaval. A casa é fustigada por ele, com a chuva açoitando as janelas. O vidro na porta dos fundos chocalha. O sótão geme como um fantasma.

Ela imagina o que Hob vai dizer quando descer.

A coisa está feia lá fora.

Não que ele queira dissuadi-la da excursão, Eleanor sabe. É só que Hob gostaria que ela admitisse a derrota e concordasse em voltar a nadar nas raias de piscinas competitivas. Eleanor acha que ele acabou sendo atraído pelo instinto de competição dela. Hob quer ser responsável por despertar esse seu lado. Mas essa não é a parte do seu ser que ela quer despertar do sono. Quer só invocar a outra Eleanor, a que descobre quando o mar a acolhe num abraço, na sua escuridão muda.

Eleanor massageia a barriga com delicadeza, pensando na criança ali dentro: Patricia, Patrick. Ela imagina o dia, daqui a poucos meses apenas, em que sua casa não terá sossego, nem de dia nem de noite, com os gritos do novo filho que não os deixarão sequer dormir.

— Aproveite o momento — diz para si mesma, quase surpresa com o som da própria voz na cozinha silenciosa. Ela olha para a chuva lá fora, imaginando como seria gostoso deitar-se de costas na lama do jardim enquanto a chuva tamborila na terra, formando um laguinho que sobe em torno do seu corpo e a encobre.

Ter um filho é uma forma de afogamento, ela pensa. Expulsa então o terrível pensamento e, enquanto sua família dorme, se enrola melhor no roupão, pega as chaves de Hob, sai para o meio do temporal e entra no velho Ford do marido.

O céu está escuro; o sol, escondido atrás de uma cortina de nuvens. Eleanor senta ao volante da caminhonete com uma das mãos pousada na pequena barriga de grávida, um braço descansando na janela. Ela passa os dedos pelo cabelo curto junto à têmpora, repetidamente.

À sua frente está o mar, vasto e cinzento. Muito além da Huffnagle, uma cortina negra movimenta-se acima da água, lampejos de relâmpagos ecoando no fundo de sua massa densa. Mais além, o oceano exala vapor, sibila e faísca.

A chuva martela a velha caminhonete como se a apedrejasse. Ela fecha os olhos e fica escutando.

E adormece.

Não por muito tempo, só alguns minutos.

Quando volta a abrir os olhos, a chuva está estentórea, implacável.

Num impulso, ela abre a porta. As chaves estão na ignição. E sai para a chuva, puxando o roupão em torno da barriga crescida. Em questão de segundos, o roupão está encharcado e pesa feito chumbo.

Outra caminhonete está parada na outra ponta do estacionamento da praia. Ela não a reconhece, mal consegue distinguir o vulto de uma pessoa por trás do para-brisa. A pessoa levanta um braço. Ela ergue a mão, hesitante, e vai andando pela praia.

As pedras da praia estão molhadas, negras e quase cintilam à claridade fraca do amanhecer. Ela anda com cuidado, descalça. Um caranguejo minúsculo foge, se arrastando, e maçaricos andam pra lá e pra cá junto da linha da água, explorando. Caçando.

Eleanor chega perto o bastante para que as ondas venham lamber seus dedos dos pés com sua água granulosa, de um cinza de ardósia, depositando línguas de espuma nas pedras. Ela fica ali em pé e sente o mar tentando puxá-la. A chuva como agulhas na sua pele.

A intenção de Hob é boa. Ele só quer vê-la feliz, ela sabe. Mas Eleanor não sabe o que a fará feliz. Só sabe que não está.

O píer projeta-se para dentro da água; o barco a remo está sendo jogado, mesmo amarrado. Se Hob estivesse aqui, é claro que ele a levaria para casa. As ondas vêm morder a praia e, por um instante, Eleanor sente medo da água.

E pensa na criança que traz no ventre, essa estranha nova criatura que a aprisionou, que a afastou do mar que ela ama. Mas não consegue sentir nenhum rancor pelo pequeno, que não pediu para estar ali, preso no meio do seu corpo.

E pensa em Agnes: seu cabelo embaraçado, faces macias e gorduchas, olhos escuros. Aqueles olhos escuros, tristonhos. Tristonhos *demais*. A culpa é de Eleanor; ela é um peso de chumbo amarrado nos tornozelos dos que a amam.

Atrás dela, Eleanor ouve a porta do carro do desconhecido ser fechada e uma voz gritar-lhe alguma coisa. E não consegue entender o que foi, nem tenta.

Alguma coisa procura agarrar-se a ela e Eleanor cai de joelhos na areia grossa. Um grito sobe na sua garganta e fica confusa quando ele sai pela sua boca, sem constrangimento, alto, como o de um animal. Ela leva as mãos à barriga e faz pressão, como se estivesse tentando manter seu corpo unido, e então uma onda a atinge como uma fera, derrubando-a para depois cobri-la, entrando no seu nariz e na boca. O sal arde nos seus olhos. O mar procura puxá-la, frio e desalmado, e a arrasta pela areia, por baixo da onda, rumo às profundezas. O oceano, que ela ama tanto, ataca violento, como a fera selvagem que sempre foi. Eleanor entra em pânico e não consegue ficar em pé. E então se descobre abaixo da superfície, olhando para círculos concêntricos lá em cima, gotas de chuva nas ondas. Ela não tinha enchido os pulmões, e agora, tolamente, respira. Seus pulmões chamam o mar para dentro do corpo. Eleanor pensa em Agnes, olhos escuros, de uma tristeza trágica, e deseja mais do que qualquer outra coisa poder pegar a menina no colo...

Então, alguma pessoa está ali, uma mão forte pegando a dela.

Agnes

O carpete é macio sob seus pés.

Ela desce a escada devagar, um degrau de cada vez, fincando o calcanhar no espelho do degrau anterior, fingindo ser um pequeno robô.

— Bipe — diz ela, a cada degrau. — Bipe. Bipe. Bipe.

Todas as luzes da casa estão apagadas, o que não é normal. Geralmente, quando Agnes desce de manhã, a cozinha está iluminada, de laranja, e seu pai, preparando o café da manhã. A menina pede um golinho de café, que ele sempre permite. Agnes não sabe por que pede. O café tem gosto de terra. Ela conhece o gosto de terra por conta da vez em que caiu no jardim e mordeu a língua, chorou e um pouco de terra entrou na sua boca, entre os dentes, e sentiu aquele gosto por horas.

Ela atravessa a sala de jantar, a sala íntima. A casa está em silêncio, como se fosse a única pessoa viva no mundo inteiro. Agnes acha que uma coisa dessas poderia assustar qualquer outra criança, mas tem orgulho por não sentir medo. Às vezes pensa no que faria se todas as outras pessoas do mundo desaparecessem. Ela iria ao mercado, aonde o pai a leva nas manhãs de sábado, pegaria duas balas do baleiro, tomaria uma Coca-Cola e, então, apanharia um pão e iria ao laguinho atrás da escola para alimentar os marrecos.

Mas hoje não é esse dia.

Seu pai está sentado, calado, no cantinho do café da manhã, com uma xícara de café fumegante nas mãos.

Ela não diz nada por um instante, só fica olhando para ele. Pela janela, seu pai está observando a chuva, com os ombros caídos, a postura encurvada. E sempre lhe pareceu mais velho do que sua mãe, como se de algum modo tivesse visto uma parte maior do mundo, soubesse mais histórias. Mas, se sabia, elas estavam entaladas dentro dele. De vez em quando, uma escapava, e ele lhe relatava feitos maravilhosos de cavaleiros e magos, e às vezes de uma rainha chamada Agnes.

E desvia o olhar e então a vê.

— Oi, e aí? — diz ele.

— Por que está escuro? — pergunta Agnes.

— Estamos sem luz.

— Você não pode ligar?

O pai faz que não.

— No mínimo, o quarteirão inteiro está sem luz. Pode ser que a cidade inteira.

— Bom — diz Agnes.

— Você gosta quando está escuro assim?

Ela sobe no banco da mãe, de frente para ele.

— Gosto da sensação.

— E qual é a sensação? — pergunta ele.

— De segredo — responde ela.

— De segredo, hã? — diz ele, bebericando o café. — Dá pra entender.

Agnes balança os pés; as pernas, curtas demais para chegar ao chão.

— Estou no lugar da mamãe — diz ela.

— É um bom lugar. Deve ser o melhor.

— Gosto de sentar aqui. Queria que ela estivesse aqui também. Onde é que ela está?

— Saiu com o carro — diz o pai. — Pode ser que tenha precisado ir ao mercado. Vai ver que lá também está faltando luz.

Agnes pensa nisso e então transfere a atenção para a xícara do pai.

— Posso tomar um golinho? — pede ela.

O pai faz que não. — Acho que não — diz ele. — O café é uma bebida para adultos.

— Mas você já deixou antes.

— Tem certeza de que já está bem crescida?

Agnes faz que sim, vigorosamente, e ele empurra a xícara de um lado a outro da mesa. A menina sorve o café com muito ruído sem levantar a xícara, e Hob ri quando ela torce o nariz.

— Quando você acha que ela vai chegar? — pergunta Agnes.

— Quando *você* acha que ela vai chegar? — pergunta o pai.

Agnes mostra a língua para ele e pensa antes de responder:

— Daqui a um minuto. Quando *você* acha?

O pai beberica o café novamente e depois faz cara de concentrado.

— Agora — diz ele, por fim.

A porta dos fundos se abre.

A luz volta. A cozinha se ilumina com um dourado aconchegante, feito uma pintura, e Hob e Agnes se viram para olhar.

— Mamãe! — exclama Agnes, animada. — Vem sentar comigo.

— Anda! — diz Hob, rindo. — Você vai deixar a chuva entrar!

Eleanor está em pé parada no vão da porta, com olhos vermelhos, areia presa nas dobras do nariz e das orelhas. Ela segura a barriga redonda com a mão. Através da porta aberta, o céu se colore de rosa e dourado, iluminando o gramado molhado e as árvores. As nuvens se dispersaram. Uma garça-azul passa planando.

— Não se preocupe, Hob — diz Eleanor. Ela sorri para Agnes e sua voz falha. — A chuva parou.

Impressão e Acabamento:
GRÁFICA STAMPPA LTDA.